HEYNE

FRAN COOPER

DIE LEUTE VON NR. 37

ROMAN

Aus dem Englischen
von Jens Plassmann

WILHELM HEYNE VERLAG
MÜNCHEN

Die Originalausgabe *These Dividing Walls* erschien 2017
bei Harvill Secker, an imprint of Vintage. Vintage is part
of the Penguin Random House group of companies.

FSC
www.fsc.org
MIX
Papier aus verantwortungsvollen Quellen
FSC® C014496

Verlagsgruppe Random House FSC® N001967

Vollständige deutsche Erstausgabe 02/2018

Printed in Germany
Redaktion: Tamara Rapp
Umschlaggestaltung: Eisele Grafikdesign, München
Umschlagillustration: Franziska Paetzold/Creative Market
Satz: Uhl + Massopust, Aalen
Druck und Bindung: GGP Media GmbH, Pößneck
ISBN: 978-3-453-43896-5

www.heyne.de

Für Anne, eine gute Freundin

Und natürlich für Alex

Vorwort: Das Haus

Ganz hinten auf der Rive Gauche, dem linken Seine-Ufer, gibt es ein verborgenes Viertel. Jenseits der von Leuchtreklamen gesäumten Straßen, die zum Montparnasse hinaufführen, und der kopfsteingepflasterten, verwinkelten Gassen des fünften Arrondissements schlummert, eingezwängt zwischen großen Boulevards, ein Gewirr ruhiger Nebenstraßen. Durchgangsverkehr verirrt sich hierhin nicht.

In dieser vergessenen Ecke der Stadt liegt an der Kreuzung zweier Straßen die Nummer 37. Sie ähnelt stark den Häusern der Nachbarschaft. Alle spätes neunzehntes Jahrhundert, heller Stein. Ohne ihre türkisfarbene Eingangstür würde man Nummer 37 wohl keinen zweiten Blick schenken.

An Sommerabenden kehren ihre Bewohner heim, wenn die Sonne über der Stadt versinkt. Dann werden Lichter angeschaltet, Fenster geöffnet, Abendessen zubereitet und Babys schlafen gelegt. Der Duft von in heißem Öl geschwenktem Knoblauch durchzieht den Hof, zusammen mit Kindergeschrei und zufällig heranwehenden Gesprächsfetzen.

Innerhalb der Mauern von Nummer 37 küssen sich die Menschen. Sie unterhalten sich, lachen, womöglich weint jemand. Ein paar sind froh, allein am Tisch zu sitzen. Andere wünschen sich, es wäre nicht so.

Die Nacht bricht herein, und nach und nach verlöschen die Lichter wieder. In schwülheißen, windstillen Nächten wie dieser liegen die Bewohner von Nummer 37 bei offenen Fenstern in ihren Betten und lauschen dem schnaufenden Atmen der Nachbarn. Letzte Lebenszeichen im Haus sind das Kratzen auf fremden Tellern, das helle Klingeln eines Telefons irgendwo, das Stöhnen beim Sex (und bei anderen Verrichtungen), bis am Ende überall erneut Stille einkehrt.

Wie alle Häuser hat auch Nummer 37 seine ganz eigenen Geschichten zu erzählen. Denn welches Haus birgt keine Geheimnisse? Und wer seiner Bewohner weiß schon wirklich genau, was hinter den Türen der Nachbarn vor sich geht?

1

Mit einem markerschütternden Schrei schreckt Edward im Bett hoch, schlägt die Handflächen gegen die Wand und zieht strampelnd die Beine an. *Wo bin ich?* Sein Puls hämmert so gewaltig in seinem aufgerissenen Mund, dass er nicht einmal weiß, ob er noch schreit. Hektisch fährt er mit einem Arm durch die Dunkelheit – *Licht, da muss doch irgendwo Licht sein* –, erwischt aber mit dem Ellbogen nur ein Wasserglas, das sekundenlang lautlos durch die Luft fliegt, bevor er hört, wie es klirrend zerbricht und Wasser umherspritzt. Als seine vom Schlaf geschwollenen Finger endlich den Lichtschalter finden, ist der Teppich übersät mit gefährlich funkelnden Splittern.

Orangefarbenes Licht vertreibt die Schatten, und langsam gewinnen die Dinge Konturen. Er liegt in einem Bett, in einem kleinen Raum, im Dachboden eines Gebäudes. Unter der Schräge kann er einen Schreibtisch ausmachen, die Umrisse seines Rucksacks und einen Spiegel, der einen verschwommenen Lichtschein reflektiert. Das Fenster steht sperrangelweit offen und schlägt gegen die Wand. Die hellen Vorhänge werden vom Wind abwechselnd hinausgesaugt und hereingeweht und flattern bisweilen wie lange Geisterfinger in den Raum.

Auf unsicheren Beinen durchquert Edward das Zimmer und achtet darauf, nicht in die Scherben zu treten. Mit schweißnassen Händen tastet er nach der abgewetzten Kordelschlinge, die anscheinend schon seit vielen Jahren dazu verwendet wird, das geöffnete Fenster zu arretieren. Sie muss sich gelöst haben, als er schlief. Die wenigen Handgriffe wirken beruhigend, sorgen für Orientierung. Die Luft, die über die Dächer weht, ist angenehm kühl, und das beklemmende Angstgefühl im Magen lässt nach. Als er das Fenster schließlich neu gesichert hat, weiß er wieder, dass alles nur ein Albtraum war, dass er sich in Paris befindet und dass dies die Wohnung von Emilie ist.

Wohnung. Er schaut sich um. In Emilies Schilderungen klang der Raum größer. Das Einzelbett in der einen Ecke, die »Küche« in der anderen, wobei die elektrische Kochplatte und das Kissen mit Clownsgesicht gerade mal sechs Schritte voneinander entfernt sind. Edwards Mundwinkel zucken amüsiert über den bunten Kissenaufdruck, der ihm entgegengrinst. Typisch Emilie, diese Mischung aus alter Kinderbettwäsche und den über den ganzen Raum verteilten Zetteln und Papieren. Wie Schmetterlingsflügel flattern an der Wand neben dem Bett all die angehefteten Entwürfe, Postkarten und Vorlagen im Nachtwind.

Edward kehrt zum Bett zurück und sammelt die Glasscherben in einem Aschenbecher. Der Wind hat sich ein wenig gelegt, streicht nur noch sanft über das Bettzeug und haucht in die Wand voller Papiere, statt sie heftig zum Rascheln zu bringen. Edwards Atmung dagegen hat sich noch nicht beruhigt. Seiner Armbanduhr zufolge ist es kurz vor vier, aber an Schlaf ist jetzt nicht zu denken, dafür pumpt das Blut viel zu stark in ihm. Ihn hält jene Sinnesschärfe gepackt, die der panischen Angst folgt – und die auch noch die kleinste Zelle, jeden mikroskopisch feinen Blutfluss durch winzigste Kapillaren spürbar macht.

Der nächtliche Alb hat sich bloß seinem Blickfeld entzogen, trippelt ihm als schwarzer Vogel über den Nacken. Die Bilder sind immer dieselben. Seine Schwester, die ihn mit strahlendem Lächeln ansieht, unmittelbar vor dem Zusammenprall, und der Moment dehnt sich zu einer Ewigkeit, in der er nicht fähig ist, etwas zu tun, zu sprechen, sie aufzuhalten …

Erneut erfasst seine Hände ein heftiges Zittern, und die Scherben im Aschenbecher beginnen zu klirren. Edward lauscht angestrengt, hört aber keinen Laut aus den Nachbarwohnungen. Er hasst die Vorstellung, jemand könnte seinen Schrei gehört haben.

Beim Öffnen des Mülleimers schlagen ihm warme Verrottungsdämpfe entgegen. Verdorbenes Obst, Zigarettenstummel und der schale Mief von Bierresten, die am Boden alter Flaschen in der Hitze vergammeln. Auch das ist typisch Emilie. Die Berge schmutziger Wäsche hat er bei seiner Ankunft sofort in den Schrank und damit aus seinem Gedächtnis verbannt, und an den zusammengeknüllten Seidenschlüpfer neben dem Bett, der sich so knisternd kühl unter der Fußsohle anfühlte, versuchte er nicht mehr zu denken. Den Mülleimer jedoch hat er zu kontrollieren vergessen, und jetzt in der frühmorgendlichen Dunkelheit dreht ihm der süßliche Fäulnisgeruch den Magen um.

Er zieht Jeans, Turnschuhe und das verschwitzte T-Shirt von gestern an, das zwar acht Stunden Busfahrt und eine Kanalüberquerung auf dem brütend heißen Deck einer Fähre hinter sich hat, das aber immer noch besser riecht als der

Müll, den er anschließend zubindet und am ausgestreckten Arm nach unten bringt.

Vier Uhr morgens. Edward steht vor seinem neuen Zuhause, in einer neuen Stadt und atmet tief die feuchte Sommerluft ein. Da er noch nicht weiß, wo die Mülltonnen sind, hat er seinen Müllbeutel auf der menschenleeren Straße abgestellt. Niemand beschwert sich. Es ist ja niemand da, der sich beschweren könnte. Nur lange Häuserreihen, flankiert von parkenden Autos.

Er muss an das Gespräch denken, das er mit Emilie geführt hat. Wie er barfuß auf dichtem Gras stand, der kräftige Heugeruch ihm in die Nase stieg und überall Pollen in der Sonne tanzten.

»Ich muss hier weg, Em.«

»*Edward!*« Den Ton schlug sie nur an, wenn sie in Rage geriet, und er wurde gewöhnlich begleitet vom erregten Schütteln ihrer dicht hängenden Armreifen. Er stellte sich vor, wie sie gegen das Telefon klimperten. Metall stieß gegen Metall, wurde von Metall übertragen, von ihrem Telefon zu seinem, von Wange zu Wange, über Hunderte von Meilen hinweg. »Nimm die Wohnung. *Bitte*. Das kümmert da keine Menschenseele, wahrscheinlich ist meine Tante sowieso nicht da. Ich sag der *Gardienne*, sie soll dich reinlassen, oder irgendein alter *Voisin* wird einen Schlüssel haben …«

Edward hatte keine Ahnung, was all die Worte bedeuteten, aber das strahlende Sonnenlicht, ihre überschwänglich drängende Stimme, ihr Lachen und die Gewissheit, mit der sie alles beschrieb, rissen ihn einfach mit, und so folgte er ihr in das Wolkenschloss. Er kaufte sich ein Ticket, und jetzt, keine drei Tage später, steht er an einem frühen Freitagmorgen mitten in einem Viertel von Paris.

Und es ist nicht das ihm bekannte Paris. Hier gibt es keinen berühmten Boulevard, keine touristischen Sehenswürdigkeiten. Der Fernbus hatte ihn am Vorabend auf der Rückseite eines Parkhauses abgesetzt, hinter einem Einkaufszentrum, gemeinsam mit kreischenden Backpacker-Teenagern, einem Pärchen orthodoxer Juden samt unglaublich winzigem Baby sowie einem verschrumpelten Alten, der sofort seinen Gehstock packte und entgegen der Richtung aller anderen davonmarschierte. Edward war der Menge gefolgt, die durch Hintertüren und entlang trister Gänge in die Metro hinabstieg, wo er wie die Menschen um ihn herum direkt vor der Kontrolleurin, die mit glasigen Augen ins Leere starrte, über das Drehkreuz sprang und einen Zug nahm, der erst an Stationsschildern vorbeiraste, deren Aufschrift ihm noch etwas sagte (*Champs Elysées, Musée du Louvre*), bevor alles unbekannt klang. Er entstieg der Metro und betrat Straßen, in denen abendlicher Hochbetrieb herrschte, steckte sich den Zettel mit der rasch hingekritzelten Wegbeschreibung in die verschwitzte Hand und begann, alten Frauen auszuweichen, die Einkaufstrolleys hinter sich herzogen, und Kids, die auf Rollern vorbeischossen. Gemüsehändler schwenkten ihm Tüten mit überreifen Kirschen entgegen, aus denen der blutrote Saft in fetten Tropfen auf das Pflaster klatschte, während vor einer Fleischerei zwei Männer das Pfannenblech des Rôtisserie-Grills auskippten und der Rinnstein nun von Fett und Seifenlauge triefte. Massige Frauen, von Kopf bis Fuß in grelle Neonmuster gehüllt, stapften an ihm vorbei. Ein Teenager fuhr mit dem Motorrad über den Bürgersteig, hinter sich seinen Freund, der auf den Fußrasten stand. Und Edward, dem Jungen vom Land, taumelten die Sinne.

Jetzt allerdings ist es still in den Straßen. Edward macht ein paar zögerliche Schritte, aber die Morgensonne wird noch eine Weile auf sich warten lassen, und auch das flaue Gefühl in seinem nervösen Magen hat sich noch nicht gelegt.

Er wendet sich gerade wieder dem Haus und seiner hohen türkisfarbenen Eingangstür zu, da hört er es – oder könnte schwören, es zu hören.

»Edward!«

Schnell und beschwörend geflüstert, dringt sein Name aus der leeren Straße an sein Ohr. Er sieht sich um, kann jedoch niemanden entdecken, hört nur das Blut rauschen, das ihm in den Kopf schießt. Rasch schlägt er die Tür zu, durchquert den Innenhof und stürmt im Laufschritt die Treppen in den fünften Stock hinauf.

Hätte das Adrenalin, das zum zweiten Mal in dieser Nacht durch Edwards Adern strömt, seine Pupillen geweitet und seine Augen ein wenig länger Ausschau halten lassen, vielleicht wären ihm die Umrisse des Mannes aufgefallen, der im Eingang gegenüber schläft. Oder nicht schläft, um genau zu sein, denn der Mann hat Edward interessiert beobachtet. Nachts ist das hier seine Straße. Auf seiner Schlafstätte dreht er eine alte Zigarette zwischen Daumen und Zeigefinger und blickt dabei konzentriert auf die Stelle, wo der junge Mann gestanden hat. Seine Augen glänzen hart im Schein des aufflammenden Streichholzes.

Und hätte Edward bei seinem Aufstieg in die Wohnungen sehen können, an denen er vorbeikommt, wäre ihm aufgefallen, dass selbst zu dieser frühen Stunde keineswegs alle seine Nachbarn schlafen. In dem halbherzigen und absolut vergeblichen Versuch, der stickigen Hitze in ihrem Schlafzimmer beizukommen, fächelt sich im ersten Stock eine Frau mittleren Alters Luft zu. Da Chantals Mann nicht bei geöffnetem Fenster schlafen möchte, zieht sich ihre Nacht in zähen, unerträglich warmen Minuten dahin, in denen ihr die Schweißtropfen das Brustbein hinablaufen und sie gelegentlich mit dem Fuß nach dem klobigen Haufen neben ihr tritt. »César, du schnarchst!«

Im zweiten Stock schlummern Kinder und träumen. Ein Baby, milchweiß und zufrieden, regt sich in seinem Bettchen, und auch ein Hund zuckt ein wenig auf seiner Jagd nach trügerischen Kaninchenlöchern. Am Fenster steht Anaïs, die Mutter der Kinder, die keinen Schlaf findet. Ihre Finger halten das Fensterbrett mit dem abblätternden Lack umklammert, während sie den Himmel beschwört, sich wieder zu verdunkeln, den Morgen, er solle fernbleiben.

Keuchend steigt Edward weiter hinauf, vorbei am dritten Stock, wo eine schlaftrunkene Hand eine Stechmücke verscheucht, und am vierten, wo er auf der gegenüberliegenden Hofseite das bläuliche Licht eines Computerbildschirms in einem offenen Fenster bemerkt. Eine davorkauernde Gestalt hackt erregt auf die Tasten ein, und Edward, der eine Verschnaufpause einlegt, kann das fieberhafte Trommeln der Finger fast hören.

In seinem Zimmer im fünften Stock angelangt, lehnt sich Edward mit dem Rücken gegen die Tür. Draußen verschwimmt der tintenschwarze Himmel allmählich zu Tintenblau, und in der Ferne zeigen sich über den Dächern erste braune Flecken. Edward verriegelt die Tür und muss sich zusammenreißen, sie aus einem albernen Sicherheitsempfinden heraus nicht noch einmal auf- und zuzuschließen. Zurück im Bett, stellt er plötzlich fest, dass der Bezug mit dem Clownsgesicht nach Emilie riecht. Er dreht das Kissen um, vergräbt mit großer Wucht den Kopf darin und versucht zu schlafen, versucht, nicht an seine Freundin zu denken und an diese eine Nacht, die sie miteinander verbracht haben, eine Nacht der Missverständnisse und Unbeholfenheiten, in der vor allem Nasen und Zähne unbeabsichtigte Stöße erlitten.

Die Sonne steigt jetzt mit Macht auf, taucht alles in rotes Licht und bringt Edwards folgsame Wangen ebenfalls zum Glühen. Als es ihm endlich gelingt, ins Dunkel zu versinken, dringt von draußen bereits das Klappern der Fensterläden und das Geräusch von anspringenden Automotoren herauf. Das Haus erwacht, um den Tag in Angriff zu nehmen.

2

Frédérique steht auf, sobald es hell wird. *Das ist die Buße*, denkt sie, als sie über dem Herd gelehnt darauf wartet, dass die Flamme sich entzündet. All die in der Jugend verschlafenen Morgen, all das vergeudete Tageslicht.

Sie öffnet die Läden, während das Wasser in der Schraubkanne dem Siedepunkt entgegenknattert und der Kaffee zu rumoren beginnt. Der *Salon* mit den schweren Möbeln und den plüschigen Stoffen hat ihrem Geschmack noch nie entsprochen. Daher trinkt sie ihren Kaffee lieber an dem abgescheuerten Tischchen in der Küche, wo ihre nackten Füße auf den Fliesen zur Radiomusik mittappen können.

Mischa die Katze tanzt auf ihre Art und schlängelt sich um Knöchel und Stuhlbeine. Ihr Miauen harmoniert allerdings so wenig mit Melodie und Rhythmus, dass ihr Frauchen schon bald aufsteht, um im Kühlschrank nach der Sahne zu suchen. Obwohl Frédérique ihren Kaffee eigentlich schwarz trinkt, gönnt sie sich an manchen Morgen, wie an dem heutigen, einen kleinen Sahneschuss in den Kaffeerest. Sie lässt die sämige Flüssigkeit in ihrer Schale kreisen, während die Katze glücklich in der Ecke ihre Portion schleckt.

An solchen Hochsommertagen sammelt sie all ihren Mut, um unter die eiskalte Dusche zu springen und mit zusammengebissenen Zähnen die schmerzliche Wohltat durchzustehen. Die Katze leckt sich in der Tür vorsichtig die Pfoten und verfolgt argwöhnisch die Wassertropfen, die in ihre Richtung spritzen. Frédériques lange Haare, mittlerweile gleichermaßen silbergrau wie blond, sind noch ungeflochten, die Fältchen um die blauen Augen mit Creme betupft, mit Schicksalsergebenheit hingenommen.

Sie zieht sich an. Wie jeden Morgen katapultiert das Öffnen des Eichenschranks sie zurück in die Kindheit. Mottenkugeln, Staub und das scharfe *Swisch* der Bügel auf der Stange. Allerdings sind ihre weiten weißen Kleider natürlich kein Vergleich zur mächtigen Garderobe ihrer Mutter mit all den aufwendigen Stickereien, dem Zierrat, den wulstigen, ölig glatten Fellbesätzen.

Hier, wo keine Wasserspritzer zu befürchten sind, umstreicht die Katze wieder Frédériques Beine und rollt sich auf den Rücken, um ihren Bauch in möglichst vorteilhaftem Licht zu präsentieren.

Frédérique hängt sich eine bernsteinfarbene Perlenkette um den Hals und seufzt: »Nicht jetzt, Misch.«

Es gibt so viel zu tun heute, und die Hitze nimmt bereits zu.

Als sie durch die türkisfarbene Tür nach draußen tritt, legt Frédérique den Kopf in den Nacken. Der Himmel ist sagenhaft, ein sattes Azurblau. Die schrägen Sonnenstrahlen erreichen zwar noch nicht den Bürgersteig, haben die Stadt aber bereits in ihrer Gewalt. Ein weiterer sengend heißer Tag.

Auf der gegenüberliegenden Seite sitzt der Mann, der Edward beobachtet hat, im Hauseingang und pfeift. Seine Schlafmatte hat er inzwischen zusammengerollt und hübsch ordentlich an den Einkaufswagen geschnallt, in dem all seine weltlichen Güter gestapelt sind. Er trägt Shorts und ein sauberes Hemd. Eine halb vergessene Melodie durch die Zähne zischelnd, bindet er sich die Schnürsenkel.

Jetzt hebt er grüßend die Hand. »Frédérique.«

Sie erwidert die Geste. »Josef.«

Das ist ihr morgendliches Ritual.

Sie macht sich auf den Weg die Straßen hinab, und ihre Sandalen klappern im Takt zu seinem Pfeifen. Josefs Augen, die nicht ganz auf einer Höhe liegen, folgen ihr noch einen Moment, bevor er sich abwendet, um sein Rasierzeug zu verstauen. Ein kleiner Schnitt auf seiner Wange zeugt von der kürzlichen Rasur.

Frédérique steuert die Schlange am *Tabac* an. Sie braucht noch Zigaretten. Nikotin, der große Gleichmacher. Selbst um diese Uhrzeit (es ist gerade mal sieben) stehen hier Frauen in Designerkostümen neben Männern in farbbekleckste Overalls, schlaksigen, ganz in Schwarz gehüllten Teenagern und einer alten Frau mit Lockenwicklern auf dem Kopf. Lange Bänder von Rubbellosen glitzern in der Morgensonne, und auf den Bildschirmen laufen bereits Nachrichtensendungen oder werden Ergebnisse der gestrigen Pferderennen angezeigt. Geduldig schiebt sich die Menge Zentimeter für Zentimeter voran. Frédérique beobachtet, wie aus dem massigen Nacken vor ihr stecknadelkopfgroße Schweißperlen treten.

Zurück auf der Straße, zündet sie sich eine Zigarette an, und der erste Zug des Tages steigt ihr berauschend zu Kopf. Wie gewöhnlich läuft sie auch heute zu ihrem Stammlokal weiter, wo Claude mit dem Goldzahn schon ein Croissant und die Zeitung für sie bereitgelegt hat. Normalerweise sitzt sie an der Theke und beginnt den Tag mit deren angenehm kühler Metalloberfläche unter den Armen, aber an diesem

Morgen ist es im Innern zu stickig. Also nimmt sie die Zeitung mit nach draußen und hält ihr Gesicht in die Sonne.

Claude bringt ihr Frühstück. Auf seinen Armen verblassen diverse alte Tattoos.

»Schrecklich, nicht?« Er zieht die Nase hoch und spuckt in den Rinnstein.

»Was?«

Claude nickt in Richtung Zeitung. »Noch ’n Anschlag. Oben in Bobigny.«

»Großer Gott.«

»Ein kleines jüdisches Kind. Dreizehn Jahre alt.«

Claude schüttelt den Kopf und geht wieder hinein. Er ist kein Mann von vielen Worten. Frédérique klappt die Zeitung auf. Die Titelseite ist der Hitzewelle gewidmet. Riesige Großbuchstaben und eine Landkarte von Frankreich in Rot und Orange. Dazu wie immer Berichte über Sparmaßnahmen. Steuern, Haushaltsdefizite, die letzte Runde an Kürzungen. Erst viel weiter hinten in der Zeitung entdeckt sie am unteren Rand einer Seite die Meldung aus Bobigny. Ein Kind wurde auf dem Heimweg von der Schule geschlagen, nur weil es eine Kippa trug. Aus den klein gedruckten Meldungen erfährt sie auch, dass es vor einer Moschee am Rande von Lyon einen weiteren Übergriff gegeben hat, dass ein Obdachloser nahe Châtelet krankenhausreif geprügelt wurde und dass die Rechtsextremen neue Proteste angekündigt haben.

Obwohl die Sonne ihr nach wie vor auf die Schultern brennt, hat Frédérique das Gefühl, eine Wolke zöge über ihr auf. Tief runzelt sich ihre Stirn, ihr Magen zieht sich nervös zusammen. Ihren Rückweg unterbricht sie nicht für die üblichen Einkäufe, nicht für Brot oder Milch und auch nicht für die dicken Erdbeeren, die der Gemüsehändler Mo immer für sie zurücklegt. Sie klimpert mit dem Wechselgeld in ihrer heißen, verschwitzten Hand und eilt mit schnellen Schritten durch die ruhige Straße. Sie würde gerne mit Josef reden, aber jetzt ist sein Einkaufswagen fort.

Frédérique fühlt sich nicht so alt, wie sie ist – fast ein halbes Jahrhundert. Während sie die Treppe hinaufsteigt, kann sie gar nicht glauben, dass vier Jahrzehnte vergangen sind, seit ihre Kinderfüße über diese Stufen stapften. Jede ausgetretene Mulde in den Bohlen ist ihr vertraut, jede Stelle mit abgeblättertem Putz. Einige der Schrammen dürften von ihren Tritten als Kind stammen. Heute noch trägt ihr Knie die Narbe von dem Sturz, als sie stolperte und die lose Fliese im Erdgeschoss ihr tief ins Fleisch schnitt. Es war ein Sommertag, ebenso heiß wie der heutige, und der Geruch von Eisen lag in der staubigen Luft, während die dunkle Flüssigkeit auf ihre weißen Söckchen tropfte.

Mischa liegt rücklings auf der Chaiselongue und streckt alle viere in die Luft. Frédérique sitzt neben ihr und reibt geistesabwesend über die alte Wunde. Fünf Stiche, seit vielen Jahren schon zu bleicher Haut verwachsen. Dennoch ist die Stelle empfindungslos geblieben.

So betrachtet sie auch diese Wohnung, in der sie aufgewachsen ist. Ein Ort, an dem Gefühle außen vor bleiben. Lange Zeit dieses Suchen nach Weite, neuen Horizonten, einem Raum, der größer ist als diese Stadt, nach einer Welt jenseits der spießigen Förmlichkeit, die innerhalb dieser vier Wände gehegt und gepflegt wurde. Dann ein grenzenloses

Leben erfahren, einen Sohn bekommen und ihn wieder verlieren. Das Universum erst in all seiner Unendlichkeit tief im eigenen Mark spüren. Dann die Leere – und schließlich die wiedererwachende Sehnsucht nach dem schmalen Kinderbett, den geblümten Wänden, den klobigen Möbeln und den ernst dreinblickenden Familienporträts. All die Dinge, die sie zuvor als drückende Last erstickt hatten, verwandelten sich nun in einen Schutz gegen den Schmerz. Ein Narbengewebe, das seither ihr Herz umfängt.

Die Katze wälzt sich herum und stupst Frédérique mit dem Kopf an. Runde grüne Augen und ein leicht fischiger Atem.

»Du hast recht, mein Liebling. Über Vergangenes grübeln bringt nichts.«

Und das tut sie auch nicht. Sie hat hier mit der Zeit eine stille Zufriedenheit gefunden. Sie hat ihre Katze, ihre Bücher und den Buchladen, den sie im Erdgeschoss führt. Zwar sind weder seine Öffnungszeiten noch seine Kunden noch seine Umsätze sonderlich verlässlich, aber die kleine Abwechslung im Gleichtakt ihrer Tage bereitet ihr Vergnügen.

Ohne an die Schachtel in ihrer Tasche zu denken, geht sie auf der Suche nach Zigaretten zum Beistelltischchen und sieht das rote Licht am Anrufbeantworter blinken. »Seit wann leuchtest du denn schon?«, murmelt sie und zündet die Zigarette an, die ihr zwischen den Lippen baumelt.

Frédérique nimmt einen tiefen Zug und spielt die Nachricht ab. Nach einem schrillen Pfeifton ist dumpf und abgehackt ihre Nichte zu hören. Offenbar steht sie im Freien, denn Verkehr und Windböen übertönen immer wieder ihre Worte.

»Freddie, hier ist Emilie! Hoffentlich macht es dir nichts aus … Freund von mir vorbei. Habe ihm gesagt … Schlüssel bei Madame Marin abholen. Er wird dich also gar nicht belästigen. Er muss nur mal raus …« Ein Lastwagen rumpelt vorbei. »Alles Liebe. Ach ja, er heißt Edward!«

Wieder das Piepen, dann Stille.

»Edward …« Frédérique stößt den Namen mit einem Seufzer aus. In ihrer Erinnerung tauchen wieder die feuchtfröhlichen Abende bei Kerzenlicht auf, wenn Emilie voll aufregender Geschichten über Freundinnen und Jungs von der Uni zurückkehrte. Ebenso beiläufig, wie sie das Haar nach hinten warf und dabei lachte, ließ sie auch ständig Namen fallen, nur um gleich darauf zu bemerken: »Gott, Freddie, dieser Wein schmeckt ja *furchtbar*!« Und Frédérique erinnert sich auch noch an den Schatten eines Errötens, als ihre Nichte wieder und wieder auf diesen wunderbaren Freund, diesen großartigen Edward zu sprechen kam.

Die Unijahre stellten damals eine deutliche Zäsur dar. Vorher hatte ihre Nichte fast bei ihr gewohnt, war so häufig zu Besuch gewesen, dass ihre Abwesenheit stärker überraschte als ihre Gegenwart, und es war nichts Besonderes für Frédérique, sie beim Nachhausekommen in der Badewanne, eingeigelt auf dem Bett oder beim Stöbern in den Bücherregalen anzutreffen. Als Emilie dann ihr Studium begann, hatte Frédérique erst wieder lernen müssen, mit der Stille zurechtzukommen. Die Nähe war groß gewesen, und natürlich lebte sie während der Semesterferien vorübergehend erneut auf, aber mit der Zeit lassen solche Dinge eben nach. Inzwischen sind einige Jahre vergangen, und Emilie hat jetzt ihr eigenes Leben in London an der Seite von Simon, dem aalglatten

Banker mit dem breiten Dauergrinsen und diesem ständigen Misstrauen im Blick. Außer zu einer schrecklich steifen Tasse Kaffee in irgendeiner Touristenfalle, die Simon *unbedingt* besuchen musste, hat Frédérique ihre Nichte seit Monaten nicht mehr gesehen. Sie kann sich gar nicht mehr daran erinnern, wann Emilie das letzte Mal unangemeldet bei ihr hereingeplatzt ist, wann überhaupt jemand überraschend vor ihrer Tür gestanden hat.

Da Mischa spürt, wie ihre Herrin wieder einmal in Tagträumereien versinkt, löst sie sich aus der Umarmung und stolziert in Richtung Küche, um Frédérique mit ihren Zigaretten und den Gespenstern aus der Vergangenheit allein zu lassen. In der Hoffnung auf einen bislang übersehenen Leckerbissen sucht die Katze den Boden unter dem Küchentisch ab. Sie hat kein Glück, aber immerhin liegt ihr Lieblingsplatz auf der Fensterbank derzeit in der Sonne, und so springt sie hinauf und macht es sich – ein Auge geschlossen, das andere nach unten in den Hof gerichtet – gemütlich.

3

Während Mischas Schnurren in tiefes, zufriedenes Schnarchen übergeht, knarzt und klappert das Gebäude um sie herum. Türen schlagen, Putz platzt ab, und wenn die U-Bahn in regelmäßigen Abständen unter dem Haus durchfährt, erfüllt ein feines Surren die Kehlen der Bewohner.

Aus dem gleichen blassgrauen Stein errichtet, in den unter ihr der Tunnel getrieben wurde, ist Nummer 37 keineswegs ein für alle Mal fertiggestellt, sondern eher in permanenter Veränderung begriffen. Ständig öffnet sich irgendwo ein Spalt zwischen Tür und Rahmen oder zwischen Fenster und Wand. In windigen Nächten jagt kalte Luft das Treppenhaus hinauf und kreiselt heulend durch die obersten Stockwerke. Im Sommer dagegen stehen alle Fenster sperrangelweit offen, die Rollläden ragen wie ausgestreckte Zungen nach außen, und das Haus schnauft in der Hitze gemeinsam mit seinen Bewohnern. Wirklich elegant ist es nie gewesen, dafür liegt es einfach zu weit vom Fluss entfernt. Außerdem besteht es eigentlich aus zwei getrennten Gebäuden. Eins zur Straße hin, mit großzügigeren Wohnungen als das andere, das sich hinter dem Hof anschließt. Eine Längsseite dieses Innenhofs nimmt ein würfelförmiger Flachbau mit Blechdach ein, in dem die *Gardienne* wohnt.

Nur wenige in Nummer 37 wissen aus eigener Anschauung zu berichten, wie lange Madame Marin bereits die

Gardienne ist oder wie lange sie den Friseursalon im Erdgeschoss betreibt. Seit mindestens drei Jahrzehnten ist der Durchgang vom Vordereingang zum Hinterhof ihr Reich, das sie mit dem Geruch nach Shampoo und verbranntem Haar und mit dem Klatsch über ihre Kunden füllt. Auch wenn sie es nie zugeben würde, hat sie die fünfzig längst überschritten. Ihre Brauen färbt sie sich in demselben Kürbisorange wie ihre Locken, die schon immer ihr größter Stolz gewesen sind, und nie sieht man sie ohne hochhackige Schuhe. Da Morgenmäntel in ihren Augen von grauenhafter Geschmacklosigkeit zeugen, besitzt Estella Marin eine Reihe knallbunter Kimonos, deren verwirrende Muster aus Fischen und Blumen sie sich eng um den Leib schlingt. Auf der Rückseite ihrer Beine zeichnen sich unter den transparenten Strumpfhosen marmorgleich geäderte Venengeflechte ab, deren Spinnennetze mit den Jahren in aller Stille ihre Beine hinaufwuchern, während Madame Marin den Hof kehrt, die Post in die Briefkästen verteilt und insbesondere die männlichen Bewohner grüßt, wenn sie vorbeihasten.

Früher einmal hätte die *Gardienne* eines Hauses alles über jeden gewusst. So riesig sind die Gebäude ja nicht, gerade mal ein gutes Dutzend Wohnungen auf fünf Stockwerke verteilt, und bevor bei Streitereien die Türen noch richtig geschlossen und die Stimmen gesenkt werden konnten, hätten die Vorgängerinnen von Madame Marin schon das Wichtigste aufgeschnappt. Zahlreiche Babys sind in Nummer 37 geboren worden. Die Schreie ihrer Mütter hallten durch das Treppenhaus, blutgetränkte Laken wurden nach unten gebracht und mächtige Kinderwagen nach oben geschleppt. Natürlich hat es auch Tote gegeben. Betagte Köpfe, die still auf ihre Kissen zurücksanken, und andere, die deutlich vor ihrer Zeit gingen.

Dem Ersten Weltkrieg fielen zwei Jungs aus dem Haus zum Opfer. Alfred Michel, ein sommersprossiger Neunzehnjähriger, frisch vom *Lycée*, und Guillaume Bertrand, ein blauäugiger Büroangestellter, der ein Mädchen in misslicher Lage zurückließ. Eines Tages erschien sie zum großen Entsetzen seiner Eltern an der türkisfarbenen Tür. Still und heimlich brachten sie das Mädchen in einer Dachkammer im Hinterhaus unter, in dem Zimmer neben dem von Edward, und beschränkten sich auf ihre Vorderhauswohnung mit Straßenblick, ohne sich zu der jungen Mutter zu bekennen oder auch nur mit ihr zu sprechen. Im Gegenteil. Madame Bertrand selbst heizte die Gerüchteküche im Haus noch an, indem sie den anderen Frauen vertraulich etwas von »solchen Mädchen« zuraunte, von »Kriegskindern« und »Ärgernissen«, bis das Mädchen, das Sophie hieß, eines Tages ihre Sachen packte, ihr blondes, blauäugiges Baby nahm und im Dunkel der Nacht verschwand. Dieser neuerliche Verlust lähmte die Bertrands indes vollends, und sie sprachen fortan kaum noch ein Wort.

Seinerzeit erzählte man sich, Sophie, die ursprünglich aus dem Elsass stammte, sei mit einem der Amerikaner durchgebrannt, von denen es nach dem Krieg auf dem Montparnasse wimmelte, aber in Wahrheit kamen die sagenumwobenen US-Boys nie bis zu diesem Haus oder in diese Gegend. Die großen Boulevards wiederum blieben für die hier Wohnenden in der Regel geheimnisvolle Orte, über die nur leise in missbilligendem Ton getuschelt wurde. Strahlende Lichter, Theater, Cabarets, eine ganz andere Welt verglichen mit den

Straßen, in denen sie verkehrten, mit ihrem Café, dem *Tabac*, dem Lebensmittelhändler und dem Metzger.

1943 wurde eine Familie aus dem Haus abgeholt: die Kahns aus dem dritten Stock. Die Bewohner von Nummer 37 sahen zu, taten nichts und sagten nichts, und eine neuerliche Stille befiel das Haus. Die Leute hielten die Blicke gesenkt, mieden jeden Kontakt und blieben für sich. Nach dem Krieg gedachte man der drei Kinder der Kahns mit einer Erinnerungstafel an der Schule.

Oft behielten Familien ihre Wohnungen über Generationen hinweg. Die Menschen wuchsen auf, wurden alt, starben und vererbten, während die Ereignisse im Rest der Welt an ihnen vorüberzogen. Historisch bewegte Jahrzehnte haben Nummer 37 nur wenig erschüttern können. In den Schornsteinen pfeift noch immer der Wind, und noch immer schlägt des Nachts auf geheimnisvolle Weise die Kellertür zu.

Am Ende des letzten Jahrhunderts entschieden die Bewohner, dem Haus einen neuen Anstrich verpassen zu lassen. Tatsächlich in Gang kam dieses Millenniumsprojekt allerdings erst im Glutofensommer von 2003, als ständig Krankenwagen stumm durch die Straßen der Stadt rollten, um die Alten und Vergessenen aufzusammeln, die an der Hitze gestorben waren. Und der Anstrich blieb unvollendet.

In vielerlei Hinsicht besteht die Geschichte von Nummer 37 also darin, den Zeiten stets ein wenig hinterherzuhinken, ein wenig abseits von ihnen zu stehen, verborgen hinter dieser türkisfarbenen Tür an einer Straße, die den Namen von längst vergessenen Blumen in sich trägt, Blumen, die, sollte es sie überhaupt jemals hier gegeben haben, heute nirgends mehr wachsen. Auf diese Weise hält das Haus seit Jahren durch und wird auch weiter durchhalten, während das Viertel ringsherum sich langsam zu verändern beginnt. Der dritte Stock im Vorderhaus steht momentan leer, und etliche der verbliebenen Bewohner stimmen darin überein, dass man sich die nächsten Käufer ganz genau ansehen muss.

4

»Ich habe nur gesagt, wir müssen uns die nächsten Käufer genau ansehen«, brüllt César Vincent über das Rauschen der Wasserhähne im Badezimmer hinweg. Er dreht sie zu und betrachtet zufrieden sein in Rasierschaum gepacktes Gesicht. Als er gerade die Klinge an diese heikle Stelle direkt unterhalb der Nasenlöcher legt, tritt unbemerkt seine Frau in die Tür.

»Was für Käufer?«

Vor Schreck zuckt Césars Hand, und der Rasierschaum beginnt sich rosa zu färben.

»Die Käufer eben, die Käufer«, erwidert er ärgerlich. »Für den dritten Stock.«

»Ach, die.«

Und damit verzieht sich seine Frau wieder ins Schlafzimmer.

César hat nie verstehen können, warum sich Chantal so wenig für das Haus interessiert. Als Vorsitzender der Eigentümergemeinschaft von Nummer 37 – seine Brust schwillt um ein paar Zentimeter an, wann immer er sich diesen Titel in Erinnerung ruft – ist er dazu verpflichtet, Interesse zu zeigen. Schließlich sind die Immobilienpreise auch nicht mehr, was sie früher waren. Da sollte besser nicht jemand… *Unvorteilhaftes* einziehen. Mit einem Seufzer richtet er seine Aufmerksamkeit zurück auf den Spiegel und den roten Tropfen, der gerade von seinem Kinn zu fallen droht.

Im Schlafzimmer kehrt Chantal Vincent auf ihren Platz am Fenster zurück. Es ist keineswegs so, dass sie sich nicht für das Haus interessiert, im Gegenteil, sie beobachtet es schließlich die ganze Zeit. Aber sie hat nicht gut geschlafen. Wieder einmal ist ihre Nacht stickig heiß und ruhelos verlaufen, weil César sich geweigert hat, bei offenem Fenster zu schlafen. Er hingegen ist natürlich frisch und bestens gelaunt aufgewacht. Das selbstzufriedene »Pom-pom-pom« seiner weichen Baritonstimme dröhnt über das Wasserrauschen, und sie weiß genau, dass er jeden Moment hereinplatzen wird, mit rosiger Haut, gut genährt und bereit für sein Tagewerk. Chantal hingegen fühlt sich erschlagen, ist noch im Nachthemd, die Haare kleben ihr im Nacken, und ihre einzige Hoffnung besteht darin, vielleicht ein paar ungestörte Minuten Schlaf ergattern zu können, bevor um zehn ihre Schicht beginnt.

Chantal arbeitet in der Bibliothek eines privaten Literaturinstituts im fünfzehnten Arrondissement. Hinter das Pult einer Bibliothekarin geriet sie erstmals Mitte zwanzig. Damals erschien ihr das Bibliothekswesen reizvoller (und finanziell lukrativer) als die zehn einsamen Jahre, die sie voraussichtlich zum Promovieren benötigt hätte. Eine Weile befielen sie danach noch Zweifel, ob sie wirklich die richtige Entscheidung getroffen hatte, vor allem wenn sich im September die Schaufenster mit Schulranzen und Federmäppchen füllten oder wenn ein entfernter Bekannter sie einlud, zur Verteidigung seiner Doktorarbeit zu kommen. Inzwischen jedoch, nach so vielen Jahren, schätzt sie die beruhigende Stille, die ihre Arbeit mit sich bringt, den Geruch von frisch bedruckten Seiten, das Vergnügen, einen Einband zum ersten Mal aufzuklappen und den Facetten einer so noch nie geschilderten Welt nachzuspüren. Zudem hat ihr in letzter Zeit die Zusammenarbeit mit einem neuen Kollegen besondere Freude bereitet, und auch wenn sie noch nicht an dem Punkt angelangt ist, es sich selbst einzugestehen, so beschäftigen sich ihre schlaflosen Gedanken doch nicht selten mit ihm.

Auf der Suche nach einem nicht vorhandenen Luftzug und um irgendwie Kraft für den bevorstehenden Tag zu sammeln, starrt Chantal von ihrem Fensterplatz aus auf den Hof und das gegenüberliegende Vorderhaus. Im ersten Stock hat sie bereits Frédérique mit dem silbergrauen Haar herumlaufen sehen. Im vierten schlägt diese widerliche Frau gerade mit einem Knall das Fenster zu. In der Wohnung über Chantal beginnt ein Baby zu schreien. Verfluchter Balg, geht es ihr durch den Kopf, während oben Füße in besorgter Eile über die Dielenbretter hasten, begleitet von den scharrenden Krallen eines Foxterriers.

Ein kleiner Mann tritt unten aus dem Flachbau in den Hof. Auch wenn man es kaum vermuten würde, das ist Madame Marins Ehemann. Anders als seine grell geschminkte, kimonotragende Frau ist Augusto Marin eine Symphonie in Beige. Sein beiger Pulli steckt sicher in beigefarbenen Hosen, die er bis zum Brustkorb hochgezogen hat. Er macht ein paar verhaltene Schritte in den Hof, mustert kurz den Himmel und schlurft schließlich zu den Mülltonnen an der Rückseite des Vorderhauses.

»Bonjour, Monsieur Marin!«

Jetzt ist es Chantal, die vor Schreck zusammenzuckt, da plötzlich César mit umgebundenem Handtuch neben ihr am

Fenster auftaucht und allen stolz seinen stattlichen Bauch präsentiert. Der Mann im Hof schaut auf, grüßt wortlos mit einer Handbewegung zur Stirn und setzt seinen Weg fort, wobei er fast mit einem jungen Mann kollidiert, der gerade aus dem Hinterhaus stürzt und Richtung Straße strebt.

»*César!*« Chantal schlingt instinktiv die Arme um den Oberkörper, da sie nicht mehr weiß, wie durchsichtig ihr Nachthemd eigentlich ist. »Zieh dir was an!«

»Keine Bange, Liebes, wird schon keiner meinen …«

Er bricht mitten im Satz ab, was bei ihm höchst ungewöhnlich ist.

»Was?«

»Sieh doch! Da!«

Sie schaut hinunter und tatsächlich, die Eingangstür zur Straße ist aufgegangen, und über die Schwelle tritt Madame Marin.

Nun muss Chantal sich nicht länger um die Wohlanständigkeit ihres Nachtkleids sorgen, denn Madame Marin hat ihren Körper in einen Fummel gezwängt, der ebenso knallpink strahlt wie knalleng sitzt. Die Partie zwischen ihren gemalten Brauen und den dichten schwarzen Kunstwimpern ist türkis geschminkt, die Lippen leuchten in kräftigem Rot. Sie strahlt den jungen Anzugträger, der in diesem Moment den Vordereingang erreicht, exaltiert an.

César und Chantal stockt der Atem. Auch die Füße über ihnen wandern nicht länger im Kreis. Madame Marin ist heute Nacht nicht zu Hause gewesen. Das da sind ihre Stilettos vom Vorabend, so viel steht fest. Sie macht ein paar unsichere Schritte und reckt den Hals, um zu sehen, ob ihr Ehemann irgendwo steckt. Doch Monsieur Marin ist weiter mit den Mülltonnen beschäftigt, und so verfolgt das Haus mit einem kollektiven Seufzer der Erleichterung, wie seine Frau verstohlen über den Hof wankt und unbemerkt in der Wohnung verschwindet.

»Puh, das war haarscharf«, sagt César Vincent zu seiner Frau. »Wie schafft sie das bloß? Wahrscheinlich schläft er im Wohnzimmer.« Chantal schüttelt den Kopf. »Ich sag dir, es kommt der Tag, da wird sie erwischt. Am Ende wird doch jeder erwischt.«

Trotz der Hitze läuft César ein kalter Schauer den Rücken hinab.

Nummer 37 steckt voller ironischer Verflechtungen. Sie durchziehen das Haus von Wohnung zu Wohnung, nicht anders als die Küchendünste, die das Treppenhaus hinaufsteigen, oder die eigentlich privaten Töne, die unter geschlossenen Türen entweichen. Während Chantal etwa an ihrem Fenster sitzt und sich freut, dass ihr Ehemann zur Arbeit muss, wünscht die Frau über ihr sich sehnlichst, ihrer wäre geblieben. Es ist ihr Baby, das geweint hat, und ihr anzugtragender Ehemann, der im Hof Madame Marin in die Arme gelaufen ist.

Tagesanfänge sind am schlimmsten, findet Anaïs. Vor allem dieser Moment, unmittelbar nachdem Paul gegangen ist. Zu wissen, dass es noch nicht einmal acht Uhr ist und sie noch zwölf Stunden durchstehen muss, bevor er zurückkommt, bevor sie wieder eine Unterhaltung unter Erwachsenen führen kann.

Früher in der Auvergne, vor ihrem Umzug in die Stadt, hat sie als Kindergärtnerin gearbeitet. *Maitresse de mater-*

nelle. Heute lastet dieser Titel schwer auf ihr. Dass sie den Kindern anderer Leute weit mehr Geduld entgegenbrachte als nun ihren eigenen, steht ihr in schönster Ironie beständig vor Augen. Wie viel stärker ihr Mutterinstinkt doch damals ausgeprägt war. Eine zwanzigköpfige Gruppe konnte ihrem Selbstwertgefühl nichts anhaben, verstärkte es allenfalls noch. Spiele mussten gespielt, Lieder gesungen und Kontrolllisten abgehakt werden, und am Ende des Tages erfolgte eine hübsch ordentliche, befriedigende Übergabe. Ihre eigenen Kinder scheinen dagegen kein Ende zu kennen. »*Maman, maman!*«, schallt es rund um die Uhr in ohrenbetäubender Lautstärke, und wenn sie mitten in der Nacht schlaflos Wache hält, füllt sie bisweilen die Stille mit Erinnerungen daran, wer sie einstmals war und wer sie streng genommen noch immer ist.

Anaïs nutzt einen unerwarteten Augenblick der Ruhe und sieht in den grauen Hof hinunter, doch höchstens zwei oder drei Sekunden später dringt ein mächtiger Knall aus dem Nebenraum, gefolgt von schrillem Kreischen. Louis hat von seinem Hochstuhl aus eine Tasse Milch auf den Boden geschleudert. Florence hat ihre Patschhändchen tief ins Nutellaglas getaucht. Der Hund kläfft, das Baby schreit, der Geruch nach vollgeschissener Windel liegt in der Luft, und der ganze Zirkus beginnt wieder von vorn.

Wie und warum Anaïs es schafft, sich nachts wach zu halten, weiß sie selbst nicht. Eigentlich dürfte das gar nicht möglich sein. An manchen Tagen fühlt sie sich so entsetzlich müde, dass sie glaubt, gleich den Betrieb einzustellen. Ihre Muskeln werden erschlaffen, sie wird zu Boden sinken und dort auf dem Teppich liegen, während Hund und Kinder schreiend im Kreis um sie herum toben, krabbeln und sich erbrechen. In ihrer stummen Bewegungslosigkeit wird Anaïs den Magnet für sie bilden, den Anker.

Aber ungeachtet dieser Gedanken macht sie sich automatisch auf den Weg in die Küche. Sie schimpft den Hund aus, ihren Sohn, ihre Tochter. Sie wischt alles auf. Heute ist dieser Tag noch nicht, allerdings fürchtet sie, dass er kurz bevorsteht.

Unten beginnt der tägliche Tanz, wenn die Laufwege sich im Hofkarree kreuzen und die Bewohner einander grüßen in einem unverbindlichen Wechselgesang aus *Bonjour, Bonjour*, der durch das Gebäude hallt, sobald die in seinen Mauern Lebenden sich von Angesicht zu Angesicht begegnen.

César Vincent stapft die Stufen hinab und durchquert mit ausladenden Schritten den Hof. Die Aktentasche schwingt selbstbewusst an seinem Arm. Ein winziges altes Männchen aus dem Vorderhaus schlendert davon, um im Park Schach zu spielen. Monsieur Marin, der sich an den kleinen Dingen des Lebens zu erfreuen weiß, zieht einen Liegestuhl in ein Fleckchen Sonne. Madame Marin ist inzwischen wieder in den gewohnten Kimono geschlüpft und lauscht über die aufheulenden Haartrockner hinweg den Kundinnen, die über die Hitze klagen.

Etwas später macht Chantal sich auf den Weg in die Bibliothek. Die Aussicht, gleich wieder Adrien zu begegnen, lässt ihr Herz ein wenig schneller schlagen. An der türkisfarbenen Eingangstür trifft sie auf Frédérique, die heruntergekommen ist, um draußen nach dem obdachlosen Josef zu sehen.

»Bonjour, Madame Vincent.«

»Bonjour, Madame Aubry.«

Einen Moment halten beide unbeholfen vor der Tür inne, um sich nicht vor der anderen nach draußen zu drängeln. Nach ein paar verunglückten Startversuchen, die mit freundlichem Lachen quittiert werden, schaffen sie es schließlich gemeinsam auf die Straße, und Chantal denkt nicht zum ersten Mal, wie schade es doch ist, dass César und Frédérique so häufig aneinandergeraten. Frédérique wiederum wünscht sich, Chantals Ehemann wäre nicht ein solcher Widerling. Beiden fällt nicht zum ersten Mal auf, wie schön es doch wäre, eine Freundin im Haus zu haben.

Chantals Schritte verklingen in der Ferne, und erneut kehrt Stille in die Straße ein. Josef ist nicht da. Frédérique gibt sich geschlagen und beschließt, den Laden aufzumachen, der versteckt in einer Ecke des Hinterhofs liegt. Auf den einen Tag kommt es auch nicht an, und vielleicht kann sie ja heute diese Kataloge zusammenstellen. Außerdem ist sie so nicht der sengenden Sonne ausgesetzt. Auf ihrem Weg über den Hof richtet sie den Blick nach oben und muss erneut an Emilies Freund in der Dachkammer denken.

5

Er ist im Garten. Regen zieht auf. Dunkle Wolken schieben sich über den Berg. Es liegt eine gespannte Ruhe in der Luft, dennoch zittern die Blätter an den Bäumen, zwitschern die Vögel aufgeregt im Chor. Bettlaken hängen auf der Leine. Weiße, sich blähende Tücher. Er hat sie früher schon so gesehen, kennt die Silhouette der Gestalt, die mit schlaff herabhängenden Armen durch das Meer aus Segeln treibt.

»Mum!«

Er ruft nach ihr, aber vielleicht ist es ja doch windig, immerhin schlagen die Laken in wütenden Wellen aus, und er kann seine eigene Stimme nicht hören. Die Gestalt dreht sich nicht um. Als der erste Donner das Tal entlangrumpelt, läuft er auf sie zu, aber jetzt ist er in den Tüchern gefangen, und er ist wieder klein. Ein Kind, umhüllt von Waschpulverfrische, bedrängt von Seepferdchenmustern und weißer Gischt. Er duckt sich unter den Donnerschlägen, und alles, was er im weißen Auf und Ab ausmachen kann, ist die erhobene Hand seiner Mutter mit dem lose auf dem knochigen Finger steckenden Ehering, die Wäscheklammern auf- und zuschnappen lässt. Auf. Zu. Auf. Und jedes Mal schnellen die Plastikschenkel mit donnerndem Knall zusammen.

Wieder schreckt Edward aus dem Schlaf. Rasch schlägt er sich die Hand vor den aufgerissenen Mund. Inzwischen ist es taghell und heiß, seine Haut so klebrig feucht, dass er sich aus den Laken schälen muss. Es dauert einen Moment, bis er das Geräusch, das ihn geweckt hat, zu orten vermag. Die zuschnappenden Klammern aus seinem Traum verblassen, und ihm wird bewusst, dass jemand an die Tür klopft.

Er streift ein T-Shirt über den Kopf und fährt sich mit der Hand durch das platt gelegene Haar. Gerade will er den Schlüssel umdrehen, da erinnert er sich mit leichtem Grauen an die Frau, die ihm gestern Abend das Zimmer gezeigt hat. Madame Marin, in Leopardenmuster und einer Wolke aus Parfüm, die Haare fast so rot wie die Fingernägel, die sich mit befremdlichem Nachdruck in seinen Unterarm gruben.

Die Frau, die jetzt in der Tür steht, bietet einen komplett anderen Anblick. Groß gewachsen, schmal, mit einer Löwenmähne aus silbergrauem Haar, die sich sanft über ihren Nacken ergießt und ihr ein ätherisches, jenseitiges Aussehen verleiht. Sie trägt ein langes weißes Hemd, um den Hals eine Bernsteinkette und Türkisringe an den Fingern. Ihre Augen haben fast die königsblaue Farbe von Tinte.

Lächelnd sagt sie etwas, das er nicht versteht.

»Ähh … *Pardon*?« Sein Französisch ist stärker eingerostet, als er dachte.

»Ach, entschuldige. Emilie hat mir nicht gesagt, dass du Engländer bist.« Die Stimme der Frau ist weich wie Butter. »Ich bin ihre Tante. Frédérique.«

»Oh, natürlich. Verzeihung, Edward.« Er streckt die Hand zur Begrüßung aus, und ihre Mundwinkel heben sich amüsiert angesichts der steifen Geste. Sie beugt sich vor, ihr Haar streicht sanft an seinem Ohr vorbei, es duftet nach frisch geschnittenem Gras, und sie küsst ihn auf beide Wangen.

»Wir sind in Frankreich, Edward. Unter Freunden begrüßt man sich hier so.«

Ihre Silberarmreifen klimpern, als sie sich aufrichtet, und Edward fühlt sich von der Art, wie Frédériques lange Arme und Beine schlenkern und schlackern, wenn sie sich bewegt, sofort an Emilie erinnert. Aus irgendeinem Grund hält er noch immer die Hand ausgestreckt. Hastig lässt er sie sinken und bemerkt dabei seine nackten Beine, die Boxershorts und seine schrecklich knubbeligen Knie.

»Ich wollte dich nur willkommen heißen und sehen, ob du alles gefunden hast«, fährt Frédérique fort und beginnt, geistesabwesend die Kette um einen Finger zu wickeln.

Gefunden hat Edward so ziemlich alles, nur seine Stimme bleibt weg, und er hat schon lange genickt, bevor er endlich ein »Ja, danke« zustande bringt.

»Ich habe mir gedacht…«, wieder lächelt sie, und ein Funkeln tritt in das weite Blau ihrer Augen, »vielleicht möchtest du ja zu einem Tee nach unten kommen. Sobald du angezogen bist, versteht sich.«

In das Samtsofa zu sinken gleicht dem Eintauchen in eine andere Welt, eine Welt, die aus dunklem Holz besteht, aus dem schwachen Duft nach Räucherstäbchen und dem Kratzen von schwerem Polsterstoff an seinen Armen. Nebenan hört er Frédérique mit der Teekanne hantieren. Das metallische Klappern von Besteck wird untermalt vom leisen Trillern klassischer Musik aus einem Radio irgendwo.

Edward ist allein im *Salon*. Ihre Wortwahl, nicht seine. Er hätte vermutlich Wohnzimmer dazu gesagt, vorausgesetzt die Maße wären halb so groß gewesen. Tatsächlich aber nimmt der Raum die gesamte Breite des Gebäudes ein. An seiner Frontseite reihen sich vier Fenster aneinander, die allesamt offen stehen. Die cremefarbenen Vorhänge sind zugezogen und schleifen über den Holzboden. Die Wände sind in einem kühlen Farbton irgendwo zwischen Grau, Blau und Staubfarben gehalten, während sich über die Decke ein wildes Spiel von Stuckarbeiten zieht.

Frédérique hat ihn auf dem Sofa platziert, das die eine Hälfte des Raumes dominiert. Eine gewaltige Masse aus verblasstem Blau, die unter ihm zugleich nachgibt und vorspringt. Er muss an Rosshaar denken, an Mähnen, die in Quasten abstehen, und versichert sich, dass es nur der dicke Samtbezug ist, der an seinen Beinen reibt. Um das Sofa herum stehen eine Reihe schlichterer Sessel, eine Chaiselongue mit verblichenem Blütenmuster und Bücher, *überall* Bücher. Sie füllen die Regalwand, die hinter ihm die gesamte Längsseite entlangläuft, und lehnen, auf dem Boden zu gewagten Türmen gestapelt, gegen jede senkrechte Stütze, die sich finden lässt.

Das andere Ende des Raumes dominiert ein großer Esstisch. Selbst im Halbdunkel kann Edward die glänzende Holzfläche schimmern sehen. Dazu blinken von den Wänden Glöckchen und kleine Spiegel, die an Schmuckschnüren baumeln und leise im Durchzug klimpern. Seine Augen haben sich jetzt an das Dämmerlicht gewöhnt, und er erkennt in gleichmäßigen Abständen aufgehängte dunkle Porträts, große blaue und weiße Vasen, die mit Blumen gefüllt sind, und diverse Statuen, die hier und da herumstehen. Goldene Götter und Buddhas, prächtig und geheimnisvoll vage im diffusen Licht.

Verlegen streift Edward sich mit den Händen über die Oberschenkel. Mit derart herrschaftlichen Verhältnissen hat er nicht gerechnet. Frédérique hatte ihm zwar erklärt, wie er zu ihr kommt – die Treppe hinunter, über den Hof, im Vorderhaus hoch in den ersten Stock –, aber ihre belustigte Abwertung seiner Unterkunft als »Gesindekammer« hatte er nicht ernst genommen. Nach ihrem Besuch war er im Etagenbad gewesen, wo er sorgsam darauf achtete, beim Duschen die schmuddeligsten Wannenecken zu meiden. Doch selbst jetzt in diesem großen Raum ist es stickig, und schon beginnt sich in seinen Kniekehlen der Schweiß zu sammeln. Nach dem Duschen hat er bereits eine Spur feuchter Fußstapfen auf dem Flur hinterlassen, daher möchte er nun Schweißflecken auf diesen Möbeln unbedingt verhindern. Bis eben ist er sich in dem frischen Paar Shorts und dem am wenigsten zerknitterten T-Shirt aus seinem Rucksack noch ganz ordentlich vorgekommen, inzwischen aber fragt er sich, ob er nicht besser ein Hemd angezogen hätte. Irgendwie scheint dieser Raum nach Knöpfen zu verlangen.

»So, jetzt geht's los.« Frédérique erscheint in einer Tür auf der gegenüberliegenden Stirnseite mit einem Tablett in den Händen.

Edward springt auf. »Kann ich …«

»Sitzen bleiben, sitzen bleiben«, fordert sie ihn mit einem Kopfnicken auf und umkurvt mit routinierter Leichtigkeit die Bücherstapel. Sie setzt das Tablett auf einem Schemel ab und macht sich daran, aus einer entenförmigen Kanne Tee in blau-weiße Tassen mit unterschiedlichen Blumenmustern zu gießen.

»Du nimmst sicher Milch.«

Es ist eher eine Feststellung als eine Frage.

»Ja, bitte.«

Frédérique lächelt. »Es war so *bizarr* für mich, als ich das erste Mal nach England kam, diese Sache mit der Milch im Tee. Überall, wo man auch hinkommt…« Sie fuchtelt so heftig mit ihrer freien Hand herum, dass Tasse und Untertasse in der anderen gefährlich klappern. Edward umklammert konzentriert sein Gedeck. »Überall *Milch* im Tee. Es war furchtbar. Ich sah die Fettaugen regelrecht darin schwimmen! Aber dann…«, wieder ein Lächeln, diesmal halb belustigt, halb bedauernd, »kommt man selbst auf den Geschmack.«

Sie spricht mit feinem französischen Akzent. Die Erinnerung an etwas Schönes schwingt in ihren Worten mit, und noch bevor sie von ihren Abenteuern erzählen kann, sieht Edward sie schon vor sich, wie sie an einem fernen Strand bei Sonnenuntergang oder irgendwo im Himalaja bei Sonnenaufgang ihre Finger durch ebendiese Kette mit Bernsteinperlen gleiten lässt. Es dauert einen Moment, bis er in die Realität zurückfindet und daran denkt, etwas zu sagen.

»Waren Sie lange in England?«

»Nein, nicht lange. Ich bin gerne unterwegs. Ich wollte immer weiter zu den nächsten aufregenden Gegenden. Indien, Tibet, Nepal…« Sobald ihre Hände zur Ruhe kommen, wandert ihr Blick umher und fixiert Dinge, die Edward in dem weitläufigen Raum nicht zu bestimmen vermag. »Und Englisch war überall viel praktischer als meine Muttersprache. Wenn man auf einer Polizeistation in Rajasthan feststeckt, ist es weitaus günstiger, die Schmiergeldzahlung auf Englisch zu regeln als auf Französisch.«

Bei den letzten Worten sieht sie ihm offen in die Augen,

und er ist verblüfft, wie lebhaft er sich die Situation vorstellen kann. Als könnte sie mit ihrer Erzählung auch gleich Hitze, Farbe und Geruch wiedergeben.

»Aber genug von mir. Was machst du denn so, Edward?«

Ihm gefällt die französische Aussprache seines Namens mit dem Anflug einer eingeschobenen und rasch übersprungenen dritten Silbe – *Ed-ou-ard.* Aber was soll er darauf antworten? Was hat er schon gemacht? Auf der Schule unter den Besten, nach Meinung aller ideales Material für Oxbridge, ein garantierter Kandidat für die ganz große Karriere. Die Prüfungen legte er dann auch ab, wurde aufgenommen und ging hin, aber irgendwie ließ der Riesenerfolg, auf den er abonniert schien, bislang auf sich warten. Immerhin, die viel besungenen *träumenden Türme* der Stadt übten ihren Zauber aus, und ohne dass es ihm aufgefallen wäre, wurden aus drei Jahren schnell vier, fünf, sechs. Eine kleine Lehrveranstaltung abhalten hier, hinter der Theke jobben dort, und in der Zwischenzeit taumelte seine Mutter auf den Abgrund zu, war seine Schwester … Er hat keine Ahnung, was er sagen soll, aber Frédérique drängt ohnehin fröhlich weiter.

»Bist du viel gereist? Wie gefällt dir Paris? Kennst du die Stadt schon?«

Er will nicht zugeben, dass er eigentlich bislang nur geschlafen hat, dass die Erleichterung, hier zu sein, alle gespannten Erwartungen überwogen hat, dass der Drang herumzustreifen gegen das Bedürfnis, sich einfach in das quietschende Bett fallen zu lassen, nie eine Chance hatte.

»Flüchtig.« Er bleibt bewusst vage. »Klassenfahrt und so. Eiffelturm, Louvre.« Plötzlich wird ihm selbst bewusst, wie klein seine Welt bis heute gewesen ist. »Aber es wäre schön, mehr von dem eigentlichen Paris kennenzulernen.«

Damit hat er offenbar das richtige Stichwort getroffen, denn sofort beginnt Frédérique wieder, mit den Armen zu fuchteln. Die Frau vor ihm erinnert ihn so stark an Emilie, es ist kaum zu fassen, dass sie ihre Tante ist und zwanzig Jahre älter als er sein muss …

»Unbedingt solltest du das! Bleib einfach, bleib, solange du willst! Auf jeden Fall lange genug, um die Stadt richtig zu erleben. Nicht bloß Notre Dame und die Massen oben am Montmartre, sondern das *eigentliche* Paris, genau das ist es!« Sie schwenkt ihren Tee in wilden Kreisen vor sich herum, und die Flüssigkeit schwappt von Tassenrand zu Tassenrand. »Heute reisen die Leute, ohne irgendwas zu *sehen*. Überall machen sie Fotos und sehen doch nichts, hab ich recht? Ein bisschen ist es natürlich immer schon so gewesen. All die Amerikaner, die durch Saint-Germain schlendern oder an der Seine entlang und später erzählen, sie hätten Paris erlebt. Aber heute, mit diesen ganzen technischen Neuerungen … Hast du auch eins dieser neumodischen Telefone, die alles können?«

Ausnahmsweise ist Edward froh über das alte Handy, das oben auf dem Nachttisch liegt. »Nein, nein, habe ich nicht.«

»Oh, *schön*, du bist ein Hippie, das freut mich! Als ich das letzte Mal am d'Orsay war, überall bloß Fotos, Fotos, klick, klick, klick, huschhusch von einem Motiv zum nächsten, und keiner sieht noch was außer dem Bildschirm in seiner Hand.« Sie macht eine Pause und richtet ihre blauen Augen auf ihn. »Meiner Meinung nach müssen wir alle erst wieder lernen zu sehen.«

Frédérique selbst hat allerdings nicht die geringsten Probleme damit. Edward ist regelrecht verunsichert von ihrem direkten Blick. Er ist eindringlich, erwartungsvoll, als würde sie gespannt damit rechnen, gleich irgendeine umwerfende Erklärung aus seinem Mund zu hören. Erneut verlagert er sein Gewicht. Mit jeder Sekunde wird das Schweigen drängender, daher fragt er: »Und Sie sind also die Tante von Emilie?«

Frédérique lehnt sich auf der Chaiselongue zurück und zieht die Beine katzengleich an. »Sie ist meine Lieblingsnichte, und ich bin ihre Lieblingstante – zumindest hoffe ich das! Sie hat als Kind viel Zeit bei mir verbracht. Ihre Eltern …« Sie schüttelt missbilligend den Kopf. »Bist du ihnen mal begegnet?«

»Ähh …«

An dem Tag, als er und Emilie in Oxford ins College aufgenommen wurden, ist Edward den Eltern von Emilie tatsächlich einmal begegnet. Er erinnert sich noch an das gelbe Einstecktuch, das aus der Hemdtasche ihres Vaters ragte, und daran, wie sehr ihre Mutter trotz Pelzmantel in der feuchten Kälte zitterte. Seine eigenen Eltern, nervös, stolz und »beeindruckt, sehr beeindruckt« von der Begrüßungszeremonie, wie sein Vater mehrfach betonte, waren zu diesem Zeitpunkt schon wieder abgereist. Die Ausmaße der Kirche, die Glasmalereien, die Außenanlage, das alles hatte ihnen den Atem verschlagen. Emilies Eltern warfen bloß einen entsetzten Blick in das winzige Zimmer ihrer Tochter. Danach weigerte sich ihre Mutter, das von Edward oder die Gemeinschaftsküche überhaupt zu betreten, fast als würde sie befürchten, sich dort mit irgendetwas anzustecken. Der

Vater wirkte eigentlich ganz freundlich und gesprächig, aber seine Kiefermuskulatur entspannte sich nie und schien ständig im Abwehrmodus zu sein.

Spürte Edward damals schon, wie zuwider sich Emilies Eltern waren. Oder fand er das erst später heraus, als er mit Emilie bei ihren zahllosen gemeinsamen Rauchpausen darüber zu reden begann und sie beide, um auf keinen Fall den Feuermelder auszulösen, Berge von Zigarettenstummeln auf der regennassen Fensterbank anhäuften? Sieben Jahre liegt dieser nasskalte Oktobertag inzwischen zurück, und womöglich spielt sein Kopf ihm bloß einen Streich.

»Keine Bange, bei mir musst du nicht jedes Wort auf die Goldwaage legen.« Frédériques Stimme reißt ihn in die Gegenwart zurück. »Meiner Ansicht nach ist Caro ein absoluter Kotzbrocken. Gott weiß, warum er ausgerechnet so eine Frau heiraten musste.«

»Na ja, irgendwie hat doch jeder seine Probleme mit den Eltern, oder?«, bemerkt Edward, trotz allem diplomatisch. »Ich meine, geht man nicht gerade deshalb studieren?«

»Ah! Wie wahr, wie wahr. Ich bin an die Sorbonne gegangen, und es hat ganz schön Anstrengung gekostet, meine Eltern davon zu überzeugen, mich ausziehen zu lassen. Ich war in der Familie schließlich die Kleine – du weißt, was ich meine.«

Edward weiß, was sie meint. Einen Moment herrscht Schweigen.

»Sind Sie hier aufgewachsen?«

»Genau in dieser Wohnung.« Ihre Augen wandern durch den Raum und sehen Dinge, die für ihn unsichtbar sind. »Es ist schon ziemlich ungewöhnlich, schätze ich, dass ich noch immer hier bin. In meiner Kinderzeit haben im Haus sogar noch andere Verwandte gewohnt. Tanten und Cousinen im dritten und vierten Stock. Wenn wir spielen wollten, mussten wir nur die Köpfe aus dem Fenster strecken oder durch den Hausflur rufen. Und meine Tante pfiff eine ganz bestimmte Melodie, wenn meine Mutter zu ihr hochkommen sollte. Wir hatten ein Hausmädchen, das oben in Ihrem Zimmer gewohnt hat und für alle zuständig war. Heute kann ich mir das gar nicht mehr vorstellen.« Sie lacht und schüttelt den Kopf. »Du etwa? Die Mahlzeiten alle gemeinsam. Vier, fünf Baguettes auf einmal, und wir Kinder gingen sie immer holen, so viele und so lange Stangen, dass wir sie beim Treppensteigen kaum festhalten konnten.« Sie schiebt eine Strähne silberblondes Haar hinter das Ohr. Ein Luftzug schleift die Vorhänge über den Dielenboden, und die Bewegung scheint ihren Tagträumereien ein Ende zu bereiten. »Und deine Familie, Edward? Woher stammst du? Hast du Geschwister?«

Jetzt ist es an ihm, den Blick ins Leere zu richten und zu verfolgen, wie jenseits von Möbeln und Büchertürmen die Geister der Vergangenheit Gestalt annehmen.

»Aufgewachsen bin ich in Warwickshire. Auf dem platten Land, heißt das. Auf einem Hof.« Pause. »Meine Eltern leben da noch immer.«

Frédérique begegnet seinem Blick, und in diesem stummen Moment verbindet sie etwas Unausgesprochenes. Er hat das Gefühl, sie begreift, diese sonderbar zauberische Frau, die er zuvor noch nie getroffen hat und die sich hier an einem Freitag in Paris in der Stille einer drückend heißen Wohnung mit ihm in einer für sie fremden Sprache unterhält. Sie strahlt eine Vertrautheit mit Verlust aus, die so echt und real auf ihn wirkt, dass sie ihm mit Händen greifbar scheint.

Irgendwo schlägt eine Tür zu. Stimmen schallen von der Straße hoch, und der Bann ist gebrochen. Frédérique tritt ans Fenster und sieht auf die Außenwelt hinab, als würde sie nach etwas Ausschau halten. Dann dreht sie sich um. Ihre Stimme klingt fröhlich, ihre Augen leuchten.

»Wie sieht's denn mit Geld aus, Edward? Wenn du mal knapp bei Kasse bist und Lust dazu hast, kannst du gern bei mir im Laden arbeiten.«

6

Die Sonne versinkt, aber die Hitze lastet noch immer schwer auf der Stadt. Sie hält die Pariser fest in ihren Klauen und drückt zu. Ventilatoren und Eiswürfelformen sind längst ausverkauft. Keiner hat mehr Appetit. Auf den Marktständen der Stadt werden die Waren schlaff und welk, und den Menschen in den Wohnungen geht es nicht anders.

Tag und Nacht hallt es im Eingang des Wohnblocks: »Mein Gott, und wir haben erst Juni!«

Es ist viel zu heiß, um sich einen fantasievolleren Spruch auszudenken.

César Vincent schwitzt gemächlich im Wohnzimmer vor sich hin und erinnert dabei irgendwie an überreife Rote Bete. Chantal hängt schlapp auf dem Sofa.

»Viel zu heiß zum Kochen.«

»Zu heiß zum Essen.«

Chantals Hand blättert träge die Seite ihrer Zeitschrift um.

»César?« Sie betrachtet die Seite.

»Ja, Liebling?«

»Du hast noch gar nichts vom diesjährigen Sommerfest erzählt. Veranstaltet die Bank etwa keins?«

Das Eis in Césars Drink ist bereits geschmolzen, doch in seine Eingeweide bohren sich gerade eisige Splitter. Die Sache mit dem Sommerfest quält ihn seit Wochen.

»Jetzt, wo du es sagst, Liebling.« Er steht auf und trinkt das Glas aus, um das Zittern seiner Hand zu verbergen. »Ich weiß es gar nicht. Ich werde mal Guillaume fragen.« Er tritt ans Sofa, küsst Chantal auf die warme Stirn, nimmt ihr leeres Glas und schwenkt es in der Luft. »Noch einen, mein Schatz?«

Im Stockwerk darüber hört Anaïs die Stimmen der Vincents als undeutliches Murmeln. Ausnahmsweise herrscht bei ihr völlige Ruhe. Sie war mit den Kindern im Park und ist unverantwortlich lange dort geblieben. Das Mittagsschläfchen fiel aus, ebenso wie der kleine Snack danach, da die Kinder vom Spielen und der Hitze so apathisch waren, dass sie sogar ihr *Goûter* vergaßen, das klebrig süße *Pain au Chocolat*, mit dem sie sich sonst jeden Nachmittag auf dem Heimweg die Gesichter vollschmieren. Endlich sind sie einmal mit den Kräften am Ende. Selbst der Hund liegt erschöpft in seinem Körbchen und lässt den Schwanz kraftlos über die Seitenwand baumeln.

Anaïs steht wieder am Fenster. Es ist schon spät, und der Himmel hat diesen tiefblauen Meereston angenommen, den sie so liebt, doch Paul ist noch immer nicht zu Hause. Wie gewöhnlich umklammern ihre Finger die Fensterbank, aber heute Abend fühlt es sich an, als könnte sie sonst womöglich hinunterstürzen.

Bei jedem Atemzug spürt Anaïs, wie sich ihre Schultern heben und die Wirbelsäule heraustritt. Der eigene Körper ist ihr fremd geworden. Ihre Hände sind knochig und rau, die Schlüsselbeinpartien eingesunken, am Bauch runzelt sich die erschlaffte Haut, und die Brüste, die an diesem Abend nicht stillen mussten, hängen schwer nach unten. (Wobei sie mittlerweile gelernt hat, dass echte Pariserinnen ihren Kindern gar nicht die Brust geben.)

Bei der Hochzeit war ihr fünfundzwanzig gar nicht so jung vorgekommen. Eher alt, wenn sie es mit einigen ihrer Freundinnen verglich. Heiraten hatte sich nach Liebe und Abenteuer angefühlt. Wie aufregend es gewesen war zusammenzuziehen, gemeinsam wegen Pauls Job nach Paris zu gehen, miteinander Toaster, Bilder und Besteck einzukaufen, irgendwann endlich das Pariser Metrosystem zu verstehen und sich an Sommerabenden zum Picknick unter dem Eiffelturm zu treffen, wo Paul dann seine Krawatte lockerte und ihr sein Sakko umlegte, wenn es später kühl wurde.

Ihr war immer schon klar gewesen, dass Paul der Religiösere von ihnen beiden war. Früher, daheim in ihrer kleinen Stadt in der Auvergne, hatte sie das Gefühl gehabt, sie könne leben, glauben, die Sonntagsmesse besuchen und bei Kirchenfeiern helfen – und all das lasse sich problemlos unter einen Hut bringen. Aber in Paris ist alles anders, und die Babys kamen in rascherer Folge, als sie es erwartet hatte. Paul hält es für einen Segen und Gottes Wille, und irgendwo im tiefsten Innern dieses ihr fremden Körpers weiß sie, dass er recht hat, aber wenn dies ein Gottesgeschenk ist, dann erdrückt es sie gerade.

Die Gottesdienste jagen ihr hier Angst ein. Die Kirche ist riesig und düster, die vielen Besucher bleiben einander vollkommen fremd. Niemand möchte den anderen kennenlernen. Kirchenfeste gibt es in dieser Stadt nicht. Obwohl sie es nie offen sagen würde, fürchtet sie sich vor den Afrikanern, vor deren lauter Art, der körperlichen Inbrunst ihres Glaubens, wenn sie sich mit dunklen Händen auf den Brustkorb trommeln. Und die alten Pariserinnen mit ihren Perlenketten, den zweiteiligen Kostümen und diesem ewigen schmallippig missbilligenden Ausdruck im Gesicht wirken auf sie ebenso einschüchternd. Einmal hat sie bei einer Messe mit dem kleinen Louis auf dem Arm ganz hinten gestanden, als plötzlich ein Obdachloser aus einer dunklen Ecke trat und ihr an die Brust fasste. Sie schrie auf, Louis heulte los, und einhundert Augenpaare blickten vorwurfsvoll über die Schultern zurück, während der Priester ein ungehaltenes »Schhh« von sich gab.

Anaïs muss häufig an diesen Moment denken, gerade wenn die Kinder sich an ihr festklammern. Der Obdachlose mit seiner zerschlissenen Kleidung und den verfilzten Haaren, von dessen Gesicht ihr nur noch der faulige Geruch aus einem zahnlosen Mund in Erinnerung ist. Für kleine Kinderhände ist Fleisch eben Fleisch, und sie packen zu, ohne darüber nachzudenken, aber manchmal fühlt sie sich in diesen Augenblicken ganz ähnlich attackiert. Ihr Körper gehört ihr nicht mehr. Andere bestimmen darüber. Jede Minute des Tages lebt sie für andere. Andere müssen gefüttert, angezogen, gewaschen und getröstet werden, während sie selbst sich unter blutigen Qualen in ein fremdes Etwas verwandelt, eine bloße Körperhülle, aus der sie sich gerne häuten würde, und keiner ist da, um ihr Trost zu spenden.

Es schlägt neun, und Paul ist noch nicht zurück, sondern immer noch dort, in der weihrauchsüßen, nur von Kerzenlicht durchbrochenen Dunkelheit der Kirche, und redet über Judäa, Bethlehem und Galiläa. Ein privilegierter Männerzirkel, der losgelöst von Raum und Zeit ganz in die eigene

Wahrheit, den eigenen Glauben vertieft ist und der Stadt keinerlei Beachtung schenkt, die währenddessen um sie herum dröhnt und sich nicht im Geringsten um ihre religiöse Hingabe schert.

Über Anaïs stapfen schwere Schritte von einem Ende der Wohnung zum anderen. Sie hat keine Ahnung, wer das sein könnte.

Auch nach drei Jahren weiß Anaïs nicht, wie viele Leute eigentlich im Haus wohnen. Sie hat keinen Bezug zu ihrer Nachbarschaft, treibt einsam umher inmitten dieser auf zentimetergenau bemessenen Flächen zusammengedrängten Leben. Als jemand, der auf dem Land in einem eigenen Haus aufgewachsen ist, umgeben von Feldern, wo Vögel die Uhrzeit verkünden oder strohverklebte Kühe, die muhend von der Weide zurückkehren, beunruhigt sie die Zufälligkeit, die hier herrscht; etwa, dass jede Wand gleichzeitig die Wand eines anderen ist. Und dass sie überhaupt keine Ahnung hat, wer dieser andere ist.

Unten bei den Vincents wird gelacht. Im Vorderhaus sieht jemand fern. Sie kann den bläulichen Lichtschein erkennen, der über die Decke tanzt. »Du bist müde, du bist lediglich müde«, murmelt sie vor sich hin. Es sind dieselben Worte, mit denen sie die Kinder immer besänftigt. Jetzt aber drohen ihr die Tränen in die Augen zu steigen. Sie mustert das dunkle Gebäude gegenüber. All die kleinen Spuren von Leben darin, der Schatten von jemandem, der den Raum durchquert, der Widerschein einer Flurleuchte, Vorhänge, die zur Nacht zugezogen werden, und das Leben ist da, in all seiner Vielfalt, und sie ist hier, nur wenige Meter entfernt, und fühlt sich einsam wie nie zuvor.

Eine einzelne Träne quillt über und läuft ihre Wange hinab, als in einem Fenster auf der anderen Seite eine Frau erscheint. Es ist Frédérique, aber das weiß Anaïs nicht. Sie kennt die Frau nur als Madame Aubry, die ihr manchmal zuwinkt, wenn sie an dem Laden im Hof vorbeikommt, und die eigentlich ganz freundlich lächelt. Wenn sie bloß nicht die Kinder mit diesem merkwürdig gequälten, sehnsüchtigen Ausdruck anstarren würde. Jetzt sehen die beiden Frauen sich direkt an. Frédérique hat einen Telefonhörer am Ohr und spricht zu irgendeinem fernen Jemand, aber ihre Blicke bannen einander, und Anaïs hat das Gefühl, als könnte sie über den dunklen Hof langen und die Hand der Älteren berühren, als könnte sie ihre sanfte Wangenhaut entlangstreichen und in dieser blauen Nacht eine Vertraute finden.

Plötzlich reckt der Hund seinen Kopf in Richtung Tür und beginnt laut zu winseln. Widerstrebend wendet Anaïs sich vom Fenster ab.

»Was ist, Beau?«

Der Hund springt nicht mit wedelndem Schwanz aus seinem Korb und rast auf hektisch kratzenden Pfoten zur Tür, wie er es tut, wenn Paul nach Hause kommt. Stattdessen kauert er in seinem Korb, legt eine Pfote über die Schnauze, als wollte er sich verstecken, und gibt ein tiefes wehleidiges Jaulen von sich. Anaïs tritt zögernd an die Tür. Auf der anderen Seite ist eindeutig jemand zu hören. Ohne weiter darüber nachzudenken, öffnet sie.

Auf dem Treppenabsatz steht eine Frau. Anaïs hat sie noch nie zuvor gesehen, was in dieser Stadt natürlich nichts zu bedeuten hat. Die Frau ist jung, vielleicht zwanzig, zweiundzwanzig, und die hellbraunen Haare fallen ihr stufenförmig über den Rücken. Die längsten Enden schwingen in Höhe des Treppengeländers, auf dem sie mit ihrer Hand einen leisen Rhythmus klopft.

»Oh, Verzeihung«, sagt Anaïs automatisch, als wäre sie in die Privatsphäre eines anderen eingedrungen. Aber die Frau dreht sich nicht einmal um. Sie steigt einfach weiter gemächlich die gewundene Treppe hinauf und trommelt dabei mit den Fingern der rechten Hand auf den Holzlauf. Erst kurz bevor sie um die nächste Biegung verschwindet, wirft sie Anaïs ein flüchtiges, trauriges Lächeln zu.

Anaïs ist wie angewurzelt stehen geblieben. Die Luft um sie herum ist erfüllt von einem Nachhall, der eine Spur zu tief für ihre Ohren liegt. Wer war diese Frau? Was hatte ihr Lächeln zu bedeuten? Anaïs steht noch immer am selben Fleck, als Paul erhitzt und außer Atem die Stufen hochgestürmt kommt.

»Hallo, was machst du denn hier draußen?«

»Ach, nichts. Da war eine Frau, und ich dachte, sie klopft, aber sie ging weiter hoch …«

Pauls große Gestalt füllt den Türrahmen. Er drückt ihr im Vorbeigehen rasch einen Kuss auf die Wange, ohne der Geschichte viel Aufmerksamkeit zu schenken. Seine Haare sind frisch geschoren, ganz kurz, genau wie sie es früher so gerne unter ihren Fingern gespürt hatte. Anaïs wirft einen letzten Blick in das jetzt stille Treppenhaus und schließt die Tür.

»Mensch, ist das heiß heute!« Paul setzt sich hin und öffnet die Schnürsenkel. Unter seinen dunklen Augen liegen Schatten, und ihn umweht ein leichter Schweißgeruch. Auf der Innenseite seines Kragens kann sie den typischen Streifen Sommergilb sehen.

»Kinder schlafen?«

»Ja.«

»Guten Tag gehabt?«

Was soll sie dazu sagen? »Ja.«

»Prima.« Er reißt das Ende des Baguettes ab, das er unter seinen Arm geklemmt hat. »Ich bin völlig ausgehungert – hab gerade noch das letzte Baguette ergattert.« Er sagt es triumphierend. »Schon eine Idee, was es zu Abend gibt?«

»Nein, tut mir leid. Die Kinder, die Hitze …« Sie spürt, wie ihr die Stimme versagt. Früher hat sie nie so kraftlos geklungen.

»Macht doch nichts.« Er lächelt und entkorkt eine Flasche, die auf der Arbeitsplatte steht. »Bestimmt können wir irgendwas zusammenwerfen.«

Anaïs sinkt auf einen Stuhl, sinkt in den weichen Burgunder, den er eingeschenkt hat, und sie weiß, dass sie dankbar sein sollte für einen solchen Mann. Dankbar für seine Fröhlichkeit, seinen Enthusiasmus. All das steht ihr klar vor Augen, während er auf Socken in der Küche herumläuft, feuchte Abdrücke auf den Fliesen hinterlässt und ihr von seinem Tag erzählt, vom Büro, von der tollen Bibelstudiengruppe und davon, was er jetzt aus zwei Scheiben gekochtem Schinken, einer Fleischtomate und etwas Ziegenkäse zaubern wird.

»Du bist müde, einfach nur müde«, redet sie sich ein.

Aber sie empfindet nichts. Selbst hier auf diesem Stuhl spürt sie, wie sie sich weiter entfernt, zurückweicht, in sich selbst zurückzieht, als ob sie gleich aus dem Fenster in die

Lüfte aufsteigen würde, um über den Dächern zu schweben und von oben sich selbst zu beobachten, ihren Ehemann, ihr gemeinsames Abendessen, den Hund in seinem Korb und die Kinder in ihren Betten, und um dieser geheimnisvollen Frau, die ihr nicht aus dem Kopf gehen will, die Treppe hinauf zu den Dachkammern zu folgen.

7

»So richtig schlau werde ich aus deinem jungen Mann nicht.«

Es ist Abend, aber die Luft fühlt sich immer noch drückend an. Frédérique greift nach dem beschlagenen Glas Pastis neben sich, wälzt den scharfen Anis im Mund herum und wartet darauf, dass das Eis ihr Kühlung verschafft.

»Er ist nicht *mein* junger Mann, Freddie!«

»Er ist nett.«

Frédérique tritt an den Spiegel über dem Kamin. Sie hat ihr altes Telefon behalten. Ein langes, vielfach verdrehtes Kabel, dazu ein massives Gehäuse, das sich wie eine klobige Handtasche von Raum zu Raum tragen lässt. Den schweren Hörer klemmt sie sich dabei zwischen Ohr und Schulter.

»Er ist nur ein Freund!«

Sie hört die Verärgerung in der Stimme ihrer Nichte und verfolgt im Spiegel, wie sie selbst eine Augenbraue hebt. Ach, die vielen Stunden, in denen sie als Kind auf Zehenspitzen oder auf Stühlen stand und sich verzweifelt abmühte, diesen eleganten Bogen zustande zu bringen, während ihre plumpen Fingerchen gegen das Glas pressten und ihr heißer Kinderatem den Spiegel beschlug.

»Er ist nicht da, um *mich* zu besuchen, er ist da, weil er eine Auszeit braucht. Ich habe ihm gesagt, du wärst überhaupt nicht da. Du lädst ihn doch wohl nicht zu allem Möglichen ein, oder?«

»Nur eine Tasse Tee …«

Emilie stöhnt auf.

»Eine einzige Tasse Tee! Ich habe gesehen, wie er gestern Abend völlig verwirrt hier eingetrudelt ist, dann habe ich deine Nachricht bekommen und mir gedacht, es wäre nur höflich, mich ihm vorzustellen.« Sie greift nach ihren Zigaretten und zündet sich eine an. »Er macht auf mich den Eindruck, als bräuchte er dringend mal was Anständiges zu essen.«

Sie zieht an ihrer Zigarette. Eigentlich hat er vor allem einen verlorenen Eindruck gemacht. Verloren nicht im geografischen Sinn, sondern ein tiefgründigeres, umfassenderes Verlorensein. Sie atmet den nach Menthol schmeckenden Rauch aus, der sich durchs Zimmer kräuselt. Sie könnte schwören, am anderen Ende der Leitung das gleiche Feuerzeugklicken, das gleiche Inhalieren und Ausatmen zu hören. Doch Emilie ist schneller mit der Frage: »Du hast doch nicht wieder angefangen zu rauchen, Freddie, oder?«

»Ich bin zu alt, um damit aufzuhören, mein Liebling. Du bist zu jung, um anzufangen.«

»Jung!«

»Jünger als ich.« An beiden Enden simultan das gleiche Ziehen und Ausatmen. »Also, dieser *junge Mann* …«

»Freddie!«

»Sorry, sorry, dieser Freund …«

»Du kannst ruhig Edward sagen.«

»Okay, also Edward …«

»Wenn er bei dir zum Tee war, dürftet ihr euch inzwischen doch sowieso mit Vornamen anreden. Wundert mich nur, dass du ihn noch nicht in den Laden geschleppt oder zum Abendessen eingeladen hast.«

Eine Pause. An beiden Enden wird langes Haar hinters Ohr geschoben, die einen Strähnen silbergrau, die anderen goldblond.

»Freddie, du hast doch nicht!«

»Ich habe nur gesagt, er kann ein wenig aushelfen, wenn er das Geld braucht.«

»Du hast doch selbst kein Geld.«

»Egal.« Sie bläst den Rauch vom Hörer fort nach hinten, als könnte ihre Nichte ihn sonst über Hunderte von Kilometern hinweg riechen. »Wann kommst du denn mal vorbei?«

»Bald, und ich hoffe wirklich, das klappt, aber Simon hat noch was in Italien zu erledigen, ich muss irgendwann Papa besuchen, und wenn ich nach Paris komme, ist da natürlich noch meine blöde Mutter. Der Unterricht ist derzeit ein schrecklicher Stress, und ich sehne die Ferien herbei, aber …«

Frédérique kehrt zur Chaiselongue zurück und unterbricht den Redeschwall nicht weiter. Ihr fällt es schwer, sich Emilie als Lehrerin vorzustellen. Die verträumte, sprachgewandte Emilie mit dem französischen Akzent in ihrem Englisch und dem englischen in ihrem Französisch, aufgewachsen in verschiedenen Städten, bei Eltern, die weder zusammenleben noch sich scheiden lassen wollten. Und diese Emilie unterrichtet jetzt nicht einmal Sprachen, sondern versucht, desinteressierten Großstadtteenagern die Theaterkunst näherzubringen, nur um nach dem Unterricht von einem Vorspielen zum nächsten durch ganz London zu hetzen.

»Hast du so was schon mal gehabt?«

Frédérique hat nicht zugehört, überspielt das aber geschickt. »Mmm. Aber das ist alles schon so lange her, Liebes.«

Die Chaiselongue ist so bequem, passt haargenau zu ihren

Körperformen. Ihre Augenlider werden schwer, die Beine schmerzen ein wenig. Manchmal vergisst sie ganz, dass sie alt ist. Älter. Dass die Hitze ihr mittlerweile doch zusetzt. Der Besuch von Edward ist so belebend gewesen. Ihm den Laden zu zeigen und Geschichten über das Haus zu erzählen. Sie liebt es, neue Menschen kennenzulernen. Ein richtiger Schlaks, denkt sie, ausgehungert, aber nicht nur in Bezug auf gutes Essen. Da ist noch etwas anderes. Etwas Ungestilltes, das sie glaubt wahrgenommen zu haben. *Aber das bildest du dir vielleicht nur ein, meine Gute. Es war doch nur eine Tasse Tee…*

»… und dann ist er abgehauen.«

»Wie bitte?«

Die Worte sind ihr ungewollt herausgerutscht. »Verzeih, Liebes. Ich habe gerade über deinen Freund nachdenken müssen. Edward. Ist mit ihm … alles okay?«

Emilie schweigt kurz. »Keine Ahnung. Seine Familie … Es gab da einen Unfall. Seine Schwester. Ein Verkehrsunfall, und er war dabei, und sie konnte nicht mehr gerettet werden. Grauenhaft, absolut grauenhaft.«

Frédérique steht auf, schlendert ins Schlafzimmer und blickt in den Hof hinunter. *Das also ist es*, denkt sie und tupft Asche auf die Fensterbank. *Das ist es, was ich dir angesehen habe.*

Das Gebäude gegenüber verschwindet langsam in der einbrechenden Dunkelheit, und nur noch die Rechtecke aus gelbem Licht heben sich ab. Bis zu Edwards Zimmer kann sie nicht hinaufsehen. Aus irgendeiner Wohnung dringt leise Musik. An einem Fenster taucht die Frau mit den Kindern auf. *Anaïs*, verbessert sie sich. *Du weißt genau, dass sie Anaïs heißt.* Frédérique weiß auch, dass sie selbst die Nähe der Kinder nicht erträgt, dass sich ihr Herz jedes Mal zusammenzieht, wenn sie ihnen im Hof oder auf der Straße begegnet. Häufig ist es dann zu schmerzvoll zu grüßen, manchmal schon nur zu lächeln. Dabei wirkt Anaïs ganz und gar nicht glücklich. Auch heute Abend tut sie das nicht, als sie einander über den Hof hinweg anstarren.

»Geht's dir gut, Freddie?«, erkundigt Emilie sich besorgt. Wahrscheinlich hat sie schon wieder etwas gesagt, das Frédérique entgangen ist.

»Ja, ja«, erwidert sie rasch und wendet sich vom Schlafzimmerfenster ab. Im Wohnzimmer sind die Eiswürfel in ihrem Pastis inzwischen geschmolzen und Wassertropfen am beschlagenen Glas hinab auf das Holz des Beistelltischchens gelaufen. *Verdammt.* »Er kann gerne bleiben, so lange er will, dein Freund.«

»Danke, Freddie.« Ihre Stimme klingt noch immer leicht besorgt. »Ich belästige dich jetzt nicht länger. Geht es dir auch wirklich gut?«

»Alles in Ordnung, Liebes. Einen dicken Kuss für dich.«

»Für dich auch! Bis bald dann.«

Frédérique lässt den Hörer in den Schoß fallen. Einen Moment lang ist sie ganz still und lauscht. Die Musik spielt noch immer. Oben in der Wohnung kratzen Stuhlbeine über den Boden. Ein Motorrad nähert sich und hält vor dem Haus. Sie greift nach dem Pastis, doch das feuchte Glas rutscht ihr durch die Finger und kullert schwerfällig über den Holzboden.

8

Am Ende seines ersten Tages in der Stadt dreht auch Edward gerade ein Glas in der Hand, allerdings ist es noch nicht heruntergefallen. Er sitzt in der Ecke eines Lokals, das er nicht kennt. Eigentlich kennt er kein einziges Lokal in Paris, aber in diesem Fall hat er nicht einmal die geringste Ahnung, wo es liegt.

Stundenlang ist er einfach nur gelaufen, immer weiter, ohne auf die Richtung zu achten. Nach seinem Besuch bei Frédérique hat er das Haus verlassen, ist nach links abgebogen und einfach losmarschiert. Inzwischen tut ihm sein überstürzter Aufbruch leid.

Ihr Laden war ein magischer Ort, vollgestopft mit Kunstbüchern. Er gefiel ihm sehr, der starke Staubgeruch in der Luft, die herrlichen Illustrationen, die wie Edelsteine im Halbdunkel glitzerten. Und es gefiel ihm, sich mit ihr zu unterhalten, sich anzusehen, was sie ihm zeigen wollte. Von Ingres hatte er noch nie etwas gesehen, und dann war da plötzlich wie aus dem Nichts dieses Porträt, das seiner Schwester so ungeheuer ähnelte, und es fühlte sich an, als hätte ihm jemand einen Knüppel in die Kniekehlen geschlagen. Er geriet ins Wanken, verabschiedete sich rasch, stürzte hinaus und ging; ging die Straßen mit den hellgrauen Gebäuden hinab, kam durch Geschäftsstraßen voller Menschen, die einkauften, und auf einen breiten, mit Bäumen bestandenen

Boulevard, auf dem in stetigem Takt die Fahrzeuge an ihm vorbeizischten.

Wie lange er so lief, weiß er nicht, aber irgendwann, als seine Beine zu schmerzen begannen und das Blau des Himmels sich in ein milchiges Weiß verwandelt hatte, kam er zu dieser Bar, die auf ihn einen ziemlich typischen Eindruck macht. Viel zu viele Tische auf viel zu engem Raum, und ein Metalltresen, hinter dem die Kellnerin verschwindet, um aus einem Pappkarton das nächste Glas Wein zu füllen. Das Ganze ist primitiv und schmuddelig, aber für zwei Euro das Glas gar nicht so übel. Er ist inzwischen beim dritten angelangt, und ob nun Kartonwein oder nicht, auf seine Magenwände legt sich der Rote jedenfalls samtig weich.

Trotz der weit aufstehenden Türen ist es im Raum stickig. Die Hitze steht, es riecht nach Schweiß, und der Lärmpegel der Unterhaltungen ist enorm. Außer einem emphatischen *bah non!* oder *putain!*, mit dem gelegentlich ein Glas auf einen Tisch geknallt oder eine Hand vor einen erstaunt aufgerissenen Mund geschlagen wird, versteht Edward nur wenig. Aber was um ihn herum geschieht, spielt ohnehin keine große Rolle, da nichts die Worte übertönen kann, die er zu seinem Vater gesagt hat und die weiter in seinem Kopf dröhnen. Er hat versucht, sie auszublenden, hat versucht, so schnell so weit fortzulaufen, dass er sie nicht länger hören muss, aber nichts hat funktioniert. Noch immer sieht er seinen Dad vor sich stehen. Wie in Zeitlupe hat sich dessen Reaktion in sein Hirn gebrannt. Der gequälte Ausdruck, den die Augen hinter den schmutzigen Brillengläsern annahmen, die Art, wie sein Dad sich abwandte und dabei ein wenig in sich zusammensackte. Kein einziger Ton entfuhr seinem Mund, und so hallten Edwards Worte weiter durch den stillen Raum.

Danach hat er Emilie angerufen, und die riet ihm sofort, das Zimmer in Paris zu nutzen. Das ist eine der Sachen, die er an ihr besonders schätzt – dass sie ihn nie mit Fragen gelöchert hat. Nie gefragt hat, wie es denn ist, wenn die eigene Schwester stirbt oder wenn man eine Mutter hat, die erst jahrelang am Rand zur Demenz entlangtaumelt und die nun endgültig ins Land der Verwirrung abgleitet. Oder wie es sich anfühlt, mit einem Vater zurückzubleiben, den die Trauer um die beiden Frauen in der Familie so maßlos überfordert, dass er zu nichts anderem fähig ist, als eine tapfere Miene aufzusetzen, zu lächeln und im normalsten Ton der Welt zu fragen: »Wer möchte gerne Baked Beans zum Abendessen?« Genauso wie er es immer getan hat, als sie noch klein waren. So, als wäre nichts geschehen. Bis man es nicht mehr aushält und ihm ins Gesicht schreit.

Was Edward getan hat. Und genau das brachte das Fass zum Überlaufen. Aus diesem Grund sitzt er jetzt hier und versteckt sich vor sich selbst in der Ecke einer Bar in einer Stadt, die er erst einmal zuvor besucht hat. Allerdings hat diese Gegend, wo draußen ein Mann in einer Lache seiner eigenen Pisse liegt und eine ganze Romafamilie auf einer Matratze auf dem Bürgersteig kampiert, nichts mit dem vertrauten Eiffelturmparis gemein.

Edward steht auf, um sich noch ein Glas zu bestellen, und spürt den Wein schon in den Kniekehlen. Während er an der Theke wartet, stellt sich eine junge Frau neben ihn. Er kann sie im Spiegel hinter dem Tresen sehen. Sie ist sehr hübsch. Ihre Finger stecken voller Silberringe, die rot lackierten Nägel sind stark abgekaut. Als der Barmann kommt, reckt sie sich über den Tresen, um ihn auf die Wangen zu küssen. Sie unterhalten sich in kurzen schnellen Ausbrüchen in einem Französisch, dem Edward nicht folgen kann. Der Mann hinter der Theke beginnt, ein Glas zu füllen. Das Mädchen lacht. Schließlich wendet der Mann seine Aufmerksamkeit Edward zu.

»Ein Glas Roten, bitte«, sagt Edward stockend.

Der Barmann brummt etwas und geht Richtung Gläserregal.

»Nimm lieber den Morgon.«

Edward dreht sich um und stellt fest, dass das Mädchen ihn angesprochen hat. Ihre Augen sind außergewöhnlich. Katzengleich und grün blicken sie ihn unter dichten schwarzen Wimpern an.

»Sorry?«

Sie wechselt von Französisch zu Englisch. »Ich habe gesagt, beim nächsten Mal solltest du lieber den Morgon bestellen. Der kommt wenigstens aus der Flasche.«

»Oh, danke.«

»Besser jedenfalls als das Pisszeug, das sie aus den Kartons quetschen.«

Ihr Akzent verleiht den Vokalen eine sinnliche Dehnung. *Piss* wird zu *Piies* und lässt ihre roten Lippen hervortreten. Oder hat er ohnedies ihren Mund angestarrt? Edward überlegt, was er sagen könnte, aber sie kommt ihm zuvor.

»Zu Besuch? Oder gerade hergezogen?«

»Äh, sowohl als auch?« Er schneidet eine Grimasse und lacht verlegen. »Ich bleib ’ne Weile, dahinten irgendwo …« Er streckt den Finger aus und stellt fest, dass er tatsächlich nicht genau weiß, wo. Zum Glück kehrt jetzt der Barmann zurück und knallt zwei Gläser vor sie auf die Theke.

»Adrien …« Das Mädchen tippt dem Mann auf den Arm, bevor er sich zur Kasse umdrehen kann. Sie nickt zu Edward, der das Wort »Morgon« versteht, und tatsächlich wird sein Glas gegen ein leeres ausgetauscht und mit Wein aus einer Flasche gefüllt. In diesem Moment bricht in der anderen Ecke des Lokals lautes Geschrei aus.

Alle Köpfe im Raum wenden sich dem Lärm zu. Zwei junge Männer an einem Tisch sind aufgesprungen und gestikulieren wild gegen ein kleines, mausähnliches Kerlchen in einem karierten Hemd, das versucht, zur Theke durchzukommen. Die groß gewachsenen Männer brüllen und wedeln aggressiv mit den Armen. Der schmächtige Mann ist wesentlich älter und duckt sich ein wenig vor ihrem wütenden Geschrei, schiebt sich aber dennoch entschlossen weiter auf die Theke zu. In seiner zitternden Hand hält er etwas, das wie ein Stapel Flugblätter aussieht.

»Merde.«

Verblüfft sieht Edward, wie der Barmann sich über die Theke schwingt, um dazwischenzugehen.

»Was ist denn los?«, fragt Edward, doch niemand antwortet ihm. Jetzt mischen sich auch andere ein, das Schreien und Johlen schwillt an, während sich der Barmann noch durch die Menschentraube arbeitet. Der kleine Mann, dem die Drahtgestellbrille über die schweißnasse Nase rutscht, wird jetzt von allen Seiten bedrängt. Er versucht, seine Flugblätter zu verteilen, aber der Krawall um ihn herum ist ohrenbetäubend, ein Arm schnellt aus dem Getümmel und versetzt ihm einen Stoß, eine Hand zieht an seinen strähnigen langen Haaren.

Endlich kann der Barmann dazwischentreten, und Edward verfolgt zusammen mit allen anderen im Lokal gebannt, wie eine kurze, hitzige Diskussion entbrennt. Die Menge brüllt, sie lechzt nach Blut, während der alle anderen überragende Adrien den alten Mann am Hemdkragen packt und Richtung Tür bugsiert. Der Raum bricht in begeisterten Jubel aus, Erleichterung macht sich breit, man klopft sich gegenseitig auf die Schulter, als hätte die Gerechtigkeit gerade einen Sieg davongetragen, doch Edward sieht in erster Linie ein einsames Kerlchen, das eine Niederlage einstecken musste. Seine Finger umfassen verkrampft die klebrige Theke, und erneut wird ihm bewusst, wie völlig fehl am Platz er hier ist.

Adrien kommt zurück, bahnt sich einen Weg durch die Gäste und schlüpft wieder auf seinen Posten hinter dem Tresen. Den Pack Flugblätter, den er dem Mann entrissen hat, wirft er zur Seite und füllt Edwards Glas zu Ende. Das Mädchen neben Edward lehnt sich über die Theke und nimmt einen der Zettel.

»Was ist das?«, fragt er.

Sie überfliegt das Blatt, und ihre Miene verfinstert sich. »Der Front National. Die Rechtsextremen.«

Edward erhascht noch einen Blick auf die in roten Großbuchstaben geschriebenen Worte ARABES und IMMIGRANTS, bevor sie das Blatt zerknüllt. Sie hebt ihr Glas und erklärt sarkastisch: »Willkommen in Frankreich.«

Er stößt mit seinem Glas an. »Wie heißt du?«

»Charlotte.«

»Ich bin Edward.«

»Freut mich, Edward. Was für ein Einstand.«

In der Parallelwelt in seinem Kopf, in der er kühn und

draufgängerisch ist, sagt Edward jetzt etwas Geistreiches oder Charmantes oder beides. Er bringt sie zum Lachen, fragt sie dann, woher sie kommt und was sie so macht, und er ist derart fasziniert und selbst derart faszinierend, dass sie sich den ganzen Abend nur mit ihm unterhält und ihm erlaubt, sich in diesen grünen Augen zu verlieren. In Wirklichkeit ist er jedoch groß und ungelenk und viel zu schüchtern, um etwas zu sagen, ohne erst ganz genau darüber nachzudenken. So geht sie zurück zu ihren Freunden, während er unbeholfen an der Bar stehen bleibt und etwas empfindet, das sich wie Verlust anfühlt. Es sind ihre Freunde, die eben das Geschrei veranstaltet haben und die nun in ähnlicher Lautstärke das eben Erlebte noch einmal erzählen und durchleben. Wie oft ist er früher selbst Teil einer solchen Gruppe gewesen? Zu Hause, an der Uni … Heute hätte diese Kameraderie ihm nicht fremder sein können.

Die Gäste vergessen den Zwischenfall allmählich, kehren zu ihren Plätzen zurück und wenden sich wieder ihren Getränken zu. Der Lärmpegel steigt erneut. Da sich inzwischen jemand an seinen Tisch gesetzt hat, trinkt Edward den Wein (der tatsächlich besser schmeckt als das Zeug davor) an der Bar, eingezwängt zwischen einem muskulösen Rücken auf der einen und einem spitzen Ellbogen auf der anderen Seite.

Draußen bricht die Nacht an und legt sich schwer auf diesen verwirrenden, berauschenden Tag. Edward läuft, bis er eine Tafel mit einem Stadtplan findet, und erkennt, dass er auf unbegreifliche Weise fast exakt seinen Ausgangspunkt erreicht hat. *Rue des Eglantines.*

Kurz vor seinem Ziel bemerkt er ein schwaches Licht in der ansonsten dunklen Straße. Es kommt aus dem Hauseingang, der seinem eigenen gegenüberliegt. Dort taucht ein Mann bei Kerzenlicht Eier in einen Wasserkocher, der über ein Verlängerungskabel aus dem Haus mit Strom versorgt wird. Neben ihm steht ein Einkaufswagen, dessen umgeschlagene Abdeckplane den Blick auf eine Welt an akribisch sortierten Habseligkeiten freigibt.

»Guten Abend.« Der Mann sieht auf, um Edward zu grüßen; ein Auge wirkt ein wenig nach rechts verrutscht.

»Guten Abend, Monsieur.«

»Gehen Sie vorsichtig«, warnt der Mann und lässt ein drittes Ei in das kochende Wasser gleiten. Seine Worte hallen in der Dunkelheit wider, die ihn umfängt.

Als Edward oben im fünften Stock endlich in dem schmalen Bett liegt, grübelt er nicht länger über all die Sprüche, mit denen er womöglich das Mädchen hätte überreden können, mit ihm zu kommen. Eine große Müdigkeit erfasst ihn, und er denkt an zu Hause. An den Geruch seines Zimmers dort, an die Vögel, die vor seinem Fenster gurren. Er denkt an seine Eltern, die in identischen Pantoffeln herumschlurfen, das leise Murmeln des Fernsehers, den Duft des Toasts, den sein Dad sich röstet. An das Zimmer seiner Schwester, in dem noch all ihre Sachen sind, und an die Delle in ihrem Kopfkissen, deren Anblick ihm fast das Herz zerriss, denn entweder Mutter oder Vater musste hier den Kopf hineingepresst haben, das begriff er sofort.

Der heutige Tag und alles, was zu ihm geführt hat, schwillt in seiner Brust zu einer prallen Blase, die ihn nach Luft ringen lässt. Doch während er noch kämpft, gleitet er schon in den Schlaf, und erst im letzten Moment bemerkt er die Tränen, die ihm langsam die Wangen hinablaufen.

9

César ist außergewöhnlich penibel. Wenn es sein muss, bindet er seine Krawatte viermal neu, nur damit der Knoten perfekt sitzt und ihr Fall absolut lotgerecht ist. Seine Hemden sind stets frisch gebügelt, die Schuhe blitzblank poliert. Das morgendliche Ankleiden ist für César ein Akt der Verwandlung. Sobald er die fest gepolsterten Schultern seines Anzugs spürt und die Sakkoknöpfe seinen Bauch eindrücken, ist er mit jeder Faser seines Körpers der seriöse Geschäftsmann.

»Wiedersehen, Liebling.« Er beugt sich hinab, um Chantal in den Nacken zu küssen. Die feuchte Haut lässt auf seinen Lippen einen Schweißgeschmack zurück.

Sie dreht sich zu ihm um. »Kein Frühstück, Schatz?«

»Nein, nein. Wichtiges Meeting mit Guillaume heute Morgen. Da darf ich nicht zu spät kommen.«

»Ein Meeting?« Chantal wendet sich um und sieht ihn verdutzt an.

Panik beginnt in César aufzusteigen, und er ist sich sicher, dass sein Gesicht rot anzulaufen beginnt.

»Ja, Liebling?« Ein Hauch von Unsicherheit lässt seine Worte irgendwo zwischen Antwort und Frage schwanken.

Chantal senkt die Zeitung und mustert ihn über die Brillengläser hinweg. »An einem *Samstag*?«

Verdammt. Es ist Samstag.

Fünfundzwanzig Jahre lang ist César jeden Wochentag

zur Metro gelaufen und hat auf dem Weg den Gemüsehändler, den Cafébesitzer und den KFZ-Mechaniker gegrüßt. Er ist in die stickige, verbrauchte Luft der U-Bahn hinabgetaucht, wo Enge und Gedränge ihm Übelkeit verursachten. Auf dem Bahnsteig stank es garantiert nach Urin, und garantiert musste César bei einem vorbeitrottenden Obdachlosen wie die anderen morgendlichen Pendler die Nase abwenden. Tagtäglich ist er den anderen korrekt gekleideten Büroangestellten in den Zug gefolgt, eine Armee aus Navyblau, Schwarz und Nadelstreifen. Er hat die allgemeinen Unpässlichkeiten mitempfunden, hat sich wie die anderen den Kragen gelockert oder mit der Morgenzeitung ohne spürbare Wirkung Luft zugefächelt.

Fünfundzwanzig Jahre lang ist er in Châtelet umgestiegen, diesem absurden, undurchschaubaren Gewirr von Tunneln und Rollbändern. Seiner Erfahrung nach befördern einen diese Bänder von einem Punkt, an dem man gar nicht zu sein glaubt, regelmäßig zu einem Punkt, zu dem man gar nicht hinwill, ohne dass dabei irgendwo die Richtung angezeigt wird, nach der man eigentlich sucht. Châtelet ist eine Station, die er sich antrainiert hat, in der er blindlings von einem Zug in den nächsten wechselt.

Inzwischen allerdings biegt César, wenn all seine Nadelstreifen tragenden, Aktentaschen schwenkenden Mitreisenden in Richtung Bürostadt La Défense nach links eilen, nach rechts ab. Die Züge auf dieser Seite des Bahnsteigs sind weitaus leerer. Sie rumpeln an der Bastille vorbei aus dem Zentrum hinaus bis weit an den äußersten Rand der Stadt.

Seit ein paar Wochen bleibt er immer bis zur Endstation sitzen, bis zu der nur jeder zweite oder dritte Zug fährt. An dieser Haltestelle strömen ihm dann stets die Menschen entgegen, die stadteinwärts fahren, zu ihrem Schreibtisch, zu ihrem Job. Dahin fährt César nicht mehr.

Vor knapp fünf Monaten ist er entlassen worden. *Die Rezession, müssen den Gürtel enger schnallen,* hatte der widerlich ölige Guillaume gesagt und in simuliertem Bedauern die Lippen geschürzt. Guillaume, der zwanzig Jahre jünger ist, Guillaume, der das Unternehmen nicht im Entferntesten so gut kennt wie César, Guillaume mit seinem Motorrad und den Anzughosen im Röhrenschnitt, der gerade einmal seit gefühlten fünf Minuten in der Bank arbeitet. Guillaume, der sich einbildet, César sei blöd genug, ihm die Rezession als Erklärung abzukaufen.

Und so ist César die letzten einundzwanzig Wochen morgens aufgestanden, hat sich angezogen, seine Unterlagen in die Aktentasche sortiert, Chantal einen Abschiedskuss gegeben und ist in seinem frisch gebügelten Hemd und seinen auf Hochglanz polierten Schuhen zur Arbeit gefahren.

Bloß, dass er dort nie gelandet ist. Gelandet ist er in einem unscheinbaren Café in der Nähe von Schloss Vincennes. Seine Wahl fiel darauf, weil es vom Stadtzentrum und von jedem, der ihn erkennen könnte, weit genug entfernt liegt. Hier hat er unter den ausdruckslosen Blicken der Kellnerin Tasse um Tasse eines ekligen Kaffees abgesessen. Zur Mittagszeit ist er eine Weile mit energischen Schritten durch den Park gelaufen und hat auf einer Bank die Zeitung gelesen. Jeden Tag hat er die Minuten gezählt, bis er seine verstohlene Tour in umgekehrter Richtung absolvieren und nach Hause zurückkehren konnte, um seiner Frau anschließend von seinem fiktiven Arbeitstag zu berichten.

Und jetzt hat er sich selbst reingelegt. Es ist Samstag.

»*César?*« Chantal wirkt beunruhigt. »Alles in Ordnung mit dir?«

Ganz sicher nicht. Sein Gehirn ist wie blockiert. All die Lügen, all die kleinen Details, die es glaubhafter machen sollten, und auf einmal ist sein Kopf nur noch leer, festgefroren wie Polareis. Er kann das Knirschen der Eisschollen förmlich hören.

»César!«

Die Stimme seiner Frau holt ihn zurück. Die Küche, der Linoleumboden unter seinen Füßen, die schwülheiße Luft dieses Sommermorgens. Er zieht einen Stuhl heran und lässt sich schwer darauf fallen.

»Entschuldige, entschuldige, Liebling.« In seiner Stimme liegt ein Zittern, das er zu unterdrücken sucht. »Ich habe mir bloß so viele Gedanken über dieses Meeting gemacht, ich … irgendwie muss ich gedacht haben, es wäre Montag.« Er stößt ein kurzes Lachen aus und schaut nervös auf, um zu sehen, ob sie es ihm abnimmt.

Seine wundervolle Frau mit diesen bezaubernden dunklen Augen, die ihm schon den Kopf verdreht hatten, bevor auch nur zwei Worte zwischen ihnen gefallen waren. Das braune, sanft gewellte Haar, das inzwischen grau meliert ist. Die Lachfältchen, die sich langsam auf ihrer Haut ausgebreitet haben und die an diesem Morgen nicht vor Lachen, sondern vor Besorgnis hervortreten.

»Tja, zumindest dürftest du dann am Montag doppelt so gut vorbereitet sein, was?«, sagt sie und ergreift seine Hand.

»Ja, das stimmt.«

César lächelt, Chantal lächelt. Sie kann ihre Beunruhigung

nur schlecht überspielen, und er fragt sich, was sie wohl an seinem Lächeln abliest.

»Also gut.« Er schlägt sich mit den Handflächen auf die Oberschenkel. »Den ganzen Tag vertrödeln sollten wir trotzdem nicht, was? Ein Samstag will doch ausgenutzt sein! Wie wäre es, wenn ich mich umziehe und wir zusammen auf den Markt gehen?«

»Wunderbar.« Chantal wendet sich wieder ihrem Kaffee und der Zeitung zu. Sie streckt die Füße unter den Stuhl aus, der gerade wieder leer geworden ist.

Er ist schon halb den Flur hinunter, da ruft sie: »César?«

»Ja, mein Schatz?«

»Vergiss deine Aktentasche nicht.«

Mit einem schiefen Lächeln kehrt er zurück und bringt die Aktentasche an ihren Platz im Schlafzimmer.

Allein in der Küche, seufzt Chantal auf und trinkt noch einen Schluck Kaffee. Ein Morgenmensch ist sie noch nie gewesen, und Hitzewallungen plus schwülheiße Nächte bilden keine gute Mischung, aber irgendetwas an dem Vorfall eben mutet wirklich sehr schräg an. Dass ausgerechnet César derart in Verwirrung gerät, ihr César, der so ordentlich und durchorganisiert ist, der stets warten muss, bis sie endlich fertig wird, der immer die Augen verdreht, wenn sie wieder etwas vergessen hat oder Dinge suchen geht, und dem selbst so etwas nie passiert. César, der lautstark das Durcheinander an Büchern, Zeitschriften und Socken beklagt, das auf ihrer Bettseite herrscht, während er die Gegenstände auf seinem Nachttisch so akkurat in Reih und Glied ordnet, dass alle parallel und im gleichen Abstand zueinander liegen. Sich bei einem Meeting im Tag zu irren ist für ihn vollkommen untypisch. Chantal überlegt kurz, ob er vielleicht dabei ist, den Verstand zu verlieren, aber eine solch drastische Erklärung klingt viel zu verheerend, um an einem Samstagmorgen darüber nachzudenken, daher verdrängt sie die Vorstellung rasch.

Allerdings verhält er sich in letzter Zeit tatsächlich komisch, sie weiß bloß nicht, woran es liegt. Das Alter? Er hat demnächst Geburtstag, aber einundfünfzig ist kein sonderlich dramatischer Einschnitt. Eine gravierende Unwucht hätte sich doch eher im Jahr zuvor gezeigt, oder? Nun ja, ein wenig ungewöhnlich ist der Geburtstag damals schon verlaufen. Césars Mutter hatte gesundheitlich stark abgebaut, weshalb sie die Wochenenden in diesem kalten Sommer an der belgischen Küste verbrachten. Erst waren sie bei ihr im Heim, wo Heizlüfter mit der Wärme auch den Uringestank in allen Zimmern verbreiteten. Anschließend kümmerten sie sich darum, den Hausstand aufzulösen. Es gab feuchtkalte Picknicks mit Blick auf das graue Meer, Kaffee aus der Thermoskanne, eingekuschelt unter einer Decke, und dicke Schinkenscheiben auf frischem Baguette.

Dort in der Strandhütte der Familie hatten sie auch Césars halbes Jahrhundert gefeiert, bei leichtem Nieselregen Champagner aus Plastikbechern getrunken und erklärt, wofür sie beide dankbar sind. Gute Jobs, ein schönes Heim, eine gute Ehe. Und diese Ehe *ist* gut. Innig, partnerschaftlich, liebevoll. Sie halten Händchen in der Öffentlichkeit und schlafen noch immer miteinander, wenn auch nicht mehr mit der beflissenen Regelmäßigkeit junger Jahre. Am Beispiel ihrer Freundinnen sieht Chantal nur zu deutlich, wie außergewöhnlich es ist, so viele Jahre zusammenzuleben und dabei nicht verbittert, untreu oder gelangweilt zu werden.

Ihre flüchtigen Gedanken an Adrien erschüttern Chantals diesbezügliche Ansichten nicht im Geringsten, denn für sie gibt es eine strikte Trennung zwischen Vorstellung und Wirklichkeit. Und das ist eben nichts, was sie jemals ausleben würde. Ihr sind so manche Avancen gemacht worden in der Vergangenheit, meist ausgerechnet von jenen Männern, die es besser hätten wissen müssen, darunter sogar der Ehemann einer Freundin. Das Flirten selbst hat ihr zwar Vergnügen bereitet, dieses aufregende Kribbeln im Bauch, die Rückversicherung, dass sie weiterhin begehrenswert wirkte, doch vor konkreten Angeboten ist sie stets entsetzt zurückgeschreckt. Dann ging sie lieber nach Hause und krabbelte zu César ins Bett, und diesen Entschluss hat sie kein einziges Mal bereut. Ihr César, der gewissenhafte, berechenbare und verlässliche César.

Und dennoch spürt sie jetzt diese Veränderung. Diesen Unterschied, den sie nicht festzumachen weiß. Er bereitet ihr Sorgen, krallt sich an ihrer Schädelbasis fest, und hier so allein am Küchentisch überläuft sie ein Schaudern, das erst ein entschlossenes Kopfschütteln zu vertreiben vermag.

Sie faltet die Zeitung zusammen und denkt an die Geburtstagsfeier, mit deren Organisation sie heimlich beschäftigt ist. Freunde, Musik, feine Getränke – alles so, wie es eigentlich im Vorjahr hätte sein sollen. Vielleicht wird das ihn aufheitern. Allerdings fällt ihr dabei gerade ein, dass sie sich noch mit Guillaume und ein paar von Césars Arbeitskollegen in Verbindung setzen muss. Und mit dem Schreibwarenhändler wegen der Einladungen.

Genau, die Einladungen. Edelstes italienisches Papier in weichem Beige, so gewichtig zwischen Daumen und Zeigefinger, dass jedes Blatt eine eigene winzige Landschaft aus Hügeln und Tälern darzustellen scheint. Eine blaue Einfassung, kräftig und »mit einem Schuss Dynamik« (wie der Schreibwarenhändler meinte). Ein kunstfertiger Drucker ist beauftragt, die Namen und dann die Menüfolge in eleganten Schwüngen einzufügen. Chantal hat eine ganze Stunde verzückt damit zugebracht, die entsprechenden Entscheidungen zu treffen, und seitdem so manchen Moment darüber nachgedacht, wie herrlich diese Einladungen aussehen werden, wie wundervoll die Party werden wird, mit all den Cocktails, Canapés und all den versammelten Freunden. César wird sprachlos sein und mit feuchten Augen zuhören, wie sie ihre kleine Rede hält und ihr Glas auf ihn erhebt.

»Fertig, mein Liebling!« César steht erneut in der Tür, diesmal in Freizeitkleidung (ebenso frisch gewaschen und gebügelt).

»Ich komm schon, mein Schatz.« Chantal tastet mit den Füßen unter dem Tisch nach ihren Sandalen. »Aber wo hab ich nur meine Tasche hingetan?«

César verdreht in typischer Manier die nun klar strahlenden Augen und ist wieder ganz der Alte. Chantal kramt im Schlafzimmer herum, begleitet von den vorwurfsvollen Schnalzgeräuschen ihres Mannes. Alles ist normal, alles, wie es sein soll. Nach einer Weile findet sich natürlich auch die Tasche, genau wie immer, und gemeinsam steigen sie die Treppe hinunter und durchqueren Hand in Hand den Hof.

10

Edward sieht sie im Hof vorbeigehen. Erst hebt der Mann die Hand zum Gruß, dann die Frau.

»Bonjour!«

»Bonjour, Monsieur.«

»Bonjour!«

»Bonjour, Madame.«

Auf ihn wirken sie absolut französisch. Die Frau wie direkt vom bretonischen Strand in ihrem blau-weiß gestreiften Kleid. Ihr Mann mit einem Weidenkorb am Arm und in einer dieser altrosafarbenen Hosen, wie sie nur Europäer tragen. Ob sie wohl überlegen, was er im Hof zu suchen hat? Und tatsächlich, als die türkise Eingangstür hinter ihnen ins Schloss fällt, raunt Chantal ihrem Mann zu: »Wer war denn das?«

Edward lungert im Hof vor Frédériques Laden herum. Es ist kein Laden im herkömmlichen Sinne. Untergebracht ist er im Hinterhaus, also auf der Rückseite des Hofs. An seiner Tür ist kein Schild, an der Straße ist kein Schild, und für den Zugang in den Hof braucht man normalerweise den Code für die Haustür. Man muss also *wissen*, dass der Laden hier existiert. Zuerst hat Edward noch überlegt, wie stark diese verborgene Lage die Geschäfte wohl beeinträchtigt, aber Frédérique hat etwas so Magisches, Weltenthobenes an sich, dass solche Fragen bedeutungslos sein dürften.

Edward wartet. Er hört eine Uhr, die zur Viertelstunde schlägt. Er wartet weiter, und schon bald schlägt es zehn. Keine Spur von Frédérique.

Ein beige gekleideter kleiner Mann mit Zweistärkenbrille tritt gemächlich aus dem niedrigen Häuschen an der Seite des Hofs. Da er so gar keine Ähnlichkeit mit der aufgedonnerten, parfümierten und in Leopardenmuster gehüllten Dame besitzt, die ihn ins Haus gelassen hat, hält ihn Edward keine Sekunde für Madame Marins Ehemann. Irgendwo wird ein Wasserhahn aufgedreht, und kurz darauf rinnt Wasser in den Hof. Monsieur Marin spritzt die Mülltonnen ab.

»Arrête, *ar-rê-te*!« Eine erschöpft aussehende Frau schiebt sich mit drei kleinen Kindern aus Edwards Gebäudeteil. Zwei trägt sie auf den Armen, ein drittes hat gerade einen Wutanfall. Jammernde Sirenentöne hallen von den Steinwänden wider, während die Frau den Trupp hinaus zur Straße führt. Über Edward wird ein Fenster geschlossen, ein Radio spielt, und irgendwo beginnt ein Telefon zu klingeln. Noch immer keine Spur von der Ladenbesitzerin.

Schließlich geht Edward zum Vorderhaus hinüber, wo am Aufgang große Buchstaben stolz verkünden »B…TIMENT A«. Das erste A fehlt, an seiner Stelle ist jetzt nur noch ein bröckliges Loch im Putz. Edward ist unsicher, ob er klingeln soll. Neben einer Reihe silbern glänzender Knöpfe stehen eng geschrieben die Namen der Bewohner. Aber wie sich herausstellt, ist die Tür zum Bâtiment A trotz der drei Schilder, die mahnen *Türen bitte stets geschlossen halten*, ebenso wenig zugesperrt wie die zum Bâtiment B. Ein leichter Druck, und sie öffnet sich. Edward steigt die Treppe hinauf.

Selbst als seine Knöchel schon gegen Frédériques Tür klopfen, kommt er sich noch wie ein Idiot vor. Was soll er ihr überhaupt sagen?

Die Tür schwingt auf, und Frédérique steht in einem weiten Baumwollkleid vor ihm, die Haare mit einem Handtuch zu einem magentafarbenen Turban hochgebunden. Sie sieht aus wie eine Hohepriesterin oder irgendeine sagenumwobene Königin.

»Edward!«, ruft sie erfreut.

»Guten Morgen, ich…« Er tritt von einem Bein aufs andere. »Ich wollte mich für gestern entschuldigen. Für meinen abrupten Aufbruch. Der Laden ist wirklich toll…« Er kommt ein wenig ins Stocken. »Ich würde gerne ab und zu aushelfen. Vorausgesetzt, Sie brauchen noch immer jemanden, meine ich.«

Sie betrachtet ihn einen Moment. Diese vage Traurigkeit, die in den Fältchen um ihre Augen nistet, verleiht ihrem Blick etwas Vertrautes. Dann lächelt sie.

»Wie bezaubernd. Ich hatte eigentlich gar nicht aufmachen wollen heute…« Sie sucht nach einer Uhr. »Wie spät ist es denn? Ach, egal. Wo du schon hier bist… Ich werde uns erst mal Kaffee machen.«

Edward begreift schnell, wie unorthodox und unorganisiert Frédériques Geschäft ist. Es ähnelt dem unterirdischen Gewölbe bei Aladin, nur mit Büchern statt Edelsteinen. Er schlägt die verstaubten, teils arg mitgenommenen und zu hohen Türmen gestapelten Bände zufällig irgendwo auf und sieht sich mittelalterlichen Kirchenfenstern gegenüber, byzantinischen Ikonen in Blau und Gold oder Miniaturen aus dem achtzehnten Jahrhundert, deren Gesichter so filigran gearbeitet sind, dass er jede Wimper erkennen, jede einzelne Sommersprosse zählen kann. Bislang hat er sich aus Kunst nie viel gemacht, aber Frédériques Bücher verzaubern ihn.

Die Geschäfte laufen schleppend, um es freundlich zu formulieren. Die Kundschaft ist nahezu ausnahmslos männlich. Alte Männer, die in mottenzerfressenen Strickjacken herumschlurfen, und junge Männer – was in diesem Fall meint, dass sie unter siebzig sind –, die ebenfalls Strickjacken tragen und sich ebenfalls schlurfend fortbewegen.

»*Kunsthistoriker*«, erklärt Frédérique ihm mit erhobener Augenbraue in lautem Bühnenflüsterton.

Jetzt erkennt es auch Edward. Diese Männer haben alle den blassgrauen Teint des Wissenschaftlers, die gleiche schlaffe Haltung und diesen leicht verwunderten Gesichtsausdruck, als wären sie selbst überrascht, sich einmal außerhalb der vier Wände einer Bibliothek aufzuhalten. Tageslicht ist so ungewohnt für sie, dass sie selbst im dämmrigen Hof noch blinzeln müssen.

Als er an diesem Tag das erste Mal im Laden hilft, macht Edward sich noch Sorgen. Wird er auch alle Bücher finden? Kann er Fragen auf Französisch beantworten? Wie ist die Kasse zu bedienen? Am Ende spielt das alles keine Rolle, denn bei Frédérique kauft niemand etwas und sagt niemand etwas, außer Frédérique selbst, die jeden Tag genau *einen* ihrer Kunden wie einen alten Freund begrüßt und die dabei reihum wechselt, ohne jemanden zu bevorzugen. An einem Nachmittag heißt es: »Ah, Clément!«, und Gilles steht mit einem Katalog zur flämischen Malerei neidisch daneben. Am nächsten Tag dann: »Ah, Gilles!«, und Clément schmollt über einem Delacroix.

An manchen Tagen scheint der Laden so aus der Welt und der Zeit gefallen, dass überhaupt kein Kunde auftaucht und Edward und Frédérique nur einträchtig lesen. Die Tür lassen sie offen stehen und heben jedes Mal die Köpfe, wenn einer der Bewohner in den Hof tritt. Anschließend unterbricht Frédérique die Stille mit Klatsch über die Nachbarn.

»Arme Frau.«

Wieder einmal schleift Anaïs ihre Kinder über den Hof. Die beiden älteren weigern sich zu laufen und stimmen einen Quengelchor an. Obwohl ein paar dicke Wolken am Himmel aufgezogen sind, hat die Hitze nicht nachgelassen. Im Gegenteil, die Wolkendecke drückt sie noch stärker auf die Stadt hinab.

»Ist sie alleinerziehend?«, fragt Edward und sieht von einer Studie zum Impressionismus auf.

Frédérique steht am Fenster und hält mit beiden Armen ein Buch umschlungen. Sie pendelt sanft mit dem Oberkörper und behält dabei den Hof im Auge.

»Nein, aber ein großer Unterschied wäre es nicht. Der Vater ist nur höchst selten da. Ich meine, sieh sie dir an. Sie droht jeden Moment zusammenzubrechen.«

Edward stellt sich neben sie ans Fenster. Es stimmt, die Frau auf dem Hof ist viel zu saft- und kraftlos für ihr Alter. Sie dürfte nur unwesentlich älter sein als er, dennoch graben sich bereits tiefe Falten in ihre Stirn, und die Kleidung schlottert schlaff und unförmig um ihre hagere Gestalt.

»Oh-oh.« Frédérique pfeift kaum hörbar, als Madame Marin aus ihrem Salon tritt. Mit ihrem lindgrünen Kleid und dem meergrünen Lidschatten ähnelt die *Gardienne* heute einer Echse, zwischen deren Lippen jeden Augenblick eine lange gerollte Zunge hervorschießen kann.

»Hallo, ihr Süßen, *ma bout de chou!*«

Lackierte Fingernägel greifen nach den Kindern, und das Geschrei wird noch schriller. Das älteste Mädchen schafft es, sich hinter der Mutter zu verstecken, doch ihr Bruder landet auf Madame Marins Armen.

»Ach, da ist er ja, mein süßer, kleiner Schatz. *Coucoucou!*«

Zu gerne hätte Edward jetzt einen Fotoapparat. Die Szene würde eine fantastische Aufnahme geben. Während Madame Marin ihr stark geschminktes Gesicht zu allen möglichen grinsenden Grimassen verzieht, wirft der kleine Junge den Kopf in den Nacken und versucht, seinen Mund beim Schreien noch weiter aufzureißen als sie den ihren.

»Armes Kind.«

Frédérique runzelt die Stirn. »Ja, ich halte das auch für keine sonderlich gute Idee.«

Unbeirrt stapft Madame Marin jetzt mit dem zeternden und wild um sich schlagenden und tretenden Knäuel im Hof herum und wippt es auf den Armen. »Das ist aber gar nicht nett von deinem Papa, die Mama so oft allein zu lassen.« Sie grinst mit gebleckten Zähnen zu Anaïs hinüber. Anaïs wird aschfahl.

»O Gott!«

»Was?« Edward hat zwar die Worte verstanden, nicht aber den Sinn dahinter. »Was hat sie gesagt?«

»Sie hat angedeutet, dass der Ehemann fremdgeht.« Frédérique greift nach ihren Zigaretten. Edward zieht sein Feuerzeug aus der Tasche.

»Im Ernst?«

»Zwischen den Zeilen.«

»Aber haben Sie nicht erzählt ...?«

»Ihr würde ich das doch nie ins Gesicht sagen!« Sie zünden ihre Zigaretten an und stoßen gleichzeitig den ersten Rauch aus. »Ist es nicht komisch, wie wir unsere eigenen Lebensgeschichten auf andere Menschen projizieren? Außerdem glaube ich gar nicht, dass er mit anderen Damen herumpoussiert.«

Edward gefallen die verschrobenen Formulierungen, die Frédérique mitunter spontan über die Lippen kommen.

»Sondern?«

Doch Frédérique nickt nur und richtet ihre Aufmerksamkeit wieder auf das Schauspiel im Hof.

Anaïs versucht gerade, ihren Sohn aus den Fängen von Madame Marin zu befreien. »Mein Mann arbeitet äußerst hart, Madame Marin.« Ihre Stimme, ein schwaches Piepsen, kämpft gegen das Kreischen der Kinder an. »Dazu kommen noch seine kirchlichen Verpflichtungen, was ihn zeitlich einfach extrem beansprucht.«

»Interessant«, murmelt Frédérique mit erhobener Braue.

»Was?«

»Sie sagt, sie sind in der Kirche aktiv. Hab ich mir's doch gedacht. Also *da* verbringt er seine ganze Zeit.«

Bei Frédériques Worten erscheint eine dritte Frau im Eingang zu Bâtiment A. Edward hat sie noch nie gesehen. Sie ist um die vierzig, plump, hat dunkle, glatte Haare und einen runzligen Mund wie eine verschrumpelte Kartoffel. Ihr gesamtes Gesicht ist angewidert verzogen.

»Entschuldigung?«

Die Frau hat ihre Arme eng um den Oberkörper geschlungen. Die Spitze ihrer langen Nase biegt sich weit zum lippenlosen Mund hinunter.

»Ich habe Kopfschmerzen und wäre Ihnen sehr dankbar, wenn Sie etwas leiser sein könnten.«

Selbst die kleinen Kinder halten einen Moment inne. Eine eisige Stimmung legt sich über den Hof, und die Wangen von Anaïs laufen rot an. Die von Madame Marin sind viel zu dick geschminkt, als dass Edward erkennen könnte, ob auch sie errötet, aber sie lässt aus abschätzig aufgerissenen Augen einen vernichtenden Blick über die massige Figur der Frau wandern.

»Na, aber *selbstverständlich*, Madame Duval.« Madame Marin heuchelt wie ihr Gegenüber ein Lächeln und zieht die Lippen dabei so weit zurück, dass ihr hellrosa Zahnfleisch zum Vorschein kommt. »Tut uns ja *furchtbar* leid.«

Die Versammlung im Hof löst sich auf. »Wer war das?«, fragt Edward auf dem Weg zurück zur Kasse, zu seiner halb getrunkenen Tasse Kaffee und der Impressionistenausstellung von 1874.

Frédérique wendet sich seufzend wieder den Büchern zu, die sie halbherzig von einem Stapel auf einen anderen sortiert. Er beobachtet, wie ihre Finger über die Einbände streifen. Ein Jesuskind, eine Madonna mit Kind.

»Isabelle Duval. Vierter Stock. Schlampe.«

Derartige Episoden gibt es reichlich. Frédérique und Edward stehen am Ladenfenster oder in der Tür und rauchen ihre Zigaretten zum Rhythmus des Lebens in Nummer 37 und der Kommentare, die Frédérique mit gedämpfter Stimme über die Bewohner abgibt. Über sie selbst erfährt Edward zwar wenig, aber ihre bildhaften Schilderungen von den Zuständen im Haus prägen sich ihm unauslöschlich ein. So weiß er, dass der alte Mann im obersten Stock als geheimnisvoller Sonderling gilt und dass die Affären von Madame Marin unaufhörlich für Gesprächsstoff sorgen.

»Trotzdem seltsam, denn ich bin davon überzeugt, dass sie ihren Mann liebt, so beige er auch sein mag.«

»Das ist ihr *Mann*?«

»Aber ja. Hast du das nicht gewusst?«

»Nein. Ich meine, ich hab nie darüber nachgedacht. Er ist bloß so …«

»Beige?«

»Ja, beige. Weiß er Bescheid? Macht es ihm etwas aus?«

»Das ist die Frage. Er sehnt sich nach einem ruhigen Leben, sie hat es gerne ein wenig prickelnd. Vielleicht funktioniert es ja so für die beiden. Wer kann das schon sagen?«

Selten nur tritt einer der Bewohner über die ehrwürdige Schwelle. So platzt einmal Monsieur Vincent herein, schwenkt wild seine Aktentasche zwischen den Büchertürmen hin und her und überdröhnt einfach alles, was Edward zur Begrüßung sagt (oder zu sagen versucht), um ihn stattdessen mit einer kurz gefassten Geschichte des Hauses und seiner eigenen Rolle als Vorsitzender der Eigentümergemeinschaft darin zu beglücken.

»Also, Edmond, sollten Sie jemals …«

»Edward.«

»… genau, Edmond, jemals eine Frage über das Haus haben, über seine technischen Einrichtungen oder die Verwaltung, wenden Sie sich an mich. Denn genau dafür ist das Büro des Vorsitzenden der Eigentümergemeinschaft da.«

Am Ende seiner ersten Arbeitswoche (obwohl es eigentlich keine richtige Arbeit ist und Frédérique auch viel zu unregelmäßig öffnet, um von einer ganzen Woche zu sprechen) glaubt Edward schon ein gutes Gespür entwickelt zu haben für das Kommen und Gehen im Haus und für die Eigenarten und festen Abläufe, die dessen Tag kennzeichnen.

Es ist Freitagnachmittag und noch heißer als zuvor. Selbst die Pflanzen im Hof haben aufgegeben und hängen schlaff in der Hitze. Abgesehen von Gilles, der sich in einer Ecke des Ladens vergraben hat, ist Edward allein. Eben hat er verfolgt, wie Chantal Vincent mit ihren Abendeinkäufen nach Hause gekommen und wie der alte Mann ins Bâtiment A hinaufgewankt ist. Frédérique ist schon eine ganze Weile fort, er hat keine Ahnung wohin, und sobald er Schritte auf dem Hof hört, denkt er sofort, dass sie es ist. Doch da betritt wie aus dem Nichts plötzlich das Mädchen, dem er an seinem ersten Abend begegnet ist, den Laden. Das Mädchen, das ihm ein Glas Morgon ausgegeben hat. Er bestellt seitdem nichts anderes mehr.

Sie ist in Begleitung eines Typen, das ist das Erste, was ihm auffällt. Der Kerl ist groß und breitschultrig, trägt die Haare nach hinten gegelt, und an seinen nackten Oberarmen wölben sich dicke Muskeln. Selbst wenn er sich nur im Laden umsieht, verströmt er bereits Testosteron. Rasch beugt sich Edward über die Theke in ihr Blickfeld.

»Charlotte?«

Sollte sie einen Moment gebraucht haben, ihn wiederzuerkennen, verbirgt sie es geschickt, und wenn sie seinen Namen vergessen hat, überspielt sie das ebenso gelassen.

»Mein Gott, was machst du denn hier?«

»Ich arbeite hier, quasi.«

Aus der Ecke wirft Gilles einen neugierigen Blick herüber. Der Begleiter von Charlotte macht es ihm von der anderen Seite her nach. Dem Buch in seinen Händen und seinem Gesichtsausdruck nach zu urteilen, hat er gerade eine witzige Bemerkung über eine üppige Nackte bei Rubens machen wollen, aber jetzt ist Charlotte bereits auf dem Weg zur Kasse.

»Ich fass es nicht, dass du hier arbeitest. Ich kannte den Laden bis heute nicht mal.«

»Ist ein wohlgehütetes Geheimnis.«

Gilles gibt ein missfälliges Grummeln von sich. Der junge Mann setzt einen wütenden Blick auf und bläht den Brustkorb wie ein Preisboxer.

»Charlotte…« Er winkt sie zu sich.

»Hör mal, ich schulde dir noch ein Glas Wein.« Die Worte sprudeln eilig aus Edward hervor.

Sie lacht auf und sieht fast schuldbewusst über die Schulter zu ihrem Begleiter. »Okay! Sonntag?«

»*Yessssss.*« Er hat es eigentlich nur stumm vor sich hinsagen wollen, aber dann rutscht es ihm laut heraus. Zum Glück haben die beiden zu diesem Zeitpunkt den Laden schon wieder verlassen. Immerhin wirkt Gilles von diesem spontanen Gefühlsausbruch überrascht. Edward ist ebenfalls überrascht, so überrascht, dass er einen Stapel Bücher mit Porträts aus der Renaissancezeit umstößt. Während er sich bückt, um sie wieder aufzusammeln, schwebt Frédérique durch die Tür, die wie gewöhnlich einen etwas losgelösten Eindruck macht. Gilles hebt hoffnungsvoll den Kopf, aber sie rauscht einfach an ihm vorbei.

»Alles in Ordnung, Edward?«

»Alles wunderbar, ganz wunderbar.«

11

Samstag. Die Markthändler sind vor Sonnenaufgang aufgestanden, um in die Stadt zu fahren. Schon bald werden die Straßen mit Ständen gesäumt sein. Obst und Gemüse werden vor Reife aufplatzen, und ihr Saft wird sich zu klebrigen Pfützen sammeln, um die fette Wespen ihre aufgeregten Tänze vollführen. Bald wird die Luft nach frischem Fisch riechen und nach Käse stinken. Dazu der Duft von gegrillten Hähnchen, von Galettes, die auf Heizplatten bräunen, und von Kesseln mit köchelndem Couscous. Alles bereit für den Einfall der Besuchermassen und den Beginn des hitzigen, wortreichen Feilschens.

Überall in der Stadt taumeln erschöpfte Kinder in die Schulen für ihren halben Schultag. Erschöpfte Eltern taumeln zurück ins Bett, lieben sich lustlos und schlafen. Da nur die Kaufhäuser über Klimaanlagen verfügen, treffen sich dort all jene, die eine Erholungspause vor der entsetzlichen Hitze brauchen, und bummeln mit glasigen Augen durch Abteilungen mit exklusiven Möbeln und Designerkleidung.

Das trifft natürlich nur auf die weiße Stadt zu, das Postkartenparis im Zentrum. An den Rändern, in den Vororten gibt es solchen Luxus nicht. Hier treffen sich die Männer auf der Straße, um die Zeit totzuschlagen, die ansonsten ereignislos verrinnt. Frauen zählen in schäbigen Discountermärkten besorgt ihr Kleingeld zusammen. Der Ruf zum Gebet erschallt. Polizeiwagen fahren mit heruntergelassenen Scheiben gemächlich um den Block, nur für alle Fälle.

Und noch immer steigen die Temperaturen, und die Anspannung wächst.

Kurz nach Mittag steht Frédérique in dem türkisfarbenen Eingang, als Edward zurückkehrt. Wieder einmal ist er ziellos durch die stickigen Straßen des Viertels gelaufen, und jetzt haben Hitze und Flüssigkeitsmangel ihn in diese teuflische Stimmung versetzt, in der er darüber grübelt, ob das wirklich alles ist, zu was er taugt. Ob sein ganzes Leben sich letztlich auf zielloses Herumstreifen beschränkt. Erst das Herumstreifen auf der Farm, das all seine frühen Erinnerungen bestimmt, dann das Herumstreifen in Oxford und durch seine ersten Erwachsenenjahre und jetzt das Herumstreifen hier durch Paris. Er fängt gerade an, mit sich selbst zu debattieren und einzuwenden, dass er bislang aber am Ende immer dort gelandet ist, wo er hingehört, als Frédérique ihn kommen sieht.

Er gibt ein hübsches Bild ab in dem hellen Licht. Schlaksige Figur, strohblonde Haare, und bestimmt wächst die Zahl der Sommersprossen in seinem Gesicht mit jeder Minute, die er in der Sonne verbringt. Aus ihrem Blickwinkel ähnelt die sich nähernde Gestalt einem Dichter, einem Träumer. Unvermittelt drängt sich ihr die Frage auf, von wem er wohl träumt.

»Edward!« Frédérique schenkt ihm ein strahlendes Lächeln. Ihre Begrüßung fällt laut genug aus, um sämtliche Dispute in ihrem Innern abrupt zum Schweigen zu bringen. *Mach dich nicht lächerlich*, ermahnt sie sich selbst.

»Hallo!« Er wirkt überrascht. »Haben Sie auf mich gewartet?«

Frédérique verfolgt, wie ein leichtes Rot seine Wangen überzieht.

»Nein. Ehrlich gesagt, habe ich nach jemand anderem Ausschau gehalten.« Sie späht noch einmal die Straße hinunter. »Pech gehabt. Aber ich bin froh, dich gefunden zu haben. Im Haus herrscht mächtig Aufregung, und ich brauche dich an meiner Seite.« Frédérique legt ihm die Hand auf den Rücken und führt ihn durch die Tür. Er ist so mager, dass sein spitzes Schulterblatt ihr in die Hand sticht. Innen stoßen sie im Halbdunkel auf eine Gruppe von Mitbewohnern. Madame Marin ist da, der alte Mann aus dem obersten Stock, die Frau mit der griesgrämigen Miene.

»Worum gehts hier überhaupt?«, fragt der alte Mann und wedelt mit seiner Einladung. Seine Stimme ist rau wie Schmirgelpapier.

»Eine Eigentümerversammlung«, erklärt Frédérique mit spöttischem Unterton. »Unser guter Monsieur Vincent wird wieder irgendeine fixe Idee ausgeheckt haben.«

Edward versteht zwar kein Wort, aber Frédérique übernimmt die Führung, und alle gemeinsam marschieren sie über den Hof und die Stufen hoch zur Wohnung der Vincents. Chantal tritt im Flur von einem Bein aufs andere, während Césars dröhnende Stimme sie alle bittet einzutreten. Frédérique begrüßt er mit einem knappen, aber höflichen Kopfnicken, den anderen, einschließlich Edward, schüttelt er nacheinander kraftvoll die Hand.

»Herein, herein, Monsieur, Madame, willkommen, willkommen. Bitte hier entlang.«

Die Wohnung der Vincents ist kleiner als die von Frédérique, aber ohne deren ausladende Möbel aus dem 19. Jahrhundert und die gewaltigen Gebirgszüge aus Büchern wirkt sie geräumiger. Die Einrichtung ist unaufdringlich, mit klaren Formen und hellen Farben. Sie strahlt Gelassenheit aus, selbst wenn wie jetzt ein Dutzend Bewohner in den Raum drängeln. Die meisten von ihnen kennt Edward mittlerweile vom Sehen. Die einzigen Ausnahmen sind eine Kaugummi kauende junge Frau etwa in seinem Alter, der er noch nie begegnet ist, und ein blasser junger Mann, der am Fenster steht und sich linkisch die Haare hinters Ohr streicht. Anaïs hat auf dem Sofa Platz genommen und spielt nervös mit dem Babyfon in ihrer Hand. Neben ihr sitzt Frédérique, die Edward herüberwinkt.

»Schön, Sie zu sehen, Madame Lagrange.« Frédérique bringt es einfach nicht fertig, der Frau offen in die Augen zu sehen. »Ich hoffe, Ihre Familie ist wohlauf.«

»O ja, vielen Dank«, piepst Anaïs mit leiser, schüchterner Stimme. »Mein Mann wäre ebenfalls gerne gekommen, aber er hat heute einen wichtigen Termin in der Kirche.«

Frédérique lächelt. »Natürlich.«

Madame Marin folgt ihrem Mann zu zwei Klappstühlen in der Ecke des Raumes. Isabelle Duval sitzt abseits von allen anderen, die Arme verschränkt, die Lippen trotzig geschürzt. Chantal macht die Runde, bietet Wasser und Oliven an. Edward nimmt eine der schwarzen Früchte und weiß dann nicht, wohin mit dem Kern.

Endlich bittet César um Ruhe.

»Meine Damen und Herren, vielen Dank, dass Sie es einrichten konnten, trotz der vielen Verpflichtungen, die wir alle haben, Zeit für das heutige Treffen zu finden. Als Vorsitzender der Eigentümergemeinschaft fühle ich mich bemüßigt, Sie darüber zu informieren, dass es Interessenten für die Wohnung im dritten Stock von Bâtiment A gibt.« Er legt eine dramatische Pause ein. Frédérique stößt Edward heimlich an, so als wollte sie sagen: *Das also ist es.* Sie verschränkt die Arme, um sich für die drohende Auseinandersetzung zu wappnen.

»Bei den Interessenten, liebe Freunde, handelt es sich um ein Ehepaar, das sich, nun ja, ein wenig von uns anderen unterscheidet.«

»Unterscheidet inwiefern?«, fragt das Kaugummi kauende Mädchen.

»Jetzt wird es interessant«, murmelt Frédérique.

César, der an der Stirnseite des Raum steht, um seine Zuhörer alle vor sich zu haben, gerät prompt ins Schwimmen. »Sie unterscheiden sich in … *kultureller* Hinsicht, könnte man sagen. Sind von ihrer Kultur her anders als der Rest von uns.«

»Was soll das heißen?«, blafft der kleine alte Mann aus dem Vorderhaus, der so tief ins Sofa gesunken ist, dass er regelrecht zusammengeklappt zu sein scheint. »Raus damit!«

»Es sind *Muslime,* Monsieur!«

Einen Moment tritt Stille ein, bevor César seine Fassung und den Faden seines Vortrags wiedergefunden hat.

»Es sind Muslime. Was für unser Haus – wie soll man sagen – etwas *Neues* ist. Daher habe ich zu diesem Treffen eingeladen, um zu sehen, ob … ob …«

Heute Morgen unter der Dusche hat er seine Erklärung noch ausgiebig geprobt: … ob das etwas ist, das wir für dieses Haus *möchten*, ob das etwas ist, mit dem wir als Hausgemeinschaft *einverstanden sind* – aber jetzt in der Hitze des Gefechts und der Hitze des Nachmittags, wo all diese Augen auf ihn gerichtet sind, da fällt es ihm einfach nicht mehr ein.

»Ob wir etwas dagegen haben, mit einer muslimischen Familie unter einem Dach zu wohnen?«, beendet Frédérique den Satz für ihn in eisigem Ton.

»Ja, vielen Dank, Madame Aubry. Also …« César reibt die Hände aneinander und will gerade mit seiner Ansprache fortfahren, da meldet sich Frédérique erneut zu Wort.

»Worin genau würde denn das Problem bestehen, eine muslimische Familie im Haus zu haben, Monsieur Vincent?«

»Na ja, verglichen mit den Leuten, die wir bislang in diesem Haus hatten, ist es natürlich etwas völlig anderes.«

»Warum?«

»Madame Aubry, ich denke doch, das erklärt sich von selbst.«

»Es tut mir leid, Monsieur Vincent, aber mir erschließt sich das nicht.«

»Madame …«

»Schauen Sie sich doch im Raum um. Was verbindet denn die Menschen hier? Dass wir alle so wunderbar verschieden sind.«

»Ja, aber keiner von uns trägt ein Kopftuch«, wirft Isabelle Duval ein. »Oder kocht seltsames Essen, das bis ins Treppenhaus stinkt, oder betet lauthals zu jeder nächtlichen Stunde.«

»Ganz genau, Madame Duval, herzlichen Dank«, sagt César, der spürt, dass ihm die Leitung seines schönen Treffens zu entgleiten droht. »Zweck dieser Zusammenkunft sollte in meinen Augen auch lediglich sein, vielleicht zu überlegen, ob man nicht doch einer französischen Familie den Vorzug geben sollte.«

Frédérique prustet vor Lachen. »Wer ist schon *französisch*, César Vincent? Sie selbst stammen doch aus Belgien!« Nervöses Kichern unter den Anwesenden. »Was Sie meinen, ist eine *weiße* Familie.«

»Das habe ich nie gesagt.«

»Aber gemeint haben Sie das.«

»Nein, und ich verbitte mir die Unterstellung.«

»Das Ganze wäre lächerlich, wenn es nicht so widerlich wäre.« Frédérique sitzt jetzt fest auf ihrem hohen Ross. Wie ein elektrisches Prickeln auf der Haut kann Edward ihre Hochspannung spüren. »Sie, César Vincent, können nicht, können einfach nicht auf Grundlage der Hautfarbe bestimmen, wer in diesem Gebäude wohnen darf.«

César richtet sich zu voller Größe auf und starrt gebieterisch an seiner Nase vorbei auf Frédérique hinab. »Madame.« Sein Ton ist jetzt ungeachtet der Hitze ebenso eisig wie ihrer. »Ich biete hier lediglich den Mitbewohnern die Gelegenheit, ihre Bedenken zu äußern, sollten sie welche hegen.«

»Na, dann fragen wir sie doch einfach mal, in Ordnung?« Frédérique erhebt sich. Sie ist genauso groß und weitaus Respekt einflößender als ihr Kontrahent. »Madame Marin, hätten Sie irgendein Problem mit einer muslimischen Familie im Haus?«

Die Hände der *Gardienne* streichen hektisch über ihr kanariengelbes Kleid, um Falten zu glätten, die gar nicht vorhanden sein können, da der Elastanstoff hauteng sitzt.

»Äh, nein, Madame, aber ich denke nicht, dass ich das entscheiden sollte.« Sie bricht ab und lacht gezwungen auf.

Frédérique nickt und fährt fort. »Monsieur Marin?«

Ein pfeifendes Geräusch dringt aus der Kehle von Monsieur Marin. Für einige der Anwesenden ist das mehr, als sie jemals von ihm gehört haben, doch Frédérique lässt nicht locker.

»Verzeihung, Monsieur Marin, könnten Sie deutlicher sprechen?«

»Von mir aus«, brummt er.

Zufrieden wendet Frédérique sich dem jungen Mann am Fenster zu.

»Und Sie, Monsieur?«

»Ich begreife nicht, was mich das angehen sollte.«

»Schön!«

Isabelle Duval versucht, sie zu unterbrechen. »Madame Aubry, ich wüsste nicht, wofür dieses Abnötigen von Meinungen …«

»Keine Bange, Madame Duval, zu Ihnen komme ich noch, obwohl Sie Ihre Ansichten zu diesem Punkt ja bereits unmissverständlich zum Ausdruck gebracht haben. Monsieur?« Sie beugt sich vor, um den kleinen alten Mann anzusprechen. »Stört es Sie, wer da im dritten Stock einziehen soll?«

»Mich stören? Warum sollte mich das stören?«

César mischt sich ein. »Es sind Muslime, Monsieur. Ganz anders als die Art von Bewohnern, die wir derzeit hier haben.«

»Das sehe ich nicht so«, krächzt der Alte. »Ich bin auch als Muslim geboren.« An Frédérique gewandt fügt er hinzu: »Tunesien, wissen Sie.«

Für einen Moment fällt der Raum in Schweigen.

»Nein, Monsieur, das habe ich nicht gewusst.« Sie legt eine Hand auf seinen Unterarm. »Vielen Dank für Ihren wichtigen Beitrag zur Klärung dieser Frage.«

Als Nächstes ist das Mädchen auf dem Sofa an der Reihe, das mit ihrem Knatschen und Kauen bis dahin nur das Hintergrundgeräusch für die Debatte geliefert hat. Sie kaut auch während des Sprechens weiter.

»Für mich absolut in Ordnung. In diesem Bau nerven doch schon jetzt genug Leute, und mit ihrer Religion hat das nichts zu tun.«

»Nun, ich stimme mit Monsieur Vincent überein«, verkündet Isabelle ungefragt aus der Ecke. »Es wäre schön, das Haus könnte bleiben, wie es ist, selbst wenn offensichtlich bereits jetzt nicht jeder weiß, was sich gehört.« Die letzten Worte sagt sie mit Blick auf das Kaugummi kauende Mädchen, das unbeeindruckt die Achseln zuckt.

Frédérique wendet sich an Anaïs. »Wie ist Ihre Meinung, Madame?«

Die blassen Wangen von Anaïs laufen rot an. Sie weiß nicht, was sie sagen soll. Tatsächlich traut sie sich gewisse Gegenden der Stadt nicht aufzusuchen. Sie fühlt sich, auch wenn sie es nicht möchte, von Menschen mit dunkler Haut verunsichert, von ihrer Sprache, die sie nicht versteht, von der Kleidung, in die diese Menschen sich hüllen, und von all den gefährlich scharfen Gewürzen, nach denen es in ihrer Umgebung stets riecht.

»Ich weiß nicht. Ehrlich, ich weiß es nicht. Ich muss das mit meinem Mann besprechen.«

»Als gläubiger Christ dürfte er wohl kaum jemanden aufgrund seines Glaubens diskriminieren, oder?«, bohrt

Frédérique nach. »*Was ihr wollt, dass euch die Leute tun sollen …*, und wie das alles heißt.«

Isabelle schnaubt abfällig, und César schaltet sich ein: »Oder aber er möchte gerade als gläubiger Christ lieber, dass das Haus so bleibt, wie es ist.«

Frédérique ignoriert den Einwurf und wendet sich stattdessen Chantal zu, die alles von der Tür aus verfolgt hat. »Madame Vincent, teilen Sie die Meinung Ihres Gatten?«

Alle Augen drehen sich zu ihr. Chantal lehnt den Kopf an den Türrahmen. Ihr fehlen die Worte. Sie fehlen ihr schon seit dem Vorabend, als César von den neuen Nachbarn erfuhr und in eine wilde, zornige Schmähtirade ausbrach, die bis weit in den Abend anhielt und zur Einberufung dieses Treffens führte. Sie selbst kümmern diese Leute nicht. Was sie kümmert, ist ihr Ehemann. Sie kann einfach nicht begreifen, warum er sich so in diese Sache hineinsteigert. Gestern Abend kochte er regelrecht vor Wut. Die Augen quollen ihm fast aus dem Schädel, in den Mundwinkeln sammelte sich der Speichel, und sie fühlte sich ihm so fern wie noch nie. Doch jetzt, hier bei Tageslicht, mit all den fremden Leuten in ihrer Wohnung, kann sie nicht anders, als ihm beizustehen.

»Ja, ich stimme César zu und erkläre hiermit, Vorbehalte zu haben«, antwortet sie steif. Fragt mich aber bloß nicht, welche das sein sollen, denkt sie bei sich.

»Damit bliebe nur noch Edward«, sagte Frédérique und wendet sich ihm zu.

»Moment, verzeihen Sie, Madame Aubry, aber ich glaube nicht, dass wir die Meinung eines bloßen Logiergasts berücksichtigen können.« César hat die Pose seines kaiserlichen Namenspatrons zurückgewonnen und gibt wieder den Souverän.

»Warum nicht? Er ist doch hier.«

César lächelt schwach. »Madame Aubry, wenn wir die Meinung von jedem Ihrer Logierbesuche und jedem Ihrer *Straßenfreunde* berücksichtigen, führt uns das weiß Gott wohin, aber es entspräche sicherlich nicht dem, was *dieses Haus* denkt.«

Totenstille tritt ein, und für einen Moment sieht es aus, als würde Frédérique auf ihn losgehen. Glücklicherweise meldet Edward sich zu Wort.

Er hat bis dahin dem Treffen zwar nicht Wort für Wort, aber immerhin im Groben folgen können. Das Französisch hier ist viel schneller, als er es gewohnt ist, viel leidenschaftlicher, gar nicht wie in der Schule, wo es vor allem um Wetter und Verkehr ging. Dennoch hat er das Wesentliche begriffen, und so antwortet er in stockendem Französisch.

»Es ist gut, Frédérique. Ich werde nicht reden. Aber mir scheint, dass mehr Menschen übereinstimmen für die neuen Nachbarn als dagegen.«

Wieder tritt eine Pause ein.

Césars puterähnlicher Halslappen färbt sich dunkelrot. Wütend starrt er Edward an. »Nun, Mesdames, Messieurs, es macht ganz den Eindruck, als hätte unser britischer Freund in diesem Punkt recht. Ich hoffe, Sie alle verstehen, warum ich dieses Treffen einberufen habe. Und ich hoffe auch, dass diese …« – er verzieht die Lippen, als wäre das Wort Gift in seinem Mund – »*Neuankömmlinge* dem Haus nicht zum Schaden gereichen. Ich wünsche Ihnen allen einen schönen Tag.«

12

Césars Versammlung ist das beherrschende Gesprächsthema im Haus, selbst für die, die nie etwas sagen. Madame Marin gackert darüber in der Küche, während ihr Mann stumm im blauen Lichtschein des Fernsehers sitzt. Anaïs erzählt murmelnd ihren Kindern davon, als die mit glasigen Augen und verwuschelten Haaren aus dem Mittagsschlaf erwachen. Obwohl die Kleinen kaum vollständige Sätze bilden können, gibt sie ihnen den Verlauf genau wieder. Nebenbei füllt sie ihnen die Saftbecher und fragt sich, warum sie eigentlich schon wieder alleine ist, was Paul bloß so lange in der Kirche zu tun hat. Isabelle Duval stürmt zurück in ihre Wohnung und zetert vor den vier nackten Wänden über das verfluchte Sozialistenpack, bevor sie sich an den Computer setzt, um Dampf abzulassen.

Sie selbst hält im Haus zwar alle anderen wachsam auf Distanz, doch Isabelles Nachbarn wären überrascht, wenn sie wüssten, wie gut diese Frau umgekehrt über sie informiert ist. Häufig steht sie hinter den Jalousien und beobachtet, was unten vor sich geht. Insgeheim hat sie sich sämtliche Namen von den Briefkästen im Hauptdurchgang notiert und bis spät in die Nacht im Internet nach ihnen recherchiert. Sie hat ihre Nachbarn nicht im persönlichen Umgang kennengelernt, sondern ganz unpersönlich aus der Ferne, kennt sie aus Bildern und Kommentaren in Profilen, durch den Wert ihrer Wohnungen und das Niveau ihrer Jobs.

Sie ist der einzige Mensch im Haus, der den Namen der neuen Nachbarn bereits kennt, die einzige Bewohnerin, die weiß, dass Césars Versammlung sinnlos war, da der Verkauf längst besiegelt ist. Nur sie war entschlossen genug, den Immobilienmakler unter dem Vorwand irgendeiner verwaltungstechnischen Zuständigkeit anzurufen und nach dem Namen der neuen Käufer zu fragen. Nur sie durchforstete so lange verbissen alle im Haus eingehenden Werbezuschriften, bis sie auf die ersten Briefe stieß, die bereits für ihre Empfänger eingegangen waren. Sie entdeckte ihre Namen und forschte ihnen nach. Die Laribis. Noch einer von diesen unzähligen Ahmeds, witzelt sie verbittert vor sich hin. Und noch so eine Amina.

Isabelles Finger hämmern wütend auf die Tastatur ein. Mehrmals muss sie ihr T-Shirt nach unten ziehen, das immer wieder hochrutscht. Ihr Bauch ist in diesem Jahr zu einer richtigen Kugel angewachsen. Dreimal schon haben ihr Leute in der Metro einen Sitzplatz angeboten. Beim ersten Mal hat sie noch erbost abgelehnt, was im ganzen Waggon für eisiges Schweigen sorgte. Seitdem nimmt sie lieber an und köchelt im Stillen vor Wut, denn sie hasst diese Unterstellung, hasst das Vorurteil, mit dem sie betrachtet wird. Dabei macht sie selbst tagtäglich nichts anderes, nur dass die Menschen, über die Isabelle vorschnell urteilt, nicht so aussehen wie sie. Ihr käme es allerdings nie in den Sinn, hier eine Parallele zu erkennen.

Als sie auf ihrem Lieblingsforum das Senden-Feld anklickt, klopft ihr Herz so stark, dass sie es bis in die Lunge hinein spüren kann. Sie ist befriedigt nach dieser Anstrengung, wie im Rausch nach einer absolvierten Leistung, so als wäre sie gerade ein Rennen gelaufen oder hätte einen Weitsprungwettbewerb absolviert.

Dreckige muslimische Immigranten ziehen in unser Haus ein. Liberale Nachbarn meinen, das macht doch nichts. Wir aber wissen, dass es nicht so ist. Das ist schließlich Paris und nicht irgendein Suq in Afrika. Und warum sollen wir uns in unserem eigenen Zuhause fürchten müssen? Warum sollen wir lächeln und freundlich sein, wenn diese Leute fünfmal am Tag zu Allah beten und um unsere Vernichtung bitten? Schießereien, Bomben, Vergewaltigungen, Morde. Die Linke sagt, jeder hat das Recht, in Frieden zu leben – liberté, égalité, fraternité. Aber wo bleiben denn meine Rechte? Meine Freiheit? Meine Gleichheit? Stimmt das etwa nicht, meine Freunde? Wann werden wir endlich aufstehen und Schluss machen mit der Islamisierung Frankreichs? Wer ist an meiner Seite?

Langsam beruhigt sich ihre Atmung. Isabelle lehnt sich zufrieden zurück und wartet auf das Ansteigen der *Gefällt mir*-Zahl.

»Du hättest ruhig etwas zu meiner Unterstützung sagen können!«

»Ich hab dich doch unterstützt, César!«

»Und wie! Erst eine lange Pause und dann ein ›Ich stimme mit meinem Mann überein‹.« Er äfft ihre Stimme nach. »Eine Wahnsinnsunterstützung war das.«

»César, was ist eigentlich los mit dir? Du hast deine Versammlung gehabt. Es tut mir leid, dass du dich nicht durchsetzen konntest, aber es geht hier doch nur darum, wer gegenüber im Vorderhaus einzieht, nicht um das Ende der Welt.«

»Das *ist* das Ende der Welt!« Er knallt seine Faust mit solcher Wucht auf den Tisch, dass Chantal zusammenschreckt. »Das ist das Ende *dieser* Welt, geht das denn nicht in dein Spatzenhirn? Ein einziges muslimisches Paar genügt, und der Wert dieser Immobilie stürzt in den Keller. Außerdem hängen die doch ständig alle zusammen, und dann wachst du eines Morgens auf, und es ist nicht mehr nur ein islamisches Pärchen, sondern plötzlich sind es zwanzig von denen. Dann sind wir die letzten Übriggebliebenen, während sie ihre Koranverse singen, penetrant riechendes Essen zubereiten und uns alle zurück ins zehnte Jahrhundert führen. Und ausgerechnet du, du als Feministin!« Er deutet auf ihr Kleid. »Glaubst du wirklich, denen gefällt's, wenn du so rumläufst, überall nackte Haut und mit kurzem Rock? O nein, ganz sicher nicht. Und du wirst keine ruhige Minute haben, wenn du es trotzdem tust. Wir werden Gefangene in unserem eigenen Zuhause sein!«

Chantal ist schlecht.

»César, *wovon redest du*?«, fleht sie ihn mit zittriger Stimme an. »Woher kommt bloß diese … dieser Hass? So hast du früher nie geredet.«

Er dreht ihr den Rücken zu. »Tja, vielleicht gab es früher ja auch keinen Anlass dafür. Vielleicht ist früher jeder da geblieben, wo er hingehört, und diese Leute sind nicht in Scharen hergekommen, um uns unsere Jobs wegzunehmen, unsere Wohnungen, unsere Lebensgrundlage. Früher habe ich mich eben nicht zur Wehr setzen müssen!«

Chantal lässt sich in einen Sessel fallen und vergräbt das Gesicht in den Händen.

»César, du jagst mir Angst ein.«

»Tja, Chantal, und mir jagt deine Gleichgültigkeit Angst ein. Bin ich etwa hier der Einzige, dem diese Familie, diese Ehe am Herzen liegt?«

»Nein, natürlich nicht!«

»Na, ich weiß nicht. Du ziehst los in deine Bibliothek, du kaufst dir deine hübschen Fummel, redest über Urlaub oder darüber, das Schlafzimmer zu renovieren, und mir scheint, ich bin hier der Einzige, der bei klarem Verstand bleibt, der Einzige, der sich über Geld, Ausgaben und die Absicherung unserer Zukunft Gedanken macht.«

»Aber uns geht es doch finanziell gut, oder etwa nicht? Warum sollten wir uns um Geld sorgen, César?«

»Ich sage ja bloß, dass sich einer um diese Dinge kümmern muss. Um die wirklich wichtigen Dinge.«

»Wie darum, ob eine muslimische Familie gegenüber einzieht?«

»Genau!«

»César, wie soll uns das denn bitte betreffen?« Inzwischen schreit sie ihn an. »Wahrscheinlich werden wir ihnen nicht einmal begegnen!«

»Ich will die hier einfach nicht! Woanders meinetwegen, aber nicht hier.«

»Ach, und was kommt als Nächstes? Willst du den alten Monsieur Lalande auch auf die Straße setzen? Wie lauten denn Ihre Vertreibungskriterien, Herr Vorsitzender der Eigentümergemeinschaft?«

»Findest du nicht, es war ein hundsgemeiner Trick, diese

Information so lange geheim zu halten? Findest du nicht, es ist verdächtig, dass er es die ganze Zeit nie erwähnt hat?«

»Nein, César, ich halte das für eine der Sachen, die Menschen zu tun gezwungen sind, wenn sie Tür an Tür mit selbstgerechten Fanatikern und Ausländerfeinden wohnen, die sie niemals anstellen und kein Wort mit ihnen wechseln würden, wenn sie wüssten, dass sie Araber sind.« Sie bricht ab. Ihre Kränkungen hängen schwer in der stickigen Luft. »Es tut mir leid, César, aber ich verstehe das einfach nicht. Nicht an dir. Es ist so furchtbar hässlich.«

Über ihnen kichert der kleine, alte Monsieur Lalande in sich hinein, während er Brotkrumen auf die Fensterbank streut. Sein Geburtsname lautet Hakim, doch die letzten vierzig Jahre hat er als Henri gelebt. Im Alter ist seine helle Haut, die für ihn in jungen Jahren ein großes Glück war und sehr nützlich bei der Arbeitssuche, sogar noch blasser geworden. Keiner von ihnen hat jemals bemerkt, dass er anders ist, so viel steht fest. »Allein ihre Gesichter zu sehen war die Sache wert.« Er lacht aus voller Brust.

Nach und nach landen all seine Vögel auf dem Fenstersims. Er füttert sie jeden Tag um diese Uhrzeit. Kleine, spindeldürre Dinger, die nichts Aufregendes an sich haben. »Hinterhofspatzen« nennt er sie liebevoll. Mit der Zeit hat er eine innige Beziehung zu ihnen aufgebaut. Einige hocken sich sogar auf seine Hand.

Als er ein Kind war, hat seine Mutter Kanarienvögel gehalten. Bunte kleine Dinger, die wie Edelsteine leuchteten. Er liebte es, sie zu füttern, liebte das Trippeln ihrer Füßchen, ihren Flügelschlag beim Fliegen. Aber eines Tages ließ er den

Käfig versehentlich offen, und alle vier oder fünf flogen davon.

»Lass dich nie in einen Käfig sperren«, sagt der alte Mann zu dem Spatz, der auf seiner runzligen, von Leberflecken überzogenen Hand herumhüpft. »Das habe ich schon vor langer Zeit begriffen.«

13

Frédérique ist zurück in ihrer Wohnung und jauchzt triumphierend.

»Hast du gesehen, was er für ein Gesicht gezogen hat? Volltreffer!« Sie reckt beide Arme in die Luft und lacht. »Ein Sieg über die Kleingeister, Edward, das ist nicht zu verachten! Und du warst wundervoll mit deinem Französisch. Du machst wirklich Fortschritte.«

»Ich hatte nur das Gefühl, irgendwas sagen zu müssen.«

»Es war perfekt. Perfekt! Was bildet er sich ein, einfach anzunehmen, er würde entscheiden, wer hier wohnt. Völlig zurück in die Dreißigerjahre sind wir Gott sei Dank noch nicht gefallen.« Sie verschwindet in der Küche. »Darauf müssen wir anstoßen.«

Die Katze streicht um die Knöchel von Edward, der sich noch einmal den *Salon* ansieht. Während aus der Küche das Klimpern von Eis zu hören ist, geht er von Porträt zu Porträt. Adlernasen, hellblonde Locken, strenge schwarze Kleider, die bis zum Hals, ja bis über den Hals geschlossen sind. Vermutlich Frédériques Vorfahren, denkt er. Das Porträt einer Frau mit ausgesprochen hartem Blick weist am unteren Rand der Leinwand eine verschnörkelte Unterschrift in kyrillischen Buchstaben auf.

»White Russians.«

Edward dreht sich um. Unmittelbar hinter ihm steht

Frédérique mit zwei Gläsern in den Händen. Die Flüssigkeit darin ist allerdings klar, er kann die kühle Schärfe von Gin riechen, den Schuss Limette, und plötzlich fühlt er sich wie ein Idiot, weil er *White Russians* nicht sofort auf die Bilder an der Wand bezogen hat.

»Russische Emigranten, um genauer zu sein. *Anastasia.*« Frédérique spricht den Namen betont russisch aus. »Sie kam während der Revolution nach Frankreich. Ein Kleid, ein Koffer und dieses Gemälde. Mehr hatte sie nicht dabei. Fand eine Anstellung als Damenschneiderin und heiratete schließlich einen Kunsthändler.«

Sie stoßen an.

»Wie spannend.«

»Mhm.« Frédérique macht es sich auf der Chaiselongue bequem. »Zäh und willensstark waren sie auf dieser Seite der Familie. Verdienten reichlich Geld mit dem Gemäldehandel – aber starrköpfig, ich kann dir sagen. Keinen Zentimeter gaben die nach.«

»Stammt daher Ihr Interesse an der Kunst und an Büchern darüber?«

»Ah, ich fürchte, ich bin nur ein armseliger Nachhall ihrer glanzvollen Jahre. Als ich aufwuchs, war das Geld längst weg. Irgendjemand muss auf die Idee gekommen sein, von Gemälden auf Bücher umzusatteln.« Sie schüttelt bekümmert den Kopf. »Eine der unglückseligsten Entscheidungen, die in dieser Familie jemals getroffen worden sind.« Sie stützt sich auf einen Ellenbogen und deutet auf die Bücherregale. »Da drüben muss irgendwo ein Fotoalbum stehen. Mit Aufnahmen von ihnen und der Galerie.«

Diensteifrig springt Edward auf und folgt der Richtung,

in die ihr Finger zeigt. Auf dem untersten Regal entdeckt er eine Reihe in dunkles Leinen gebundener Alben.

»Nein, nicht die. Weiter links, das mit dem goldenen Rand.«

Er findet den voluminösen Band und bringt ihn Frédérique. Tatsächlich sind darin Fotos der Frau auf dem Gemälde, die auf den winzigen Schwarz-Weiß-Bildern sogar noch finsterer dreinschaut, die Stirn noch stärker runzelt und die Lippen noch weiter vorstülpt. Mit einigen Herren im Zylinder steht sie vor einer Galerie (»Aubry Frères«), oder sie sitzt wie ein Fremdkörper zwischen anderen bei einer Gartengesellschaft. Frédériques Finger blättern ungeduldig die Seiten um.

»Oh, ich hatte ganz vergessen, dass ich die habe!«

Edward hockt auf der Kante seines Stuhls und verfolgt, wie die Fotos durch die Zeit jagen. Die Galerie verschwindet, und die Menschen werden farbig, tragen riesige Brillen und geometrisch gemusterte Klamotten, wie sie in den Sechzigern modern waren. Eine Gruppe junger Frauen mit Pagenschnitt samt Pony.

»Meine Mutter«, sagt Frédérique und zeigt auf eine der Frauen, die dort am Strand steht und mit der Hand ihre Augen vor der Sonne schützt. Auf der nächsten Seite dieselbe Frau – um einiges älter. Pummelig, mit Dauerwellenfrisur und nach innen gewandten Zügen, obwohl alles andere an ihr ausladender geworden ist.

»Da gab es ein Haus«, murmelt Frédérique und blättert hektisch weiter. »In der Normandie. Hatte im Krieg natürlich Schäden davongetragen, aber wir sind jeden Sommer hingefahren. Ja, hier …« Edward lehnt sich vor und betrachtet das niedrige, kastenförmige Landhaus, zugewachsen mit hohen Gräsern und Bäumen, die der Meerwind bis übers Dach gebeugt hat. »Eine wilde Mischung aus Cousins und Cousinen, Hunden und Familienzwistigkeiten. Permanent haben wir gelacht und uns gestritten …«

»Sind *Sie* das?«

Sie hat umgeblättert, und plötzlich befinden wir uns in Indien. Eine junge Frédérique posiert vor einem Stand mit Gewürzen in allen Farben. Senfgelb, fuchsienrot, türkis. Wie sie da in die Kamera lächelt in ihrer bunt gemusterten Tunika und mit den langen blonden Haaren, ist sie das perfekte Ebenbild von Emilie.

»Ja! Kerala oder Rajasthan? Mein Gott, wie jung ich aussehe!«

Auf den Fotos ist sie in seinem Alter, fällt Edward auf. Kopf an Kopf studieren sie die Bilder. Ein Palast in einem See, Tempelruinen, eine lachende Frédérique, die einem Affen vorsichtig die Hand entgegenstreckt. Zuerst glaubt er nur sie auf dem Foto, doch dann bemerkt er eine männliche Gestalt auf einem Balkon. Verschwommen ist zu erkennen, dass der Mann etwas beobachtet, das außerhalb des Blickfelds der Kamera liegt.

»Ach, du musst entschuldigen, Edward.« Frédérique hebt den Kopf. »In den Erinnerungsstücken anderer zu stöbern macht keinen Spaß.«

»Aber nein, es ist faszinierend! In meiner Familie haben wir so was nicht. Ich bin nicht mal an halb so exotischen Orten gewesen.«

»Du hast doch alles noch vor dir«, sagt sie lächelnd und nippt an ihrem Gin. »Nur nicht von den eigenen Träumen abrücken, Edward. Das Leben ist lang, zumindest für die meisten von uns.«

Irgendetwas scheint ihre Aufmerksamkeit abzulenken. Anfänglich haben sie das schwere Album gemeinsam gehalten, jetzt ruht das Gewicht fast ausschließlich auf Edwards Händen.

»Soll ich es zurückstellen?«

»Das wäre nett, vielen Dank. Ach, diese Hitze. Ich kann keinen klaren Gedanken fassen.« Sie streicht sich mit dem feuchten Glas, in dem die Eiswürfel längst geschmolzen sind, über die Stirn.

Es passiert, als Edward aufsteht. Ein einzelnes, loses Foto rutscht aus dem Album. Er hebt es auf, und bevor er es noch richtig ansehen kann, sind ihm die Worte bereits entwischt.

»Wer ist das?«

Kaum hat er den Satz ausgesprochen, da bedauert es Edward auch schon. Zu spät schaltet sein Hirn und erkennt, wie auffallend der kleine Junge Frédérique ähnelt, wie eng sie die Arme um ihn schlingt und wie unbeschwert sie auf diesem Foto lacht. Das also ist es, wird ihm klar. Darin liegt der Grund für all die Falten um ihre Augen, darin der Verlust, den er sofort wiedererkannt hat. Daher die Seelenverwandtschaft.

Als sie schließlich die erwartete Antwort gibt, klingen die Worte noch lang in der schwülen Luft nach.

»Das ist mein Sohn.«

Ich weiß, denkt er. Das musst du mir nicht mehr sagen. Ich kenne das alles. Auf einmal fügen sich sämtliche Stücke wie in einem Puzzle zusammen, und wir beide können hier schweigend nebeneinandersitzen, weil wir beide wissen, dass es keine Worte gibt, darüber zu sprechen, und jeder Versuch, sie zu finden, überflüssig ist.

»Es tut mir leid«, sagt er endlich.

»Er war neun«, fährt sie fort. »Es ist schon sehr lange her.«

Langsam legt Edward das Fotoalbum vor sich auf den Tisch.

»Woher hast du es gewusst?«, fragt Frédérique.

»Was gewusst?« Diesmal sieht er ihr ins Gesicht, sieht die drohenden Tränen.

»Dass er tot ist.«

»Weil meine Schwester auch tot ist. Ich habe es wiedererkannt. In … in dir.«

Frédérique lacht traurig auf und verbirgt den Kopf in den Händen. »Wir bilden wohl so eine Art Klub.«

Fast muss Edward grinsen. »Stimmt. Einen verflucht beschissenen Klub.«

Beim Abendessen draußen in einem Restaurant sprechen sie den Verlust zum ersten Mal offen an.

»Wir haben damals in Südfrankreich gelebt. Daniel war neun. Ein typischer Sommer in der Provence. Die Zikaden zirpen, es duftet nach Lavendel, ockerfarbene Fußsohlen vom Barfußlaufen. Wir hatten dieses wunderschöne heruntergekommene Bauernhaus gefunden. Mein Freund war Handwerker, hat viel mit Holz gearbeitet, also haben wir angefangen, es zu renovieren. Uns ein Zuhause zu schaffen.« Nach einer kurzen Pause fährt Frédérique fort: »Es kam zu einem Brand. Niemand konnte damals erklären, wie genau das Feuer ausgebrochen ist. Vermutet wurde, dass Daniel gespielt hat, wie Jungs eben spielen. Sonnenstrahlen durch eine Lupe oder vielleicht mit ein paar Streichhölzern, die herumlagen. Aber das glaube ich nicht. Er war ein so braves Kind, so vernünftig. Sein Vater war am Arbeiten. Er hat in der Scheune Holz zugeschnitten und hat weder etwas gehört noch den Qualm gerochen, bis es zu spät war. Es war ein schrecklich heißer Sommer damals, die Landschaft trocken wie Zunder. Als ich nach Hause kam, war schon alles vorbei. Die Feuerwehrschläuche wurden gerade eingerollt, das Haus war bis auf die Grundmauern verkohlt. Ich näherte mich über die kleine Landstraße, und über den Feldern hing eine riesige schwarze Rauchwolke. Da gibt es diesen Roman, wie heißt er noch? Irgendein englischer Roman. Ihr Engländer habt doch für alles einen Roman. Egal, genau so war es jedenfalls. Ich wusste sofort, dass etwas nicht stimmte. Der Rauch hat ihn getötet. Nur deshalb rauche ich selbst die Dinger hier noch. Albern, stimmt's?«

Sie zieht an ihrer Zigarette. »Ich bin damals sofort nach Paris zurückgekehrt. Noch am selben Tag. Die Füße völlig verdreckt und nichts dabei, außer den Kleidern am Leib. Ich ging zurück nach Hause, hierhin zurück, in diese Wohnung. Meine Mutter lebte damals noch, also kam ich nach Hause. Und ging nie wieder fort.«

»Und sein Vater?«

Sie seufzt.

»Mit so etwas zu leben ist nicht einfach. Das weißt du ja selbst, Edward. Wir treffen uns noch, quatschen miteinander. Können nicht zusammen sein, aber richtig getrennt auch nicht. Ich gebe ihm die Schuld, obwohl ich weiß, dass es nicht fair ist. Aber ich tu es trotzdem. Das Leben geht weiter. Ich qualme diese Dinger hier, er hält es in geschlossenen Räumen nicht aus, muss ständig ins Freie. Wir machen weiter. Das ist das Verblüffende an diesem verfluchten Leben. Irgendwie macht man immer weiter.«

Die Lichter auf der Terrasse um sie herum flackern, ihre Konturen verschwimmen. Unverändert bleibt das Hintergrundgeräusch der vielen Unterhaltungen. Es geht um Geschäftliches, es wird gestritten, politisiert, unter Freunden geplaudert über Banalitäten des Tages. Inmitten eines dicht besetzten Pariser Restaurants schütten Menschen sich gegenseitig das Herz aus, während ihnen völlig unbekannte Tischnachbarn nur eine Handbreit entfernt jedes ihrer Worte mithören können. Und daneben warten derweil die schnurrbärtigen Kellner in einer perfekten Mischung aus diskretem Lauschen und Effizienz mit den Tellern in der Hand auf eine passende Gesprächspause zum Servieren.

Frédérique betrachtet den Jungen ihr gegenüber und fragt sich nicht zum ersten Mal, warum sie ihm das alles erzählt. Seine wirre Frisur und die Vielzahl von Sommersprossen lassen ihn noch jünger aussehen. Seine grünlichen Augen jedoch blicken wissend. Ihr Ausdruck zeigt, dass er begreift.

Edward studiert seinerseits Frédérique, deren silbergraues Haar im Licht schimmert. Sie hatte darauf bestanden, ihn zum Essen einzuladen. Schweigend sind sie durch Straßen gelaufen, deren Asphalt von der Hitze des Tages noch weich war und an Edwards Sohlen schmatzte. Nach einem sehr entschlossenen Gespräch von Frédérique mit dem Kellner hatte der ihnen trotz der Warteschlange einen Tisch auf der Terrasse angeboten. Und in der Intimität dieses öffentlichen Raums, in der Gesellschaft einer Frau, die er kaum kennt, fasst er nun Dinge in Worte, über die er bislang mit keinem hat sprechen können.

»Ich glaube, meine Eltern geben mir die Schuld. Wegen meiner Schwester.«

Er verbirgt die zitternden Hände unter dem Tischtuch. Die Worte laut auszusprechen hat viel Überwindung gekostet.

Trotz all ihrer eigenen Bekenntnisse wirkt Frédérique von diesem Geständnis überrascht. »Warum?«

»Weil ich dabei war. Wenn ich nicht direkt vor ihr über die Straße gelaufen wäre, hätte sie es nie getan, hätte sie angehalten oder aufgeschaut und den Wagen bemerkt.« Edward bricht kurz ab, um seinen Atem zu beruhigen. »Es war ein Autounfall. Sie tritt auf die Straße, und da kommt ein Wagen angerast, viel zu schnell, wie sich später herausstellte. Denn in dieser grausamen – ich weiß gar nicht, wie ich es nennen soll –, dieser grausam grotesken Verkettung von Ereignissen bestand der Grund für die überhöhte Geschwindigkeit ausgerechnet darin, dass der Fahrer seine Frau, die unmittelbar vor der Entbindung war, möglichst rasch ins Krankenhaus bringen wollte. Und so liegt meine Schwester wenig später dort auf dem Boden, und in demselben Moment, in dem sie…«, er bringt es noch immer nicht über sich, *stirbt* auszusprechen, »… wird ein paar Kilometer weiter ein Baby geboren.«

»Aber dir ist schon klar, ich meine, *vom Verstand her* ist dir doch klar, dass es nicht deine Schuld ist, oder?«, fragt Frédérique in sanftem Ton.

»Schon, aber es gibt den Verstand, und es gibt das hier.« Er klopft sich auf die Brust.

»Ja, ich weiß. Das kenne ich nur zu gut.« Sie trinkt einen Schluck Wein. »Das muss deine Mutter entsetzlich hart getroffen haben.«

Edwards Kiefermuskeln spannen sich.

»Oh, entschuldige, das hätte ich nicht sagen sollen. Ich sehe alles viel zu sehr durch meine eigene Brille.«

»Es hat alle hart getroffen. Da ist keiner, den es nicht hart getroffen hat.« Er trinkt ebenfalls. Kühler Wein vermischt sich mit dem Gin in seinem Magen. »Aber dann, ich meine, keine Ahnung, plötzlich bin ich dermaßen *wütend* auf all die anderen … die Freunde, die Lehrer …«

»Die Anteil daran haben wollen.«

»Genau!«

»Die erzählen wollen, wie geschockt …«

»Wie traurig …«

»Erschüttert …«

»Am Boden zerstört …«

»Und verzweifelt sie doch sind!«

Sie müssen beide lachen.

»Ja, das hat mich auch wütend gemacht«, sagt Frédérique und schüttelt den Kopf. »Ach, Edward. Aber wir sind hier doch in Paris. Paris sollte Freude bereiten.«

Vom Nachbartisch schallt lautes Gelächter herüber.

»Tut es doch, oder?«, fragt er.

»Dem Postkartenidyll entspricht es nicht. Überall findet man Gewalt, Spannungen oder Ungerechtigkeiten. Und dann hat jeder noch sein eigenes Bündel zu tragen, auch wenn er es nicht offen zugibt. Wie heißt das in Englisch?«

»One's cross to bear.«

Endlich bringt der Kellner ihr Essen. Zwei Stücke weißfleischigen Fisch, die in einer Soße schwimmen. Frédérique und Edward essen und reden. Sie beide beflügelt nun eine gewisse Leichtigkeit, als ob ein Gewicht von ihnen abgefallen ist. Sie trinken Weißwein zum Fisch, einen würzigen Roten zum Nachtisch, und als sie durch verlassene Straßen nach Hause bummeln, hängt Frédérique sich bei ihm ein.

»Vielen Dank für die Einladung.«

»Ich danke *dir*, Edward.«

»Wofür?«

»Dafür, dass du mir deine Geschichte anvertraut hast. Es tut mir gut, mit jemandem zu sprechen, der versteht.«

Kurz bevor sie Nummer 37 erreichen, hält sie an und zupft ihn am Ärmel.

»Was?«

»Sieh nur!«

Tatsächlich steht die Haustür auf, und Madame Marin schleicht sich gerade verstohlen in hautengem rotem Kleid und passenden Stilettos nach draußen. Wie der Schurke in einem überdrehten Cartoon schaut sie dabei theatralisch erst über die rechte, dann über die linke Schulter zurück. Sobald sie außer Hörweite ist, lassen Frédérique und Edward ihrem amüsierten Kichern freien Lauf.

»Siehst du! Es geht weiter. Das gleiche alberne, absurde, Herzstiche verursachende Leben geht immer weiter.«

Kein Zweifel. Überall in der Stadt streiten die Menschen und versöhnen sich, sie betrügen einander, schreien den anderen an und liebkosen sich. Die einen gehen aus, um mit Freunden etwas zu trinken, die anderen, um ihre Liebhaber zu treffen. Neue Liebhaber, alte Liebhaber oder solche, die erst ihre Liebhaber werden könnten, vorausgesetzt, die

Waage kippt im Laufe des Abends in ihre Richtung. Da gibt es die Touristen und Besucher, darunter Menschen, die Paris hassen, und solche, die bei jedem grauen, windschiefen Bau ins Schwärmen geraten. Es gibt alte Menschen und junge; Männer, die auf staubigen Pisten *Pétanque*-Kugeln werfen und mit entblößtem Oberkörper ihr schlabberndes Bauchfleisch präsentieren; Kids, die mit ihren Rädern durch die Straßen kurven und üben, nur auf dem Hinterrad zu fahren; Prostituierte, die an den schäbigeren Boulevards auf Freier warten; Blumenverkäufer, die von Bar zu Bar, von Restaurant zu Restaurant ziehen in der Hoffnung, irgendeinem armseligen Romantiker wenigstens eine einzige welkende Rose andrehen zu können. Bettler hocken auf den Bürgersteigen, Diebe lassen ihre geschickten Finger unbemerkt in fremde Taschen schlüpfen. In Kirchen, Moscheen, Synagogen und Tempeln entzünden die Menschen Kerzen. Dunkler sind die Absichten jener, die in fernen Winkeln der Stadt zusammenkommen, um zu planen, wie man am geschicktesten die fiebrige Stimmung in der Stadt zum Überkochen bringt. Und das alles unter derselben Kuppel aus Hitze und Staub, demselben schwarzen Himmel und denselben unsichtbaren Sternen, die mal wieder in der Flut von Kunstlicht untergehen.

Während das Klackern der Stöckelabsätze von Madame Marin langsam verhallt, bleibt Frédérique am Aufgang zu Bâtiment A stehen und küsst Edward zärtlich auf beide Wangen.

»Gute Nacht, Edward.«

»Gute Nacht, Frédérique.«

14

Paris sollte Freude bereiten.

Als Edward gegen Mittag aufwacht, klingen ihm Frédériques Worte noch in den Ohren. Zum ersten Mal seit Monaten hat er ungestört durchgeschlafen. Keine Albträume, keine Nachtangst, was, wie ihm das Internet versichert hat, zwei verschiedene Dinge sind. Inzwischen kennt er sich aus mit den eher erdachten Schrecken eines Albtraums und der Nachtangst, bei der ihm zwischen Wachen und Schlaf die schlimmsten eigenen Ängste vor Augen treten. Aber nicht heute. Heute fühlt er sich leicht.

Paris sollte Freude bereiten.

Freude selbst in der Etagendusche im fünften Stock, wo das Wasser eiskalt ist und sich Rostflecken die Wand hinabziehen. Freude beim Bäcker, wo er sich ein Croissant *und* ein *Pain au chocolat* leistet, weil er das Geld dafür in der Tasche hat und es ein schöner Tag ist. Freude beim Durchstreifen der samstäglichen Stadt, eine Freude, die noch einmal sprunghaft anwächst, als ihm sein Date mit Charlotte einfällt.

Beim Gehen spielt Edward in seinem Kopf, aber auch laut vor sich hin redend Fantasiedialoge mit ihr durch. Er genießt die Freiheit, so fern der heimischen Insel zu sein. Was soll es hier irgendjemanden kümmern, wenn er herumläuft und dabei auf Englisch Selbstgespräche führt? Ein gewisses Maß an

Verrücktheit ist entschuldbar, auch wenn er bei seinen Proben kläglich scheitert und rasch verstummt.

»Ja, ich komme vom Land. Das hier ist alles ungeheuer neu für mich … Ich möchte mich einfach treiben lassen … möchte die Stadt so richtig kennenlernen … O Gott!«

Er entdeckt den Jardin du Luxembourg, wo gnadenlose Sonnenanbeter sich bereits entblättert und die besten Liegestühle in Beschlag genommen haben. Dickbäuchige Ponys traben eine kurze Strecke zwischen den Bäumen entlang. Auf ihren Rücken hüpfen Kinder teils verschreckt, teils begeistert auf und ab. Staubwolken wirbeln durch den Garten, über Tennisplätze hinweg, wo weiß gekleidete Spieler mit ernster Miene gespannt den nächsten Aufschlag erwarten, über den Pavillon, wo Männer allen Alters und Aussehens beim Schach zusammensitzen, und hinweg auch über den Teich, wo die ersten verzogenen Bälger bereits ihre in aktuelle Designermode gehüllten Eltern anquengeln, dass sie jetzt endlich ihre Segelboote fahren lassen wollen. Die Sonne glitzert im Wasser, und die ganze Welt ist ein überwältigendes Schauspiel aus Licht, Staub und dem Schweiß, der sich selbst auf den kultiviertesten Gesichtern abzeichnet. Frédérique hat ihn gewarnt, wie versnobt das sechste Arrondissement ist, und Edward findet diese Einschätzung zu seinem Vergnügen voll bestätigt.

Vor dem Théâtre de l'Odéon gerät er in irgendeine Art von Versammlung. Menschen in pinkfarbenen T-Shirts hören einem Redner mit Megafon zu, einige von ihnen verteilen Flugblätter. Eine Frau spricht ihn an.

»Hier, Monsieur. Wir sind *Manif pour Tous*. Wir kämpfen für die Interessen aller.«

Sie ist in den Vierzigern, hat kurz geschorene blonde Haare, und ihrem Gesicht gelingt es, zugleich zu lächeln und die Stirn in tiefe Sorgenfalten zu legen.

»Wer ist denn mit *alle* gemeint?«

»Die Kinder, Monsieur. Wir müssen die Kinder schützen. Wir müssen die Familie vor dieser gefährlichen Politik schützen.«

»Welche gefährliche Politik?«

»Die Politik der Linken! Homoehe, Adoptionsrecht für Schwule. Die Familie wird zerstört.« Sie wendet sich für einen Moment ab, um über den Platz zu brüllen: »Kinder brauchen Vater und Mutter.«

Der Mann, zu dem sie hinübergeschrien hat, kontert mit einem erbostem »Casse-toi!« und setzt seinen Weg fort. Sie dreht sich wieder zu Edward und reicht ihm ein Flugblatt. Er nimmt es, studiert es eingehend und mustert dann ihr T-Shirt, auf dem eine Händchen haltende Strichmännchenfamilie abgebildet ist. Mutter, Vater, Sohn, Tochter. Er stopft ihr das Flugblatt zurück in die Hand.

»Wir sind auf der Seite Gottes, Monsieur!«

Während er in Richtung Boulevard davonstürzt, ärgert sich Edward darüber, nicht flüssig genug Französisch zu sprechen. Wie gern hätte er dieser Frau in ihrer eigenen Sprache erklärt, was für eine hasserfüllte Fanatikerin bar jeder Nächstenliebe sie ist. Ihm fällt ein, dass Emilie schon einmal von dieser Gruppe gesprochen hatte. »Wer keine Homoehe möchte, soll eben hetero heiraten!«, hatte sie geschimpft und ihre Hände dabei in die Luft geworfen. Er selbst bringt heute auf Französisch nicht mehr zustande, als ein gestottertes »Casse-toi!«, womit er bloß eine schwache Kopie des

Mannes vor ihm abliefert. Die Frau fährt sich nur achselzuckend durch die kurzen Haare und hält nach dem nächsten Opfer Ausschau.

Erst als er bereits den Fluss überquert hat und vor Notre-Dame steht, hören Edwards Hände auf zu zittern. Jetzt erst kann er sich eingestehen, wie sehr ihn der Anblick dieser perfekten Strichmännchenfamilie getroffen hat. Mutter, Vater, Sohn, Tochter. Wie seine Familie einst war. Und heute nicht mehr ist. Er lässt sich auf eine Bank vor der gewaltigen Kathedrale fallen. Wer wen heiratet, ist ihm vollkommen egal, aber erschüttert hat ihn eben nicht nur die Intoleranz, sondern auch dieses Idealbild einer Familie, hinter dem sie sich verbirgt. Freude bereitet Paris dennoch. Er atmet tief ein.

In Notre-Dame herrscht reger Betrieb. Eine lange Menschenschlange quillt aus den großen Türen auf den Platz. Touristen unterschiedlichster Herkunft, Hautfarbe und Religionszugehörigkeit debattieren lautstark über die besten Fotoarrangements. Eine amerikanische Reisegruppe nähert sich ihm. Alle tragen knallbunte Sportschuhe zu Shorts und sind entweder spindeldürr oder unglaublich dick. Ihr Reiseführer erläutert den mittelalterlichen Charakter der Stadt und schildert, wie sich hier früher einmal Häuser und Kirchen drängten und Tausende Bewohner verzweifelt um ihre Existenz kämpften.

»Oh, sieh nur, Ron!«, jault in leichtem Quäkton eine Frau, die besonders enge Shorts trägt. »Mach ein Foto, mach ein Foto!«

Eine Weile wird das zum allgemeinen Singsang, bis der Stadtführer seinen Schirm hebt und die Gruppe vorsichtig zum Eingang der Kathedrale dirigiert. Edward springt auf, um an ihrer Stelle durch die mittelalterliche Stadt zu schlendern, entlang der vor Dreck starrenden Gassen, deren Verlauf fein säuberlich in den Steinplatten nachgezeichnet ist.

Schließlich erreicht er holprigeres Kopfsteinpflaster, und nun fängt sein Magen an zu knurren. Zum zweiten Mal überquert er den Fluss und wirft eine Kupfermünze als Glücksbringer ins Wasser (warum hat seine Mutter ihm das nur beigebracht?). Er läuft kreuz und quer durch alte Gässchen, kauft bei einem Straßenhändler ein Crêpe und meidet Menschenansammlungen, vor allem nachdem er beinahe in eine Auseinandersetzung zwischen einem orthodoxen Juden und einem jungen Araber geraten wäre. Das Französisch ist zwar viel zu schnell, aber die Faust, die glücklicherweise ihr Ziel verfehlt, ist leicht zu verstehen, ebenso wie der fette Speichelfladen, der mit hörbarer Verachtung ausgespuckt wird und bedrohlich nahe neben seinen Füßen landet. Später begreift er dann auch, warum bewaffnete Polizisten vor der Synagoge postiert sind, und beschleunigt seinen Schritt, um sie rasch hinter sich zu lassen.

Mehr als die großen, herausgeputzten Denkmäler wecken die kleinen, rußgeschwärzten, die es an jeder Straßenecke zu geben scheint, das Interesse von Edward. Er bleibt stehen und betrachtet mittelalterliche Madonnenfiguren, die an einigen Gebäuden in Mauernischen eingepasst sind. Er amüsiert sich über die Rue des Mauvais Garçons und hätte am liebsten Emilie ein Foto von sich an der Straße der ungezogenen Jungs geschickt. Wo genau er ist, bleibt ihm zwar unklar, aber er macht einen gewissen Rhythmus in der Abfolge aus: schöne alte Kirche, schicke Cafés, dann eine Straße weiter plötzlich heruntergekommene Geschäfte, die billigen Tand zu überteuerten Preisen verkaufen, ein Obdachloser, der auf dem Bürgersteig herumlungert, ein Burger King, dann noch ein paar Schritte, und ein kolossales, liebevoll restauriertes Denkmal taucht auf, das von teuren Restaurants umgeben ist, auf die prompt wieder Schmuddelläden folgen. Er beobachtet einen Mann und eine Frau, die ein Restaurant verlassen. Haare und Teint schimmern so hell wie der Goldschmuck an ihren Handgelenken. Ohne eine Sekunde aus dem Tritt zu geraten, steigen sie über den Clochard, der bäuchlings auf dem Bürgersteig liegt, und in einen Wagen mit Chauffeur. Edward umkurvt den Obdachlosen vorsichtig. Der Gestank ist enorm.

Er versteht diese Stadt nicht. Er versteht sie nicht, doch mittlerweile entdeckt er überall die Bewohner von Nummer 37. Da läuft eine Frau herum, aufgedonnert wie Madame Marin (ein altes Schaf, das sich als Lämmchen verkleidet, würde seine Mutter dazu sagen). Hier ein Monsieur Vincent, groß gewachsen und mit stolzgeschwellter Brust. Eine Schar Kinder, die ihn an die von Anaïs erinnern. Alte Männer mit demselben schlurfenden Gang wie die Kundschaft im Buchladen.

So geht es weiter, bis er bemerkt, dass es schon später Nachmittag ist. Gestern beim Verlassen des Geschäfts hatte Charlotte ihm »Acht?« zugeraunt. Also sollte er sich schleunigst auf den Rückweg machen. Für einen Moment steigt Panik in Edward auf, da er nicht weiß, wo er überhaupt ist.

Wie durch einen wundersamen Zufall landet er ein paar Ecken weiter auf einem Boulevard, an dessen Bordstein ein Bus wartet. Er ist bereits gerammelt voll. Alte Frauen mit Einkaufstaschen, Kinder in Buggys, ganz gewöhnliche Leute, denen es offenkundig zu eng und zu heiß ist und die einen unglücklichen Eindruck machen. Er riskiert es, zwängt sich hinein und hofft, dass die Linie Richtung Süden fährt und er seinem Ziel so zumindest näher kommt. Geld für einen Fahrschein hat er nicht mehr, da seine letzten Münzen für frisches Baguette und Eistee draufgegangen sind.

Er hat Glück, der Bus fährt nach Süden, und die rumpelnde Fahrt zurück auf die linke Seineseite wird durch das Fehlen eines Fahrscheins nur umso vergnüglicher.

Charlotte ist noch hübscher, als Edward sie in Erinnerung hat. Oder aber, überlegt er, es ist die Art von Schönheit, deren Zauber stetig wächst, je mehr Zeit man in ihrer Gegenwart verbringt. Charlottes lange Wimpern schlagen in raschem Takt, die Augen darunter strahlen vor Lebenslust, und die voller Silberringe steckenden Finger tanzen, wenn sie spricht.

Sie studiert Politikwissenschaften, und ein Großteil ihrer Unterhaltung dreht sich um die Dinge, die er heute gesehen hat. Armut. Die Kluft zwischen Arm und Reich. Obdachlosigkeit. Die Rechten und ihre ultrakonservative Lehre. Rückblickend wird der Abend in seinen Augen etwas von einem umgarnenden Belehrungsvortrag haben. Edward ist sich nicht einmal sicher, ob er selbst überhaupt etwas sagt. Geschichten über England und Oxford, über seine Welt, scheinen sie zu langweilen.

»Paris ist aufgeteilt«, erklärt sie ihm, wobei sich der Rauch verführerisch aus ihrem Mund schlängelt. »Zwanzig schicke weiße Arrondissements einerseits, die Außenviertel andererseits. Da draußen konzentrieren sich Armut, Immigration, Arbeitslosigkeit. Die Pariser wollen das nicht sehen. Sie *zahlen* dafür, es nicht sehen zu müssen. Eigentlich soll jedes Arrondissement einen bestimmten Anteil Sozialwohnungen anbieten, ansonsten drohen Geldbußen. Aber einige Arrondissements ziehen es tatsächlich vor, diese Strafen zu zahlen. Mit anderen Worten, sie bezahlen lieber Sondersteuer, als dass sie jemanden mit anderer Hautfarbe in ihrer Nachbarschaft rumlaufen sehen. Völlig bescheuert.«

Edward erinnert sich noch, wie beim letzten Wahlkampf in seinem Heimatland Anzugträger im Fernsehen erfolgreich um Unterstützer warben, indem sie Ängste schürten.

»Ich glaube nicht, dass es in Großbritannien viel besser aussieht«, wagt er zu bemerken.

»Ihr wählt aber nicht Abgeordnete einer Partei, die von einem Holocaustleugner gegründet wurde. Bei euch ist die populärste politische Figur nicht ein hübsches Fascho-Blondchen.«

»Nein«, gesteht er. »Aber bei uns gibt es auch diesen Trend – ich weiß nicht, wie ich ihn beschreiben soll –, als wäre wieder nichts mehr dabei, ein Rassist zu sein. In meiner Kindheit haben die Leute solche Dinge nicht gesagt, zumindest nicht öffentlich. Ich meine, wenn meine Großmutter rassistische Bemerkungen machte, dann hieß es bloß ›Sch!‹ und ›So was sagt man doch nicht mehr‹, aber sie war ja auch uralt. Wer noch unter neunzig war und diese Meinungen teilte, der hielt sich sehr bedeckt. Aber heute gibt es ein paar Politikeridioten, die stellen sich im Fernsehen oder im Radio hin und erzählen den Menschen, es wäre völlig in Ordnung, wenn man jemanden wegen seiner Herkunft nicht anstellt oder Angst vor Leuten mit dunklerer Haut hat und sie aus unserem Land werfen will …«

»Wobei ja zuerst noch geklärt werden müsste, was ›unser Land‹ überhaupt bedeutet.«

»Genau.« Er spürt, dass er womöglich ihre Aufmerksamkeit zurückgewonnen hat, und trinkt einen Schluck. »Gott weiß, wohin das noch führen soll.«

Charlotte wirft ihm einen unheilvollen Blick zu. »Hier wird bald etwas passieren. Das ist nur noch eine Frage der Zeit. Schon jetzt, allein letzte Woche. Jüdische Gräber geschändet, eine Moschee angegriffen, und wer den Rechtsextremen in die Quere kommt, kriegt eins aufs Maul.«

Angesichts seiner verblüfften Miene fügt sie rasch hinzu: »Nicht in Paris natürlich. Nicht, wo es jeder mitbekommt. So was geschieht in den Vororten, deshalb erfahren wir auch nichts davon. Doch es geschieht. Und bald wird es richtig übel werden.«

Sie sieht ihn an, und für einen Moment rückt die erbitterte Aktivistin in den Hintergrund. Ein Lächeln umspielt ihre Lippen, und sie beginnt, die Ringe an ihren Fingern zu drehen.

»Sorry, Edward. Ich rede wieder mal nur – wie sagt ihr noch dazu? – vom Geschäft? *Talking shop?* Da bist du hier im schönen Paris auf Urlaub, und ich zähle ununterbrochen nur die Missstände auf.« Sie hebt ihr Glas.

»Ja, aber das ist doch viel interessanter als das Klischee von Paris«, erwidert Edward. »Ich bin heute so vielen Touristen begegnet, die dermaßen geblendet von all dem Märchenhaften sind, dass sie sonst gar nichts wahrnehmen. Dein Paris mag bedrückend klingen, aber es ist tausendmal besser als das ewige Gefasel von der Stadt des Lichts oder von der Stadt der Liebe und des Baguettes.«

Sie lacht.

»Na ja, an dem letzten Punkt ist immerhin was dran. Unser Brot schmeckt tatsächlich viel besser als eures. Ich habe eine Zeit lang in London studiert und ...« Sie senkt den Daumen. »Dennoch, ich meine, schau dich nur um. Trotz all seiner Mängel ist es noch immer wunderschön hier.«

Edward folgt ihrem Blick. Sie sitzen an einem winzigen Tisch, der gerade so auf dem schmalen Bürgersteig Platz findet. Die Passanten können sich nur mit Mühe an ihnen vorbeischieben, und er weiß schon gar nicht mehr, wie viele Taschen und Ellbogen ihm gegen den Kopf geschlagen sind. Ein gleichmäßiger Strom aus Autos und Motorrädern zieht mit leuchtenden Scheinwerfern vorbei, und der Himmel über ihnen erinnert ihn an ein weißes Hemd, auf dem die dunkle Tinte eines Füllhalters ausgelaufen ist. Die Luft ist heiß und voller Schmutz, der in den Lichtern des Cafés wie Diamantenstaub schimmert, und ja, selbst mit den Abgasen und dem Gestank nach Hundepisse ist es wunderschön.

»Und außerdem«, sagt Charlotte und beugt sich vor, »ganz egal, wie beschissen die Zeiten sind, verlieben tun sich die Menschen trotzdem.«

In diesem Augenblick erliegt Edward endgültig ihrem Bann. Ein elektrisierendes Kribbeln schießt durch seinen Körper und wirbelt eine Weile im Brustkorb umher, bevor es sich irgendwo ganz tief einnistet und weiterprickelt. Sie leeren gemeinsam noch eine Karaffe Wein, dann schlendern sie los. Charlotte zeigt ihm, wo Picasso gelebt hat. Sie streifen an den eindrucksvollen Mauern des Friedhofs Montparnasse vorbei und küssen sich auf einem menschenleeren Marktplatz, auf dem Salatblätter und alte Zeitungsseiten herumfliegen. Einer Idee Charlottes folgend, kratzen sie die Aufkleber der Rechtsextremisten ab, mit denen das Viertel zugepflastert ist, und auf Edwards Initiative hin zerknüllen sie auch alle Bilder der mustergültigen Strichmännchenfamilie. Sie steigen acht Treppenabsätze hinauf bis in ihre Dachkammer und stellen sich auf die Zehenspitzen, um aus der Dachluke den glitzernden Eiffelturm sehen zu können. Sie teilen sich einen Joint, der Edwards Brust weitet und alles um ihn herum in sanftes Licht taucht. Irgendwann schlüpfen sie unter die Bettdecke, und hier endlich findet er Trost, Trost in ihrem Körper, in der Berührung von Haut auf Haut.

Tatsächlich Freude, denkt er und schließt die Augen.

15

Césars Zorn kühlt sich auch mit der Zeit nicht ab. Er brodelt die ganze Nacht, brodelt am nächsten Morgen weiter und brodelt noch, als er seine Aktentasche auf einen klebrigen Tisch im Café am Porte de Vincennes knallt.

»Muslime!«, knurrt er vor sich hin und zuckt gequält zusammen. Die Wut hat in seinem Magen eine körperliche Form angenommen. Ungerechtigkeit und Erniedrigung verknoten seine Eingeweide zu einer harten Masse. »Dieses verfluchte Weibsstück«, brummt er leise, ohne selbst zu wissen, ob er damit Frédérique meint oder Chantal oder die ominöse Hidschabträgerin, die jetzt bei ihnen einziehen wird, oder die Frauen im Allgemeinen.

Ein Mal, ein einziges Mal, ist er in den Monaten nach seiner Entlassung noch in der Bank gewesen. »Du Idiot«, hatte er da zu sich selbst gesagt. »Wie hast du das bloß nicht merken können?« Denn die rauchenden Anzugträger, die vor dem Eingang zusammenstanden, sahen gar nicht mehr aus wie er. Die eine Haut dunkel wie schwarzer Kaffee, die andere wie Milchkaffee und dazu sämtliche Schattierungen, die man sich nur vorstellen kann. Unter einer Markise auf der gegenüberliegenden Seite hatte er das Kommen und Gehen jener Menschen verfolgt, die seinen Platz eingenommen hatten, die jetzt an seinem Schreibtisch saßen. Und mit welchem Recht?

»Was darf's sein, Monsieur?«, fragt die mürrische Kellnerin mit dem über den Hosenbund hängenden Bauch.

»Kaffee, *bitte*«, antwortet er aufgesetzt höflich. Sie spielen dieses Ritual jeden Tag durch. Während sie hinter die Theke schlurft und ihr Lippenpiercing in der Sonne blitzt, denkt sie bestimmt, was für ein erbärmlicher Typ er doch ist, dass er den ganzen Tag in diesem ekligen Schuppen hier verbringt. Er denkt dasselbe über sie, und er fragt sich außerdem, woher sie wohl stammen mag mit diesem Akzent und diesen dunklen Haaren.

Heute ist das Café ungewöhnlich gut besucht. Eine Gruppe Bauarbeiter hat am Nachbartisch Platz genommen. Zumindest sehen sie aus wie Arbeiter mit ihren schwieligen Händen und den schweren Stiefeln. Aber das feine Gespür, das César in Fragen der Beschäftigung entwickelt hat, weist ihn zugleich darauf hin, dass Bauarbeiter an einem Montagvormittag für gewöhnlich arbeiten. César nippt an dem faden Kaffee, der vor ihm abgestellt wurde, und versucht, sich auf seine Zeitung zu konzentrieren, doch die Stimmen am Nebentisch sind laut und erregt.

»Sollen sie doch dahin zurückgehen, wo sie verdammt noch mal hergekommen sind. Was meinen Sie dazu, mein Freund?«

César schaut auf und bemerkt, dass der Wortführer, ein schmuddeliger, etwa vierzigjähriger Kerl mit rasiertem Schädel und Tattoos auf den Händen, diese Frage an ihn gerichtet hat. Das plump vertrauliche »mein Freund« schmeckt César gar nicht.

»Wie bitte?«

Der Mann beugt sich zu ihm herüber. »Meine Freunde und

ich, wir unterhalten uns über das Problem mit den Immigranten, die anständigen Franzosen die Jobs wegnehmen. Sie sollen gefälligst dorthin zurückgehen, wo sie hergekommen sind.«

»Ah.« Césars tief verwurzelter Standesdünkel hält ihn davon ab, allzu bereitwillig diesen Menschen beizupflichten, aber sein Interesse ist geweckt. Der Mann, dem das nicht entgeht, spricht sofort weiter.

»Ich meine, nehmen Sie nur Michel hier …« Er deutet auf einen Schlaks Anfang zwanzig ihm gegenüber. »Bekommt nirgends mehr einen Job auf dem Bau.«

»Hab auch gar keinen Bock drauf«, platzt der junge Mann mit hoher, aggressiver Stimme dazwischen. »Überall bloß noch Scheißschwarze.«

»Moment!« Der Wortführer hebt die Hand. »Es geht hier nicht um Hautfarbe, Mich. Es geht um das Recht auf Arbeit, das Recht von französischen Staatsbürgern auf französische Jobs.« Er wendet sich an César. »Es gibt vermutlich einen ganzen Haufen dunkelhäutiger französischer Staatsbürger, die völlig zu Recht hier sind. Worum wir uns Sorgen machen sollten, sind die Massen, die gerade hereinfluten, hab ich recht? All die Roma, die Araber. Wo soll das noch hinführen?«

César rückt seinen Stuhl ein Stück herum. »Es ist gewiss sehr schwierig, da haben Sie recht.«

Der Wortführer nickt in Richtung Tür. »Geht mal eine rauchen, Jungs.« Folgsam stehen die fünf anderen am Tisch auf und steuern den Ausgang an. Der Mann streckt seine Hand aus.

»Sylvain.«

»César.«

Sie schütteln sich die Hände.

»Nun, César«, hebt Sylvain an und lehnt sich in seinen Stuhl zurück, »nehmen Sie mir es nicht übel, aber irgendwie passen Sie gar nicht in so einen Laden. Gesehen habe ich Sie aber schon häufiger, wie Sie ganz allein hier sitzen.«

Césars Miene verfinstert sich.

»Schon gut, schon gut.« Sylvain hebt beruhigend die Hände, als wäre César ein Pferd, das durchzugehen droht. »Ich meine ja nur, so in Ihrem Anzug und mit der Aktentasche sind Sie für das Loch hier reichlich fein rausgeputzt. Was machen Sie hier?« Dann, etwas leiser: »Den Job verloren?«

César bringt kein Wort heraus. Er nickt nur. Sylvain legt César eine Hand auf den Unterarm. Die Erleichterung darüber, es eingestanden zu haben, und die Dankbarkeit für das Mitgefühl dieses Fremden sind so groß, dass César über die schmutzigen Fingernägel seines Tischnachbarn fast hinwegsehen kann.

Sylvain schüttelt den Kopf. »Wie schrecklich. Haben Sie lange dort gearbeitet?«

Wieder nickt César. »Fünfundzwanzig Jahre.«

Der andere gibt einen leisen Pfiff von sich. »Wow. Und gefeuert haben die Sie, weil sie einen Jüngeren haben, einen, der den Job schlechter macht, dem sie aber weniger zahlen müssen, richtig?«

»Ja.«

»Damien da draußen ist genau dasselbe passiert.« Er zeigt auf einen Mann in den Fünfzigern, der eine Spur intelligenter aussieht als die anderen. »Hat nicht direkt auf dem Bau gearbeitet, sondern im Büro und all den Papierkram erledigt. War super darin, unser Damien. Und eines Tages hockt plötzlich so ein Jungspund namens Mohammed für die Hälfte des Gehalts an seinem Schreibtisch, und Damien setzen sie vor die Tür.«

»Das ist einfach nicht … *fair*«, stammelt César.

»Nein, da haben Sie ganz recht, César.« Sylvain rutscht ein wenig näher. »Um ehrlich zu sein, haben ich und meine Freunde uns genau aus diesem Grund hier getroffen. Wir bereiten uns darauf vor, an einem Protest teilzunehmen, einer kleinen Demonstration, die sich gegen einige dieser Ungerechtigkeiten richten soll. Denn es ist eine Ungerechtigkeit, César, einem Mann einfach so seine Arbeit zu nehmen. Sind Sie verheiratet?«

»Ja.«

»Ihre Frau arbeitet?«

»Ja.«

»Weiß Sie … hiervon?« Sylvain schwenkt seinen dreckigen Löffel einmal im Kreis und fasst damit die ganze trübselige Situation zusammen.

César schüttelt den Kopf.

»Verstehe. Ein Mann hat ein Recht darauf zu arbeiten. Ohne Arbeit ist er nichts. Sie definiert ihn. Bei Frauen ist das anders. Sie haben die Familie, das Heim, andere Dinge, an die sie denken müssen. Aber was ist ein Mann ohne seine Arbeit? Diese Regierung begreift nicht, was es für einen Mann bedeutet, wenn ihm die Arbeit weggenommen wird. *Oh, die EU ist ja so toll; ach, all die zuwandernden Arbeiter sind ja so gut für die Wirtschaft*. Ich sag Ihnen was, für den normalen Franzosen haben die gar kein Verständnis mehr, so viel steht fest. Warum schließen Sie sich nicht uns an, César? Einen Mann mit Ihrem Sachverstand könnten wir gut gebrauchen.«

Viel später, in den stillen Stunden eines anderen Abends, wird César an diese Unterhaltung zurückdenken. Er wird an Chantal denken und sich fragen, wie sie wohl auf diese Beschreibung der Frauenrolle reagiert hätte. Er wird an seinen belgischen Pass denken. Er wird an das Wort »Sachverstand« denken und sich überlegen, was damit gemeint sein kann, wenn er seinen Beruf oder das, was davon noch übrig ist, doch bislang mit keiner Silbe erwähnt hat.

Aber in diesem Augenblick sagt er Ja. Und da er nun Menschen hat, mit denen er reden kann, entwickelt sich dieser Tag zum besten seit seiner Entlassung aus der Bank. Er hört sich ihre Geschichten an und gibt ihnen eine Kurzfassung seiner eigenen. Sie unterhalten sich über Politik und darüber, welche führenden Köpfe man vielleicht erreichen und welche man einfach direkt erschießen sollte. Die Sonne steigt höher, und sie wechseln die Lokalität. In der winzigsten und dreckigsten Kneipe, die César je betreten hat, geht man von Kaffee zu Bier über. Normalerweise ist er sich für so etwas zu fein, aber heute hat er das Gefühl, hier richtig zu sein, sei es auch noch so versifft.

Sehr spät und nach Bier riechend, kehrt César nach Hause zurück. Vor dem Spiegel im Flur bleibt er stehen, um sich die Krawatte zu richten. Chantal liegt bereits im Bett.

»Wo bist du denn gewesen, César?«

»Ach, unterwegs halt.« Ein wenig unsicher auf den Beinen wankt er zum Fenster und schaut über den Hof hinweg zum Fenster im dritten Stock. Kein Anzeichen der neuen Familie.

»Das werden sie bereuen, sie alle werden das noch bereuen«, murmelt er in triumphierendem Ton vor sich hin, bevor er weiter zur Dusche stolpert.

Im Schlafzimmer klopft Chantal ihr Kissen auf und schaltet das Licht aus. Sie hat morgen einen wichtigen Termin, ein gemeinsames Mittagessen mit einer Freundin. Sie muss sich um *ihr* Leben kümmern, kann doch nicht immer nur den Ankerpunkt bilden für César und dessen Midlife-Crisis – oder welche Krise das auch immer sein mag. Begleitet vom Rauschen der Dusche, fühlt sie, wie sie davontreibt und einschläft. Als César später ins Bett kommt, wälzt sie sich kurz herum und vermisst dabei ihr früheres Aneinanderkuscheln. César schläft schon bald so tief und unbeschwert wie seit Monaten nicht mehr, während Chantal auf den Wogen unheilvoller Träume hin und her geworfen wird. Die wenigen Zentimeter zwischen ihnen sind breit wie ein Ozean.

16

Es ist nach zwei, und Anaïs läuft wieder in der Wohnung herum. Arme, Beine und Kopf sind schwer wie Blei, dennoch findet sie keinen Schlaf. Sie ist so müde, sehnt sich so verzweifelt danach auszuruhen, dass sie am liebsten weinen, schreien und mit den Armen um sich schlagen würde, wie es die Kinder tun. Aber sie kann nicht. Alles ist leer.

Sie weiß noch, wie sie sich früher selbst zum Weinen bringen konnte. Traurige Geschichten in den Nachrichten, tragische Todesfälle oder Misshandlungen von Tieren, auf so etwas musste sie sich nur stark genug konzentrieren, schon rollten heiße, salzige Tränen die Wangen herab. Heute nicht mehr. Inzwischen ist sie taub, die Augen drücken, als bestünden sie aus hartem Marmor, die Knochen versteinern und werden von Minute zu Minute schwerer. Aber mitten in der Nacht im Bett zu liegen ist unerträglich. Die Gedanken wirbeln zu heftig in ihrem Kopf, um sie zum Verstummen zu bringen, und die Stille selbst dröhnt so laut, dass es sich nicht aushalten lässt.

Im Kinderzimmer haben Ärmchen und Beinchen vor Hitze die Decken abgeworfen. Das Fenster steht weit offen, doch nicht der geringste Luftzug ist zu spüren. Seit Wochen bereits gibt es in dieser Stadt keine Luft. Leise schleicht Anaïs auf Zehenspitzen in ihr Schlafzimmer und betrachtet die Silhouette von Paul, dessen Brust sich hebt und senkt.

Bedächtig und regelmäßig, wie Paul selbst. Im Wohnzimmer beugt sie sich hinab und krault den Hund hinter dem Ohr. Beau hebt im Halbschlaf so weit den Kopf, dass er andeutungsweise über ihre Hand schlecken kann. Seine kleinen Augenlider flattern vor Müdigkeit und fallen wieder zu. Sie lässt ihn in Ruhe und kehrt zum Fenster zurück.

Im Hof ist alles dunkel. Keine Frédérique. Überhaupt niemand. Keine Autogeräusche von der Straße, kein anschwellendes Brummen startender Motorräder. Die Welt ist gespenstisch still.

Wie viele Menschen wohl schon hier so gestanden haben, überlegt sie. Wie viele Füße von Menschen, die keinen Schlaf finden konnten, sind schon über diese Dielen getrottet? Die Fußböden sind für sie nach dem Umzug das Verstörendste gewesen. Originale Dielenbretter aus dem neunzehnten Jahrhundert, die beim Betreten quietschen und knarren. Sie hatte die unerschütterlichen Steinböden der Auvergne verlassen für diese schwingenden, instabilen Flächen, die ihr das Gefühl geben, das gesamte Gebäude bewege sich, alles hier sei fortlaufend in Veränderung begriffen.

1896 prangt über der großen türkisfarbenen Eingangstür. *Architecte P. Valentin-Legendre*. Wer ist das gewesen, dieser Mann, der sich so viele Gedanken gemacht hat über den Grundriss dieser Räume, die Maße dieser Fenster und die verschnörkelte Zuckergussdekoration an den Decken, die Anaïs immer an die Kuchen ihrer Großmutter denken lässt? *1896*. Sie stellt sich vor, wie wohlbeleibte Spekulanten mit weißen Bärten und weißen Stehkragen aus ihren Stadtvillen im sechsten oder siebten Arrondissement herüberreisten in diese Gegend, die damals den äußersten Stadtrand gebildet haben muss. Ländlich und schlammig noch, mit unbefestigten Straßen und Gestrüpp überall. Wenn es doch nur noch so wäre. Dann würde sie sich an diesem Ort eher zu Hause fühlen.

Die Erkenntnis, hier in den Geisterfußstapfen anderer zu wandeln, verursacht ihr ein Kribbeln in den Zehen. Irgendwann einmal haben hier gewiss andere Frauen gestanden, andere Mütter, vielleicht Menschen, die sich ebenso einsam und verlassen fühlten wie sie jetzt. Sie schließt die Augen, und in der atemlosen Nacht kann sie es fast hören, das Rascheln der langen Kleider auf dem Boden, das Klappern genagelter Schuhe, das Scharren der Besen, die Schmutz auf Kehrbleche fegen. Das Geräusch der Männer, die von der Arbeit nach Hause kommen und deren Geruch sich vermischt mit dem der Lebensmittel in den Kühlkisten, dem von Seife, Bohnerwachs und den frisch gewaschenen Laken, die gewiss vor den Fenstern aufgespannt wurden, um in der Luft zu trocknen.

Heute Nacht bedrängt es sie mit Macht. All diese anderen Leben, so nah und doch so weit entfernt, all die Freude, die Trauer, das Lachen, die diesen Raum bereits erfüllt haben und die nun eine über der anderen hier liegen und doch unerreichbar bleiben. Lage um Lage sind sie gestapelt, und wenn Anaïs bloß diese stickige Sommerluft durchschneiden könnte, vielleicht würde sie dann darauf stoßen.

Ohne es selbst bemerkt zu haben, steht sie plötzlich in der Küche und starrt in die Besteckschublade. Feste Griffe, scharfe silbrige Formen …

Als Teenager hatte Anaïs einmal mit dem Gedanken gespielt, sich zu ritzen. Damals war sie fünfzehn und unsicher. Außerdem taten es alle. Zumindest alle Mädchen in der

Schule, die dann absichtlich die Ärmel hochkrempelten, damit jeder die schmutzigen Schorfbahnen sehen konnte.

»Was hat mich bloß zögern lassen?«, murmelt sie jetzt in den leeren Raum. Denn am Ende hatte sie es nicht getan. Zu viel Angst vor dem Blut, vor ihren Eltern und davor, dauerhafte Zeichen auf der eigenen Haut zu hinterlassen. Drei Geburten später jagt ihr die Vorstellung von Blut längst keine Angst mehr ein. Und in diesen endlosen, einsamen, alles verschlingenden Stunden sehnt sie sich nach irgendeiner Art von Empfindung, mag die Logik dahinter noch so grobschlächtig und verquer sein. Mit zitternden Fingern zieht sie die stumpfe Seite eines Messers über ihre Haut.

»Ana?«

Unvermittelt steht Paul in der Tür, und statt ihrer Haut einen Schnitt zuzufügen, erleidet sie jetzt fast einen Herzinfarkt.

»Gott, hast du mich erschreckt.«

Selbst im Dunkeln kann sie sehen, wie ihn der Anruf Gottes zusammenzucken lässt.

»Was machst du da?«, fragt er.

»Ich konnte nicht schlafen und dachte, ich spüle rasch ab.«

Und tatsächlich, in der Spüle türmt sich schmutziges Geschirr. Plastikteller, leere Fläschchen, Löffelchen.

»Ana, es ist mitten in der Nacht.«

Sie steckt das Messer in die Schublade zurück und taucht die Hände in das kalte Seifenwasser. »Aber wenn ich es jetzt nicht erledige, dann bleibt es ewig liegen. Du weißt doch, wie es ist.«

»Schon gut, schon gut.« Paul schaltet die Lampe über dem

Tisch an, und die Helligkeit blendet sie beide für einen Moment. »Ich spüle, du trocknest ab.«

Paul beobachtet seine Frau aus schlafverklebten Augenwinkeln, während sie schweigend an der Spüle stehen. Anaïs hält den Blick starr nach vorn gerichtet. Ihm scheint, sie will so jede Art von Intimität im Keim ersticken. Das ist doch komplett verrückt, denkt er. Wer spült um halb drei Uhr morgens?

Er weiß selbst nicht mehr genau, wann diese nächtlichen Rituale begannen. Zu Anfang dachte er, sie würde das Baby füttern, wenn er allein im Bett aufwachte, doch der Kleine schlief inzwischen seit Monaten durch. Heute hat er die Hand ausgestreckt, und ihre Seite des Betts war eiskalt, als hätte sie nie dort gelegen.

Und sie werden sein ein Fleisch. Die Bibelverse gehen ihm durch den Kopf, während er das Geschirr scheuert und spürt, wie seine Fingerkuppen runzlig und faltig werden. *So sind sie nun nicht mehr zwei, sondern ein Fleisch.*

Allerdings wollen ihm keine hilfreichen Stellen in der Heiligen Schrift einfallen, um diese Distanz zu überwinden, um diese Kluft zu schließen, die Nacht für Nacht größer wird. *Ihr Männer, liebt eure Frauen*, steht geschrieben, und das tut er, und das versucht er, aber sie entgleitet ihm wie allzu feiner Sand zwischen den Fingern. Und dann die Zeit – nie scheint genügend Zeit, sie einfach in den Armen zu halten, ihr über das Haar zu streichen und zu fragen, was sie auf dem Herzen hat. Die Tage rasen zwischen Arbeit, Kirche und Kindern dahin, und im Moment schmerzen ihm schon die Beine, so sehr verlangt es ihn danach weiterzuschlafen.

Sie aber möchte, dass er Geschirr spült. Also wird er spülen, und wenn er fertig ist, wird er sich ein Handtuch nehmen und ihr beim Abtrocknen helfen. Er wird das Licht ausschalten, die Wohnung wird erneut in Dunkelheit getaucht sein, und er wird ihr die Hand auf die Schulter legen, um gemeinsam mit ihr vorsichtig durch den Flur ins Schlafzimmer zu gehen. Im Bett wird er die Arme um sie schlingen, und wenn er Glück hat, wird sie ihm ein paar Minuten dieser Nähe gewähren. Vielleicht gelingt es ihm sogar einzuschlafen, bevor sie von ihm wegrutscht und sich an die ferne Bettkante klammert wie an ein Rettungsfloß.

Und in ganz seltenen Ausnahmefällen wird sie am nächsten Morgen noch so daliegen, wenn er aufwacht.

17

Edward weiß, dass er zu glücklich ist. Eine Freude, wie er sie gerade empfindet, muss einfach irgendwann abrupt abbrechen, da unterscheidet sie sich nicht von der aktuellen Hitzewelle.

Im glückseligen Taumel, den diese Begegnung ausgelöst hat, vergisst er in den ersten Tagen, dass er eine eigene Bleibe hat, dass er es ruhig angehen lassen sollte. Sie treffen sich nach Charlottes Seminaren, nach ihren Besuchen in der Bibliothek. Vor jedem Universitätsgebäude in Paris scheint er zu lauern, um sie sofort zu entdecken, wenn sie zur Tür hinausschlendert und ihm zulächelt.

Im Unterschied zu den meisten seiner Bekannten hat sie sich nicht deshalb für den Master eingeschrieben, weil sie nach ein paar Jahren in einem Brotjob vom wirklichen Leben angeödet war, sondern gerade weil – wie sie wiederholt versichert – sie fest an die Menschen glaubt. Nach ungefähr einer Woche lernt er ihre Freunde kennen, die diesen Glauben offenbar allesamt teilen. In wechselnden Zusammensetzungen sitzen sie vor den Cafés und stecken die Köpfe zusammen, tief versunken in Wolken von Zigarettenqualm und linksgerichteter Empörung. Ungewaschen und ganz abgemagert vom Nikotin, erregen sie sich lautstark über Dinge, die Edward nur halb versteht.

Lieber konzentriert er sich stattdessen auf die Rauchkringel, die lässig von Charlottes Lippen in die Luft steigen. Er liebt es, wenn sie sich zu ihm lehnt und ihm die brennende Kippe aus dem Mund nimmt. Sie verbringen jede Nacht zusammen, und sobald die Nachtängste ihn hochschrecken lassen, fängt das Gewirr aus Laken und ihren Armen ihn wieder ein. Taucht das Gesicht seiner Schwester dennoch in seinen Träumen auf, dann nur einen Augenblick lang. Sie verfolgt ihn weiter, aber die Abstände werden größer.

Er berichtet Charlotte umgehend von der Versammlung, die er in Vincents Wohnung miterlebt hat. Insgeheim ist er darüber heilfroh – nicht über die Versammlung selbst, aber über die Gelegenheit, Charlotte von etwas zu erzählen, an dem er teilgenommen hat und das mehr realen Bezug aufweist als seine vagen Stunden zwischen Cafés und Buchladen. Erwartungsgemäß ist sie entrüstet.

»Wie gemein. *Niederträchtig*. Gut, dass du was gesagt hast! Wann soll diese Familie denn einziehen?«

»Keine Ahnung. Aber derzeit ist die Anspannung mit Händen zu greifen. Alle sind *on tenterhooks*.«

In der Tat hält die Hausgemeinschaft seit der Versammlung bei César Vincent gebannt den Atem an. Die Leute durchqueren mit gesenkten Köpfen und raschen Schritten den Hof, meiden die Blicke der anderen und gehen jedem Kontakt aus dem Weg, um nur ja nicht in eine Auseinandersetzung hineingezogen zu werden. Und jedes Mal, wenn die türkisfarbene Tür aufschwingt, schauen Frédérique und Edward von ihren Büchern auf. »Noch nicht«, sagt dann der eine zum anderen, und in sämtlichen Etagen über ihnen flüstern Hausbewohner das Gleiche.

»Tenterhooks?«

Ihm bereitet es Vergnügen, ihr die Eigenarten und Absonderlichkeiten des Englischen zu erklären. Sie beherrscht die Sprache nahezu perfekt, daher liebt er umso mehr diese Momente, wenn sie die Stirn in Falten wirft und die Lippen zu einem Kirschmund schürzt. *Tenterhooks, flabbergasted, nutjob* – wie ein Geheimcode unter Liebenden fließen die Worte dann ein, wenn sie abends mit ihren Freunden etwas trinken gehen.

Edward kann nicht sagen, ob die Heftigkeit dieser täglichen Diskussionsrunden der Hitze geschuldet ist, diesem erdrückenden Sommer, der ihm permanent einen Schweißfilm auf die Stirn und dunkle Achselflecke auf die Kleidung treibt. Es wird jedenfalls schnell und wild durcheinander auf Französisch geredet. Er kann der Unterhaltung so eben folgen, vertraut seinen Fähigkeiten jedoch zu wenig, um sich auf diesem Level daran zu beteiligen. Die meiste Zeit lehnt er sich zurück, den Arm locker um Charlottes Taille gelegt. Julien, der stämmige Freund, mit dem sie beim ersten Mal im Buchladen war, wirft ihm finstere Blicke zu.

»Aber kennzeichnet eine Demokratie nicht gerade das Recht, dass die Leute demonstrieren dürfen, egal wie abscheulich ihre Meinung auch sein mag?«, fragt ein hellblondes Mädchen eines Abends, als die Hitze so übermächtig ist, dass nicht einmal ein kühles Bier ihren Würgegriff zu lockern vermag.

»Und was ist mit meinem Recht, als Jude, Muslim, als Frau oder Immigrant in meiner Straße leben zu können, ohne angefeindet zu werden?«

»Darum allein geht's nicht mal«, entgegnet Charlotte und fuchtelt mit Edwards Zigarette über dem Tisch herum. »Es geht darum, dass die Rechtsextremen in einer Weise mobilmachen, wie wir es noch nie erlebt haben. Sie sorgen dafür, dass ganz gewöhnliche Leute plötzlich nichts mehr dabei finden, so zu denken. Früher wäre das unmöglich gewesen, musst du wissen.« Die letzten Worte richtet sie direkt an ihn, und sein Magen macht einen Luftsprung. »In meiner Kindheit wäre man nirgends Leuten begegnet, die sich getraut hätten, so eine Meinung öffentlich zu bekunden. So was geschah bloß heimlich, im Verborgenen. Jetzt erleben wir den Scheiß mitten auf den größten Boulevards!«

»Oder noch schlimmer«, wirft ein Rothaariger von der anderen Seite des Tisches ein und hält den anderen sein Handy vor die Nase. »Seht nur, was ich gefunden habe. Ein Pariser Forum für diesen Scheißdreck.« Er verfällt in einen künstlichen Jammerton: »›*Dreckige Muslimeinwanderer ziehen in unser Haus*‹, ›*Man kann sich nicht mehr sicher fühlen auf den Straßen von Paris*‹ – so was schreibt jemand *hier*, direkt in der Stadt! Ist das zu fassen?«

»Ich finde, wir sollten Edward mal fragen, was er davon hält«, erklärt plötzlich Julien und grinst dabei scheißfreundlich und von oben herab. Was für ein arroganter Sack, denkt Edward, während der andere Mann seine muskulösen Unterarme anspannt und ihn mit seinem Blick fixiert. »Oder sollen wir für dich lieber ins Englische wechseln?«

Zum Glück fallen ihm gerade genug französische Brocken ein, um zum Ausdruck zu bringen, dass die Entwicklung erschreckend ist, dass er diese Wut hasst und dass er es gleichzeitig auch hasst, selbst deshalb wütend zu werden. Seine Antwort ist kurz, auf das Wesentliche beschränkt, und er ist sich ziemlich sicher, einmal die falsche Zeitform benutzt zu haben, aber sobald er fertig ist, dreht Charlotte sich um und gibt ihm einen langen Kuss. Aus den Augenwinkeln nimmt er noch wahr, wie Julien achselzuckend den Blick abwendet, und als sie Stunden später aufbrechen, sieht Edward, wie er Charlotte erregt etwas ins Ohr zischt.

Auf dem Heimweg, dem Weg zu ihrer Wohnung, kommt sich Edward vor, als hätte er einen Preis gewonnen. In seiner überschäumenden Begeisterung springt er sogar auf einen Laternenpfahl und reißt eins der neuesten Protestplakate ab. Irgendeine wichtige Aktion soll am nächsten Wochenende stattfinden, und die Stadt ist gepflastert mit Scharfmachersprüchen und den für die Rechte typischen weißen Männergesichtern mittleren Alters.

Charlotte feuert ihn johlend an und klatscht Beifall, aber als Edward das Porträt in den Händen zerknüllt, bemerkt er eine Gruppe Männer ein Stück die Straße hinab, die genau diese Plakate anbringt. Er schaut auf seine Hände, die mit feuchtem Kleister überzogen sind.

Charlotte hat die Männer noch nicht gesehen und feuert ihn weiter an.

»Sch! Sch!« Er zieht sie in eine Toreinfahrt.

»Was denn?«

»Da!«

Im Licht der nächsten Laternen kann man drei kurz geschorene Köpfe und drei breite Schulterpaare erkennen. Aus Eimern werden Quaste gegen eine Mauer geklatscht und die Plakate anschließend auf den Kleister. »Wie ekelhaft«, raunt Charlotte angewidert. In diesem Moment tritt ein vierter Mann aus der Dunkelheit.

»O mein Gott.«

»Was?«

Edward blickt angestrengt, kämpft an gegen die Dunkelheit und die vielen Gläser, die er heute Abend getrunken hat. »Ich glaub, das ist mein Nachbar.«

»Was? Welcher?«

»Der da, der mit Haaren.«

Sie starren beide in die Richtung, wo tatsächlich César Vincent mit Eimer und Pinsel in der Hand herummarschiert. Seine schicken, teuren Anzüge hat er gegen ein Paar alte Jeans und eine weiße Jacke ausgetauscht. Und auch wenn er mit seinen runden Brillengläsern und der Scheitelfrisur eines Schuljungen völlig fehl am Platz wirkt, schmiert er doch mit großer Leidenschaft seine Propaganda auf die Wände.

»Der Nachbar, der sich so über die muslimische Familie aufregt?«, fragt Charlotte, während Césars Gruppe ihre Arbeit beendet und in der Dunkelheit verschwindet.

»Genau.«

»Scheiß drauf, ich geh jetzt hin und sprech ihn an.«

»Nein!« Edward packt sie am Arm. »Was hast du vor?«

»Was hast *du* vor, Edward? Willst du dieses miese Schwein etwa nicht zur Rede stellen?«

»Charlotte, ich lege mich doch nicht mit diesen Typen an. Die sehen aus wie Skinheads!«

»Tja, mag sein, vielleicht sind sie das sogar und tragen Messer in den Taschen, mit denen sie jedem, der sich ihnen in den Weg stellt, sofort die Kehle durchschneiden.«

»Richtig!«

»Und bloß weil du Schiss hast, willst du jetzt das Maul halten?«

»Nein, ich meine… Sieh mal, der Mann ist eigentlich gar

nicht so. Monsieur Vincent. Er ist alt, er ist … normalerweise piekfein. Herrgott, er ist Banker!«

»Schau ihn dir an! Schau dir an, was er tut!«

»Ich weiß, aber …«

»Aber was?«

Doch Edward weiß nicht, was. Er weiß nicht, wie er erklären soll, dass es im Dorfpub Männer gibt, die zwar nicht wie César Vincent aussehen, die nicht so gut gekleidet sind wie César Vincent, aber Männer im selben Alter, die arbeitslos sind und die ebenfalls nörgeln über Europa, die Immigranten und die verfluchte Flüchtlingskrise. Und er hasst es, hat es immer gehasst, aber er hat nie etwas unternommen, weil das eigentlich keine schlechten Menschen sind. Zumindest die meisten von ihnen. Bloß eben anders. Eine andere Generation, andere Erziehung … Aber er kann das Charlotte nicht erklären, also steht sie nur da und verfolgt mit funkelnden Augen, wie er unsicher herumzappelt. Schließlich verschränkt sie abweisend die Arme vor der Brust und sagt: »Du musst ihn darauf ansprechen.«

»Ach, komm.« Edward zieht an ihrem Unterarm, aber sie bleibt hart.

»Ich meine es ernst, Edward.« Ihre Worte hängen in der schwülen Luft wie eine Drohung.

18

»César Vincent? Das kann ich mir nicht vorstellen!« Frédérique hockt auf der obersten Stufe einer Trittleiter und ordnet einen Stapel Bücher zu Turner neu. »Ich mag den Mann nicht, aber das kann ich mir nicht vorstellen.«

»Wenn ich's dir doch sage.« Edward eilt herbei, um die Leiter festzuhalten, die bei jedem ihrer Worte hin und her wankt. »Er war es!«

»César Vincent? Klebt faschistische Aufrufe?«

»Ob es jetzt richtig faschistische Plakate waren, weiß ich nicht, aber ja, César Vincent klebt Werbung für die Rechtsextremen.«

»Nun ja.« Frédérique setzt sich in seine Richtung. »Vermutlich hätten wir uns schon bei dieser Versammlung denken können, dass da etwas nicht stimmt. Ich frage mich, ob seine Frau Bescheid weiß.«

»Vielleicht denkt sie ja genauso.«

»Nein, das Gefühl habe ich nicht.« Frédériques Gesicht hat wieder diesen gedankenverlorenen Ausdruck angenommen. »Sie wirkte besorgt bei diesem Treffen. Außerdem kann sie gar nicht so weit rechts sein.« Frédérique wendet sich wieder dem Regal zu. »Schließlich arbeitet sie mit Büchern.«

»Was?«

»Sie ist Bibliothekarin. Ich weigere mich zu glauben, dass eine Bibliothekarin den Front National unterstützt.«

Sobald Ordnung in den Turner gebracht oder zumindest die Unordnung nicht mehr ganz so groß ist, steigt Frédérique von der Leiter. Edward reicht ihr für die letzten Stufen die Hand. Sie will ihm gerade danken, da rutschen ihre Hände kurz ab, und einer ihre Ringe ritzt ihm in die Haut.

»Oje, das tut mir leid!«

»Keine Sorge, nichts passiert.«

»Nein, zeig mal her.«

Sie nimmt seine Hand. Eine Reihe Blutströpfchen bildet sich auf seiner Haut. Ihre Köpfe berühren einander fast, jeder kann den Atem des anderen spüren, die Luft ist feucht und drückend. Sie verharren vielleicht einen Moment zu lange in dieser Haltung. Frédérique, die das Gewicht von Edwards Hand abwägt, während Edward der Sanftheit ihres Griffs nachspürt.

»Blödes Mistding!«, ruft Frédérique unvermittelt aus, lässt als Erste los und zerrt den schuldigen Ring von ihrem Finger. »So ein Mordinstrument. Es tut mir furchtbar leid, Edward.«

»Ehrlich, es ist nichts.«

Schweigend ziehen sie sich beide in ihre verschiedenen Ecken des Ladens zurück.

»Hast du schon Leute ...«

»Hast du etwas von ...«

Zeitgleich prallen ihre Worte aufeinander. Frédérique startet zuerst den nächsten Versuch.

»Hast du schon ein paar Leute kennengelernt, Edward?«

»Äh, ja. So ungefähr. Hauptsächlich Studenten.«

»Schön, sehr schön«, antwortet Frédérique und widmet sich ungewöhnlich konzentriert den Matisse-Monografien vor ihr. »Ist doch gut, dass du Freunde in deinem Alter gefunden hast.«

»Ja.«

Wieder Schweigen. Auch Edward setzt noch einmal an.

»Hast du etwas von Emilie gehört?«

»Von Emilie? Nein, in letzter Zeit nicht.«

»Sie hat immer so viel um die Ohren.«

»Ja.«

Diesmal dauert das Schweigen an.

Sex. Das ist ihr heute auf den ersten Blick klar gewesen. In seinem Gang lag eine solche Lockerheit, auf seinem Gesicht ein so entspanntes Lächeln. Schön für dich, Edward, dachte sie. Genau das, was ein junger Mann in Paris tun sollte. Jetzt ist die Atmosphäre allerdings irgendwie verwandelt. Die Berührung, das Blut, auf einmal ist die Luft wie aufgeladen, und nur durch dieses furchtbare Schweigen lässt es sich ignorieren. Wie ungeheuer britisch, sagt sie zu sich selbst, obwohl auch sie ihren Mund fest verschlossen hält.

Endlich reißt einer ihrer Verehrer die Hoftür auf und kommt mit wehender mottenzerfressener Strickjacke in den Laden gestapft. Mit der Anwesenheit einer dritten Person schwinden die Anziehungskräfte, wird die Luft entmagnetisiert, und sie beide arbeiten in stiller Gemeinsamkeit, bis Frédérique unvermittelt aufschaut und sagt: »Heute sperre ich den Laden ab, Edward.« Also wünscht er einen schönen Abend, und Frédérique bleibt allein mit ihren Büchern zurück. Sie setzt sich an den Schreibtisch und vergräbt den Kopf in den Händen.

All die körperlichen Berührungen zu verlieren war das Schlimmste gewesen, als Daniel starb. Sie hätte es nie für möglich gehalten, aber fast wäre sie an dem fehlenden Fühlen dieses anderen Körpers zugrunde gegangen. Feuchte Hände, warme Haut, Atemwolken an ihrem Hals, das weiche Haar, wenn er auf ihrem Schoß einschlief. Das alles ist ihr Sohn für sie. Die letzten zehn Jahre hat sie deshalb zurückgezogen in den Grenzen ihrer eigenen Haut verbracht. Autark. Die Heimkehr nach Paris bedeutete ein Ende des Fühlens, die Weigerung, noch einmal irgendetwas oder irgendjemanden dicht an sich heranzulassen. Im ersten verzweifelten Jahr war sie noch manchmal im Berufsverkehr mit der U-Bahn gefahren, um im Gedränge die anderen Körper zu spüren. Aber inzwischen hat sie sich nicht nur an ihre Isolation *gewöhnt*, sie ist längst abhängig davon geworden. Berührungen finden nur noch höchst selten statt, und dieser Zwischenfall mit Edward hat sie mächtig erschüttert.

In der Tür zum Hof erscheint Chantal Vincent, die müde und erschöpft wirkt. Schon bevor sich ihre Blicke begegnen, bemerkt Frédérique die gebeugten Schultern der anderen Frau und die herabhängenden Mundwinkel. Chantal sieht auf und winkt unsicher. Frédérique tut es ihr nach.

Es kommt nur selten vor, dass einer der Bewohner von Nummer 37 Frédériques Laden aufsucht. Natürlich schaut auch sonst kaum jemand vorbei, aber die Menschen, die am nächsten wohnen, sind die unwahrscheinlichsten Kunden. Viele wissen nur vage von seiner Existenz oder haben im hektischen Ablauf ihres Alltags nie Zeit gefunden, darüber nachzudenken, was sich in den Erdgeschossräumen von Bâtiment B befinden mag. Dass Chantal nun von ihrer gewohnten Route quer über den Hof abweicht und an Frédériques Tür klopft, ist also äußerst merkwürdig.

Mit ihren Einkäufen fürs Abendessen beladen, bleibt sie unbeholfen in der Tür stehen.

»Ich wollte mich für das Treffen neulich entschuldigen.«

»Entschuldigen?«

»Ja.« Chantals Blick wandert über die Bücher, streift von einem leuchtend bunten Einband zum nächsten. »Césars Verhalten an diesem Tag war … unmöglich. Es tut mir leid, dass Sie darunter leiden mussten.«

Chantal und Frédérique sind seit zehn Jahren Nachbarn, doch so viele Worte haben sie noch selten gewechselt. Nachbarschaft fördert Nähe nicht unbedingt. Die unzähligen höflichen *Bonjours* im Treppenhaus und dieses ewige Zuwinken über den Hof hinweg, womit sie im Grunde das eigene Revier eher abgrenzen, als es dem anderen zu öffnen, all das lähmt sie beide mittlerweile. Auf ihrem Verhalten lastet die Ahnung einer womöglich verschenkten Freundschaft.

Jetzt wartet Frédérique geduldig. Sie spürt, dass die andere Frau noch mehr sagen will.

»Ich weiß wirklich nicht, was mit ihm im Moment los ist oder woher diese … *Ansichten* stammen. Aber ich … ich möchte Ihnen gerne versichern, dass ich diese Meinung nicht teile. Und ich glaube auch nicht, dass César in Wahrheit so denkt. Er ist kein schlechter Mensch.«

»Nein.«

»Nein.«

Chantal lächelt ein müdes, schicksalsergebenes Lächeln.

»Ich sollte Sie nicht länger stören. Sie haben bestimmt viel zu tun.«

»Nichts Wichtiges, ich sortiere nur ein paar Bücher um.«

»Sie haben wirklich schöne Sachen hier unten.« Chantal streicht mit dem Finger über das Cover eines Bildbands. »Irgendwann muss ich mal herunterkommen und mir alles genauer ansehen.«

»Ja, tun Sie das.«

Sie lächeln einander an, das höfliche Lächeln von Menschen, die sich zu lange fremd gewesen sind, um den Sprung zur Freundschaft noch zu schaffen. Beide wissen, dass dieses Treffen und seine Offenheit die Ausnahme einer lange bestehenden Regel ist. Morgen werden sie sich wieder nur freundlich über den Hof hinweg zuwinken. Besuchen wird Chantal den Buchladen nicht.

»Na dann, schönen Abend noch, Frédérique.«

»Schönen Abend, Chantal.«

Einmal mehr schlägt die Tür zu, und Frédérique verfolgt, wie Chantal im Hinterhaus verschwindet. Instinktiv steht sie auf, um das Buch neu zu richten, das die andere angefasst hat. Es ist das Buch über Ingres, das sie mit Edward an seinem ersten Tag betrachtet hat. Sie blättert träge darin herum und überlegt, welches Bild ihn an seine Schwester erinnert haben könnte.

»Nun aber Schluss, meine Gute«, ermahnt sie sich selbst, legt das Buch zurück und schaltet das Licht aus. Sie tritt durch die türkisfarbene Eingangstür auf die Straße hinaus, ohne zu wissen, was sie tun soll. Unruhe hat sie befallen. Eine Zigarette? Irgendwo etwas trinken gehen? Während sie noch nachdenkt, hört sie ein scharfes Reiben und sieht im Eingang gegenüber ein Streichholz aufflammen.

»Guten Abend, Josef.«

Der auf seinen Fersen hockende Mann mit den eigentümlich schiefen Augen hebt den Kopf. »Abend, Frédérique.« Er deutet auf die Stufe, wo er gerade zwei Sitzkissen ausgebreitet hat. »Bitte.«

Sie nimmt Platz.

»Hast du jemanden erwartet?«, fragt sie mit Blick auf die Kissen und die beiden Tassen, die davor bereits stehen.

»Dachte mir schon, dass du kommst.«

Sie bohrt nicht nach, fragt nicht, wie er das wissen kann. Er gießt Rotwein in beide Tassen. »Auf dein Wohl.«

»Und deins.«

Sie trinken. Der Wein ist schwer, vollmundig und erstaunlich gut. Nicht zum ersten Mal überlegt Frédérique, woher Josef seine Sachen eigentlich bezieht.

»Und, was gibt's Neues, Josef?«

»Wird immer schwerer, ein Plätzchen zu finden.«

»Zum Plattemachen?«

Er nickt und entzündet einen makellos sauberen Campingkocher.

»Überall werden derzeit Leute schikaniert, werden zusammengeschlagen, bespuckt, sogar direkt in der Stadt.«

»Von dem Überfall in Châtelet habe ich gelesen.«

Josef grunzt in einer Mischung aus Hohn und Gleichmut. Er schlägt zwei Eier in die Pfanne.

»Was gibt's bei euch Neues?« Er nickt zur Nummer 37.

»Ach, nicht viel. Ein Freund von Emilie ist zu Besuch.«

Josef nickt. »Hab ihn gesehen. Jung. Traurig. Nicht von hier.«

»Nein, Engländer. Dann gab's letzte Woche ein riesiges Theater. Angeblich zieht eine muslimische Familie ein, und der Vorsitzende der Eigentümergemeinschaft ist ausgerastet.«

»Bei dem musst du aufpassen«, warnt Josef geheimnisvoll und wendet die Eier. »Der tickt nicht ganz richtig.«

»Was meinst du damit?«

Aber Josef schüttelt nur den Kopf. »Nicht richtig im Kopf. Treibt sich mit üblem Volk rum.«

Frédérique wartet, aber mehr kommt nicht. Sie trinkt einen Schluck Wein. Woher weiß er all diese Dinge? Wie kann jemand wie er, der außen vor ist, mehr wissen als die meisten von ihnen, die doch mittendrin stecken?

»Und hab ein Auge auf diese Frau mit den drei Kindern.« Er lässt die Eier in ein aufgeklapptes Stück Baguette gleiten.

»Madame Lagrange?«

»Drei kleine Gören. Achte ein wenig auf sie.«

»Okay, Jo.«

Frédérique verfolgt stumm, wie Josef zwei winzige Gläser mit Schraubdeckel hervorholt, eins mit Salz, eins mit Pfeffer, und sorgfältig sein Abendessen würzt.

»Brauchst du was?«, fragt sie. »Kann ich dir irgendwas besorgen?«

Er schüttelt den Kopf und zeigt auf seinen Einkaufswagen. »Auf diesen vier Rädern ist alles, was ich brauche.«

»Na schön, dann guten Appetit noch.« Mit knirschenden Knochen erhebt sie sich von der Stufe. »Pass auf dich auf, Josef.«

»Du auch, Frédérique.«

19

Anaïs wäre entsetzt, wenn sie Josef gehört hätte. Entsetzt darüber, dass er sie überhaupt bemerkt hat. Sie selbst hat kaum Notiz von ihm genommen, einmal abgesehen davon, dass sie die Straßenseite wechselt, wenn sie seinen Einkaufswagen entdeckt, oder dass sie es insgeheim nicht schön findet, einen Obdachlosen vis-à-vis der eigenen Wohnung zu haben. Für sie sind Obdachlose in ihrer Anonymität alle gleich. Einerseits demonstriert sie ihnen gegenüber zwar gerne wohltätiges Mitgefühl, andererseits wüsste sie nicht, was diesen Mann hier von dem unterscheiden soll, der sie in der Kirche begrapscht hat. Womöglich ist es sogar ein und derselbe.

Paul würde die Sache natürlich anders betrachten. Klar doch, Paul würde sich gerne zu ihm setzen, mit ihm reden, ihm Geld geben und Gottes Wort näherbringen. Ihn zurück in den Schoß der Gemeinde führen. Typisch Paul eben.

Womit sie gar nicht unrecht hat, denn das tut Paul tatsächlich. Regelmäßig wirft er beim Nachhausekommen ein paar Münzen in Josefs Becher, setzt sich zu ihm und redet mit ihm, bis der andere nur noch lächelnd den Kopf schüttelt.

Anaïs fragt sich, ob sie das früher, als sie ihren Glauben noch mit mehr Leidenschaft lebte, auch getan hätte. Aber in dem Dorf, in dem sie aufwuchs, gab es keine Obdachlosen. Und die meisten Menschen waren bereits gute Katholiken. Wenn dort irgendwo Armut herrschte, dann nicht bei Menschen, die auf der Straße lebten, sondern bei den Bauern, deren Häuser seit fünfzig Jahren vor sich hin gammelten, in denen der Schimmel die Wohnzimmerwände hinunterkroch und widerliche Plumpsklos in angebauten Schuppen untergebracht waren. Vor allem Männer wohnten auf diesen grässlichen Höfen. Sie weiß noch, wie sie mit ihrem Vater einige davon besuchte, und die Erinnerung lässt sie schaudern.

»Ana? Alles in Ordnung bei dir?«

Pauls Stimme reißt sie aus ihren Grübeleien. Er klopft an die Badezimmertür, da Anaïs in der Wanne liegt und übt, unter Wasser die Luft anzuhalten.

Japsend kommt sie zurück an die Oberfläche.

»Alles in Ordnung.«

Fast muss sie lachen. Die sich abzeichnenden Rippen und die vorstehenden Hüftknochen sehen aus, als würde ihr Körper mit jedem Tag weiter schrumpfen. Sie schläft nicht. Sie isst kaum. Geritzt hat sie sich noch nicht, aber sie lässt Messer auf ihrer Haut springen, hält unter Wasser die Luft an, spielt mit dem Gedanken, unvermittelt auf stark befahrene Boulevards hinauszutreten, und Paul fällt nur dann etwas auf, wenn er selbst gerne ins Badezimmer möchte. »Alles in Ordnung?« mag zwar besorgt klingen, ist letztlich aber nur eine Umschreibung für: »Wann kann ich endlich aufs Klo?«

Sie stemmt sich aus der Wanne und steht zitternd auf der Badematte. Die nassen Haare hängen ihr wie tropfende Rattenschwänze über den Rücken.

In dem blendend hellen Kunstlicht wird ihr schlagartig klar, wie völlig falsch sie ihren Körper beurteilt hat. Die Erkenntnis ist so schockierend, dass sie am Waschtisch Halt suchen muss. Sie betrachtet noch einmal ganz neu die schrumplige Gänsehaut, die verstopften Poren, das schlaffe Fleisch, und ihre Angst wandelt sich. In erschütternder Klarheit steht ihr vor Augen, dass es gar keinen Grund gibt, sich zu ritzen. Sie wird ohnehin jeden Moment zerbrechen. Und so, wie die Rippen durch die papierdünne Haut drücken, die Knöchel an den aufgescheuerten und geschwollenen Händen herausragen, ist das nicht einmal metaphorisch zu verstehen. Demnächst dürfte sie im wahrsten Sinne des Wortes zerbrechen. Zerbröseln. In kleinste Einzelteile zerfallen. Ein leichter Stoß oder eine Berührung könnte bereits genügen, um ihrem Dasein ein Ende zu bereiten.

Vorsichtig nimmt sie ein Handtuch und tupft mit größter Behutsamkeit Wassertropfen von der Haut. Ihr Herz hämmert, gefangen zwischen Angst und Rausch. Sie könnte zerbrechen. Sie könnte zerbrechen! »Womöglich zerbrichst du!«, haucht sie dem Gesicht im Spiegel zu, und als ihre Lippen sich bewegen, überlegt sie, ob auch die zerbrechen können.

»Ana? Bist du fertig?«

»Ja, ich komme.«

Sie schlingt ganz sacht das Badetuch um sich und entriegelt die Tür. Zu gehen, ohne zu splittern, erfordert höchste Konzentration. Sie tritt nur federleicht auf, schafft es aber schließlich bis ins Schlafzimmer. Hinter sich hört sie den Riegel ins Schloss gleiten, gefolgt von einer Kakofonie zufriedener Grunzlaute.

Anaïs hockt auf dem Bettende. Das Herz flattert ihr in der Brust. Durch das Prisma des Zerbrechens betrachtet, wird ihr mit einem Mal alles verständlich. Da gab es das erste Zerbrechen, als in der Hochzeitsnacht dieses verborgene Häutchen mit Wucht zerfetzt wurde. Dann ihre Schwangerschaften, bei denen ihr Bauch auf diese obszöne Weise anschwoll zu gigantischen, parasitischen Wucherungen, die sich nicht selbst halten konnten, sondern mitgeschleppt werden mussten, und die von ihrem Körper hingen, als würden sie gleich einfach abbrechen. Sie erinnert sich an den Ballast, das Platzen und an die Geburten, die in ihrer Erinnerung ein intensiver, allumfassender Schmerz waren, der sie fast ausgelöscht hätte. Und sie weiß noch, wie kurz vor dem Ende ihr Fleisch langsam aufriss und riss und riss.

Sie betrachtet ihre Hände. Ein Fingernagel, an dem sie seit Wochen nervös knibbelt, fällt ab und landet in ihrer Handfläche. Löst sich sauber ab und bringt faltige, rosige Haut zum Vorschein. Auch die Haare fallen ihr aus. Sie spürt das flaumgleiche Rieseln der trockenen Strähnen auf ihrem Rücken. Als sie aufsteht, knacken die Gelenke unheilvoll. Alles kündet den vollständigen Zerfall an.

Von der anderen Seite der Badezimmertür ist das vertraute Rauschen der antiken Spülung zu hören. Ein kurzes Zischen des Raumsprays, dann ist Paul wieder neben ihr, legt die Arme um sie und reibt zärtlich die Nase an ihrem Nacken, wie sie es als Frischverheiratete so geliebt hatte. Aber jetzt ist sie keine fünfundzwanzig mehr, und die Vorstellung, mit ihm zu schlafen, löst eine Höllenangst in ihr aus. Schon die kleinste Berührung schnürt ihr die Kehle zu.

»Paul …« Sie weicht einen Schritt zurück. »Nicht.«

»Was nicht?«

Sie betrachtet seine kräftigen Hände mit wachsender Panik. Diese Finger würden sie zerdrücken.

»Ich mag nicht.«

»Was magst du nicht?«

»Das tun. Heute Abend.«

Er lässt die Hände sinken. »Alles in Ordnung?«

»Ja, alles gut, ich … kann bloß nicht. Heute.«

Ich kann nicht noch mehr Babys. Ich kann mich dir nicht hingeben. Ich kann niemanden meinen Körper traktieren lassen, weil das meinen Körper zerstören würde.

»Ich vermisse dich, Ana«, sagt er leise mit dieser Stimme, die tief aus der Kehle kommt.

»Ich bin doch hier, hier bei dir«, versucht sie, ihn zu beruhigen, aber er bewegt sich wieder auf sie zu, und die Angst vor weiteren Berührungen wächst mit jedem Schritt.

»Ich liebe dich.« Er ergreift ihr Handgelenk, und sie tut ihr Bestes, die wachsende Panik zu überspielen.

»Ich liebe dich auch, aber Paul, bitte …«

»Was?« Er will sie an sich ziehen, und sie schreit erheblich lauter auf als beabsichtigt.

»Paul, nicht. Ich geh kaputt. Ich werde zerbrechen!«

Fassungslos starrt er sie an, aber ihren Arm gibt er nicht frei.

»Was?«

»Bitte, Paul, bitte, bitte. Ich werde zerbrechen. Du wirst mich zerbrechen!«

Endlich löst sich sein Griff, und er tritt zur Seite.

»Dich zerbrechen? Was meinst du damit? Ana?«

Sie presst den Arm an sich, kann nicht antworten.

»Anaïs?«

»Ich glaube … ich glaube …« Sie kann die Worte einfach nicht aussprechen. Sie sind zwar das Wahrhaftigste, was sie seit Monaten empfunden hat, aber sie weiß, in seinen Ohren würden sie lächerlich klingen. *Ich glaube, ich werde zerbrechen. Ich bin bereits dabei.*

»Ich dich *zerbrechen*?« Paul wiederholt die Worte ungläubig. Auch Wut schwingt in seiner Stimme mit. Und während die Worte zwischen ihnen nachhallen, erkennt sie an seinem Gesichtsausdruck, wie fremdartig sie für ihn klingen. Beziehungen zerbrechen, Leute brechen zusammen, man bricht aus dem Gefängnis aus oder in Häuser ein, aber in Pauls zutiefst logischem Kopf können Menschen nicht einfach *zerbrechen*. Er steht auf seiner Seite des Betts, fest davon überzeugt, dass es so etwas nicht gibt. Sie steht auf ihrer, fest davon überzeugt, dass es so etwas gibt und sie selbst es demnächst erleiden wird. Einen Weg, diese Kluft zu überbrücken, sieht sie nicht. Alles, was zwischen ihnen ist, was sie besitzen, was sie sich geschaffen und miteinander geteilt haben, löst sich gerade auf, bis sich nur noch zwei Fremde über die entstandene Leere hinweg anstarren.

»Willst du nichts dazu sagen?«, fragt er schließlich.

»Ich weiß nicht, was.«

Langsam wendet er sich ab Richtung Kinderzimmer, und sie bleibt zurück in dem leeren Schlafzimmer, allein, nackt und auf schreckliche, schuldbewusste Art erleichtert.

20

Schwer und bleiern bricht der nächste Tag über Nummer 37 an. Die Luft ist aufgeladen, nicht nur in elektrischer Hinsicht. Ein Gewitter zieht auf.

Unheil verkündend rasen dunkle Wolken über den Himmel, während César und Chantal ihren angespannten Burgfrieden weiterspielen. Er trägt wieder Anzug und schnippt getrocknete Kleberreste von den Fingernägeln. Ständig brummt sein Handy, wenn neue Textnachrichten von Sylvain eingehen. Sie liest die Zeitung und gibt vor, nichts zu bemerken. Sie will einfach nicht danach fragen, wer ihm denn dauernd schreibt.

In der Wohnung über ihnen herrscht Totenstille. Paul hat nachts Trost in der Heiligen Schrift gesucht. Stumm hat er gelesen, stumm gebetet. Jetzt verfolgt er stumm, wie Anaïs mit vorsichtigen, ängstlichen Bewegungen ihre allmorgendlichen Aufgaben erledigt. Auf seinen Zügen liegt der biblische Zorn der Ahnen. Die Worte des gestrigen Abends hängen nach wie vor im Raum. Florence klammert sich an seinen Hals, und der Kleine quengelt im Gitterbett, weil er herausgehoben werden möchte. Anaïs lässt ihn quengeln. Paul macht sich für die Arbeit fertig. Geredet wird kein einziges Wort. Worte funktionieren in dieser Wohnung nicht länger.

Im obersten Stockwerk wacht Edward zum ersten Mal seit Wochen alleine auf. Gestern Abend hat er Charlotte wie üblich in der Kneipe getroffen. Sie haben sich geküsst, geraucht und getrunken wie gewöhnlich. Heute Morgen muss sie angeblich sehr früh los, ein Abgabetermin. Er hat nicht widersprochen, aber auf seinem einsamen Heimweg sind ihm ihre Begründungen so lange durch den Kopf gewandert, bis sie eine andere, weit finsterere Bedeutung angenommen hatten. Immer und immer wieder trat ihm Juliens selbstzufriedenes Grinsen vor Augen, und jetzt an diesem düsteren Morgen ist er fest davon überzeugt, dass etwas nicht stimmt.

Zum ersten Mal seit Wochen muss er an seine Eltern denken. Und nicht bloß auf diese halbherzige, verdrängende, abwimmelnde Weise. Diesmal sind es die wirklich schwierigen Gedanken, jene, die er bisher beharrlich ausgeblendet hat. Sein Zuhause ist mit der Zeit an den Rand seiner Wahrnehmung gerutscht, ist zu einem verschwommenen dunklen Etwas geschrumpft, dessen Formen er nur vage im gekrümmten Grenzbereich seines Sichtfelds registriert und das er nach Kräften ignoriert. An diesem Morgen jedoch zieht es erneut alle Aufmerksamkeit auf sich.

»Hab eine schöne Zeit, mein Sohn.« Die raue Stimme seines Vaters, sein gesenkter Blick und die fleckigen Hände, die das Lenkrad umfassten. Eine so stille Fahrt hatte Edward noch nie erlebt. Sein Dad, der sonst immer irgendeine Geschichte zu erzählen wusste, der stets mit Eifer berichtete, was mit einem bestimmten Schafsbock passiert war, wer eine wertlose Färse gekauft oder das Dartturnier im örtlichen Pub gewonnen hatte. Sein Dad, der nicht mehr als ein steifes Winken zustande brachte, als Edward zum Bahnsteig ging, und der ihm dann rasch den Rücken zukehrte. Seine Mum war nicht einmal dazu in der Lage gewesen. In ihrer typisch verbogenen Haltung hatte sie im Sessel gesessen, und langsam waren die Tränen auf ihren Morgenmantel getropft.

»Ich sollte dort sein«, murmelt er mit Blick über die spitzen, grauen Dächer von Paris. Er beobachtet, wie jemand mit einem Baguette unter dem Arm den Hof durchquert. »Ich sollte dort sein.«

Unten im Laden dreht Frédérique die Ringe an ihren Fingern und schreckt jedes Mal auf, wenn die Tür zum Hof sich öffnet.

»Alles in Ordnung?«, erkundigt sich Edward.

Sie sieht ihn an.

»Entschuldige, ich bin ein wenig verspannt heute.«

»Verspannt?«

»Angespannt, meine ich, nervös. Es liegt am Wetter und …« Sie zögert und überlegt, ob sie ihm von Josef und seinen düsteren Vorahnungen erzählen soll. »Irgendwas Schlimmes scheint in der Luft zu liegen.«

Edward schaut hinauf zu dem Viereck aus schwarzen Wolken über dem Hof.

»Ich weiß.«

Jetzt ist es an Frédérique, ihn genauer zu mustern. Diesem dürren Engländer bekommt Paris offenbar gut. Ihr ist schon aufgefallen, wie immer mehr Sommersprossen hinzukommen, wie die Falten um seine Augen schwinden, die hochgezogenen Schultern sich entkrampfen. Er ist hier richtig zum Leben erwacht. Heute jedoch liegen wieder dunkle Ringe unter seinen Augen, und er knabbert an der Haut seiner Nagelbetten. Er macht einen zutiefst unglücklichen Eindruck. Merkwürdig, denkt sie, dass Josef nicht auch für ihn eine Vorahnung hatte.

»Und was ist mit dir, Edward?«

»Mit mir?«

»Körperlich bist du zwar anwesend, aber dein Kopf ist irgendwo anders.«

Er blickt sie an. Sie kann fast sehen, wie es in seinem Hirn arbeitet. Abfuhr erteilen oder darüber reden? Ein heikler Balanceakt, den er da vollführt. Soll er sich klammern an das, was er weiß, oder in den unbekannten Abgrund springen?

Seine Stimme ist leise. »Ich habe heute an meine Eltern denken müssen.«

»Warum ausgerechnet heute?«

»Keine Ahnung.« Er hält einen Moment inne. »Ich habe das Gefühl, ich sollte dort sein.«

»Meinst du, das würde helfen?«

»Ich weiß nicht. Vielleicht. Und vielleicht sollte ich dort sein, unabhängig davon, ob es hilft oder nicht.«

Frédérique zieht ihren Stuhl neben seinen.

»Edward, ich kann dir aus eigener Erfahrung versichern, dass nichts hilft.«

Seine Schultern sacken herab. Traurigkeit erfasst seine Stimme. »Ich weiß … Ich dachte nur …«

Die erste Träne fällt vor ihnen auf den Tisch, und im selben Augenblick merkt Frédérique, wie ihr Arm sich um seine Schulter legt. Während sein Rücken sich unter den schweren Schluchzern beugt, streicht ihre Hand ihm über das weiche, sandfarbene Haar. Was wir in unserem Innern am tiefsten wegsperren, kehrt mit der größten Härte zurück, denkt sie.

»Entschuldige…«

»Schh.«

»Ich weiß auch nicht, warum heute…«

»Schon okay. So etwas kommt in Wellen.«

»Sie fehlt mir.«

»Ich weiß.«

Seit zehn Jahren hat sie niemandem mehr über die Haare gestreichelt. Duftende Wiesen und Heu. Wie sonderbar, dass es sie gerade daran erinnert, auf jeden Fall an den Frühsommer. Als sie nach dem Brand heimfuhr und wochenlang nur auf dem Bett lag, hatte ihre Mutter sich die ganze Zeit unsicher in der Tür herumgedrückt. Wie gerne hätte sie damals gespürt, dass ihr jemand über das schwarze Haar streichelt.

Eine Weile bleiben sie so. Nach und nach ebbt das Beben in Edwards Körper ab. Der Verlauf ist genau wie bei einem Kind, das sich in den Schlaf weint. Die meisten Menschen können eben nur eine begrenzte Zeit verzweifelt sein.

Er richtet sich auf und reibt sich mit dem Handrücken grob über das Gesicht. »Entschuldige.«

»Edward, es gibt überhaupt keinen Grund, sich zu entschuldigen.«

Bei diesen Worten lächelt sie und schiebt ihm mit der Hand die Haare aus den Augen. Im selben Moment wird die Hoftür aufgerissen, und Madame Marin stürmt herein. Sie stutzt nur kurz beim Anblick des merkwürdig umschlungenen Paars.

»Verzeihen Sie die Störung, Madame, aber sie sind da! Die neue Familie ist da!«

Edward springt sofort auf und verschwindet im hinteren Teil des Geschäfts, wo er sich das Gesicht am T-Shirt abwischt und die Haare glättet. Frédérique ist zu Madame Marin in den Eingang getreten.

»Sind sie selbst schon da oder erst mal nur ihre Möbel?«

»Die Möbel, Madame, aber erst die Sachen, dann die Leute, richtig?«, sagt Madame Marin und ringt unsicher die Hände. »Ich weiß nicht, soll ich den anderen Bewohnern Bescheid geben? Was meinen Sie, Madame?«

»Nein, auf gar keinen Fall!«, antwortet Frédérique so energisch, dass Madame Marin erstaunt die aufgemalten Brauen hebt. »Die neuen Nachbarn brauchen doch nicht zu wissen, dass ihr Einzug hier eine erregte Debatte ausgelöst hat. Nein, was uns betrifft, zieht hier einfach nur eine neue Familie ein. Kein Grund, vom üblichen Verhalten abzuweichen. Allerdings …«. Sie hält die wieder davoneilende *Gardienne* an ihrem seidenen Kimono zurück und fügt augenzwinkernd hinzu: »Bin ich trotzdem froh, dass Sie *uns* Bescheid gegeben haben!«

Madame Marin zeigt ihr bleckendes Lächeln, das reich an Lippenstift und lippenstiftverschmierten Zähnen ist.

»Aber natürlich, Madame«, erklärt sie und zwinkert konspirativ zurück, bevor sie sich erschrocken die Hand vor den Mund schlägt. »*Merde*, ich habe ja eine Kundin unter der Trockenhaube!« Rasch läuft sie über den Hof zu ihrem Salon.

Ein ferner Donner rollt über den Himmel.

»Tja, Edward«, sagte Frédérique und dreht sich zu ihm um. »Sieht nach einem ereignisreichen Tag aus.«

Edward steht hinter dem Kassentisch und hält das Buch über Ingres in den Händen, das sie am Vorabend nicht mehr weggeräumt hat.

»Das ist eins der Bücher, die du mir am ersten Tag gezeigt hast.«

»Ja.«

»*Ingres.*« Er spricht den Namen betont französisch aus. »Eins der Bilder hat mich an Hannah erinnert.« Er blättert durch die Hochglanzseiten. »Hier.«

Frédérique tritt neben ihn, und gemeinsam beugen sie sich über den Katalog.

»Sie ist schön«, murmelt Frédérique. »Mademoiselle Rivière.«

Der Name lässt Edward stocken.

»Wo? Wo steht das?«

»Hier, in der Anmerkung«, antwortet Frédérique und zeigt auf die gegenüberliegende Seite.

»Ach Gott.«

»Was denn?«

»Wie wir. Unser Nachname lautet Rivers. Das ist doch die Bedeutung von Rivière, oder? Miss River.«

Frédérique nickt. »Das ist … sonderbar.«

Sie starren auf das Bild. Dunkles Haar und dunkle, stark geschwungene Brauen umrahmen das rundliche Gesicht. Die nahezu schwarzen Augen blicken ein wenig zaghaft zu ihnen empor, und auf den bleichen Wangen leuchtet nur ein winziger Hauch Rot.

»Wenn du willst …«, beginnt Frédérique, nun selbst etwas zögerlich, »… kannst du sie dir auch in Wirklichkeit ansehen, Edward. Auf dem Gemälde, meine ich. Sie hängt im Louvre.«

Edward nickt. »Vielleicht mache ich das.«

21

Die Nachricht vom Einzug der neuen Nachbarn verbreitet sich in Nummer 37 wie ein Lauffeuer, züngelt die Treppenhäuser hinauf und tanzt die Fensterbänke entlang. Tatsächlich hat am Bordstein ein Umzugslaster geparkt, aus dem geheimnisvolle Habseligkeiten zum Vorschein kommen.

Madame Marin kehrt in den Salon zurück, wo sie Kundinnen umgurrt und Angestellte ausschimpft.

»*Martine*, wie oft noch: nicht zwei Dauerwellen auf denselben Termin legen!« Und während Martine eingeschüchtert zu Telefon und Terminkalender zurückschleicht, entschuldigt sich die Chefin mit aufgesetztem Lächeln und inbrünstigem »Ich bitte tausendmal um Verzeihung, Madame« bei der wartenden Kundin.

»Also, was haben wir denn hier?«, fragt sie gleich darauf die Frau im Stuhl. »Einen schicken Bob wie immer, Madame Claré?«

Madame Marin fährt mit den Händen durch den Schopf vor ihr und zieht mit falschen Fingernägeln ein paar Strähnen straff, während ihrem Blick nichts auf der Straße entgeht.

Neben dem Möbelwagen ist ein dreißig, vielleicht auch vierzig Jahre alter Mann aufgetaucht, dessen dunkles Haar noch ohne graue Einsprengsel ist. Seine Augen strahlen voller Tatendrang. Er trägt Jeans, ein weißes Hemd und einen

Bart, aber nicht von der Art, vor der César Vincent sich fürchtet. Aufgeregt holt er seine neuen Schlüssel hervor und einen Zettel, auf dem er den Türcode notiert hat.

Familienmitglieder scharen sich um ihn. Eine junge Frau, ebenfalls in Jeans, mit einem orangefarbenen Kopftuch. Ein älterer Mann, der mit seinem Gehstock stochernd auf verschiedene Möbelstücke weist. Eine ältere Frau in einem weiten Kleid, die vor Begeisterung die Hände zusammenschlägt.

Von seinem Beobachtungsposten im Hauseingang auf der anderen Straßenseite sieht Josef lächelnd zu. Ob das wohl seine Eltern sind oder ihre, dieses ältere Paar? Schwer zu sagen, aber Josef konzentriert seine Aufmerksamkeit sowieso auf die beiden jüngeren. Auf die zärtlichen Blicke, die sie einander zuwerfen. Das strahlende Lächeln. Die winzigen Momente in der Eingangstür, wenn die Hand des Ehemanns sacht über den Bauch der Frau huscht. Ein Baby ist unterwegs, so viel ist Josef klar. Sein Körper erinnert sich noch an diese Freude. Eine Art Muskelgedächtnis, das knirschend in Gang kommt, aber deutlich leiser bleibt als das Knacken seiner Gelenke beim Aufstehen. Er reibt mit den Händen über die Oberschenkel und beginnt, seinen Einkaufswagen langsam die Straße hinunterzuschieben.

Auch aus den oberen Etagen von Nummer 37 wird das Ereignis beobachtet. Die Familie selbst ist zwar nicht länger im Blickfeld, aber Isabelle Duval verharrt dennoch an ihrem Platz am Fenster, zuckt bei jedem Tritt der Möbelpacker zusammen und knurrt irgendetwas über die Hochwertigkeit der Möbel, die ausgeladen werden. Die Wohnung der neuen

Nachbarn liegt direkt unter ihrer, und schon jetzt widert sie das Lachen an, das durch die Dielen zu ihr nach oben schallt.

Neben ihrer nächtlichen Ermittlungsarbeit geht Isabelle auch einem Tagesjob nach, allerdings hat sie sich heute unverzüglich krankgemeldet, sobald sie Wind vom Einzug der Familie bekam. An Tagen, an denen sie nicht blaumacht, arbeitet sie als *Human Resources Manager* in einem Wissenschaftsverlag, worüber ihre Kolleginnen und Kollegen in der Kaffeeküche amüsiert lästern, da Isabelle weder Managementfähigkeiten besitzt noch menschliches Einfühlungsvermögen. Allein ihre Gegenwart genügt, um eine eisige Atmosphäre im Büro einkehren zu lassen, und jeder, vom frisch eingestellten Praktikanten bis zum Firmenchef, ist bemüht, ihr nach Möglichkeit aus dem Weg zu gehen. Keiner der Kollegen, die sie so gerne anblafft, weiß allerdings, dass sie seit zehn Jahren unter den ihr verschriebenen Medikamenten leidet, dass die Pillen, die sie eigentlich ausgeglichener machen sollen, das genaue Gegenteil bewirken. Sie lassen sie mit hochgerecktem Kinn umherstolzieren und völlig in sich zusammenfallen, lassen sie wie einen Drachen hoch in die Lüfte steigen und tiefer sinken, als sie es je für möglich gehalten hätte. Nur einen gelasseneren, glatteren Weg durch den Alltag, den verschaffen sie ihr nicht.

Problemlos befahrbare Wege, dafür hat ihr Vater sein Leben lang gearbeitet. Als städtischer Bauingenieur von Bayonne waren Straßen und Brücken sein Zuständigkeitsbereich, sein Fachgebiet, und in Isabelles Augen ist es stets sein früher Tod gewesen, der sie aus der Spur geworfen hat. So wetterte sie bereits als Achtjährige gegen eine Mutter, die nicht über die Kraft verfügte, beide Elternrollen einzunehmen und damit die plötzlich entstandene Leerstelle zu füllen. Inzwischen sind ihre Erinnerungen an den Vater vage und verschwommen, durchdrungen vom Geruch nach heißem Asphalt und dem Anblick eines Arbeitertrupps in neonfarbenen Westen, der unter seiner Leitung eine neue Straße baut. Dreißig Jahre oder länger hat sie geglaubt, sich an diese Situation zu erinnern, hat sie geglaubt, an diesem Tag gesehen zu haben, wie ihr Vater einen Mann wegen eines Fehlers ausschimpft, ihm den Rechen aus der Hand nimmt und selbst die schwarzgraue Masse verteilt. »Alles muss man selber machen!«, hat er dabei gerufen, und genauso hat auch Isabelle sich gefühlt all die Jahre, die sie auf sich allein gestellt war. Konsequent eigenständig, würde sie dazu sagen. Im Bürotratsch hat sie allerdings auch schon Begriffe wie »Erbsenzählerin« oder »Mikromanagerin« aufgeschnappt.

Sie hat auf schmerzvolle Weise lernen müssen, dass Eigenständigkeit dem Aufbau intimer Beziehungen nicht zuträglich ist, obwohl sie sich nur selten erlaubt, über die Grenze zwischen Alleinsein und Einsamkeit nachzudenken. Im Französischen wird dafür das gleiche Wort benutzt – *seule* –, häufig mit einem abfälligen Unterton, den sie hasst.

Davon abgesehen würde sie, sollte irgendjemand den Mut aufbringen, das Thema zur Sprache zu bringen, sowieso versichern, überhaupt nicht allein zu sein. Per Computer, Handy und Tablet ist sie über die Ereignisse auf dieser Welt ebenso gut auf dem Laufenden wie alle anderen, wahrscheinlich sogar besser als die meisten. Die Online-Welt ist ihr Quell des Zuspruchs, ihr Schwert und, wie sie bereits beschlossen hat, auch genau die richtige Waffe aus ihrem Arsenal, um gegen das glückliche Pärchen, das sie unter sich hört, zu Felde zu ziehen.

Chantal Vincent hat ebenfalls mitbekommen, wie der Lastwagen vorgefahren ist, und beobachtet seitdem das Geschehen, so gut es geht, vom Schlafzimmerfenster aus. César ist auf der Arbeit, worüber sie heilfroh ist, denn das erspart ihr die Mühe, ihm Vernunft einreden zu wollen, und die Leute können unbelastet einziehen. In aller Stille, wie sie hofft. Störungsfrei.

Die erste gemeinsame Wohnung von ihr und César war ein winziges Ein-Zimmer-Studio im fünften Arrondissement, nur einen Steinwurf vom Fluss entfernt. Zum Abendessen breiteten sie am Ufer der Seine ihre Decke aus, und im Jardin des Plantes gingen sie spazieren. Da die Wohnung so klein war und César sich ständig den Kopf an den Dachschrägen stieß, machten sie einfach die Stadt selbst zu ihrem Garten.

Auch wenn sie damals nur wenig besaßen, das Leben in dieser Mansarde war wunderschön. Wie hatte sie es geliebt, den Kopf ins Dachfenster zu recken, wenn sie am Herd in den Töpfen rührte. Oder in dem einzigen Sessel zu sitzen und die Füße auf das Fensterbrett zu legen. Jeder Regenfall wurde in dieser Wohnung zum Ereignis. Ein feierliches Trommelsolo, das sämtliche Dachflächen einbezog und nur für sie aufgeführt wurde.

Auch heute hofft Chantal auf Regen, hofft darauf, dass er den Bann bricht, der auf ihnen beiden zu liegen scheint.

Das Telefon klingelt, und als sie hinübergeht, um abzuheben, fallen die ersten Tropfen auf die Fensterbank.

»Hallo?«

»Madame Vincent?«

»Am Apparat.«

»Hier ist die Druckerei, Madame. Ihre Einladungen liegen jetzt zur Abholung bereit.«

Die Einladungen. Césars Feier. Da hat sie vor einem Monat so viel Zeit damit verbracht, sich den Kopf über Farbzusammenstellungen zu zerbrechen – Blau oder Gold? Grün oder Bronze? Und jetzt? Was spielt das alles noch für eine Rolle, seitdem dieser Graben zwischen ihnen aufgebrochen ist?

»Vielen Dank, ich komme nachher vorbei.«

Ja, sie wird die Einladungen abholen. Aber selbst als sie die Worte ausspricht, fragt sie sich, ob das überhaupt noch Sinn macht. Hat César sich inzwischen nicht schon zu sehr von ihr entfernt, um von einer einfachen Geburtstagsfeier zurückgewonnen zu werden? Erst gestern hatte sie beim Mittagessen einen Anlauf unternommen, mit ihrer Freundin Marine über ihre Ängste zu sprechen. Die blonde, vollbusige Marine, deren erster Ehemann mehr als einmal versucht hatte, Chantal zu küssen, anfangs im betrunkenen Zustand, später erschreckenderweise mehrmals auch nüchtern.

»Männer!«, hatte Marine laut ausgerufen und ihren Zigarettenqualm zu den Speisenden am Nebentisch geblasen. »Bestimmt jagt er gerade im Büro irgendeinem Rock hinterher. Du *weißt* doch, wie so was läuft.« In einer anzüglich lockenden Geste krümmte sie den kleinen Finger, während Chantal verlegen in ihrem Salat stocherte. »Aber er kommt zurück. César ist ein braver Junge. Ihm ist schon klar, wie gut er es mit dir getroffen hat.«

Chantal weiß keineswegs, wie »so was läuft«. Aber César ist noch nie so gewesen, und hinter diesem Wandel steckt bestimmt mehr als eine Frauengeschichte, davon ist sie fest überzeugt.

Der Regen nimmt zu, und kaum ist sie die Treppen hinuntergestiegen, bricht das Gewitter in voller Stärke los. Mit einem Mal fällt alle Anspannung von ihr ab. Während sie vor der türkisfarbenen Haustür nach ihrem Schirm kramt, zuckt der erste Blitz über den Himmel, kracht der erste Donner. Schon läuft das Wasser in kleinen Bächen über den Bürgersteig und schwappt in ihre Sandalen.

Die Wucht des Naturschauspiels raubt Chantal den Atem. Zwei Möbelpacker verstauen eine Kommode rasch wieder im Laster. Ihre Rufe werden vom Gewitterlärm verschluckt. Ein Fußgänger stellt sich Schutz suchend neben sie in den Hauseingang. Er sagt etwas zu ihr, aber sie kann ihn nicht verstehen. Gerade ist ihr ein anderes Gewitter wieder in den Sinn gekommen.

Als der Arzt ihnen eröffnete, dass sie keine Kinder haben würden, hätte man das Fallen einer Stecknadel hören können. Sie waren sprachlos. Die knappe, bittere Diagnose und deren nüchterne, ausweglose Bestimmtheit raubte ihnen die Worte. Absolute Stille in einer Stadt voller Lärm. Doch dann in der Geborgenheit ihrer Mansardenwohnung war César zusammengebrochen. Er brüllte und hämmerte mit der Faust so fest gegen die Wand, dass der Putz abplatzte. Er weinte und weinte, während über ihnen der Regen trommelte, genau wie heute. Am nächsten Tag war er losgezogen, um ihnen eine neue Wohnung zu suchen, eine, deren Wände nichts von seinem Schmerz wussten.

Seine Redseligkeit verließ ihn damals für eine ganze Weile. Nie zuvor und nie danach war er so schweigsam wie in diesen Tagen und Wochen. Und jetzt, mit dem Regenwasser, das von der Straße aufspritzt und über ihr vom Eingang tropft, stürmen all diese Erinnerungen urplötzlich wieder auf Chantal ein.

»Auch das geht vorbei«, sagt der Mann neben ihr und lächelt unter einem schützenden Plastikcape hervor.

»Ja«, antwortet sie. »Auch das geht vorbei.«

22

Fast so schnell, wie es kam, ist das Gewitter vorbei. Doch sein Ende hat etwas Unfertiges an sich. Die Luft ist noch nicht gereinigt. Alles wirkt wie ein Vorspiel auf etwas weit Größeres. Erneut nimmt eine schwüle Sommerhitze die Stadt gefangen. Eine Geigensaite sirrt fast unhörbar unter den Geräuschen des Alltags, wie kurz vor dem Zerreißen.

Im dritten Stock von Gebäude A erwachen Ahmed und Amina zum ersten Mal in ihrer neuen Wohnung. Es ist noch früh. Der Boden ist übersät mit Kartons, die Ahmed, dessen Muskeln ihm noch die gestrigen Quälereien nachtragen, nur zu gerne ignoriert. Seine Frau dagegen kurvt beschwingt zwischen ihnen zur Küche, wo sie alles nach der Bratpfanne durchsucht, um den besonderen Tag mit einem besonderen Frühstück zu feiern. Eier und Tomaten auf die von ihnen bevorzugte Art.

»Was machst du denn da?«, ruft ihr Mann und vergräbt den Kopf in den Kissen.

»Frühstück!«

Er stöhnt. »Ich bin fix und fertig. Ich kann keine Kartons mehr sehen!«

»Ach, ich denke, wenn davon eine leckere Portion Eier abhängt, schleppst du auch noch mal tausend Kartons«, erklärt seine Frau lächelnd in der Zimmertür.

Und tatsächlich ist er in null Komma nichts aus dem Bett. Wenig später essen sie beide im Stehen in der Küche von dem einen ausgepackten Teller, sie mit einem Plastiklöffel und er mit einer Plastikgabel, da keiner weiß, in welcher der vierzig Kisten das Besteck vergraben ist. Sie stoßen die Fensterläden auf, die Sonnenstrahlen wärmen die Kacheln unter ihren Füßen, und jeder zufällige Beobachter würde sofort die vielen kleinen Gesten der Zuneigung unter Jungvermählten bemerken – flüchtige Küsse auf die Wange, spielerisches Zungeherausstrecken, neckendes Prusten und die unernste Balgerei darüber, wer den einzigen Satz Schlüssel bekommt. Noch ist alles neu und aufregend. Noch haben sie keine Rechnungen erhalten, die Spülmaschine ist noch nicht übergelaufen, und der Wasserboiler wird erst in ein oder zwei Monaten kaputtgehen. Zum ersten Mal haben sie einen Ort, der wirklich ihr eigener ist.

»Komm, wir erkunden die Gegend!«, sagt Amina und ist bereits im Schlafzimmer verschwunden, wo sie sich die Sachen von gestern überstreift.

»Sollen wir nicht erst auspacken?«

»Der Morgen ist viel zu schön zum Auspacken.«

Ahmed versucht es anders.

»Eigentlich sollst du dich doch schonen.«

»Ich hab noch sieben Monate Zeit, mich zu schonen!«

Wie gewöhnlich setzt Amina ihren Willen durch, und schon bald schlendern sie Hand in Hand die Treppe hinunter.

Erst als sie auf der Straße sind, hören sie es. Eine Art fernes Gebrüll, dazu dumpf das rhythmische Schlagen von Trommeln. Als würde hinter der nächsten Ecke eine mittelalterliche Armee lauern. Sie gehen auf den Lärm zu und entdecken an der Kreuzung zweier breiter Boulevards dessen Quelle. Ein Protestzug, der sich gerade in Bewegung setzen will.

Ahmed schätzt, dass etwa tausend Menschen daran beteiligt sind. Menschen, die Flaggen mit irgendwelchen Wappen schwenken. Menschen, die auf Plakaten gegen den Präsidenten wettern. Eine schwarz gekleidete Gruppe mit Schockbildern von abgetriebenen Föten, bei deren Anblick es ihm den Magen zusammenzieht und er Aminas Hand fester umschließt. Ein anderer Pulk, der Schilder hochhält, auf denen die Europäische Union verflucht wird. Und auf der gegenüberliegenden Straßenseite macht sich ein Teenager gerade daran, eine Regenbogenfahne in Brand zu setzen.

Von Minute zu Minute schwillt die Menge weiter an. Die beiden stecken jetzt mitten im Gedränge.

»Verschwindet von hier!«, brüllt ein Mann im Vorbeigehen und rammt seine breite Schulter gezielt in die von Ahmed. Sein Kumpel bekräftigt die Warnung mit einem angewiderten Ausspucken.

Amina packt ihren Ehemann am Arm und zieht ihn rasch aus der Menge in ein Gewirr kleiner Seitenstraßen. Sie laufen, bis sie keinen nachströmenden Demonstranten mehr begegnen. In der Stille einer dunstig trüben, nach Urin stinkenden Gasse bleiben sie stehen und sehen einander an.

»Alles okay?«

»Ja. Und bei dir?«

»Ja.«

Und das ist die Wahrheit, denn schließlich erleben sie so etwas nicht zum ersten Mal. In der Schule hat einer seiner Lehrer Ahmed mal einen *Bimbo* genannt, und erst letzte

Woche ist Amina im Bus wegen ihrer vermeintlichen Herkunft beschimpft worden. Dennoch hat der heutige Vorfall beide stärker erschüttert, als einer von ihnen eingestehen würde. Behutsam greift Amina nach Ahmeds Hand.

»Komm, Liebling. Erkunden wir eine andere Ecke.«

Ohne dass die Laribis etwas davon ahnen, erleben einige ihrer Nachbarn etwas weiter den Boulevard hinunter die Demonstration ebenfalls aus nächster Nähe.

Edward ist mit Charlotte unweit von Montparnasse unterwegs. Er hat sie am Vorabend getroffen und ist über Nacht geblieben, aber die traurigen Ahnungen, die ihn schon vorher beschäftigt hatten, erhielten in diesen Stunden nur weitere Nahrung. Spät nachts noch nahm sie einen Anruf von Julien entgegen, und beim Schlafen war keinerlei Nähe zwischen ihnen zu spüren. Mittlerweile scheint ihm die Unstimmigkeit fast mit den Händen greifbar, und spätestens an diesem Morgen gerät auch die Welt um sie herum aus dem Gleichgewicht.

Bereitschaftspolizisten in Kampfanzügen haben Charlottes Straße abgeriegelt. In einer undurchdringlichen Reihe stehen sie quer über die Fahrbahn und erinnern Edward in ihrem martialisch gepanzerten Outfit spontan an Ninja Turtles. Mit einer entsprechenden Bemerkung kann er Charlotte allerdings heute Morgen kein Lachen entringen. Sie muss dringend in ihren Zigarettenladen, und die Polizei versperrt ihr dabei den Weg.

»Scheiße, verfluchte.«

Mit vor Nikotinentzug versteinerter Miene stürmt sie zurück in eine Nebenstraße. Edward muss laufen, um mit ihr

Schritt zu halten. Vier Straßen weiter finden sie einen *Tabac.* Wenig später stehen sie erlöst in einer Wolke aus Zigarettenqualm und beobachten den vorbeiziehenden Protestzug.

»Abtreibung, Schwule, Europa, die Linken …«, zählt Charlotte die Plakatthemen auf wie eine Einkaufsliste penetranter politischer Ansichten. »Ach, sieh mal, dahinten sind auch welche gegen Einwanderer.«

»Gibts eigentlich irgendwas, gegen das sie nicht sind?«

»No.«

Eine Weile sehen sie schweigend zu. Auch andere Passanten halten an und verfolgen, wie die Woge aus Hass an ihnen vorbeizieht. Das Ganze ist schon schlimm genug, aber gewisse Einzelheiten erschrecken Edward besonders. Eine Gruppe edel gekleideter Halbwüchsiger, durchwegs Jungs, die mit Spruchbändern gegen Abtreibung protestiert. Eltern, die ihre kleinen Kinder in T-Shirts mit schwulenfeindlichen Aufdrucken gesteckt haben. Ein alter weißer Mann, der von der Ladefläche eines Wagens mit seinem Megafon irgendetwas über Frauenkörper krakeelt.

Edward beugt sich zu Charlotte, und ungeachtet der wachsenden Missklänge zwischen ihnen liegt noch immer ein betörender Lavendelduft in diesen Haaren, die so weich über seine Wange streichen.

»Das ist doch alles Scheiße!«, schreit er über den Lärm hinweg.

Sie zuckt mit den Achseln und rückt ein Stück von ihm ab. »Das ist Frankreich.«

Inmitten der dicht gedrängten Menge, die so viel Lärm, Hitze und Wut verströmt, fühlt César Vincent sich pudelwohl.

Das ist die Demonstration, von der Sylvain ihm bei ihrer ersten Begegnung erzählt hat, und jetzt freut er sich mit kindlicher Begeisterung darüber, dabei sein zu dürfen. Noch nie zuvor hat César einer festen Clique angehört. In der Schule war er nicht sonderlich beliebt. Auf der Arbeit hatte er Kollegen, aber keine Freunde. Chantal und er haben all die Jahre nur ein lockeres Wechselspiel loser Bekanntschaften unterhalten und gelegentlich mal eine Abendgesellschaft besucht. So vollkommen als Teil von etwas hat er sich daher noch nie gefühlt, und es versetzt seine fünfzig Jahre alten Knochen in Hochstimmung.

Sylvain an seiner Seite hat sich für den Anlass herausgeputzt und eine komplett schwarze Kluft angelegt, den Schädel frisch rasiert und die Stiefel auf Hochglanz poliert. Aber wie so viele, die sich vom Schwung mitreißen lassen, nimmt auch César die bedrohlichen Anzeichen nicht wahr.

»Auf geht's, César!«, schreit Sylvain ihm im Getümmel zu und verpasst ihm einen auffordernden Rippenstoß. »Französische Jobs für französische Arbeiter! Französische Jobs für französische Arbeiter!«

César holt tief Luft, und dann skandieren sie es gemeinsam im Takt zu Michels Trommel und dem Stampfen ihrer Schritte auf dem heißen Asphalt.

Der ganzen Tag hallt ihr Gebrüll durch die Straßen der Stadt. Eine sengende Sonne brennt auf die Demonstranten herab, aber das lässt sie nur noch lauter schreien. Der Himmel strahlt, Gott lächelt wohlgefällig auf ihren Zorn.

Schließlich löst die Menge sich auf, U-Bahnen und Bars füllen sich, und in den Straßen schwimmen immer mehr

Pfützen aus Bier und Urin, während die Fäuste fliegen zwischen denen, die Frankreich lieben, und denen, die es angeblich nicht tun.

Über Nummer 37 liegt eine unangenehme Stille.

Im Hauseingang begegnet Chantal Vincent zufällig Frédérique.

»Schrecklich, diese Demonstrationen, nicht?«, sagt Frédérique und neigt gespannt den Kopf zur Seite, um an der Reaktion der anderen Frau womöglich ablesen zu können, ob ihr Ehemann zu Hause ist oder ob Edwards verblüffende Behauptungen der Wahrheit entsprechen. Aber Chantal reagiert ganz natürlich, und sie wirkt eher bekümmert als schuldbewusst.

»Ja, schrecklich.«

»Einfach furchtbar.«

Bei den letzten Worten tritt plötzlich Edward durch die Eingangstür. Er hat sich schon vor Ewigkeiten von Charlotte getrennt, und seinem Gesicht ist anzusehen, dass er stundenlang ziellos durch die heißen Straßen gelaufen sein muss.

»Einen Drink?«, fragt Frédérique nur. Edward nickt, und nun setzt Chantal diesen fragenden Blick auf und verfolgt, wie der junge Mann und die deutlich ältere Frau gemeinsam die Treppe hinaufsteigen.

In Frédériques Wohnung sackt Edward erschöpft und von der Hitze ausgelaugt aufs Sofa, vergräbt das Gesicht in den Händen und beginnt, sich heftig die Augen zu reiben.

»Ständig sehe ich ihr Gesicht vor mir«, sagt er.

»Geh und schau dir das Gemälde im Louvre an, Edward«, antwortet Frédérique und reicht ihm ein eiskaltes Glas. »Begrab diesen Alb.«

23

Edward steigt in die Metro, mitten hinein in den morgendlichen Berufsverkehr, und steht nun Achselhöhle an Achselhöhle mit der Stadt. Die Mischung aus Parfüm und Zigarettendunst ist widerlich, die gegenseitige Nähe unangenehm, was nicht allein an der immer größer werdenden Hitze im Wagen und dem Anpressen fremder Körper liegt, sondern auch an den Blicken, die sich begegnen und rasch gesenkt werden. Alles drängt zurück gegen die Trennwände. Knochen schmerzen, scharfe Bodenstöße erschüttern das Rückgrat, und Daumen klopfen nervös gegen Scheiben. In seinem Nacken spürt Edward einen heißen, feuchten Atem, und jeder, der sich über eine Tageszeitung beugen kann, studiert konzentriert die Fotos von der gestrigen Demonstration.

Er ist früh dran, genau wie Frédérique es ihm geraten hat. Nur ein oder zwei Menschen stehen vor der großen Glaspyramide, die den Eingang des Museums bildet. Edward versucht, die Statuen zu zählen, die den weitläufigen Komplex schmücken.

Inzwischen wächst die Schlange hinter ihm zügig an und windet sich schon bald durch den ganzen Innenhof. Kinder rennen schreiend an den Wasserfontänen vorbei. Touristen mit Selfiestangen torkeln wie betrunken auf den Pollern dicht bei der Straße, um ein Foto zu schießen, auf dem ihr Finger die Spitze der Pyramide zu berühren scheint. Männer mit Mülltüten voller Schlüsselanhänger tauchen auf – »ein Euro, ein Euro, ein Euro«. Aufgeregte Reisegruppen hasten steifbeinig auf das Ende der Schlange zu und streiten sich, wer es zuerst erreicht hat. Im Hof herrscht Chaos. Überall Stimmengewirr, Konfusion und Staub.

Um neun Uhr erscheint ein griesgrämiger Museumswärter und öffnet ziemlich gelangweilt die Eingangstür. Sofort drängt die Menge vorwärts, und das Securityteam stimmt laut seinen monotonen Singsang an: *Bags open, this way please, I said this way please.* Da Edward keine Tasche hat, schlüpft er so hinein.

Im Inneren der Pyramide ist es ruhig. Edward kann seine Schritte durch den Raum hallen hören. Allerdings steigt der Lärmpegel hinter ihm stetig an. Die meisten Menschen eilen sofort zur Mona Lisa, stellt er fest. Sie rennen an ihm vorbei, als wäre der Museumsbesuch eine Sportveranstaltung, bei der den Schnellsten Preise winken. Er folgt der Wegbeschreibung, die Frédérique ihm gegeben hat (»Für den Plan im Museum brauchst du einen ägyptischen Schriftgelehrten«), und steigt als Einziger hoch in den zweiten Stock.

Schrammen an den Wänden, abbröckelnde Farbe, dieser Teil des Prachtbaus erfährt eindeutig weniger Aufmerksamkeit. Gewaltige Räume öffnen sich vor ihm, mit Gemälden, die außer Edward offenbar niemand sehen möchte.

Edward schlendert durch die stillen Hallen und grinst amüsiert, wenn er eins der Gemälde aus Frédériques Bildbänden wiedererkennt. »Als ob man alte Freunde wiedertrifft«, hat sie mal zu ihm gesagt. Aber der Grund für seinen Besuch verursacht ihm ein zunehmend nervöses Kribbeln im Bauch, und seine Finger trommeln unruhig auf das Hosenbein.

Dann plötzlich sieht er sie. Mademoiselle Rivière. In einem kleinen quadratischen Saal. Und als er näher tritt, ist er froh, allein zu sein.

Die Ähnlichkeit ist in natura noch frappierender. Nicht direkt in natura, versteht sich, schließlich ist das hier bloß Öl auf Leinwand. Aber es fühlt sich tatsächlich an, als würde seine Schwester unmittelbar vor ihm stehen. Edward sinkt auf eine Bank. Tränen steigen ihm in die Augen.

Seine Schwester. Seine hinreißend lustige, nervige, wundervolle Schwester. Der einzige Mensch, der mit einem kurzen Seitenblick erfassen konnte, was er dachte, der ihn zum Lachen bringen konnte, ohne irgendetwas Konkretes zu tun. Hannah, die an jedem zwerchfellerschütternden Kindheitsmoment teilhatte. Die stets dabei war, wenn es darum ging, den angerührten Kuchenteig vom Herd zu stibitzen, weil er doch ungebacken viel besser schmeckte, oder darum, dem Hund die Schuld zu geben für Dreck, Durcheinander oder einen gebrochenen Knochen. Hannah, die stets bereits war, mit ihm Verstecken zu spielen oder auf dem Reifen über den kleinen Fluss zu schwingen, den Mund vor Angst weit aufgesperrt.

Sie trennten nur elfeinhalb Monate. *Irische Zwillinge* hieß es deshalb immer. Wie ihre Mutter den Ausdruck hasste. Doch selbst wenn ihr Zusammenhalt nicht bereits im Mutterleib entstanden sein konnte, dann spätestens in den umliegenden Feldern, beim Füttern der Kühe und Binden von Gänseblumenkränzen, wenn sie im Fluss nach Gold suchten oder heimlich die ersten Zigaretten auf den Hügel schmuggelten, um sie dort zu rauchen, während die Dämmerung sich über das Tal ausbreitete.

Der gängigen Rollenverteilung entspricht es nicht, dass der Sohn studieren geht und die Tochter auf der Farm bleibt. Aber Hannah war fest entschlossen und talentiert, stand keinem Mann nach, wenn es darum ging, mit Freude und Geschick die Arme in Eingeweide zu tauchen oder mitten in eisiger Nacht im Stall einem blutig dampfenden neuen Leben auf die Welt zu helfen. Mit weit mehr Freude und Geschick jedenfalls, als Edward je besessen hatte.

Außerdem gefiel sie sich darin, ihn zu belehren. *Komm nach Hause, komm helfen, Mum braucht dich, wir brauchen dich*. Mit viel Spaß übernahm sie die Rolle der älteren Schwester, und er ließ sie gerne gewähren. Elfeinhalb Monate. An ein Leben ohne sie kann er sich überhaupt nicht erinnern und muss es jetzt erst wieder erlernen. Einen mühseligen Tag nach dem anderen. Schwer und unentrinnbar lastet ihr Verlust auf ihm.

Tränen laufen seine Wangen hinab. Der Atem kommt in schluchzenden Stößen.

Es ist die Ungerechtigkeit des Ganzen, die am meisten schmerzt. Die albernen Dinge, über die sie am letzten Tag in Streit geraten waren. Dass er im Pub die Zeit vergessen und sich zum Abendessen verspätet hatte. Wer von ihnen beiden Mum zu ihrem nächsten Arzttermin bringen würde. Das schlimmste Gedankenspiel, das sein Hirn martert, handelt jedoch von der Vorstellung, alles wäre andersherum verlaufen. Wenn nicht seine Beine, sondern ihre schnell genug über die Straße geeilt wären und das Auto ihn erwischt hätte. *Sie* wäre ganz sicher in der Lage gewesen, etwas zu tun.

»Du hättest gewusst, was zu tun ist«, sagt er zu ihrem

Ebenbild, und Mademoiselle Rivière erwidert seinen Blick voller Gelassenheit.

Ein vielleicht vierzigjähriger Japaner schlendert in den Saal. Da sein Audioguide auf voller Lautstärke dröhnt, hat er Edwards Worte nicht gehört. Mit gezückter Kamera schießt er erst mehrere Fotos, bis er innehält und den weinenden jungen Mann auf der Bank bemerkt. Die Tränen verunsichern ihn sichtlich, und sofort eilt er mit hektischen Trippelschrittchen aus dem Saal, wobei er entschuldigend die flache Hand hebt und »Sorry, sorry, sorry« vor sich hin murmelt.

Im Raum ist es jetzt wieder still, bis auf das leise Surren der Klimaanlage, die alle paar Minuten anspringt und einen eisigen Schwall durch die Lüftungsgitter bläst. Gänsehaut überzieht Edwards Arme, und auf einmal ist er zurück in diesem entsetzlich frostigen Februartag. Schon das Atmen tut weh, so schneidend kalt ist die Luft. Alles um sie herum ist bleich und eisig, und er kann die Atemwolken sehen, als sie sich gemeinsam über Hannahs Körper beugen. Er, der Fahrer und ein Passant, der herbeigehastet ist, um zu helfen. Von ihrem Mund steigen keine weißen Wolken auf. Gar keine Wolken. Die einzige Farbe ist das dunkle Blut in den Haaren, die feucht glänzend auf der Straße kleben. Er hört nichts, keinen Ton, nicht einmal das Eintreffen des Notarztwagens, sieht nur die blitzenden Lichter, die sich vom bleiernen Himmel abheben.

Zuerst nimmt Edward die Sirene gar nicht wahr, deren Heulen den Japaner wieder zu ihm in den Saal treibt. Zeitgleich erscheint in der gegenüberliegenden Tür eine groß gewachsene Frau in rotem Kleid und wirft ihnen einen fragenden Blick zu. Edwards Gehör findet zurück in die Gegenwart, und jetzt hört auch er den schrillen Alarmton. Aus den Lautsprechern dringt ein dumpfer Durchsagebrei, von dem Edward auf Englisch noch weniger versteht als auf Französisch. Es klingt, als würde ein Mann mit einem gigantischen Bart in der entferntesten Ecke des Museums sitzen und in ein Mikrofon sprechen, das unter seinen eigenen Barthaaren begraben ist.

Schweigend setzen sich Edward, die Frau in Rot und der Japaner in Bewegung und schlagen zögerlich die Richtung zur Haupthalle ein. Die drei wechseln unsichere Blicke, bis ein Museumswärter ihnen schnaufend und in mäßiger Eile entgegenkommt.

»Hier entlang, hier entlang.«

Für Edward klingt der Mann eher gelangweilt als besorgt.

»Was ist denn los?«

»Evakuierung. Gehen Sie bitte.«

Und so laufen sie zu dritt die Fluchttreppe hinunter, bis sie in einem riesigen, reich geschmückten Saal des Museums landen, wo sie sich einer langsam vorankriechenden Menschenmenge anschließen. Zäh geht es voran, als würden sie alle durch Morast waten.

»Los doch, los doch.«

Hier unten gibt es weit mehr Aufsichtspersonal, das mit steigender Zahl auch immer dringlicher dirigiert.

»Beeilung, Beeilung!«

Wie ein einziges großes Lebewesen, das mit leiser, vielsprachiger Stimme besorgt vor sich hin murmelt, schieben die Massen sich weiter. Irgendwann verliert Edward im Gedränge den Japaner aus den Augen. Das rote Halstuch der Frau sieht er jedoch noch fast bis zum Ausgang vor sich leuchten.

Erst als er wieder unterhalb der Pyramide steht, wird Edward bewusst, welche Größenordnung die Operation tatsächlich hat. Tausende Menschen strömen an dieser Stelle zusammen. Es ist heiß und eng. Panik liegt in der Luft. Einige machen Fotos, um die Spannung zu lösen. Fotos von sich, von der Menschenmenge, der Pyramide. Noch immer dröhnt die dumpfe Durchsage aus den Lautsprechern über ihren Köpfen. Edward schaut nach oben und blickt in die Glasspitze über ihm.

»Großer Gott«, denkt er. »Wenn die zerplatzt...« Er zwingt sich dazu, nicht weiter darüber nachzudenken, in wie viele Glasscherben dieser Bau zersplittern oder wie die Folgen aussehen würden für alle, die sich unter ihr befinden. Die Zunge klebt ihm am ausgetrockneten Gaumen. Schweiß rinnt seinen Nacken hinab, quillt aus den Furchen seiner Handflächen.

Endlich erreicht auch er die Treppenstufen und spürt den kühlen Luftzug, der ihn nach oben lockt. Zwei kräftige Sicherheitsleute spielen an der Eingangstür die Rausschmeißer. Im Hof stehen die Menschen benommen und verwirrt in kleinen Gruppen zusammen. Andere glotzen mit ihren Tickets in der Hand verständnislos zum Eingang und rätseln, ihren fragenden Mienen nach zu urteilen, ob womöglich gleich ein Wiedereinlass erfolgt.

Edward legt einem der Wachmänner die Hand auf den Arm.

»Was ist denn los?«

»Bitte gehen Sie weiter, Sir.«

Der Mann packt Edward an der Schulter und schiebt, aber der lässt nicht locker.

»Bitte«, sagt er, diesmal in seinem besten Französisch. »Was ist passiert?«

Der Wachmann betrachtet ihn misstrauisch und erklärt dann: »Ein Anschlag.«

»Hier?«

»Nein, Notre-Dame. Evakuierung aller öffentlichen Gebäude.«

Edward sieht die Schweißtröpfchen, die sich am Haaransatz des Mannes sammeln und in seinen hellblauen Hemdkragen sickern. Wie wäre es, jetzt in der Haut dieses Sicherheitsbeamten mit seiner umgeschnallten Schusswaffe zu stecken, der hier vor einem womöglich unmittelbar bevorstehenden Anschlag für Tausende von Menschen verantwortlich ist?

»Bitte gehen Sie weiter«, wiederholt der Mann mit ernstem Blick.

Edward geht weiter. Am Seine-Ufer rasen von überallher Wagen mit Sirenengeheul auf die Île de la Cité zu. Zwischen den Kolonnen aus Polizeiautos und Krankenwagen wechselt er die Straßenseite zur Brücke hinüber. Von hier aus kann er die Türme von Notre-Dame erkennen, kann die Spitze des Dachreiters ausmachen, die so markant in den Himmel sticht. Auch andere bleiben stehen, um hinüberzublicken, und erst als er seine Hände auf den grob behauenen Stein der Brücke legt, bemerkt Edward, wie seine Finger zittern.

Sein Handy klingelt. Emilie.

»Oh, Gott sei Dank, alles in Ordnung bei dir?«

»Ja.«

»Ich hab schon befürchtet, Freddie könnte dich zum Sightseeing geschickt haben, und jetzt würdest du mittendrin stecken.«

»Fast. Sie hat mich heute in den Louvre geschickt.«

»O nein!«

»Schon okay, wir wurden evakuiert. Ich stehe jetzt unten am Fluss.«

»Hast du schon die Nachrichten gesehen?«

»Nein, was ist denn passiert?«

»Ein Anschlag mit Schusswaffen in Notre-Dame. Die genaue Zahl der Attentäter ist nicht bekannt. Mindestens zehn Menschen sind tot. Sie haben erst noch in einem Café um sich geschossen, bevor sie in die Kirche gestürmt sind.«

»Um Himmels willen.«

»Ja.«

Sie schweigen beide. Ein weiterer Krankenwagen rast vorbei. Sein ohrenbetäubendes Heulen nimmt der Pause die Peinlichkeit.

»Schön, dich zu hören, Ed«, sagt sie, als die Sirene in der Ferne verschwindet.

»Dich auch. Es ist … Vielen Dank für das Überlassen deines Zimmers.«

»Hilft es ein bisschen?«

Er muss an das Gemälde denken, das er eben noch betrachtet hat, und plötzlich macht er sich Sorgen um dessen Sicherheit.

»Ja, es hilft.«

»Schön.« Sie stockt. »Ich sollte jetzt besser Schluss machen. Meine nächste Klasse wartet bereits …«

»Klar doch, natürlich. Danke für deinen Anruf.«

»Pass auf dich auf, Ed. Komm gut nach Hause.«

»Du auch …« Aber sie hat bereits aufgelegt.

An der Ecke zum Boulevard Saint-Germain hält Edward an, um seinem Dad eine SMS zu schicken. Sartre und de Beauvoir haben hier diskutiert, haben die großen Denker ihrer Zeit gelesen und mit ihnen korrespondiert, und er bekommt nicht mehr zustande als »Weiß nicht, ob du Nachrichten gesehen hast. Mir gehts gut. Grüße Edward«.

Vermutlich wird sie sowieso unbeantwortet bleiben, diese SMS. Oder, wenn sein Dad doch etwas schreibt, dann nur eine knappe, durchweg in Kleinbuchstaben gehaltene Nachricht in ein paar gekürzten, nüchternen Worten. Ein Telegramm des einundzwanzigsten Jahrhunderts.

Um ihn herum sammeln Kellner mit verärgerten Mienen Bestecke ein, räumen Gläser ab und klappen knallend Speisekarten zusammen. Sie erleben das alles nicht zum ersten Mal und wissen, dass heute niemand mehr zum Mittagessen kommen wird.

Auf den Bürgersteigen strebt alles nach Hause. Eine nervöse Menschenmasse verlässt eilends die Innenstadt. Edward wendet sich Montparnasse und den Hochhäusern zu, die grau und bedrohlich über diesem Stadtviertel aufragen, und schlägt ebenfalls den Heimweg ein.

24

Die Nachricht vom Anschlag hat die Nummer 37 bereits erreicht. Alle Frisierstühle sind verwaist. Stattdessen stehen Madame Marin und ihre beiden in pinkfarbene Kittel gehüllten Angestellten aufgeregt redend im Hof und pressen sich die Hände an die Wangen. Monsieur Marin hat sich die Mühe gemacht, den Fernseher bis in den Eingang ihres Häuschens zu schieben. Nun sind dessen Kabel ebenso stramm gespannt wie die Seidenstrümpfe seiner Frau. Kaum hat er den Nachrichtenkanal eingeschaltet, beginnt sich eine kleine Gruppe von Zuschauern davor zu versammeln.

Auch Frédérique verlässt ihren Laden und starrt gebannt auf den Bildschirm. Da sie selbst keinen Fernseher besitzt, wirken die vom Schwirren der Rotorblätter untermalten Hubschrauberaufnahmen der Kathedrale, die dramatische Anspannung in den Reportergesichtern und die Art, wie sie ihre Meldungen über den Lärm der Sirenen hinweg schreien müssen, auf sie besonders eindringlich.

Neben Monsieur Marin steht Gilles, der eben noch einen Katalog der Präraffaeliten studiert hat. Keiner von beiden spricht ein Wort. Während Gilles stocksteif vor und zurück pendelt, verharrt Monsieur Marin mit verschränkten Armen reglos wie eine Steinfigur.

Chantal kommt vom Einkaufen nach Hause. Auch an den Marktständen hat die Neuigkeit schnell die Runde gemacht.

Eilmeldungen plärren aus hastig eingeschalteten Radios, und auf den Smartphones der Leute erscheinen die Bilder dazu. Sie könnte mit ihren Einkäufen nach oben gehen und auf ihrem eigenen Fernseher die Nachrichten verfolgen, aber ein gewisser Gemeinschaftsdruck lässt sie bleiben. Also lehnt sie die Tasche mit Fleisch und Obst an die Hofwand. Ein einzelner Pfirsich fällt heraus und kullert bis zu Madame Marins Stöckelschuhen. Chantal stellt sich zu den anderen. Keiner weiß etwas zu sagen, aber schon die kehligen Seufzer, das Kopfschütteln und die ungläubige Sprachlosigkeit zu teilen wirkt beruhigend. Der kleine Monsieur Lalande vom obersten Stock wird nach vorn geschoben, da jeder über seinen kahlen, gesprenkelten Schädel hinwegsehen kann. Und als er ausruft: »Das ist eine ganz üble Geschichte«, pflichten ihm alle mit wortlosem Nicken bei.

Kurze Bilderfolgen flackern über den Bildschirm, immer und immer wieder dieselben Szenen. Terror in bestem Technicolor. Krankenwagen, die mit zuckendem Blaulicht um die Kathedrale herumstehen. Polizeibeamte, die Absperrketten bilden. Touristen, die in panischer Angst davonstürzen. Zwei Italiener, die wild gestikulieren, eine Deutsche, die bei der Schilderung der ersten Schüsse die Fassung verliert. »So laut, so laut«, sagt sie mit zitternder Stimme und wendet sich von der Kamera ab. Dann bricht sie in Tränen aus, und die dicht im Hof zusammenstehenden Bewohner rücken ein wenig voneinander ab.

Eine ganz üble Geschichte, in der Tat.

Im vierten Stock schlägt Isabelle Duval ihre Läden mit genügend Wucht zu, dass die im Hof Versammelten erschreckt zusammenfahren. Isabelle verfolgt die Nachrichten lieber allein in ihrem düsteren Reich. Hektisch springt ihre Aufmerksamkeit zwischen Fernseher, Handy, Computer und Tablet hin und her. Überall dieselbe Information. Anschlag in Notre-Dame, unbekannte Täter, schwer bewaffnet, mindestens zehn Tote, unbestätigten Berichten zufolge, schwerwiegender Zwischenfall, massives Polizeiaufgebot.

»Komm schon, komm schon«, flüstert Isabelle den Nachrichtenreportern zu und presst die Fingerkuppen fest aufeinander. »Gebt doch wenigstens zu, dass es Muslime sind, das reicht doch schon.«

»Zum gegenwärtigen Zeitpunkt liegen uns noch keine Erkenntnisse über Identität oder Herkunft der Schützen vor …«, erklärt ein Pressesprecher der Polizei in gedehntem Ton.

»Quatsch.«

»… konzentrieren sich all unsere Anstrengungen darauf, dem Vorfall rasch und sicher ein Ende zu bereiten …«

Isabelle knallt ihre Hand auf den Couchtisch.

»… für Ihr Verständnis dankbar …«

Sie stampft den Flur auf und ab in der Hoffnung, dass ihr Zorn dem neuen Pärchen darunter nicht verborgen bleibt. In Wahrheit sind Ahmed und Amina an ihren Arbeitsplätzen in völlig unterschiedlichen Ecken der Stadt, wo sie beide gerade die Fernsehnachrichten mit dem gleichen sprachlosen Entsetzen verfolgen wie ihre Nachbarn zu Hause. Isabelle reißt das zur Straßenseite gehende Fenster ihrer Wohnung auf, vergewissert sich, dass sie unbeobachtet ist, und platziert einen fetten Spuckefladen auf die Pflanzen, die Amina auf den schmalen Balkon gestellt hat.

»Früher gab es so etwas nicht«, grummelt Isabelle vor sich hin und schenkt mit unsicherer Hand einen großen Whiskey ein. Dass man ständig Angst haben musste, vor den eigenen Nachbarn, vor Anschlägen.

Natürlich gab es das auch früher schon. Die Achtziger- und Neunzigerjahre waren in Frankreich nicht weniger konfliktbeladen und explosiv als in anderen Ländern. Auch hier Bombenanschläge und Erschießungen in einem Kreislauf des Wahnsinns, und überall ein Mangel an Leuten, die einen klaren Kopf behielten.

Aber Isabelle vertritt in diesem Punkt die gleiche Haltung wie die konservativen Nachrichtensender, die sie schaut, und die Blogs, die sie liest. Und für die ist es nun einmal einfacher zu behaupten, diese Entwicklung sei neu, dieses Übel sei erst kürzlich von außen ins Land eingefallen. Denn so können sie in ein paar Tagen oder Stunden, wenn die aktuellen Berichte in den Hintergrund treten, wieder ihr Kriegsgeheul anstimmen und eine rigorose Bekämpfung der *eigentlichen* Ursache, der *eigentlichen* Verursacher fordern.

Edward drückt die türkisfarbene Haustür auf und findet beim Betreten des Hofs sofort acht Augenpaare auf sich gerichtet.

»Oh, Edward. Gott sei Dank!«

Frédérique eilt zu ihm und packt ihn an beiden Armen.

»Ist dir auch nichts passiert?«

»Mir geht's gut, mir geht's gut. Der Louvre wurde evakuiert, aber passiert ist dort nichts, soweit ich weiß.«

»Sie waren im Louvre?«, sagt Chantal und mustert Edward gespannt, die Arme fest um den Oberkörper geschlungen.

»Ja.«

»Was ist denn dort los?«

»Ja, wie sieht's denn so aus in der Innenstadt?«

Die kleine Gruppe schart sich dichter um Edward, der die Evakuierung zu schildern beginnt. Unter dem Eindruck der großen Gefahr ist sein Französisch auf einmal verblüffend flüssig. Er erzählt von den vielen Menschen, den über ihnen kreisenden Hubschraubern und den Hunderten von Einsatzfahrzeugen, die das Seine-Ufer entlanggerast sind.

»Die Leute haben sich alle auf den Heimweg gemacht, wie es scheint. Die ganze Stadt ist zu Fuß unterwegs. Manche laufen sogar mitten auf der Straße. Autos werden angehalten, die Metro ist unterbrochen, genau wie der Busverkehr. Also bin ich auch zu Fuß zurück.« Als er sieht, wie gebannt ihn alle anstarren, bricht Edward, dem sein starker britischer Akzent plötzlich peinlich ist, errötend ab.

»Sehr vernünftig«, erklärt Frédérique und drückt erneut seinen Arm. »Wie gut, dass du nicht mitten hineingeraten bist.«

»Weiß man schon, wer es ist?«, fragt Edward, streicht sich die Haare aus der Stirn und schaut zum Fernseher. »Oder das Motiv?«

»Islamisten, haben sie gerade gesagt«, erklärt eine von Madame Marins Angestellten in bissigem Ton. Sie ist beim Fernseher stehen geblieben, wo sie systematisch einen Fingernagel nach dem anderen mit den Zähnen bearbeitet. Ihr Freund hat auf einer Polizeiwache am Stadtrand Dienst, und sie ist sicher, dass er zu denen zählt, die jetzt in aller Eile in die Innenstadt abkommandiert werden. Seit den ersten Meldungen vom Anschlag hat sie ihn nicht mehr auf dem Handy erreichen können.

Alle Augen richten sich wieder auf den Bildschirm. Der Reporter hat seinen dramatischen Redefluss gerade unterbrochen und schweigt für einen Moment. Zum ersten Mal werden Bilder gezeigt, auf denen Männer eine Bahre mit einem verhüllten Leichnam aus dem angrenzenden Café bringen. Die Fensterscheiben des Lokals sind zerschossen. Unter umgeworfenen Stühlen und Tischen sind dunkle Flecken auf dem Pflaster zu erkennen. Keiner, nicht einmal der Nachrichtenmoderator, weiß, was er sagen soll.

Frédérique drückt Edward noch einmal den Arm, und ihm ist klar, dass auch sie an die Familie dieses Opfers denken muss. Sie beide kennen aus eigener Erfahrung das Leid, das mit diesem anonymen Leichensack einhergeht. Und während der Sender dieselben schrecklichen Bilder wieder und wieder zeigt, überlegt Edward, wie winzig klein erst die Leiche eines Neunjährigen gewirkt haben muss. Ihm schaudert beim Gedanken an diese entsetzlichen Särge in Kindergröße, die er gesehen hat, als er seinen Vater ins Beerdigungsinstitut begleitete. Weißes Holz, dekoriert mit blauen oder pinkfarbenen Aufsätzen, wie grotesk überdimensionierte Geburtstagstorten.

Unvermittelt nähert sich ihrem Haus ein heulendes Martinshorn. Ein Hubschrauber kreist über dem Viertel, und die Bewohner von Nummer 37 folgen mit ihren Blicken seinen flappenden Rotoren. Noch immer ist der Tag heiß und stickig. Edward kann den staubigen Büchermief riechen, den Gilles' Strickjacke absondert, dazu den synthetischen Duft von Madame Marin und die sich unter beides mischenden

Spuren von verschwitzter Haut und allgegenwärtiger Angst. Und während Chantal irgendwie nach Nelken riecht, muss er bei Frédérique, die direkt neben ihm steht, wie immer an Äpfel und frisch gemähtes Gras denken.

Schweigend sehen sie auf den Bildschirm, bis Edward die Beine schmerzen und der Schädel von den ständig wiederkehrenden Phrasen dröhnt. Wieder und wieder beobachten sie, wie dieser eine Leichnam langsam in einem Krankenwagen auf sie zurollt und abtransportiert wird.

Irgendwann ertragen sie die Anspannung nicht länger, die durch den Mangel an neuen Entwicklungen nur weiter aufgeladen wird. Die Attentäter halten sich noch immer in der Kathedrale auf. Die Polizei hat das Gebäude umstellt.

Nach und nach löst die Gruppe sich auf. Die Bewohner versprechen, einander Bescheid zu geben, wenn es etwas Neues gibt, und kehren bedrückt zu ihren Alltagsaufgaben zurück.

25

Anaïs hat die morgendlichen Ereignisse verpasst. Auf dem Weg zur Kita, wo sie Louis und Florence absetzte, hat sie zwar bemerkt, wie die Leute sich im Vorbeigehen aufgeregte Worte zuwarfen oder an den Lokalen hielten und die Köpfe in Richtung Fernseher reckten, aber es hat sie nicht weiter interessiert.

Heute war sie beim Aufwachen stärker denn je davon überzeugt gewesen, jeden Moment zu zerbrechen. Paul hielt einen Arm um sie geschlungen, als sie nachts erwachte, was in ihr sofort die panische Furcht aufsteigen ließ, gleich zerdrückt zu werden. In Todesangst hatte sie ihn abgeschüttelt und ihren Körper anschließend um vier Uhr morgens eine halbe Stunde lang im Badezimmerspiegel nach etwaigen Rissen oder anderen ersten Zerfallserscheinungen abgesucht.

Anaïs weiß noch, dass sie Florence als Baby stets ganz behutsam angefasst hat, wie feinstes Porzellan. Mit angehaltenem Atem hat sie den Säugling in die Wiege gelegt, als wäre diese makellose, durchscheinende Haut ein reiner Bluff und darunter befänden sich weder Fleisch noch Knochen, sondern nur Luft, die dieser hauchdünnen Hülle urplötzlich zu entweichen drohte.

Jetzt ist es genau umgekehrt. Jetzt ist es ihre Haut, die so alarmierend dünn ist, so fahl und so fragil, dass jede Falte einem Haarriss gleichkommt, der das Gesamtwerk zum Einstürzen bringen kann. Sie hat sich an diesem Morgen angezogen, als bräuchte sie Sicherungspolster. Ihre Kinder hat sie nicht zu dicht an sich herangelassen, was natürlich dazu führte, dass die nur noch mehr klammerten.

Sie bewegt sich unschlüssig auf schmalem Grat, fürchtet die Selbstauflösung und sehnt sie doch zugleich herbei. Als sie bei ihrer Rückkehr den Hof betritt, geht die Gruppe der Fernsehzuschauer gerade auseinander.

»Ist das nicht furchtbar, meine Liebe?«, fragt Madame Marin und packt ihren Arm.

»Ja, furchtbar«, japst sie und stiert dabei auf diese fünf roten Krallen, die sich in ihren Ärmel bohren.

»Na, Sie haben ja wenigstens die Kleinen, die Sie auf andere Gedanken bringen.«

Ja, sie hat die Kleinen, aber sie hat jetzt auch bestimmt fünf tiefblaue Flecken, die sich auf ihrem Arm bilden. Nur noch einen Moment länger oder eine Spur fester, und ein Teil von ihr wäre unter dem Griff von Madame Marin abgebrochen. Vor Angst zitternd, stürzt sie davon. Sie muss unbedingt so schnell wie möglich hoch in die Wohnung, um nachzusehen, wie stark die Verletzungen sind, die sie unter dem Stoff spürt.

Am Fuß der Treppe steht sie vor dem gleichen Dilemma wie beim Weggehen. Üblicherweise zieht sie den Buggy jeden Tag Stufe für Stufe hinauf und hinunter, aber nun schreckt sie jeder damit verbundene Stoß. Vorsichtig beginnt sie den Aufstieg. Jedes Mal, wenn der Buggy eine Stufe weiterhüpft, zuckt sie schmerzerfüllt zusammen. Das Baby schläft ungestört weiter.

Es dauert ewig. Sonnenlicht tanzt durch die Fenster, trifft, zu kleinen Regenbogen gebrochen, auf die Wände und verzerrt die Umrisse des Treppengeländers zu gespenstischen Schatten. Ihre Gedanken springen zu allem, was sie an diesen Punkt geführt hat, und in rascher Abfolge blitzen die Bilder in ihrem Kopf auf. Ihre Eltern, ihr Zuhause, der erste Kuss mit Paul. Es war auf einem Jahrmarkt, und jetzt kann sie im Hintergrund auch das Karussell erkennen. Sich drehende Lichter, verwoben mit Musik. Sie erinnert sich an die Babys, an jede einzelne Geburt und dass ihr viel zu dicht die nächste folgte – aber auch an diese Woge der Zuneigung, die zehn winzigen Finger, zehn winzigen Zehen, und sie weiß noch, wie entsetzlich müde sie war nach Léos erst wenige Monate zurückliegender Geburt, wie sonderbar beruhigend das Krankenhaus mit seinem Desinfektionsgeruch und dem Schreien der anderen Säuglinge (und anderen Mütter) auf sie wirkte. Sie musste sich förmlich zwingen, diesen Ort zu verlassen, und einige Tage später, als Florence, Louise und das neue Baby alle im Chor krähten, gelang es ihr nur mit größter Mühe, die eigenen Beine davon abzuhalten, direkt ins Krankenhaus zurückzumarschieren.

Endlich ist der zweite Stock erreicht. Das Schloss klemmt ständig, und jedes Schließen erfordert ein heftiges Rütteln. Anaïs bereitet sich gerade auf den Kampf mit der Tür vor, als sie hinter sich auf dem Treppenabsatz eine Gestalt wahrnimmt.

»Hallo?«, sagt Anaïs mit brüchiger Stimme. Das Herz klopft ihr bis in den Hals.

»Oh, hallo«, erwidert die andere leise und ein wenig reserviert. Es ist dieselbe Frau, die sie schon einmal gesehen hat.

»Ich bin Anaïs«, bringt sie verwirrt heraus.

Die andere Frau wälzt den Namen träumerisch auf der Zunge, als wollte sie ihn genauestens abwägen.

»Anaïs. Was für ein schöner Name.«

»Vielen Dank.«

Das Baby im Buggy beginnt sich zu regen und tritt mit dem Fuß gegen irgendeinen Traum aus. Die Augen der Frau leuchten auf.

»Ist das ein Baby?«

»Ja. Mein Sohn.«

Anaïs will den Buggy zu der Frau umdrehen, aber die ist bereits so flink herübergehuscht, dass ihre Füße kaum den Boden zu berühren scheinen. Ganz dicht beugt sie sich über das Gesicht des Jungen. Ihre Haare berühren seinen Bauch.

»Wie süß«, haucht sie.

»Danke.«

»Ich hatte selbst mal einen Sohn hier«, erklärt sie in wehmütigem Ton. Anaïs läuft es eiskalt über den Rücken.

»Wohnen Sie etwa auch im Haus?«

Doch die Frage bleibt unbeantwortet, da die Frau sich nur noch tiefer über den Buggy beugt. Hilflos verfolgt Anaïs, wie die Fremde höchst aufmerksam das Gesicht des Jungen studiert, der tief versunken schläft. Seine pausbäckigen Wangen, die zarte Pfirsichhaut, die blonden Locken.

»Hallo, du Süßer«, flüstert sie ihm zu. »Hallo, mein kleiner Schatz. Wie heißt er denn?«

»Léo.«

»Hallo, Léo, kleiner Löwe. Ich bin Sophie.«

»Sophie …« Jetzt ist es Anaïs, die einen Namen im leeren Treppenhaus widerhallen lässt. Sie hat bislang noch nie etwas von einer Sophie im Haus gehört. »In welchem Stock wohnen Sie denn?«

»Ganz oben, ganz oben.« Die Frau gestikuliert über sich.

Abrupt wendet sich Sophie von Léo ab und steht plötzlich so dicht neben ihr, dass Anaïs blasse Adern ausmachen kann, die sich unter fahler Haut rasch verlieren. Ungeachtet der schwülen Hitze geht ein kühler, erdiger Geruch von der Frau aus.

»Es ist hart hier, hab ich recht, Anaïs?« Weit aufgerissene grüne Augen, in denen der pure Schrecken liegt. »Ich hab gespürt, dass du verstehst. Hab schon beim ersten Mal, als ich dich gesehen habe, gewusst: *die* versteht.«

Anaïs ist unfähig, etwas zu sagen. Ihre Zunge fühlt sich dick und kraftlos an.

»Alle reden sie ständig hier im Haus, hab ich recht?«

Sophie rückt noch dichter heran. In ihren Augen spiegelt sich das Licht. Anaïs nickt stumm.

»Sie reden, und manchmal ist es gar nicht nett, was sie so reden. Natürlich weiß keiner, was hinter verschlossenen Türen vor sich geht, und ich wette, da gibt es so einiges – o ja, und ob es da einiges gibt –, über das die Leute lieber nicht so gerne reden würden.« Sie schnappt sich das Handgelenk von Anaïs und streicht mit eisigen Fingern über ihre Haut. »Und es ist so hart, stimmt's? Mit kleinen Kindern?«

Anaïs nickt. Nicht einmal die feste Berührung stört sie in diesem Fall, denn Sophie ist irgendwie anders als die anderen, und dieses Irgendwie ist gut. Daher empfindet sie bei dieser Treppenhausumarmung, so bizarr die Begegnung auch sein mag, eher ein eigentümliches Gefühl von Sicherheit.

»Hart, all die Energie aufzubringen und dazu das Geld,

und das alles noch ganz alleine.« Sophies Finger tippt auf den Ehering an Anaïs' Hand. »Denn selbst wenn du nicht ganz auf dich allein gestellt bist, ich bin der Meinung, dass wir Mütter im Grunde doch alle allein sind. Keiner versteht, hab ich recht? So kleine Köpfchen, so kleine Händchen und so unendlich viel Zuneigung, auch wenn man irgendwann loslassen muss.«

Eine Weile stehen sie schweigend zusammen. Langsam führt Sophie ihre kühle Wange an die Wange von Anaïs. Atemluft vibriert zwischen ihnen, erfüllt von Schmerz. Anaïs empfindet zugleich Angst und Trost.

»Wo ist dein Kind, Sophie?«

Sophie löst sich von ihr. Tränen stehen in ihren Augen.

»Er wartet oben auf mich. So ein braver Junge. Immer wartet er auf mich.« Sie fasst Anaïs an den Händen. »Ich wünsch dir Glück, Anaïs. Dir und deinen Kleinen. Viel Glück. Und pass auf dich auf.«

Ein Kuss auf die Fingerknöchel, und schon ist sie fort, steigt geräuschlos die Stufen hinauf.

Anaïs kann sich nicht bewegen. Keine Zelle in ihrem Körper fühlt sich an wie zuvor. Als wäre jemand mit einem Magnet über sie gefahren und hätte jedes Teilchen zum anderen Pol hin ausgerichtet. Sie umklammert das Treppengeländer mit beiden Händen und schaut nach oben, aber Sophie ist spurlos verschwunden. Keine Tür, die sich öffnet, keine Schritte, die über Holzdielen tappen. Mit zitternden Fingern befühlt sie ihre Wangen. Die eine ist spürbar kälter als die andere.

Das schrille Klingeln ihres Handys durchschneidet die Luft wie ein furchterregendes Messer. Anaïs zuckt zusammen und stellt beim Abheben erleichtert fest, dass es nur Paul ist. Der so reale, aus Fleisch und Blut bestehende Paul.

»Ana, alles okay bei dir?«, fragt er sofort. »Ich habe gerade die Nachrichten gesehen.«

»Was?«

»Es hat einen Anschlag gegeben. Ist alles okay mit dir und den Kindern?«

»Alles okay. Ich bin mit Léo zu Hause. Die anderen beiden sind in der Kita.«

»Hol sie besser wieder ab. Am besten, ihr bleibt heute alle gemeinsam zu Hause und macht euch einen ruhigen Tag.«

Anaïs richtet den Blick auf die stillen Stockwerke über sich und mustert dann ihr Handgelenk, auf dem der Griff keine Abdrücke, sondern nur eine feines Prickeln hinterlassen hat.

»Ja, das mache ich. Ja. Einen ruhigen Tag.«

26

Um drei Uhr endet die Belagerung, vier Stunden nach ihrem Beginn. Schwer bewaffnete Polizeieinheiten stürmen die Kathedrale, schleudern Ständer mit Postkarten, Opferkerzen und Kirchenführern aus dem Weg und befreien Dutzende Geiseln. Die drei Attentäter töten sich im Verlauf des Feuergefechts selbst. Sie nicht mitgerechnet, werden mehr als dreißig Leichen geborgen.

Auf die erste Erleichterung über das Ende des Nervenkriegs folgt die Zeit der Trauerbekundungen. Für den nächsten Tag wird landesweite Staatstrauer ausgerufen, wieder einmal. Der Präsident wird eine Ansprache halten, wieder einmal. Überall im Land hängen die Flaggen bereits auf Halbmast, und die ganze Nacht über wird es weitere Krisenberatungen der Regierung geben. Diese Reaktionen haben inzwischen eine schreckliche Vertrautheit gewonnen. Es gilt weiterhin die höchste Terrorwarnstufe, weiter heraufsetzen lässt sie sich nicht.

»Das habe ich noch nie verstanden«, grübelt Frédérique vor sich hin. »Warum Warnstufen bekannt geben? Wer will denn schon wissen, ob die Bedrohungslage jetzt ›kritisch‹ ist oder noch ›erheblich‹? Beruhigt es irgendjemanden, wenn er weiß, es steht etwas unmittelbar bevor statt nur höchstwahrscheinlich?«

Edward hebt den Kopf und kehrt zurück aus der Bilder-

welt voller Palmen und Tiger, in die er sich geflüchtet hat.
»Vermutlich sollen die Leute besser vorbereitet sein«, antwortet er unsicher. »Sollen die Augen offen halten.«

Frédérique schüttelt den Kopf. »Nenn es meinetwegen nihilistisch, aber ich möchte es gar nicht wissen. Lieber Knall auf Fall abtreten. Diese schleichende Angst frisst mich auf.«

Edward schließt das Buch und denkt an den Louvre. Erst heute Morgen, und doch scheint es eine Ewigkeit zurückzuliegen. Er denkt an die Glaspyramide und an das Gefühl, eingekeilt zwischen all diesen Menschen direkt darunter zu stehen. Ein Schauer überläuft ihn.

Den ganzen Nachmittag haben sie im Laden verbracht und dabei Radio gehört. Gilles war ihnen noch kurz gefolgt, um das Buch zurückzulegen, allerdings erst, nachdem Frédérique ihm einen warnenden Blick zugeworfen hatte.

»Nationaler Ausnahmezustand, mag ja sein, aber das heißt noch lange nicht, dass es jetzt alles umsonst gibt«, schickte sie ihm zum Abschied in scharfem Ton hinterher.

»Dreister Kerl.«

»Gilles klaut dir die Schnürsenkel aus den Schuhen, wenn du nicht aufpasst«, erklärte sie, bevor sie ihre Aufmerksamkeit wieder den Büchern und den letzten Nachrichtenmeldungen zuwandte.

Stunden sind seither dahingegangen, und das unablässige Einprasseln der Berichte beginnt an Edward zu zehren. Er streckt sich und stellt fest, dass er seinen Körper wie bei einem unterdrückten Atemzug die ganze Zeit unter Anspannung gehalten hat. Seine Muskeln knirschen und flattern.

»Ich kann das nicht länger hören«, sagt er.

»Durchaus verständlich«, erwidert Frédérique, beugt sich vor und schaltet das Radio aus. Prompt umfängt sie eine Stille, die so laut ist, dass sie in den Ohren dröhnt. »Gott, was für ein Tag.«

»Was für ein Tag«, wiederholt Edward, dessen innerer Motor nur langsam herunterkommt. Noch spürt er die Nachwirkungen des gewaltigen Adrenalinschubs. Noch wirbeln die vielen neuen französischen Begriffe in seinem Kopf herum. Wenn er die Hände vor sich ausstreckt, durchläuft seine Finger noch immer dieses leichte Zittern.

»Na los«, sagt Frédérique mit einem Klaps auf seine Schulter. »Lass uns was essen. Du siehst ganz schön erschöpft aus.«

Gemeinsam wanken sie ins Bâtiment A hinauf. In der Küche zieht Edward sich einen Stuhl heran, während Frédérique im Kühlschrank nach Gemüse sucht.

Sie sprechen kaum. Untermalt wird der warme Abend allein vom Zischen des Gasherds, dem sanften Blubbern des kleinen Boilers, dem scharfen Zischen der Streichhölzer, mit denen Frédérique die Kerzen entzündet, und dem Schnurren der Katze, die es sich auf Edwards Füßen bequem macht.

»Verdammt.« Frédérique stellt den Brotkorb zurück. »Kein Baguette.«

»Ich geh schon«, erklärt Edward sofort und springt auf. Mischa verzieht sich in die Zimmerecke.

Es macht Spaß, die Stufen im Dunkeln hinabzulaufen. Irgendwann an diesem Tag ist eine Birne durchgebrannt, und bislang hat Isabelle noch nicht durchs Treppenhaus gebrüllt und Monsieur Marin aufgefordert, sie gefälligst auszutauschen. Edward lauscht dem abendlichen Gemurmel der anderen Bewohner, riecht den Duft unbekannter Gerichte, der aus den Küchen dringt.

»Edward?«, ruft Frédérique aus der Wohnungstür zu ihm herab.

»Ja?«

»Vielleicht auch eine Abendzeitung, ja?«

Die Bäckerei schließt gleich und hat nur noch eine Handvoll Baguettes übrig. Im unbarmherzigen Deckenlicht wirken die Verkäuferinnen bleich und ausgelaugt. Jeder Kunde erhält zusammen mit seinem Brot ein »Ist es nicht schrecklich?«, und die tagelange Aneinanderreihung dieser Standardwendung, die tagelange Wiederholung der gleichen Entsetzensbekundungen haben bei ihnen allen unverkennbar ihre Spuren hinterlassen. Edward ergattert das vorletzte Baguette und bleibt vor dem *Tabac* kurz stehen, um das noch warme Ende abzubrechen. Er ist zwar selbst kein großer Zeitungsleser – in seinem Elternhaus gab es nie dieses Rascheln großformatiger Seiten am Frühstückstisch –, aber irgendwie hätte auch er gerne etwas, das ihn an diesen Tag erinnert.

Im Innern des Ladens wird sofort klar, dass der Rest der Nachbarschaft ganz ähnlich gedacht hat. Nur noch ein paar besonders zerfledderte Ausgaben liegen auf dem Tresen. Er kauft trotzdem eine und macht sich auf den Rückweg. Weit mehr als irgendein wahnsinnig geistreicher Kommentar interessieren ihn die Bilder darin.

Gegenüber der türkisfarbenen Tür spricht Josef ihn an.

»Guten Abend. Hat Frédérique Sie gebeten, die Zeitung zu kaufen?«

Edward sieht ihn verblüfft an.

»Ähh … ja?«

Josef sitzt wie gewohnt bei Kerzenlicht auf seiner Eingangsstufe. Er streckt die Hand nach der Zeitung aus.

»Kann ich die haben? Sie kauft sich immer abends eine Zeitung, ohne sie jemals zu lesen. Sie können sie ruhig fragen. Morgen früh bekommen Sie sie zurück, ohne Flecken und so gut wie neu.«

Edward zögert. Er weiß, dass die beiden einander grüßen, aber woher soll dieser Mann wissen, wann Frédérique normalerweise ihre Zeitung liest? Außerdem hat sie ausdrücklich darum gebeten, dass Edward eine mitbringt. Und woher soll er wissen, ob Josef am nächsten Morgen überhaupt noch hier ist? Aber mit seinen schief stehenden, aufrichtigen Augen und der schlichten, zurückhaltenden Art, wie er die Hand ausstreckt, hat der Mann etwas Unwiderstehliches an sich.

Edward gibt ihm die Zeitung.

»Vielen Dank«, sagt Josef und verstaut sie sorgfältig neben sich. »Ich werde sie ihr morgen früh ganz bestimmt zurückgeben.«

»Okay.«

Edwards Füße sind wie angewurzelt. Ihn beschäftigen so viele Fragen. Josef sieht zu ihm hoch und erklärt: »Ich weiß das wirklich zu schätzen, Edward. Ich habe zwar mein Radio …«, er deutet auf das kleine Transistorgerät, das sorgfältig vorne an seinem Einkaufswagen befestigt ist, »aber es ist schwer, von den Dingen immer nur zu hören. Die Leute erzählen mir auch, was so passiert, aber manches möchte man ja auch mit eigenen Augen sehen, nicht?«

Edward nickt.

»Viele denken, diese Dinge würden einen nicht kümmern, wenn man auf der Straße lebt, aber auf gewisse Weise kümmern sie einen eher mehr.«

»Kann ich mir vorstellen.«

»Können Sie das?«, kontert Josef in bohrendem Ton, und Edward ist froh, dass seine Verlegenheit im dämmrigen Abendlicht unentdeckt bleibt. Die Bemerkung war wirklich töricht.

»Na, dann...«, antwortet er nur und wendet sich unbeholfen zum Gehen. »Viel Vergnügen bei der Lektüre.«

»Viel Vergnügen beim Abendessen«, erwidert Josef, der zu wissen scheint, dass Edward das Baguette unter seinem Arm ebenfalls im Auftrag von Frédérique besorgt hat. Erst als er schon durch die türkisfarbene Tür getreten und die ersten Stufen hochgestiegen ist, kommt Edward die Frage in den Sinn, woher Josef überhaupt seinen Namen kennt.

»Das hast du aber nicht ernst gemeint, das mit der Nihilistin, oder?«

Sie sitzen beim Licht dreier klobiger Kerzen in der Küche zusammen. Die Überreste des Abendessens liegen vor ihnen. Ein paar Streifen Rindfleisch, in Vinaigrette schwimmende Tomatenkerne, die letzten buttertriefenden Linsen, Teile einer Käserinde.

»Das mit dem raschen Abgang, meinst du?«, antwortet Frédérique, zuckt mit den Achseln und wirft Mischa ein Stück Fleisch zu. »Keine Ahnung. So riesig ist die Zahl der Menschen nicht, von denen ich mich verabschieden müsste.«

»Du hast Emilie. Und mich.«

»Das stimmt.«

»Und Gilles hätte bestimmt gerne noch eine letzte Chance, ein oder zwei Bücher zu klauen.«

»Das ganz sicher!« Frédérique lacht. »Ach, keine Ahnung, Edward. Ich kann die Vorstellung, in Angst leben zu müssen, einfach nicht ertragen. Jedes Mal, wenn jetzt so etwas geschieht, reagieren die Leute mit Angst, trauen sich nicht mehr auf die Straße, verbarrikadieren sich zu Hause, aber was bringt das? Sind sie so irgendwie sicherer? Mir scheint, inzwischen ist eine Grenze überschritten worden, und alles kann jederzeit überall passieren. Soll ich deshalb jetzt vielleicht nicht mehr draußen im Café sitzen? In meinen Geschäften einkaufen? Ins Restaurant gehen, wenn mir danach ist? In meinen Augen hätten sie damit gewonnen.«

Er kneift die Augen zusammen. »Ich muss immer an die Menschen heute Morgen denken, die nur einen Kaffee trinken wollten und dann …«

Sie legt ihre Hand auf seine, und er spürt, wie sein Zittern nachlässt. »Ich weiß. Und du bist jung, während ich alt bin …«

»Du bist doch nicht alt.«

»Dann eben *älter*. Wenn einem bereits das denkbar Schlimmste widerfahren ist, finde ich es …« Sie zuckt mit den Achseln. »Na ja, es macht irgendwie keinen Sinn, Angst zu haben. Ich werde jedenfalls morgen draußen auf der Straße sitzen, meinen Kaffee trinken und meine Zigarette rauchen. Ich werde mich nicht einschüchtern lassen, aber ich habe auch nicht viel, um das ich mich ängstigen müsste.«

Er sieht ihr in die Augen. »Das hast du schon.«

Frédérique erhebt sich lächelnd und legt eine Hand auf

seine Schulter. »Komm, wir nehmen noch einen kleinen Schlummertrunk und reden von erfreulicheren Dingen.«

Und so wechseln sie in den *Salon*, wo der Portwein sanft Edwards Kehle hinunterrinnt, süß auf den Lippen haften bleibt und leicht in der Nase brennt. Er dreht das Glas in seinen Händen und beginnt stockend: »Der Mann, der gegenüber im Hauseingang schläft…«

»Josef?«

»Ja. Er hat mich heute um deine Zeitung gebeten. Er wollte sie gern lesen und sie dir morgen früh zurückgeben.«

»Ach, die Zeitung hatte ich schon völlig vergessen. Ich komme abends sowieso nie dazu, sie zu lesen. Du hast sie ihm doch hoffentlich gegeben, oder?«

»Ja.«

»Gut.«

»Er kannte sogar meinen Namen.« Edward blickt in die bernsteinfarbene Flüssigkeit und überlegt, wie er die Frage am besten formuliert, die ihn beschäftigt.

»Ja, vermutlich habe ich es ihm erzählt«, antwortet Frédérique gewohnt offenherzig und mustert ihn mit verschmitztem Lächeln. »Das erscheint dir seltsam, wie?«

»Was?«

»Dass ich mich mit einem Mann unterhalte, der auf der Straße lebt.«

»Nein, ich… Das geht mich doch gar nichts an.«

»Aber seltsam findest du es schon, oder?«

»Mag sein«, sagt Edward betont gleichgültig. »Ist doch egal.«

»Josef ist… ein alter Freund.« Frédérique lehnt sich vor

und stützt die Ellbogen auf die Knie. »Wir kennen uns schon eine Ewigkeit.«

»Ich weiß, ich weiß«, unterbricht Edward. Die Sache ist ihm peinlich. Nicht so sehr das Geständnis als das eigene Forschen danach, seine Frage nach dieser Freundschaft, die er so wenig begreifen kann. Er leert sein Glas in einem Zug. »Vielen Dank für das Essen.«

»Du musst nicht gehen!«

»Nein, es ist schon spät. Es war ... na ja, bei uns würde man sagen: *It's been a day.*«

»Gefällt mir, die Formulierung. *It has been a day.*«

An der Wohnungstür hält sie ihn kurz an der Schulter zurück. »Edward. Wir mögen sehr verschieden sein, du und ich. Aber ich glaube, dass wir einander verstehen. Zumindest verstehen wir beide, was Verlust ist. Du kannst mich fragen, was immer du willst. Ich möchte, dass dir das klar ist.«

Er nickt. »Ich weiß. Und ich möchte nicht, dass du dich in einem nihilistischen Knall davonmachst. Erst wird sich noch verabschiedet, versprochen?«

»Versprochen.«

»Gut.«

Wie gewöhnlich trennen sie sich mit einem Kuss auf jede Wange. Aber der Tag war alles andere als gewöhnlich, und so schließen sie einander noch in die Arme, legen den Kopf einen Moment lang auf die Schulter des anderen.

»Gute Nacht, Edward.«

»Gute Nacht, Frédérique.«

Es hilft nichts. Selbst allein in seinem Zimmer kann Edward die Bedrückung nicht abschütteln. Eine diffuse Mischung aus Empfindungen bedrängt ihn, wird noch verstärkt von Rotwein und Port. Tatsächlich würde er gerne mehr über Josef erfahren. Er würde auch gerne einschlafen können. Er würde gerne seinen Eltern sagen, dass ihm nichts passiert ist, würde sich wünschen, sie hätten sich danach erkundigt.

Und jetzt, wo er wieder eingezwängt in diesem winzigen Kämmerchen hockt, ungestört die Schuhe durch das Zimmer schleudern und sich auf das Bett werfen kann, jetzt würde er vor allem gerne etwas von Charlotte hören. Zum hundertsten Mal kontrolliert er sein Handy. Nichts. Ohne dass es ihm richtig bewusst ist, drücken seine betrunkenen Finger die Wähltaste.

»Hallo?«

Sie ist irgendwo unterwegs. Stimmengewirr dringt aus dem Hintergrund an sein Ohr.

»Ich bin's.«

»Alles okay?«

»Ja. Bei dir?«

»Ja.«

Langes Schweigen.

»Ich war heute im Louvre. Wir wurden evakuiert.«

»Scheiße.«

»Egal.«

»Edward, ich bin hier gerade etwas beschäftigt.« Kreischendes Gelächter überdröhnt ihre Stimme. »Kann ich dich morgen zurückrufen?«

»Klar.«

Ihre Wünsche für eine gute Nacht erspart er sich und legt auf. Neben dem Bett liegt sein Laptop. Er hebt es hoch und bemüht sich, noch einmal über César Vincents WLAN ins

Internet zu kommen, aber das Signal schafft es kaum die vier Treppen hinauf, und als es ihm doch gelingt, eine Nachrichtenseite zu erwischen, sieht er nach ewigen Ladezeiten nur die Bilder der Attentäter von Notre-Dame. Vierundzwanzig, fünfundzwanzig und sechsundzwanzig Jahre alt. Er starrt sie an, bis ihm schlecht wird. Nachzuvollziehen, wie jemand in seinem Alter dazu kommt, etwas derart Entsetzliches zu tun, erfordert eine Dimension an Verständnis, die er nicht aufbringen kann und will.

Endlich schläft er ein. Unangenehm wirre Träume suchen ihn heim. Tiger, Palmwedel, Frédérique, die ihm zulächelt, und Josef, der seinem Blick ausweicht.

Auf der anderen Seite des Hinterhofs steht Frédérique lange rauchend an ihrem Schlafzimmerfenster und schaut zu seiner Mansarde hinauf.

Josef bereitet sich im Hauseingang gegenüber sein Lager. Eine Zigarette baumelt in seinem Mundwinkel. Ihm gehen eine Vielzahl von Gedanken durch den Kopf, während er es sich gemütlich macht und beginnt, im Licht einer Taschenlampe die Zeitung zu lesen.

27

Am nächsten Morgen ist der Himmel so grau wie die Stimmung im Land. In der Stadt herrscht höchste Anspannung. Flattrig und schreckhaft stehen die Menschen in der Metro, sehen immer wieder nervös über die Schulter und eilen mit finster entschlossenen Mienen und gesenkten Blicken von A nach B. Überall ist Polizei unterwegs, die Finger am Abzug. Museen und wichtige Baudenkmäler sind bis auf Weiteres geschlossen. Der Eiffelturm ist noch geöffnet, der Andrang hält sich jedoch sehr in Grenzen, und nur sehr unter Zeitdruck stehende Touristen rücken im Schneckentempo auf den Eingang zu.

César ist auf Sylvains Wunsch hin in den Pariser Norden hinausgefahren. »Porte de la Chapelle, neun Uhr«, hieß es in der Nachricht. Also hat César sich den ganzen Weg bis an die Endstation der U-Bahn-Linie gequält. Die Knappheit der SMS war sonderbar. Sonst machen sie in Länge und Detailverliebtheit nicht selten *Krieg und Frieden* Konkurrenz. An der Metrostation hatte er mit dem üblichen Gedränge gerechnet, steht dann aber zu seiner Verblüffung allein am Bahnsteig. Im Zug ist er unter den morgendlichen Pendlern der einzige Weiße. Angewidert verzieht er den Mund angesichts der Gerüche, die er von den vorbeieilenden Nordafrikanern aufzunehmen glaubt.

An der Porte de la Chapelle schleicht er um einen Zeitungsstand herum. Alle Titelseiten zeigen dieselben Fotos der drei islamistischen Attentäter, dieselbe Ansicht auf Blut und Scherben vor dem Café. Den gestrigen Tag hat er in seinem Stammcafé verbracht und wie das restliche Frankreich starr vor Entsetzen die Fernsehbilder verfolgt. Als selbst die Kellnerin mit dem stets entblößten Schwabbelbauch in Tränen ausbrach, befand César, dass sie wohl doch Französin sein musste. Später saß er zu Hause mit Chantal vor dem Fernseher. Keiner von ihnen sprach ein Wort. Für ihn brachte dieses Schweigen unmissverständlich Chantals Niederlage zum Ausdruck. Widerwillig gestand sie damit ein, dass seine Bedenken gegenüber Muslimen absolut zutreffend waren. Nach so viel Selbstbestätigung saß er mit stolzgeschwellter Brust da und wartete auf ihre Entschuldigung, die doch irgendwann folgen musste. Bis heute wartet er darauf allerdings vergebens, da Chantal unerschütterlich weiterschweigt.

Césars Handy klingelt. Sylvain.

»Nimm vom Bahnhof aus den Boulevard Ney.«

»Nach links oder rechts?«

»Rechts.«

»Warum hast du das denn nicht gleich gesagt?«, schnauft César, der schon ein wenig außer Atem ist.

»Geheimhaltung ist alles, César«, erwidert Sylvain. »Man weiß nie, wer mithört.«

César verdreht die Augen und folgt Sylvains Anweisungen, lässt sich erst in die breite menschenleere Durchgangsstraße mit Industriebauten leiten, dann nach einer Weile zwischen zwei niedrigen Betonträgern hindurch, die zu einem mehrgeschossigen Parkhaus zu gehören scheinen, und schließlich eine unbeleuchtete Treppe hinab. Nervös läuft er einen endlosen düsteren Gang entlang, bis ihn plötzlich zwei kräftige Hände an den Schultern packen. »Hier rein, César«, sagt jemand und verpasst ihm einen Stoß in den Rücken.

»Herrgott, Sylvain«, ruft César aus und wischt sich den Schweiß von der Oberlippe. »Du tust ja gerade, als wären wir in der Résistance.«

Sylvain verzieht keine Miene. »Heute keine albernen Spielchen, César. Ich habe nur ausgesuchte Leute hergerufen. Du gehörst dazu, also enttäusch mich nicht.«

Bei diesen Worten öffnet er eine Tür, hinter der ein recht großer betonierter Raum sichtbar wird, in dem bereits dreißig bis vierzig Männer versammelt sind. Das Licht einer einzelnen Leuchtstoffröhre an der Decke verleiht der Szene eine Furcht einflößende Stimmung, die von den Ausdünstungen so vieler Männerkörper in einem fensterlosen Raum noch verstärkt wird.

César muss unwillkürlich an *Die Kartoffelesser* von Van Gogh denken. Bei einem Besuch in Amsterdam – oder war es London gewesen? – hatten Chantal und er per Zufall einige Minuten ganz alleine vor dem Gemälde gestanden. Er erinnert sich noch gut an die derben Züge der abgebildeten Kleinbauern und an ihre schmutzige Haut. Dieses beklemmende Bild von Armut und Dreck hatte ihn erschüttert. Chantal stand so dicht neben ihm, dass er ihren Atem spüren konnte, und während sie ihm ganz begeistert etwas von fantastischer Pinselführung und bemerkenswertem Lichteinfall zuflüsterte, wollte César der Schrecken nicht aus den Gliedern weichen.

»César, komm her«, zischt Sylvain ihm energisch zu.

Brav trottet César weiter bis in eine Ecke des Raums. Er ist überrascht, dass Sylvain an seiner Seite bleibt. Sonst steht er immer im Mittelpunkt der Treffen und führt das große Wort. Heute übernimmt diese Rolle ein älterer Mann, der Mitte sechzig sein dürfte. Er sitzt im Zentrum des Raumes auf einem hohen Hocker. Von seinem Platz aus kann César von der vornübergebeugten Gestalt nur den Rücken und die grauen Haare erkennen. Trotz der Hitze trägt der Mann eine weite wattierte Jacke.

»Freunde«, knurrt eine Stimme, tief und rau vom jahrzehntelangen Rauchen. »Was wir gestern erlebt haben, ist eine Schande. Die Regierung spricht von Trauer und Verlust, aber was wir brauchen, ist eine *Reaktion.*« Er hebt die Hand, um das einsetzende leidenschaftliche Raunen der Menge zu beenden. »Eine angemessene Reaktion. Eine Reaktion, die diesem Grad an ausgeübter Gewalt gerecht wird. Am Sonntag wird eine Demonstration stattfinden. Das hat die Regierung bekannt gegeben. Es wird Mahnwachen geben und Kerzen und Rufe nach Geschlossenheit. Das ist alles schön und gut, aber was wir wirklich brauchen, ist die Tat. Wir müssen zeigen, dass wir keine Angst haben.«

Erneut durchläuft eine Welle der Zustimmung den Raum.

»Jean«, erklärt der Wortführer und nickt zu einem großen dünnen Mann, der mit verschränkten Armen dasteht. »Ich weiß, du hast bereits für die Zwischenzeit ein paar Dinge geplant, aber unsere zentrale Veranstaltung wird am nächsten Wochenende stattfinden. Der Tag der Wut. Für uns ein Tag, an dem wir unsere wahren Gefühle endlich zum Ausdruck bringen können.«

Ein Beifallssturm braust auf und hallt ohrenbetäubend

von den Wänden wider. César hebt den Kopf und spürt, wie ihm von der Betondecke kondensiertes Wasser ins Gesicht tropft. Mitten im allgemeinen Brüllen und Klatschen beugt sich Sylvain zu ihm und fragt: »Und, César, bist du dabei?«

César nickt, während eine Schweißperle stockend seinen Rücken hinabrinnt.

Chantal ist heute in der Bibliothek, bekommt dort aber zugegebenermaßen nicht viel Arbeit erledigt. Auch wenn César etwas anderes glaubt, so ist ihr Schweigen gar nicht unbedingt gegen ihn gerichtet. Vielmehr haben die gestrigen Ereignisse ihr regelrecht die Sprache verschlagen. Sie hat ihr Leben lang Bücher gelesen, geordnet, bestellt und katalogisiert, hat unzählige Stunden in die Macht des geschriebenen Wortes investiert, in dessen Fähigkeit, auch über die schrecklichsten Situationen hinauszuweisen. Als sie jedoch gestern miterlebte, wie Leichen aus Notre-Dame getragen wurden, als sie spürte, wie dicht in ihrer Nähe dies alles geschah, als sie die Hubschrauber über sich sah, das Sirenengeheul hörte und ihr klar wurde, dass ein paar Hundert Meter genügt hätten, um sie selbst zu einem dieser Opfer zu machen, da riss es ihr schlicht den Boden fort. Was lässt sich als Reaktion auf so etwas noch sagen? Dafür fehlen die Worte.

Zudem ist sie nach wie vor gefangen in dem absurden Gefühl, alles unmittelbar mitzuerleben. Mit hämmerndem Herzen sehnt sie die nächste Meldung herbei, hält den Atem an im synkopierten Rhythmus der Schlagzeilen und Nachrichtensprecher. Dabei spielt sich in Wahrheit alles drei Kilometer entfernt von ihr ab. Sie ist seit Jahren nicht in Notre-Dame gewesen, und dieses Café hat sie noch nie besucht. Der Anschlag gilt ihr, und er gilt auf entscheidende Weise doch nicht ihr. Sie schämt sich für den sensationsheischenden Voyeurismus, der dem Ganzen innewohnt, und durchkämmt doch zugleich das Internet nach den neuesten Analysen.

»Guten Morgen, Chantal. Na, arbeiten wir heute wieder zusammen?«

Es ist Adrien, der attraktive neue Schichtleiter der Bibliotheksdienste. Groß gewachsen, schlank, mit grünen Augen und einer liebenswürdig sanften Art, die Chantals Knie mitunter ein wenig schwach werden lässt. In letzter Zeit sind sie häufig derselben Schicht zugeteilt, was keineswegs so zufällig ist, wie Adrien glaubt. Für Chantal sind ihre Gespräche immer der Höhepunkt des Tages.

»Kaffee, Adrien?«

»Ja, bitte.«

Sie drückt auf die rote Taste, und langsam, ganz langsam beginnt das Wasser zu brodeln.

»Furchtbar, nicht?«

»Furchtbar.«

Einen Moment stehen sie schweigend zusammen.

»Ich weiß …«, hebt Chantal unsicher an. »Ich weiß gar nicht, wie sich darüber sprechen lässt. Mir fallen einfach keine Worte ein. Irgendwie gibt es keine passenden.«

»Da stimme ich dir zu«, erklärt Adrien leise. »Die Kluft zwischen Ereignis und Benennung. Wie riesig müsste ein Vokabular sein, das all … das zum Ausdruck bringt.« Er vollführt eine vage Geste, die den Raum umfasst.

»Wie riesig und wie präzise.«

»Genau.«

»Meine Worte sind dagegen so unpräzise. *Furchtbar, schrecklich* …«

»Ja, ja«, sagt er und überlegt einen Moment. »Vielleicht gibt es Dinge, für die gar keine Worte existieren.«

»Vielleicht.«

Das kochende Wasser zischt in der Maschine, und Hélène von der Katalogisierung rauscht durch die Tür. Hélène ist nicht wie Chantal und Adrien. Zumindest findet Chantal das. Sie ist um die dreißig, trägt einen Nasenring, eine wilde, ungekämmte Frisur, und wenn sie in die Küche stürmt, dann begleitet von einer Lärmwoge aus wummernden Stiefeltritten, blechernen Musikfetzen aus den Ohrstöpseln um ihren Hals und einem wie ein Wasserfall plappernden Mund.

»Eben wurden neue Informationen über die Attentäter bekannt gegeben«, ruft sie über die Schulter, während ihr Kopf tief im Kühlschrank verschwindet.

»Wir haben gerade darüber gesprochen, wie … *schrecklich* das alles ist«, sagt Chantal und sieht zu Adrien, der ihr wissendes Lächeln erwidert. Eine kleine Anspielung, die nur sie verstehen.

»Ich weiß nicht«, dröhnt Hélène zurück und richtet sich auf. Mit den Zähnen reißt sie ein großes Stück von ihrem Sandwich ab und spricht kauend weiter. »Wenn man bedenkt, wie leicht es inzwischen ist, an Knarren, Bomben und so'n Zeug zu kommen, ist es eigentlich ein Wunder, wie selten die Leute Ernst machen und sich tatsächlich gegenseitig abmurksen.«

Und schon poltert sie wieder zur Tür hinaus. Zurück bleiben Chantal und Adrien, die ein Kichern kaum unterdrücken können.

»Tja«, sagt Adrien. »Schätze, so kann man das auch betrachten.«

»Die Jugend von heute«, antwortet Chantal kopfschüttelnd.

»So jung ist sie doch gar nicht mehr, oder?«

»Ich komme mir in ihrer Gegenwart jedenfalls steinalt vor«, sagt Chantal und schenkt Kaffee ein.

»Das bist du ja nun wirklich nicht.«

Chantal errötet, während Adrien rasch den Blick abwendet. Erstaunlich, wie viele Freiheiten man sich herausnehmen kann, wenn einem der Ruf eines unverbesserlichen Träumers anhaftet, geht es ihr durch den Kopf. Den versonnenen Blick so in irgendeiner unsichtbaren Nahferne sich verlieren zu lassen ermöglicht auf grandiose Weise, eigene Worte nachträglich zu relativieren, zu entschuldigen oder überhaupt erst aussprechbar zu machen. Wie befreiend es doch ist, »nicht von dieser Welt zu sein«, wie Kollegen häufig über Adrien bemerken. Sie selbst spürt die Vehemenz der irdischen Anziehungskraft leider nur zu genau.

Abends zu Hause fragt César: »Und, was denkst du jetzt über all das?«

»Worüber?«

»Na, über das da, das!« Er deutet auf den Fernseher. »Was denkst du darüber?«

»Was soll ich schon dazu sagen, César«, antwortet sie. Fotos der Opfer erscheinen auf dem Bildschirm. Eine Neunjährige aus Toulouse, die ihre Tante besucht hat. Zwei Studenten. Drei Teenager aus Italien. »Es ist entsetzlich, grauenhaft.« Ihr kommt die nachmittägliche Unterhaltung in den

Sinn. »Offen gesagt, glaube ich nicht, dass es Worte dafür gibt.«

Sie rechnet fest mit Widerspruch. Bei César ist alles immer Wörter, Wörter, Wörter. Aber er bleibt stumm und schaut auf sein Handy, das gerade den Eingang der nächsten SMS meldet. Wieder Sylvain.

»Nein, Worte nicht«, murmelt er. »Aber Aktionen.«

Chantal hat ihm nicht richtig zugehört und meint nur kopfschüttelnd: »Wut. Vergeltung. Ich habe das Gefühl, etwas Schreckliches wird passieren.«

»Ja«, erwidert César langsam und studiert sein Display. »Passieren wird ganz sicher was.«

28

Edward ist mit Charlotte auf einem Platz nahe ihrer Wohnung verabredet. Ein heißer Sommerwind fegt um die Häuser, jagt trockenes Laub über den Bürgersteig und peitscht ihm kleine Splittkörner in die Augen.

Es ist Sonntag, und den Treffpunkt hier hat sie vorgeschlagen. Edwards Mund schmeckt nach Staub. Der ganze Morgen hat etwas von Abschied an sich. Wie und warum weiß auch er nicht zu erklären, aber die Dinge haben sich verändert, sind gewuchert, mäandert und erblüht, nicht erblüht in der Art von Rosen, eher wie Krebsgeschwüre. Während sie schliefen, haben unheilvolle Sporen sich auf ihnen festgesetzt und unbemerkt ausgebreitet.

Bei ihrem letzten gemeinsamen Abend in der Bar hatte es sich angefühlt, als wäre ein unsichtbares Band zwischen ihnen zum Zerreißen gespannt. Keine Spur mehr von der wohlig unverkrampften, sinnlichen Charlotte. An deren Stelle war eine Frau getreten, die jedes Mal zusammenzuckte, wenn er sie berührte, und die nur in rasend schnellem Französisch sprach, ohne die liebevollen englischen Einsprengsel, an die er sich so gewöhnt hatte. Wenn er etwas sagte, verdrehte sie die Augen, und Julien, der ihnen gegenübersaß, grinste breit wie ein Kater vor dem Sahnetopf. Spät an diesem Abend rückte Julien dann mit der Sprache heraus. Er beugte sich über den Tisch, als Charlotte gerade in ein anderes Gespräch vertieft war, und zischte Edward zu: »Charlotte und ich, wir waren früher mal zusammen. Hat sie dir das erzählt?«

Edward spürte, wie eine frische Welle Schweißtropfen aus seiner Haut trat. Zum ersten Mal freute er sich über die tiefdunkle, windstille Nacht, war dankbar dafür, dass sie seine Verlegenheit und Überraschung verbarg. »Ja, hat sie«, erwiderte er, aber Julien runzelte bloß leicht die Stirn und lehnte sich mit einem wissenden Lächeln zurück.

Das war am Freitag gewesen, dem Tag nach dem Anschlag. Die Nacht hatten sie nicht zusammen verbracht. Edward hatte ein paar höfliche Ausflüchte vorgebracht und Charlotte nur knapp dazu genickt, um nach außen hin zu demonstrieren, dass es keine Probleme zwischen ihnen gab. Da sie sich am nächsten Morgen nicht meldete, verbrachte er den Samstag mit Frédérique im Laden. Danach saßen sie beide noch bis tief in die Nacht bei zwei Flaschen Chardonnay zusammen, und erst als er sich schwer aufs Bett fallen ließ, begann sein Handy zu vibrieren, und Charlotte bat um dieses Treffen.

Sie lässt auf sich warten. Auch Edward ist von Haus aus nicht der Typ, der überall zu früh erscheint, aber heute zumindest ist er pünktlich. Und während er so auf einer Bank sitzt, mit den Füßen in der staubigen Erde scharrt und über ihm die weiß funkelnde Sonne strahlt, hört er seine Mutter sagen: »Es bezieht sich.« Plötzlich ist sie ganz nah, scheint neben ihm auf der Bank zu sitzen.

»Es bezieht sich, sage ich euch.«

Er ist wieder zu Hause, und er kann die dunklen Vorboten sehen, die sich drohend durch das Tal auf sie zubewegen, aber was da aufzieht, ist kein Gewitter. Seine Mutter vergisst alle Namen, kann nicht allein gelassen werden, doch eine ärztliche Diagnose lehnt sie ab. Sie möchte lieber, dass es einfach langsam näher rückt, wie die Gewitterwolken, die den Himmel immer dunkler beziehen. Selbst hier in der dumpfen Hitze dieses Pariser Morgens kann er den Fliederduft ihrer Seife riechen. Selbst in dieser staubigen Luft liegt ein Hauch dieses Dufts nach frischer Wäsche, der sie umweht.

»Morgen«, sagt Charlotte und hält ihm einen Pappbecher mit Espresso hin.

»Oh, danke.«

Ihm ist noch nie aufgefallen, wie hart ihre Gesichtszüge sind. Das Kinn ragt in eiserner Entschlossenheit vor, die Augen sind nicht allein wegen der Sonne so zusammengekniffen. Sie zündet sich eine Zigarette an und schlingt die Arme um den Oberkörper, als würde sie sich für einen Kampf wappnen.

»Kommst du heute zum République?«

»Wohin?«

»Place de la République. Da findet eine Demo statt. Ein Marsch für Toleranz. Hast du keine Nachrichten gesehen?«

»Äh, nein. Ich kann nicht. Ich hab Frédérique versprochen, mich um den Laden zu kümmern.«

Was sogar der Wahrheit entspricht. Frédérique hat ihn gestern Abend darum gebeten, und der Schlüsselbund bohrt sich gerade, eingeklemmt zwischen Bank und Oberschenkel, in sein Bein. Natürlich könnte er ihn herausnehmen, aber er will ihn ihr nicht auch noch vor die Nase halten.

»Es ist wichtig, Edward. Freiheit, Toleranz …«

»Ja, schon klar, aber ich kann nicht. Ich habe versprochen, mich um den Laden zu kümmern.«

Sie schnaubt verächtlich. »Wer soll denn heute kommen und Kunstbücher kaufen? Die ganze Stadt wird bei dieser Sache mitmachen.«

»Na, wenn sowieso die ganze Stadt da ist, braucht ihr mich nicht unbedingt, oder?«, kontert er.

»Sie hat dich gebeten, ausgerechnet heute auf den Laden aufzupassen?«

Und bei dieser Frage macht es in Edwards Hirn unvermittelt klick. Eigentlich ist er der Meinung, Charlotte gar nicht so viel von Frédérique erzählt zu haben. Vor allem wenn man berücksichtigt, dass die beiden im Grunde seinen gesamten Pariser Bekanntenkreis ausmachen. Aber das Wort »sie« kommt zu spitz von Charlottes Zunge, schnellt scharf wie ein Dolch durch die raue Luft.

»Ja. Das hat *sie*. Warum?«

Charlotte zuckt mit den Achseln und richtet den Blick auf eine Familie, die den Platz überquert.

Edward spürt den unausweichlich aufkommenden Streit und bohrt nach: »Warum?«

»Es ist bloß irgendwie seltsam, Edward. Da kommst du nach Paris – zu einem ausgedehnten Urlaub oder was immer das für dich ist –, und dann tust du nichts anderes, als mit einer fünfundvierzigjährigen Frau rumzuhängen.«

»Was hat denn jetzt auf einmal ihr Alter damit zu tun?«

»Nichts, es ist bloß … irgendwie schräg.« Charlotte wedelt frustriert mit den Händen in seine Richtung. »Ich meine, was machst du hier? Was soll das mit uns? Du interessierst dich kein bisschen für die Dinge, die mir wichtig sind. Du hängst nur ständig bei deinen Büchern und deiner grauhaarigen Freundin rum und wälzt all diese *Familienprobleme* …«

»Du weißt nicht das Geringste über meine Familie.«

»O doch. Du redest im Schlaf, Edward. Ich weiß, dass deine Schwester tot ist. Aber sie kommt nicht wieder zurück, und du solltest dich lieber auf die Lebenden konzentrieren, auf die Dinge, die geändert werden müssen, für die zu kämpfen sich lohnt…«

Er ist aufgesprungen.

»Was fällt dir ein, mir so etwas zu sagen?«

»Weil es wahr ist.«

»Woher nimmst du diese verfluchte Arroganz?« Er wendet sich zum Gehen.

»Ach, jetzt läufst du einfach davon!«, ruft sie hinter ihm her. »Wie vor allem.«

»Viel Spaß beim Demonstrieren, Charlotte. Und bei deiner hübschen kleinen Clique, die nur zusammenhockt, über die Zustände motzt und selbst *nichts* daran ändert.«

»Julien hatte ganz recht!«, schreit sie ihm noch hinterher, gefolgt von weiteren Bemerkungen, die der Wind verschluckt, und Edward wird von diesem Abschied nur in Erinnerung bleiben, wie ihre schmale, schwarz gekleidete Gestalt auf dem sandigen Platz steht. Ein dunkler Strich im grellen Sonnenlicht, der sich rasch in der Ferne verliert.

Bloß, dass dieses Bild reine Fantasie ist, denn natürlich dreht er sich kein einziges Mal um. Stattdessen rennt er mit stampfenden Schritten davon, während seine Fingernägel blutrote Halbmonde in die Handballen bohren. Er läuft und läuft, bis er weit genug fort ist und eine Seitenstraße findet, in der er sich völlig außer Atem an eine Häuserwand lehnt und mit der Faust auf den Stein einschlägt.

29

Tatsächlich gehen die Menschen zum République. Hunderte, vielleicht sogar Tausende. Die jungen malen sich die *Tricolore* auf die Wangen und klettern auf das Denkmal. Die Hitze lähmt alle Bewegungen, und so schwenken ihre Arme träge französische Flaggen oder Spruchbänder, auf die *Liberté Egalité Fraternité* gesprüht ist. Ziellos schlendern die Leute über den Platz. Sprechchöre fordern Toleranz und Frieden. Es riecht nach McDonald's. Christen, Juden und Muslime sind hier gemeinsam versammelt.

Aber viele sind auch zu Hause geblieben und verfolgen die Bilder lieber in ihren stickigen Wohnungen vor dem Fernseher. Menschen, die vorsichtig durch die Jalousien äugen und fürchten oder darauf warten, dass in den Straßen der Stadt wieder etwas passiert.

Es ist ein merkwürdiger, unheimlicher Tag, einer von denen, an dem Milliarden von Staubpartikeln der Welt einen flimmernden Schimmer verleihen. Grauweiß hängt der Himmel über versilberten Straßen, und wäre da nicht diese heiße, atemfeuchte Luft, es hätte ein Wintertag sein können, an dem der erste Frost die steinernen Fassaden zum Glitzern bringt. Mit dem Dunst und den unmittelbar darüber lastenden Wolken erscheint es beim flüchtigen Blick in eine Seitengasse, als würde ein gigantisches Gespenst sich langsam über die Stadt erheben.

Paul besteht darauf, dass Anaïs mit zur Messe kommt. Alle drei Kinder müssen angezogen und in Buggys oder auf dem Arm zum Hochamt um zehn in die Kirche verfrachtet werden.

»Was willst du denn *damit*?«, fragt er, als sie ihre Arme behutsam in eine dick gefütterte Winterjacke steckt, während ihm der Schweiß die Schläfen hinunterläuft.

Polster, Isolierung, Schutz, denkt sie.

»Hab halt Lust drauf«, antwortet sie achselzuckend.

Im Innern der Kirche ist es auf wundersame Weise kühl und drückend zugleich. Die dunklen Mauern halten das Sonnenlicht draußen, doch die dicht gedrängte Menge der Gläubigen lässt die Temperatur ansteigen. Unbedeckte Arme und Beine werden aneinandergedrückt, nackte Haut bleibt unangenehm an den Holzbänken kleben, und der Geruch erhitzter Körper liegt schwer im Raum. Florence hockt zu Anaïs' Füßen auf dem Boden und malt irgendwelche Formen in den Staub. Louis lutscht am Daumen und quengelt. Léo zappelt wie ein Fisch auf dem Trockenen, strampelt und schwingt seine kleinen Fäuste dicht vor ihrem Gesicht. Zwischen widersprüchlichen Impulsen gefangen, gerät Anaïs in helle Aufregung. Einerseits will sie den Jungen nicht fallen lassen, andererseits darf er sie nicht zerbrechen.

»Brüder und Schwestern des Herrn, auf uns alle wurde eine Anschlag verübt.«

Der Priester leiert monoton mit jener tiefen Stimme, die er zur Verkündung von Freude, Angst, Verlust und der Heiligen Schrift benutzt. Anaïs schließt die Augen und öffnet sie wieder, als Léo eine Handvoll ihrer Haare packt und daran zieht. Sie fallen einfach aus und bleiben zwischen seinen knubbligen Fingern hängen.

»Ich bring sie nach draußen«, flüstert sie Paul zu, der andächtig den Worten lauscht, die als tiefes Murmeln von der Kanzel kommen. Sie steht auf, und die ausgerissenen Haare schweben in dem schmalen Sonnenstrahl, der durch ein Fenster weit über ihnen bricht, wie goldene Federn zu Boden.

Auf dem Spielplatz sind nur wenige andere Frauen. Die Hitze macht den Kleinen zwar zu schaffen, aber zumindest können sie hier nach Herzenslust herumtoben. Anaïs lächelt den anderen Müttern zaghaft zu, und die lächeln ebenso zaghaft zurück. Sie nimmt auf einer der Steinbänke Platz und schlingt die gefütterte Jacke eng um sich. Als sie sich vorbeugt, um Léo auf dem Boden abzusetzen, spürt sie, wie sich ihre Hüftknochen in die Haut bohren. Sie muss an Sophie denken.

Die Begegnung mit ihr hat einen nachhaltigen Eindruck auf Anaïs gemacht. Jemand hat Notiz von ihr genommen. Von *ihr*, nicht bloß von der Frau mit Baby, kleinen Kindern und Hund. Jeden Tag überrascht es sie von Neuem, wie viele Menschen auf der Straße stehen bleiben und ihren Kindern albernes Zeug zugurren, während sie wie ein dämlicher Hohlkörper danebensteht, durchaus nützlich, doch ohne jedes Eigenleben. Als aber Sophie ihr in die Augen blickte, hatte sie zum ersten Mal seit Monaten das Gefühl, dass jemand sie verstand, dass jemand ihr Innerstes erkannte und nicht einfach durch sie hindurchsah.

Seit jener Begegnung hat Anaïs sich bemüht, dieser sonderbaren neuen Verbündeten im Haus auf die Spur zu kommen. Ob oben im Treppenhaus oder unten im Hausflur, stets hat sie auf ein Lebenszeichen der anderen Frau gelauscht, auf das Knarzen einer Stufe oder das Rascheln ihres langen Rocks. Zugleich hat sie die verstörenderen Teile ihrer Begegnung – etwa den starren, durchdringenden Blick der Frau oder das nicht vorhandene Kind – inzwischen für harmlos erklärt.

Doch selbst im obersten Stockwerk ist sie nicht fündig geworden. Vor ein paar Tagen hat sich Anaïs hinaufgeschlichen und schüchtern an zwei der vier Türen geklopft. Nicht einmal auf ihr vorsichtiges Rufen hin ist irgendwo eine Sophie erschienen, und weil sie sich plötzlich idiotisch vorkam, ist sie rasch wieder in den zweiten Stock hinuntergerannt.

Louis schmiert sich kichernd ockerfarbenen Dreck ins Gesicht. Anaïs bemerkt nichts davon. Auf der anderen Straßenseite sieht sie die Marins vorbeigehen. Neben dem kirschroten Rock seiner Frau wirkt der Mann beiger denn je.

»Entschuldigung!«, ruft Anaïs und springt auf. »Madame Marin!« Sie läuft bis an den Rand des Spielplatzes. »Könnten Sie kurz …?«, fragt sie über die Schulter hinweg eine der anderen Mütter mit einem Wink auf ihre Kinder, und die Angesprochene nickt verdutzt. Ja, sie wird ein Auge auf die Kleinen haben, während deren Mutter zwischen hupenden Autos hindurch auf die andere Straßenseite spurtet.

»Madame Marin! Madame Marin!«

Endlich dreht der flammenrote Haarschopf sich um, und stark geschminkte Augen weiten sich überrascht.

»Madame Lagrange! Alles in Ordnung? Wie geht's den Kindern?«

»Denen geht's gut, vielen Dank.« Anaïs hat Schwierigkeiten, wieder zu Atem zu kommen. »Madame Marin, ich wollte sie nur … etwas fragen. Diese Frau, die Sophie heißt, wo wohnt die im Haus?«

»Wie bitte?«

»Welche Wohnung hat Sophie? Sie hat sich mir vergangene Woche vorgestellt und gesagt, sie würde im obersten Stock wohnen. Ich weiß bloß nicht genau, in welcher Wohnung.«

Die Marins schauen sie verständnislos an.

»Sophie?«, wiederholt Madame Marin mit freundlichem Lächeln. Eine Vorahnung von Problemen umspielt ihre Mundwinkel. »Es gibt bei uns niemanden, der Sophie heißt, meine Gute. Oder weißt du jemanden, der Sophie heißt, Augusto?«

Ihr Mann schiebt sich abwesend mit dem Zeigefinger die Brille nach oben.

»Gusto!«

»Nein«, antwortet der Mann so träge und monoton, wie er auch sonst ist. »Keine Sophie. Hatten mal eine Sofia. Sommer 83 war das. Sophie nicht.«

Madame Marin lächelt nervös. Unter den grellpink leuchtenden Lippen wird immer wieder ihr Zahnfleisch sichtbar. »Tut mir leid, meine Gute. Vielleicht haben Sie den Namen ja falsch verstanden. Es gibt eine junge Frau, die ganz oben wohnt, eine Studentin …«

»Nein, sie war keine Studentin. Sie hatte ein Baby.«

»Ein Baby? Nein, das ganz sicher nicht. Sie sind bei uns die Einzige mit kleinen Kindern.«

Anaïs spürt, wie Panik in ihr hochschießt. Kalter Schweiß kitzelt auf ihrer Haut. Ohne ein Wort wendet sie sich von den Marins ab und eilt fast im Laufschritt auf das Haus zu.

Sie denkt weder an die Kinder noch an Paul. Sie muss die Frau aus dem Dachgeschoss finden.

Im Hausflur hinter der türkisfarbenen Tür herrscht absolute Ruhe, hier scheint die Zeit stillzustehen. Sie stürzt weiter in Richtung Hof und Bâtiment B, klettert die Stufen hinauf und zieht sich dabei mit bebenden Händen am Geländer immer höher. Im obersten Stock ruft sie: »Sophie?«

Sie klopft an die erste Tür, dann, schon lauter, an die zweite.

»Sophie? Sophie!«

Am Ende des Gangs öffnete sich schließlich die vierte und letzte Tür. Anaïs springt fast das Herz aus dem Leib, aber es ist nur Edward.

»Ja, bitte?«

Er sieht furchtbar aus. Dunkle Ringe liegen unter seinen Augen, und um seine Hand ist ein blutverschmiertes Geschirrtuch gewickelt. Andererseits sieht sie in seinen Augen nicht weniger furchtbar aus, wie sie da verschreckt und ausgemergelt vor ihm steht und ein rasselnder Atem aus dem schmächtigen Körper dringt.

»Verzeihen Sie. Ich suche nach Sophie? Kennen Sie vielleicht eine junge Frau namens Sophie, die hier oben wohnt?«

»Nein, tut mir leid.«

»Sie ist jung, hat langes braunes Haar …«, ergänzt Anaïs verzweifelt.

»Nein, tut mir leid. Ich kenne hier eigentlich niemanden.« Edward will schon die Tür schließen, zögert aber, als er die grenzenlose Enttäuschung auf ihrem Gesicht bemerkt. »Alles in Ordnung?«

»Ja, ja«, antwortet Anaïs nur und taumelt bereits wieder zurück zur Treppe. »Alles gut.«

Der Durchzug lässt Edwards Tür zuschlagen, und kurz darauf fällt auch hinter Anaïs die Wohnungstür zu. Der Hund streckt sich zu ihren Füßen aus, und sie legt den Kopf auf den Küchentisch, ohne etwas zu denken, leer. In dieser Haltung sitzt sie noch, als einige Zeit später die Tür erneut zuschlägt und Paul in die Küche tritt.

»Was ist denn in dich gefahren?«

Sie muss alle ihre Kräfte sammeln, um den Kopf von der kühlen Holzfläche zu heben.

»Ich hab gefragt, was zum Teufel bloß in dich gefahren ist? Du hast unsere Kinder im Stich gelassen, Anaïs! Du hast sie allein zurückgelassen!«

Sogar durch ihren Dämmer fällt ihr noch auf, wie verärgert er sein muss, wenn er »zum Teufel« in den Mund nimmt. Und als sie aufschaut, sieht sie tatsächlich, dass Paul seinen Zorn kaum noch beherrschen kann. Die Wut hämmert in den dick geschwollenen Adern an seinem Hals, strömt bis in seine Hände, die er abwechselnd zu Fäusten ballt und zu Krallen ausstreckt.

»Ich habe eine Frau gebeten …«, beginnt sie. »Da sind Leute bei ihnen gewesen.«

»Jetzt reicht's, Ana.«

Die Kinder sitzen im Wohnzimmer und sind ausnahmsweise mucksmäuschenstill. Mit riesigen Augen verfolgen alle drei, wie Paul an ihnen vorbei ins Schlafzimmer stürmt und anfängt, Kleidung und Windeln in eine Tasche zu stopfen.

»Ich begreife nicht, was mit dir los ist, aber jetzt wirst du zu einem Risiko. Du bringst unsere Kinder in Gefahr. Und das werde ich nicht dulden.«

»Paul …«, ruft sie und versucht, nach seinem Arm zu greifen, aber er stößt sie nur von sich. Sie verliert das Gleichgewicht und schlägt mit solcher Wucht gegen die Wand, dass ihre Knochen in tausend kleine Teilchen zersplittert sein müssen.

»Nein, ich will nichts mehr hören«, faucht er zurück. »Ich habe die Nase voll, ich bin's leid. Ständig diese Trauermiene und dieses Trübsalblasen. Als ob ich nicht genug tun würde für dich, für diese Familie. *Ich ernähre diese Familie!* Dafür ochse ich jeden Tag da draußen, Ana. Und was du in der Zwischenzeit hier treibst, weiß Gott allein, denn geputzt ist diese Wohnung nie, Essen ist keins da, und ich weiß nicht mal, ob du dir die Mühe machst, den Kindern überhaupt etwas zu essen zu geben …«

»Natürlich tu ich das.«

Heiße, ätzende Tränen laufen ihr über die Wangen. Er aber hört nicht auf und fügt mit vielsagendem Blick auf ihre abgemagerte Gestalt hinzu: »Um dein eigenes Essen kümmerst du dich jedenfalls nicht, das sieht man.«

Mit diesen Worten verschwindet er wieder im Wohnzimmer und scheucht die Kinder hinaus in den Flur. Beau schlittert wild mit den Pfoten scharrend zur Tür und winselt, um auf keinen Fall erneut zurückgelassen zu werden, doch kurz darauf erschallt der scharfe Befehl »Beau! Körbchen!«, und der Terrier trottet mit hängendem Kopf zurück in die Küche.

»Paul, bitte! Wo willst du denn hin?«

Er dreht sich in der Tür um, und nun liegt in seinem Blick Trauer statt Zorn. Seine Stimme klingt fast wieder normal, doch wirklich normal wird hier so schnell nichts mehr sein, da macht sich Anaïs keine Illusionen.

»Ich bring die Kinder zu meiner Tante«, erklärt er mit

brechender Stimme. Tränen stehen ihm in den Augen. »Ich habe nichts unversucht gelassen. Ich habe dir Raum gegeben, habe mit dir zu reden versucht, habe gebetet und mitten in der Nacht Geschirr gespült, und nichts hat etwas gebracht. Ich weiß nicht, was ich noch tun könnte. Aber das Wohl der Kinder ist jetzt das Wichtigste.«

Mit den beiden Kleinsten auf dem Arm und Florence an seiner Seite steigt er langsam die Stufen hinab und führt sie von ihr fort. In letzter Sekunde ergreift Beau seine Chance und jagt ihnen schwanzwedelnd hinterher. Florence sieht aus großen blauen Augen zu ihr zurück, bis der kleine Trupp an der nächsten Kehre aus dem Blickfeld gerät.

30

Mit Einbruch der Nacht fängt der Ärger an.

Über die ganze Stadt verteilt treten Jean und seine Männer in Aktion. Bei einem Halal-Schlachter in der Rue du Faubourg Saint-Denis fliegen Pflastersteine durch die Fenster. Nahe der Station Barbès-Rochechouart laufen blutrot triefende Graffiti die Läden von Muslimen hinab. Als kleine Zugabe legen sie im Marais vor einer Synagoge Feuer und schlagen einem Obdachlosen alle Zähne aus.

Erneut heulen Sirenen, und die Menschen schalten zu den Nachrichtensendungen um. Die meisten atmen erleichtert auf, wenn sie hören, dass es sich diesmal nur um Racheakte handelt. Diesmal ist es also nicht gegen sie gerichtet. Und was sind schon ein Schaufenster, eine Moschee oder ein, zwei Läden?

Oben im fünften Stock von Nummer 37 sind die Spatzen von Monsieur Lalande heute nicht gekommen. Der ungewohnte Krach in der Stadt muss sie verängstigt haben. Die Luft ist so heiß, dicht und schwer, dass die scharfen Blitze des Blaulichts und das schrille Sirenengeheul sie in Stücke zu reißen drohen.

Mit zitternder Hand hat Monsieur Lalande das Radio ausgeschaltet, das ihm ein treuer Begleiter ist, seit seine Frau vor so vielen Jahren starb. Er mag zwar die Stille nicht, aber er kann auch nicht länger zuhören.

Trotz seiner hellen Haut ist das alles für ihn nichts Neues. Er hat die hasserfüllten Blicke wildfremder Menschen auf der Straße gespürt, die Schimpfworte überhört, mit denen sie ihn bedachten. Er ist bespuckt und geschlagen worden. Im zweiten Arrondissement erklärte ihm einmal eine Frau im Bus, er würde stinken. Eine andere rief ihm zu, er solle gefälligst zurückgehen, wo er hergekommen ist, was ihn sprachlos auf dem Bürgersteig erstarren ließ. Gerne hätte er ihr gesagt: »Ich komme genau von *hier.*« Wohin soll man denn gehen, wenn das eigene Zuhause nicht mehr das Zuhause ist? Wenn es nirgends einen Ort gibt, an dem man nicht fremd ist?

Seine Frau war ein weiser Mensch. »Mach dir doch über solche Dinge keine Gedanken, Haki«, riet sie. Haki nannte sie ihn nur, wenn sie ganz allein waren und seine tiefsten Unsicherheiten zutage traten. »Wir haben einander, und wir haben unsere Jungs. Was zählt da schon irgendeine Frau im Bus?« Und das stimmte. Sie hatten ihre Jungs, und sie hatten einander. Und die Jungs wurden groß und gründeten selbst Familien, wie Jungs es nun einmal tun, und zogen in geräumigere Wohnungen draußen in den Vorstädten. »Hier leben Leute wie wir, Vater!«, sagen sie oft, aber er schüttelt immer nur störrisch den Kopf und weigert sich, in eine Neubauwohnung außerhalb der Stadt zu ziehen. *Wie wir?* Henri Lalande fühlt sich wie niemand sonst.

Dann ist Eva ganz plötzlich gestorben, und wenn seine Söhne nicht gerade zu Besuch sind, ist er allein. Niemand ist mehr da, der ihm rät, die Beleidigungen, die Schimpfworte einfach zu überhören. Traurig und besorgt hat er heute Abend die Rückkehr der alten Sprüche miterlebt. Aber er ist lange genug auf dieser Welt, um zu wissen, dass die meisten Dinge auch wieder vorbeigehen. Mit großer Sorgfalt zerbröselt er das Ende eines Baguettes und streut eine akkurate Krümelreihe auf die Fensterbank, damit alles vorbereitet ist, wenn seine kleinen Freunde zurückkommen.

Weit draußen in der Picardie sind die Lagrange-Kinder eingeschlafen. Seine Tante hat sie alle aufgenommen, ohne Fragen zu stellen, wofür Paul ihr sehr dankbar ist. Ihm hatte Florence mit ihren ständigen Fragen schon genug zugesetzt. *Wo ist Mami? Wann kommt Mami? Wann fahren wir nach Hause?* Erst mit dem Versprechen, die Hühner unten in Tante Maries Garten füttern zu dürfen, war sie zu beruhigen.

Inzwischen ist es dunkel. Die Kinder liegen im Gästebett, haben in der Hitze ihre Ärmchen und Beinchen ineinander verschlungen und schlafen tief und fest. Paul lässt Marie allein mit den Fernsehbildern der gewalttätigen Ausschreitungen in Paris und schlendert in den Garten hinaus. Die Nachtluft ist schwül und reich an üppigen Pflanzendüften, zugleich leichter und schwerer als der Smog in der Stadt. Er bummelt die vertrauten Wege entlang, vorbei an all dem jungen Grün, dessen Sprießen für ihn unsichtbar bleibt. Jetzt, da er die neugierigen Blicke seiner Tochter nicht länger auf sich spürt, kann Paul die Schultern sacken lassen. Er bohrt seine Füße in den Rasen und denkt an seine Frau, fragt sich, was sie wohl gerade tut.

(Tatsächlich hat sich Anaïs seit ihrem Weggang kein Stück bewegt und liegt nach wie vor auf dem Boden des Flurs.)

Hier draußen auf dem Land in pechschwarzer Nacht, von

summenden Insekten und einer lauen Sommerbrise umhüllt, vermag er sich seine Fehler einzugestehen. Er hätte es kommen sehen können. Hätte mehr tun sollen. Hätte es erkennen müssen. Er denkt zurück an die alte Anaïs. Die junge Anaïs, mit anderen Worten. Die Wangen rosa, die Augen strahlend, ein wenig nervös, aber vor allem gespannt auf den Umzug in die große Stadt. Stundenlang hat sie damals den glänzenden neuen Ehering an ihrem Finger gedreht. Und er fürchtet nun, selbst dieses Leuchten in ihr zum Erlöschen gebracht zu haben, selbst für ihr Schrumpfen auf diese bloße Hülle verantwortlich zu sein. Hier, mit den nackten Füßen im feuchten Gras und dem Schnauben der Kühe, das von der Nachbarweide herüberdringt, kann er sich eingestehen, dass die Kinder für sie eine größere Last darstellen als für ihn. Jedes Mal wenn er sah, wie ihre zierliche Gestalt zu solch unvorstellbarem Umfang anwuchs, wenn er hilflos danebenstand und ihren aufreibenden Kampf verfolgte, sie zur Welt zu bringen, hat er ja schon befürchtet, sie könnte zerbrechen.

Und jetzt ist es geschehen. Seine hübsche Braut. Brüchig, zerbrochen. Und er weiß nicht, wie er es wieder in Ordnung bringen kann. Wie er *sie* wieder in Ordnung bringen kann.

Zum ersten Mal in seinem Leben betet Paul wirklich. Keine auswendig gelernten Dankesgebete oder Lobpreisungen, nein, diesmal betet er inbrünstig und voller Verzweiflung. Schiere Hilflosigkeit liegt diesem Beten zugrunde, ein tief empfundener Mangel. *Bitte, lieber Gott. Ich flehe dich an, lieber Gott …*

Ihm fehlt die Kraft. Er bricht ab.

Isabelle läuft durch die dunklen Straßen und summt vergnügt vor sich hin. Seit Ausbruch der Gewalttätigkeiten steht ihr Handy nicht mehr still. Unablässig gehen Nachrichten ein, dass es in dieser oder jener Gegend Krawalle gibt, dass die und die Straße gerade abgesperrt wird, dass es hier brennt und dort Scheiben klirren, und sie jauchzt bei jeder neuen Meldung begeistert auf. Während Paul weit weg auf Knien liegt, marschiert sie stolz erhobenen Hauptes und zielbewusst, mit mächtig schlagendem Puls und rauschendem Blut. Blut, so rot wie die Farbe, die sie gleich gegen die Eingangstür des Gemüsehändlers schleudern wird.

Dieser miese kleine Araber. Sie hat noch nie leiden können, wie er sie behandelt. Das schönste Obst hat er immer für andere aufgehoben, das hat sie mit eigenen Augen gesehen. Und billiger bekam diese verfluchte Frédérique auch alles bei ihm, bloß weil sie ihn stets so scheißfreundlich anlächelte. Ebenfalls selbst erlebt hat sie, wie seine dreckigen dunklen Bauernpranken den Kindern aus dem Viertel Mandarinen in die hellen Händchen drückten.

Tja, morgen früh dürfte er sich diese groben Finger hübsch blutig schrubben beim Versuch, die Lackfarbe zu entfernen.

Solch ein Hochgefühl hat Isabelle seit Jahren nicht mehr verspürt. Die letzten Meter schleicht sie mit der Dose in der Hand näher und wartet ab, bis sie sicher ist, nicht beobachtet zu werden. Ihr Herz hämmert, als sie sich hinkniet, um mit einem Schraubendreher den Deckel aufzuhebeln.

Sie will gerade zur Tat schreiten und das Farbgeschoss abfeuern, als ein paar Leute um die Ecke biegen. Da sie völlig in ihre eigene lärmende Unterhaltung vertieft sind, nehmen sie kaum Notiz von Isabelle, deren Nerven dennoch zum Zerreißen gespannt bleiben. Sie wartet erneut, und prompt kommen weitere Nachtschwärmer. Eine nahe gelegene Bar hat eben die letzten Gäste rausgeworfen, und im Bahnhof ist eine U-Bahn eingetroffen.

Aber morgen, murmelt sie und nimmt sich vor, es dann früher am Abend zu versuchen. Und morgen wird nicht nur gegen diesen einen Kerl die Farbe fliegen, beschließt sie auf dem Heimweg, um ihre Enttäuschung zu mildern. Nicht nur gegen den, sondern gegen alle Araber. Alle Einwanderer. Alle Leute, die anders sind als sie, die hier sind, ohne hierherzugehören. Nur in ihrem tiefsten Innern, wenn sie in stillen Momenten nachts allein in ihrem Bett liegt, und nur für Sekundenbruchteile wird sie widerwillig einräumen, dass hinter ihren Aktionen noch andere Ängste und Enttäuschungen stecken. Denn wie die meisten Menschen ist Isabelle einmal davon ausgegangen, irgendwann mit Ehemann und Kindern dazustehen. Auch sie hat einmal erwartet, später Mandarinenstücke an kleine Kinderhändchen verteilen zu können.

»Guten Abend, Madame Duval.«

Erst jetzt bemerkt Isabelle die schattenhaften Gestalten von Chantal und Madame Marin im Hauseingang. Vor Schreck schießt ihre linke Hand kurz in die Höhe, während die rechte versucht, die Farbdose hinter der Hüfte zu verbergen. Eigentlich ist sie auf ihre geplanten Heldentaten stolz, aber einstweilen möchte sie lieber nicht, dass andere davon wissen.

»Guten Abend, die Damen. Was für eine herrliche Nacht.«

Die beiden verfolgen verwundert, wie Isabelle erst zurückschreckt und dann eilig im Aufgang zu Bâtiment A verschwindet. Erneut blickt Chantal suchend die Straße auf und ab.

»Eigentlich dachte ich, César wäre um diese Uhrzeit wieder zu Hause.«

»Das habe ich von Gusto auch gedacht.«

»Hoffentlich sind sie nicht in irgendwas reingeraten.«

In einer ungewohnt vertraulichen Geste, die mit allen bislang geltenden Grenzen bricht, legt Madame Marin eine Hand auf Chantals Schulter.

Im dunklen Treppenhaus (weil diese verdammte Schnarchnase es noch immer nicht geschafft hat, die Glühbirne auszutauschen) zieht Isabelle ihre Dose mit Sprühfarbe aus der Tasche. Und im selben Moment, in dem unten Madame Marins rot lackierte Finger die nackte Schulter von Chantal berühren, landet oben Isabelles Farbe auf der Tür der Laribis.

Amina und Ahmed haben es sich auf dem Sofa gemütlich gemacht und trinken Pfefferminztee, der ihr über die Übelkeitsanfälle der ersten Schwangerschaftsphase hinweghelfen soll. Die Fensterläden haben sie geschlossen, um die gewalttätige Welt auszusperren.

»Können wir nicht zu etwas Lustigerem umschalten?«, fragt sie und schmiegt den Kopf in diese Mulde an seinem Hals, die wie für sie gemacht zu sein scheint. »Ich ertrag diese Nachrichtensendungen nicht mehr.«

Und so schauen sie stattdessen eine Liebeskomödie, die sie schon dreimal gesehen haben, wobei Ahmed in Wahrheit mehr auf Amina achtet als auf den Bildschirm und ihr sorgsam die Decke um die Füße wickelt, die immer kalt sind, egal welches Wetter herrscht. Sie werden den Film noch zu Ende sehen, kurz duschen, ins Bett gehen und sich verliebte

Albernheiten zuflüstern, bis sie in den Schlaf sinken. Erst am nächsten Morgen werden sie erkennen, dass die Gewalt sie bereits heimgesucht hat, denn direkt an der Tür ihrer neuen Wohnung fordert sie ein kreischrotes Geschmier auf: Geht zurück.

31

»Edward?«

Frédérique klopft erneut an die Tür. Es ist stickig im Dachgeschoss. Tagsüber heizt die Sonne hier alles auf Backofentemperatur, und nachts steigt die sauerstofflose Luft aus den unteren Stockwerken herauf.

Sie hat heute den ganzen Tag nichts von Edward gehört und will einfach mal nach ihm schauen. Zumindest redet sie sich das ein. Als sie heute Nachmittag nach Hause kam, den Kopf noch schwer von dem vielen Wein, den sie am Vorabend gemeinsam getrunken hatten, und den Laden geschlossen und unbeaufsichtigt vorfand, war sie schon ein wenig enttäuscht. Er muss ihre Bitte doch glatt vergessen haben, obwohl sie am Abend zuvor noch so ausgiebig gelacht und geredet haben und Frédérique im Kerzenlicht bisweilen das Gefühl hatte, als wären sie beide die einzigen Menschen auf der Welt.

»Heute koche ich«, hatte er erklärt und sie in der Küche beiseitegedrängt. Sie hatte ihm das Feld überlassen und beobachtet, wie er Kartoffeln in millimeterdünne Scheiben schnitt und sie goldbraun frittierte. Diese Chips kombinierte er mit Prosciutto aus dem italienischen Feinkostladen, einem ausgesprochen knackigen Endiviensalat und ihrem Lieblingskäse aus der Fromagerie. Er war unangekündigt mit all diesen Leckereien erschienen und bot auch keinerlei Begründung an, aber ihr gefiel das spontane Feiern und die Mühe, die er sich machte. Sie schnitt Kräuter von der Box im Küchenfenster, um damit die Kartoffeln zu bestreuen, und hatte sich dazu dicht vor ihm vorbeischieben müssen. Sie hatte seinen Atem im Nacken gespürt und die Wärme seines Körpers in ihrem Rücken. Sie holte zwei Flaschen eines etwas erleseneren Tropfens aus dem Keller, und dann hatten sie am Küchentisch zusammengesessen, bis die Kerzen zu schmierigen Klumpen am Boden des Halters geschrumpft und verloschen waren. Zum Abschied hatten sie sich, wie es mittlerweile Gewohnheit war, mit einem Kuss auf jede Wange eine gute Nacht gewünscht.

Und heute dann plötzlich: Fehlanzeige. Keine Spur von ihm. Sie möchte nicht zugeben, dass sie ihn vermisst. Noch viel weniger möchte sie zugeben, eine Idiotin gewesen zu sein.

Frédérique hebt die Hand, um ein drittes Mal zu klopfen, da öffnet sich die Tür.

»Edward!«

Ihr Blick wandert zuerst zu dem blutverschmierten Tuch um seine Hand, dann zu den rot geschwollenen Ringen unter seinen Augen. Er steht in einer Wand aus Hitze, da die Sonne sein Zimmer noch stärker aufgeheizt hat als das Treppenhaus. Das künstliche Flurlicht verleiht seinen Zügen einen hohlwangigen, kränkelnden Ausdruck und bringt den Schweißfilm auf seiner Haut zum Glänzen.

Die Frage, ob alles in Ordnung ist, spart sich Frédérique. Dafür hat sie zu viel Leid am eigenen Leib erfahren. Sie weiß um die unzähligen Gestalten, die Verlust annehmen kann, kennt seine unablässigen Verwandlungen, wie er mal in der

Magengrube spürbar ist und mal nicht, oder wie flach der Puls durch ihn werden kann, so als würde das Herz wissen, dass es nie wieder zu alter Stärke zurückfindet. Denn das Herz kommt nie wieder in Ordnung, kann nicht geheilt werden. Die Welt des Verlusts hat ständig Schlagseite, und wer darin steckt, schlittert hilflos von einer Seite des Decks zur anderen, ist gefangen auf einem Schiff, das von einem ewigen Sturm umhergeworfen wird.

»Was ist passiert?«, fragt sie stattdessen und berührt beim Eintreten seinen Arm.

Er schweigt einen Moment lang. »Mir wurde heute gesagt, dass es keinen Sinn macht, in der Vergangenheit zu leben. Dass …« Seine Stimme beginnt zu zittern. »Dass sie nicht zurückkommen wird. Niemals.«

Darauf ist Frédérique nicht vorbereitet. Edward hat bislang nie von dem oder den Mädchen gesprochen, die er so trifft. Verblüfft ist sie vor allem darüber, dass sie seine Geschichte kennen – es schien doch eine so persönliche, fast heilige Sache zwischen ihnen beiden zu sein –, aber sie verbirgt ihre Überraschung, indem sie behutsam das blutbefleckte Geschirrtuch von seiner Hand wickelt. In den vielen heißen Stunden hier oben hat sich das Blut beim Trocknen mit dem Stoff verklebt, und Edward verzieht das Gesicht, als die Wunde wieder aufreißt.

»Entschuldige«, flüstert Frédérique. Kopfschüttelnd beugt sie sich näher. »Erstaunlich.«

»Was?«

»Wie schnell wir zu heilen beginnen. Deine Zellen und dieser Stoff verweben sich bereits miteinander und arbeiten an einem neuen Ganzen.«

»Es gibt nichts Ganzes. Nicht hier und jetzt.«

Vorsichtig führt sie ihn zum Waschbecken, wo sie Dreck und Mörtelstaub aus seinen geschwollenen Knöcheln wäscht.

»Es ist eine neue Form von Ganzheit, Edward. Eine Ganzheit im Unvollständigen.«

»Ich schaff das nicht.«

»Schau her, sieh sie dir an.« Sie hält seine Hände hoch. »Boxerhände. Du bist ein Kämpfer, Edward.«

Sie schließt ihre Hände um seine, Finger um Finger, und ihre Köpfe berühren sich, Stirn an Stirn. Sie sind sich so nahe, dass sie seinen rauen Atem auf ihrer Haut spüren kann. Jeder Atemzug quält seinen Körper.

Die nackte Glühbirne über ihnen summt und flackert, was die Konturen ihres gemeinsamen Schattens auf der Wand schärfer hervortreten lässt. Dann brennt sie mit einem dumpfen Knall durch, und der Raum versinkt in Dunkelheit.

»Verdammt, was …?«

»Vielleicht ein Stromausfall?«

Wie betrunkene Matrosen strecken sie die Hände vor sich aus und tasten sich weiter bis zum Fenster. Draußen liegt alles in tiefem, samtigem Schwarz. Nicht nur Nummer 37 ist in völlige Dunkelheit gehüllt, in keiner Himmelsrichtung ist irgendein Licht zu sehen.

»Passiert das häufig bei euch?«, fragt Edward.

»Eigentlich nicht, nein. Was es wohl verursacht hat?«

»Die Hitze?«

»Vielleicht.«

Keiner möchte sich mit dem Gedanken beschäftigen, dass ernstere Gründe dahinterstecken könnten. Nach und nach erscheinen die ersten kleinen Lichtflecken. In den tiefer gelegenen Wohnungen werden Kerzen entzündet, zwei Fenster schimmern matt in der ansonsten alles beherrschenden Nacht.

Im Dunkeln gibt es kein Erröten. Wenn sich das Sichtbare auf Umrisse beschränkt, ist es kein Risiko mehr, eine Hand zu ergreifen und zu sagen: »Komm, wir gehen rauf.«

»Aufs Dach?«

»Ja.«

»Ist das nicht gefährlich?«

»Bist du denn noch nie da draußen gewesen?«, fragt Frédérique erstaunt und lacht. »Na los, Edward. Ich mach das seit Jahren.«

Sie kickt ihre Schuhe fort, klettert auf die Fensterbank, und ihre Muskeln erinnern sich. Ein Griff rechts um die Ecke – »da ist ein Absatz … hier« – und sie schwingt sich auf die schräge Fläche hinaus. Über Edwards Fenster ist ein flaches Gaubendach, auf dem zwei Leute gerade so nebeneinander Platz finden und die Füße nach unten baumeln lassen können. Edward folgt ihrem Beispiel, klettert hinauf, und sie lehnen sich zurück gegen das aufsteigende Dach. Die Ziegel haben noch die Tageshitze gespeichert und brennen Muster in ihre Haut.

»Normalerweise kann man den Eiffelturm von hier aus sehen«, sagt sie. »Und die Kuppel des Panthéon.«

»Schon eine merkwürdige Vorstellung, dass jetzt da unten alle Menschen im Dunkeln herumtapsen.«

»Ja.«

»Ich mag Blackouts.«

»Ich auch. Dunkelheit hat etwas von Freiheit an sich.« Frédérique fächert ihr silberfarbenes Haar auf und lässt den Kopf gegen die Dachziegel sinken. In der Ferne jault eine Sirene, aber das könnte genauso gut in einem anderen Universum sein, denn sie hört nur das Auf und Ab von Edwards Atmung und das Rascheln seiner Kleidung, als er sich neben sie legt.

Ihre Arme berühren sich, und ein elektrisches Prickeln erfasst die nackte Haut. Über ihnen werden die Sterne immer klarer sichtbar, als würde ein Tuch fortgezogen, das bislang die verborgene Schönheit des Himmels verhüllt hat. So viele strahlende Lichtpunkte, die der Stadt sonst verborgen bleiben.

»Ich komme mir vor wie ein Astronaut«, sagt Edward plötzlich.

»Wie meinst du das?«

»Diese Riesenangst vor dem Wiedereintritt.«

Frédérique schweigt.

»Ist es das für dich gewesen?«, fragt sie dann. »Ein Ausbrechen?«

»Keine Ahnung. Ist Ausbrechen das Gegenstück zu Eintreten?«

»Ein Astronaut«, wiederholt Frédérique lächelnd. »Jetzt seh ich dich vor mir, losgelöst im Raum, wie du frei herumschwebst …«

»Freier Fall würde es eher treffen.«

»Dann lass es eben zu.«

»Was?«

»Lass dich einfach fallen.«

»Komischer Rat an jemanden, der auf einem Dach hockt.«

»Irgendjemand wird dich schon auffangen. Das ist immer so.«

»Du hast mich aufgefangen, Frédérique.«

Einen Moment lang hängen seine Worte in der Luft, unsichtbar in den wenigen Zentimetern, die sie trennen.

»Und du mich, Edward.«

Hier in der Dunkelheit verschwimmen Agieren und Reagieren. Haut trifft auf Haut, und es ist überhaupt nicht auszumachen, von wem die Bewegung ausging, wessen Finger sich zuerst zum zaghaften Tasten streckten. Genauso wenig festzumachen ist die Zeit, die ohne jede Bezugsgröße vergeht hier unter diesem gigantischen Himmel, der sich dehnt und wölbt und sie in seine Arme zu schließen scheint. Tief unten die rätselhafte, törichte Stadt, die Stadt des Lichts, die nun eine Stadt der Dunkelheit ist und die dieser Wandel zum Verstummen gebracht hat. Und hier oben zwei verlorene Seelen, die einander zu halten suchen auf der Dachschräge eines Hinterhauses.

Ein Luftzug weht über sie, streichelt die Haut, und jeder ist in seinen Gedanken mit dem anderen zusammen, Frédérique auf einem Feld unter heißer südfranzösischer Sommersonne, Edward auf dem heimischen Hügel im knietiefen feuchten Gras, und beide gemeinsam sind sie hier oben.

Er hält noch immer ihre Hand, als er flüstert: »Lass uns runtergehen.« Unten brennt weiterhin nirgends Licht, aber in seinem winzigen Kämmerchen zu bleiben kommt ihnen nicht in den Sinn. Stattdessen laufen sie barfuß Flur und Treppenhaus hinunter, begleitet vom Knarzen der alten Dielenbretter. Sie durchqueren unbemerkt den stillen Hinterhof und schleichen auf Zehenspitzen die Stufen zu ihrer Wohnung hinauf.

Später wird sie sich weder daran erinnern, wer voranging und wer dem anderen die geschwungene Treppe hinauf folgte, noch wer zuerst die Initiative ergriff, als die Wohnungstür endlich hinter ihnen ins Schloss fiel. Vier Hände drängen gierig, tasten forschend, und am folgenden Morgen wird sie Blut von seiner Hand am Bettlaken finden und in einem dunkelrot verschmierten Streifen quer über ihrem Bauch. Aber bis dahin gibt es nur Lippen, die sich finden, den salzigen Geschmack von Sommerhaut, das helle Schimmern verschlungener weißer Leiber und weißer Laken, während sich ihre großen Augen schließlich an die Lichtlosigkeit gewöhnen.

Und als sie viel später zur Ruhe kommen, seine Fingerkuppen in der Grube ihres Schlüsselbeins liegen, färbt der Himmel sich bereits wieder mit den ersten Lichtstreifen des Tages.

32

Als César aufwacht, sind die Sonnenstrahlen schon über den Hof, durch die Zwischenräume der Jalousien und auf das Bett gekrochen. Es ist ein brutales Erwachen mit rasendem Herzen und noch nicht betriebsbereitem Hirn, da das schrille Klingeln an der Tür ihn mitten aus seinen Träumen gerissen hat.

Schlaftrunken stolpert er zur Wohnungstür, seine Beine noch irritiert vom plötzlichen Gewicht des Körpers, und hebt keuchend den Hörer der Gegensprechanlage ab.

»Hallo?«

»César? Ich bin's, Sylvain.«

»Herrgott, Sylvain, was willst du denn hier?«

Beunruhigt dreht César sich um und sieht, wie Chantal in der Schlafzimmertür erscheint.

»Es hat eine Planänderung gegeben, César. Ich brauch dich, sofort.«

»Was ... ich ... Wie spät ist es überhaupt?«

»Keine Zeit für Erklärungen, César. Komm einfach runter.«

»Okay, okay.«

César hängt den Hörer ein und vergräbt das Gesicht in den Händen. In seinen Haaren klebt noch das Gel vom gestrigen Tag, und seine Backen reiben wie Schmirgelpapier an seinen Handflächen.

»Wer um alles in der Welt war das?«

Er weiß nicht, was er sagen soll.

»César?«, bohrt Chantal nach.

Er dreht sich zu ihr um, und für einen Moment scheint die Zeit stillzustehen. Auf einmal wird ihm bewusst, dass Chantals Stimme über die letzten Wochen hinweg einen anderen Ton angenommen hat. Die mitfühlende Sorge ist nach und nach von rauem, kehligem Frust abgelöst worden. Und sehen kann er es auch. Die Art, wie sie die Arme verschränkt hat, sie dicht um sich schlingt, als hätte sie Angst, als wollte sie ihn auf Distanz halten. Er kennt Chantal schon lange und weiß, dass sie dazu neigt, ihre Angst hinter Wutausbrüchen zu verbergen. Da er es ist, der ihr diese Angst einjagt, fürchtet er in diesen endlosen Sekunden, in denen das erste Tageslicht über die Flurdielen auf ihn zukriecht, dass sie ihn jetzt zur Rede stellen könnte.

»Ein Freund, mein Schatz. Er braucht meine Hilfe.«

In seiner Panik sieht César den einzigen Ausweg in hektischer Betriebsamkeit. Halb joggend, hastet er den Flur hinunter und drängt so energisch an ihr vorbei ins Schlafzimmer, dass sie taumelnd in der Tür zurückbleibt. Fieberhaft klaubt er Hose, Hemd und Schuhe zusammen, nur um ihre Fragen nicht beantworten zu müssen. Und wie dringend diese Fragen nach Antworten verlangen, ist ihm wohl bewusst.

»Ein Freund? Was für ein Freund? César!«

»Ein Freund eben, Chantal. Nichts weiter.«

Warum bleibt seine Hose bloß an den Knien hängen? Warum wollen sich die Socken nicht glatt von den Zehen zu den Knöcheln spannen? Warum hüpft er hier wie ein alberner Clown halb angekleidet durchs Schlafzimmer, während seine Frau kopfschüttelnd in der Tür steht und zusieht?

»Das glaub ich dir nicht.«

»Hm?«

»Das glaub ich dir nicht«, wiederholt Chantal, und ihr Ton wird spöttisch. »Ein Freund! Was für ein Freund? Was für ein Freund steht morgens um sechs unangemeldet vor der Tür?«

»Chantal, bitte. Es ist ein Freund, der Hilfe braucht...«

»César Vincent!«

Das lässt ihn sogar sein aufgeregtes Fummeln an den Schnürsenkeln unterbrechen. Mit vollem Namen redet sie ihn sonst nie an.

»Ich schwöre bei Gott«, fährt sie fort, »so halte ich es nicht mehr lange mit dir aus!«

César lässt den Kopf hängen. Seine Stimme wird tief und mutlos. »Chantal, ganz ehrlich, es ist ein Freund...«

»Geh, César, verschwinde. Geh einfach, und sei sicher, dass ich kein Wort mehr glaube von dem, was du mir erzählst.«

César steht auf und macht sich fertig. Aber dreißig Jahre sind eine lange Zeit, und er kann sie nicht einfach so am Fuß ihres Ehebetts zurücklassen, entmutigt und niedergeschlagen.

»Mein Schatz...«

Er streckt die Hand nach ihr aus, aber sie wendet sich ab.

»Geh, César.«

Erneut klingelt es an der Tür, ungeduldig und verärgert. Und genau in dieser Stimmung dürfte Sylvain gerade unten warten. Plötzlich wird César bewusst, dass Sylvain unten bei ihm im Hof steht und neugierige Schnüffler wie Isabelle, aber auch Chantal mit ihren bezaubernden, traurig blickenden Augen gleich sehen können, wie sie gemeinsam fortgehen. Aber da schrillt die Klingel schon wieder, und Chantal rückt weiter von ihm ab, also bleibt César gar keine andere Wahl. Er wendet ihr den Rücken zu und eilt zu seinem Freund in den Hof.

»Was?«

Sie sitzen in Sylvains Wagen und rasen Richtung Stadtrand. Sylvain redet, aber über das Dröhnen des Motors und das Gewummer des Radios hinweg kann César, der außerdem noch Chantals Worte und das Schrillen der Klingel im Ohr hat, nichts verstehen.

»Der Tag der Wut. Musste vorgezogen werden.«

Sylvain steigt noch energischer aufs Gaspedal, und der Wagen schießt mit wildem Röhren nach vorn.

»Warum?«

»Probleme, Polizei, drohende Einschränkungen«, erwidert Sylvain. Mit einem kurzen Zucken des Handgelenks wechselt er abrupt die Fahrspur und bremst damit den weißen Lieferwagen aus, der hinter ihnen angedonnert kommt. »Die Menschen sind wütend, César. Fortschritt lässt sich nun mal nicht aufhalten.«

Selbst in seinem misslichen Zustand entgeht es César nicht völlig, dass dies zwei ganz verschiedene Antworten sind. Er kommt sich vor wie ein Grubenarbeiter, der in seinem eigenen Schädel steckt, eine Laterne hochhält und doch nichts anderes zu erkennen vermag als die Felswand unmittelbar vor seiner Nase.

»Und was machen wir jetzt?«

»Das wirst du schon sehen.«

Vorsichtig sinkt César zurück gegen die Kopfstütze, die vom Qualm unzähliger Zigaretten durchräuchert ist. Er fühlt sich wie besinnungslos betrunken, wie zu berauscht, um sich auf den Beinen halten zu können. Und die grelle Morgensonne macht gemeinsam mit der Hitze alles nur noch schlimmer. Das Gefühl ruft Erinnerungen wach an ekelhaft monströse Kater als junger Mann, an beißenden Gallegeschmack im Rachen, an eine Welt, die sich immer schneller drehte wie Teller auf Jonglierstäben, und an die Gewissheit, dass der Sturz, egal wie schnell man sich drehte, gleich kommen würde und man nichts dagegen tun konnte.

Er schließt die Augen, und schon bald lassen sie die erwachende Stadt hinter sich. An einem Montagmorgen fahren um diese Uhrzeit nur wenige Autos aus der Großstadt heraus. In der Gegenrichtung dagegen staut sich der Verkehr bereits. Verschlafene Augen starren über Lenkräder, einige Fahrer versuchen, ein Gähnen zu unterdrücken, andere kennen keine solche Zurückhaltung und kippen den Kopf mit aufgerissenem Mund in den Nacken, während Sylvain und César vorbeirasen.

Kurz darauf verlassen sie die Autobahn und nehmen kleinere Straßen. Flugzeuge gleiten tief am Himmel, endlos reihen sich industrielle Leichtbauhallen aneinander, ein Grundstück mit quaderförmigem Kasten nach dem anderen, Wellblechdach an Wellblechdach. Die Musik bricht ab, und im Radio kommen die Morgennachrichten. Nächtliche Ausschreitungen, Geschäftsfronten beschmiert, Schaufenster eingeschlagen.

»Jean und seine Jungs«, kommentiert Sylvain lächelnd und schaltet das Radio aus, bevor der Sprecher mit den Stellungnahmen beginnt, in denen Präsident, Bürgermeister und politische Stimmen aus allen Lagern zu Ruhe und Besonnenheit aufrufen.

Sie biegen in eine Nebenstraße. Im Wagen ist es still. Sie rollen noch ein kleines Stück, bis Sylvain vor ein paar maroden Garagen anhält, die einen unbenutzten Eindruck machen. Sonne und jahrelange Verwahrlosung haben den Anstrich der Metalltore zu verschiedenen Pastelltönen ausbleichen lassen. Das eine schimmert blassrosa, ein anderes in hellstem Graublau. Überall platzt die Lackfarbe ab, und als Sylvain sich bückt, um eine der Garagen aufzuschließen, widersetzt sich das klemmende Schloss eine ganze Weile, bevor das Tor endlich mit einem krächzenden Quietschen aufschwingt.

Im Innern ist es dunkel, heiß und staubig. César muss husten und hält sich den Ärmel vor den Mund. Die dreckige Luft und die Anstrengung, die winzigen Partikel wieder aus den Lungen zu pressen, treiben ihm die Tränen in die Augen. Währenddessen kramt Sylvain bereits in diversen Kartons herum.

»Na los, César. Konzentration jetzt.«

Ein schwerer Karton landet in seinen Armen. In dem dämmrigen Licht lässt sich nicht viel erkennen, aber er sieht etwas, das einem Schlagstock ähnelt, und hört darunter etwas Metallisches klappern.

»Sylvain …«

»Was?«, antwortet Sylvain, ohne auch nur aufzusehen.

»Was sind das für Sachen?«

»Mach jetzt bloß nicht schlapp, César.«

»Ich mach nicht schlapp, aber das ist ... das sieht reichlich *brutal* aus.«

Sylvain stellt seinen Karton ab und dreht sich zu ihm um, dreht sich vielleicht sogar drohend um, doch sein Ton ist zuckersüß. Er spricht leise, und die Arme hängen locker an seiner Seite herab.

»Du bist zu mir gekommen, César, und hast gesagt, du hättest die Schnauze voll. Die Schnauze voll von all den Einwanderern, die herkommen und uns die Jobs wegnehmen. Von einem Frankreich, das nur noch eine schwarz-braune Mischung aus Nicht-Französischem ist. Französische Jobs für französische Arbeiter, das hast du mit mir gerufen. Zusammen haben wir das gerufen. Und jetzt, nachdem *Terroristen* erneut mitten in unsere Stadt eingefallen sind, in unsere bedeutendste Kathedrale, und unsere Mitbürger erschossen haben, jetzt sagst du zu mir, das sieht aber brutal aus? Die da oben hören nicht auf uns, César. Die Regierung, die Presse, das Ausland – die faseln alle nur von Immigration hier und Integration da. Das hier, das ist unsere Chance, sie eines Besseren zu belehren. Also stell dich jetzt nicht hin und jammer rum, ob das der richtige Weg ist. Ich sage dir, es *ist* der richtige Weg, und ich sage dir, schnapp dir jetzt den verfluchten Karton und bring ihn ins Auto.«

Einen Moment lang starren sie einander mit ausdruckslosen Blicken an. Zwei Männer aus verschiedenen Welten, die das Schicksal zusammengeworfen hat. Und César schnappt sich den Karton und den nächsten und den danach auch. Er blendet aus, was er da trägt, redet sich ein, dass es eigentlich Sylvain gewesen ist, der *ihn* angesprochen hat. Sylvain hat sich *ihn* geschnappt. Und als der Wagen schwer beladen langsam in Richtung Stadt zurückrollt, fragt sich César zum ersten Mal, wie viele verbittert aussehende Männer Sylvain in öden Cafés wohl aufgelesen haben mag, wie viele ältere, arbeitslose Banker es wohl geben mag, die, ihres Lebens beraubt und bar jeder Hoffnung, nur darauf warten, von ihm *geschnappt* zu werden.

Schweigend überqueren sie wieder die Stadtgrenze.

33

Irgendwann in der vergangenen Nacht ist Anaïs zur Couch gekrochen. Sie zog sich hinauf, legte die Decke um die Schultern und atmete tief den Geruch der Kinder ein. Babypuder, Creme, Butterkekse. Sie wickelte sich darin ein.

Mit steifen Gliedern und schmerzendem Rücken wacht sie am nächsten Morgen auf. Schwerfällig schieben sich ihre Finger unter der Decke hervor und berühren den Bildschirm ihres Handys. Kunstlicht flammt auf. Keine Nachricht von Paul. Nur das Bild von lachenden Gesichtern aus einer Zeit, als alle in der Familie noch gemeinsam lachten.

Sie kämpft sich mühsam hoch wie ein gestrandeter Kahn, der knirschend seinen Kiel neu ausrichtet, und wankt in die Küche. *Wasser, Wasser.* Ein Glas nach dem anderen schüttet sie in sich hinein. So ausgetrocknet sind Leib und Hirn, dass sie gar nichts von der Aufregung unten im Hof mitbekommt.

Das Klopfen an der Tür entgeht ihr jedoch nicht, und tief im Innern ihres dehydrierten Körpers macht ihr Herz einen Satz. Paul? Sind sie zurück? Aber schon als sie den Flur zur Tür hinunterstapft, schwindet all ihre Hoffnung wieder. Sie würden nicht klopfen. Paul hat einen Schlüssel.

Anaïs legt die Hand auf die Türklinke und überlegt kurz, ob sie überhaupt auf das Klopfen reagieren soll, ob es irgendetwas Positives sein kann, egal wer draußen steht. Aber ihre

Hände bewegen sich automatisch, registrieren dieses neue, unbekannte Zögern nicht, und erst als die Tür aufgeht und sie die Gestalt draußen erkennt, wird Anaïs der Grund für ihr Widerstreben klar.

Es ist Sophie.

Ein eisiger Luftzug überzieht die Arme von Anaïs mit Gänsehaut und lässt ihre Lippen beben.

»Hallo, Anaïs.«

»Wer bist du?«

»Das habe ich dir doch gesagt«, antwortet Sophie im selben ruhigen, sanften Ton wie bei ihrer ersten Begegnung.

»Nein«, erwidert Anaïs, die jetzt am ganzen Körper so stark zu schlottern beginnt, dass sie sich an der Tür festhalten muss. »Du hast gesagt, du wohnst hier. Aber ich hab nachgesehen und dich überall gesucht …« Sie verstummt und betrachtet aufmerksamer das lange Kleid und die leichenblasse Haut. »O Gott …«

»Ich habe früher einmal hier gewohnt«, sagt Sophie, und ihre Hände umschließen Anaïs' Arme. Sie fühlen sich kalt an, aber auch fest und real. Ist es das?, überlegt sie. Ist es so weit? Werde ich jetzt verrückt? Verliert sie ihren letzten Halt, je stärker der Griff von Sophies Fingern wird?

»Ich habe früher einmal hier gewohnt«, wiederholt sie und streicht mit dem Zeigefinger über Anaïs' Arm. »Und mir ging es schlecht, genau wie dir.« Tränen steigen Sophie in die Augen. Sie steht so dicht, dass Anaïs ihr eigenes Spiegelbild in den feuchten Pupillen sehen kann. »Daher muss ich dich warnen. Gib nicht auf. Du hast so viel Kraft, und sie brauchen deine Kraft.«

Jetzt muss auch Anaïs weinen, aber es sind keine heißen

Tränen wie gestern, sondern eiskalte Rinnsale, die lautlos ihre Wangen hinablaufen.

»Was ist mit dir geschehen?«, fragt sie.

»Ich bin fortgegangen. Hier haben sie über mich geredet, getuschelt, haben mit dem Finger auf mich gezeigt. Das ertrug ich nicht. Ich fühlte mich entsetzlich einsam und dachte, überall sonst könnte es nur besser sein. Also gingen wir fort. Es war furchtbar kalt in diesem Jahr. Besonders die Jungen und die Alten raffte die Grippe hinweg. Mir nahm sie meinen Sohn.« Sophie schüttelt den Kopf. »Ich hätte hierbleiben sollen. Hätte stark sein sollen.«

Anaïs betrachtet die Frau, die so stark vom Verlust gezeichnet ist, dass er ihr Gestalt verleiht, einen festen Körper formt, wo nur Schmerz und Luft ist. Erneut fragt sie sich, warum Sophie ausgerechnet zu ihr gekommen ist. Warum ist eine Sofia bekannt, die 1983 im Haus gewohnt hat, und niemand erinnert sich an eine Sophie?

»Warum ich?«

Sophie zuckt mit den Achseln. »Weil du nach mehr Freiraum suchst, und ich habe reichlich davon. Ich habe Raum ohne Ende, aber in Wahrheit, in deinem tiefsten Innern, ist es nicht das, wonach du suchst.«

»Ich hab Angst«, sagt Anaïs, und ihre Stimme ist nur noch ein Flüstern.

»Wovor?«

Die Frage überwältigt sie. Anaïs schließt die Augen. Sie sieht das Dorf vor sich, in dem sie aufgewachsen ist. Ihre Eltern, die in frostigem Schweigen vor dem Fernseher sitzen, stumm in getrennten Betten liegen. Sie sieht sich selbst mit üppig angeschwollenem Bauch, sieht das grelle Licht im

Kreißsaal und glaubt sogar den rot glühenden Schmerz sehen zu können, das blutige Fleischbündel, in das sich ihr Körper verwandelte, die geplatzte Haut, das Nähen. Sie sieht Paul, wie er morgens über den Hof zur Arbeit rennt, und all die Tage, die sie Jahr für Jahr auf sich allein gestellt verbringen musste. Sie sieht den Mann in der Kirche mit seinen verfaulten Zähnen und seiner Hand an ihrer Brust, sieht die Händchen der Kinder und sich selbst, wie sie schrumpft und schrumpft, unaufhaltsam. Da ist das Karussell, an dem sie sich kennengelernt haben, und eins in der Nähe der Place de la Concorde, zu dem sie mit den Kindern gegangen sind, und es dreht sich um und um, ein endloser Wirbel aus Licht und Lärm, und sie ist daran festgezurrt, kann es nicht anhalten, und ein Kind wirft etwas, sie weiß nicht was, aber es zersplittert zu ihren Füßen in tausendfaches Nichts. *Was, wenn sie bricht? Was, wenn sie bricht? Was, wenn sie bricht?*

»Das wirst du nicht.« Sophies Lippen berühren ihre Wange, und ihr eisiger Kuss bleibt noch spürbar, lange nachdem Anaïs die Augen wieder geöffnet und gemerkt hat, dass sie allein in der Wohnungstür steht. Sophie ist verschwunden. Anaïs schaut auf ihre Hände hinab, die zwar zittern, aber irgendwie stabiler wirken als zuvor. Sie selbst ist irgendwie stabiler. Und die Offenbarung von Fragilität, Bruchpunkt und Brechen scheint ebenso unvermittelt, wie sie aufgetaucht ist, von ihr abzufallen und sich in der heißen Augustluft aufzulösen.

34

Im Hof werden erregte Stimmen laut. Fuchtelnde Zeigefinger unterstreichen leidenschaftliche Ausrufe. Eigentlich hat Chantal genug mit ihren familieninternen Turbulenzen zu tun, dennoch tritt sie aus Bâtiment B und stellt sich dem Tumult.

Den Abgang von César hatte sie sich heute Morgen natürlich nicht entgehen lassen. Sie beobachtete, wie er neben seinem »Freund« verlegen über den Hof keuchte und einen schuldbewussten Seitenblick zu ihrem Fenster hinaufwarf. Sein »Freund« hatte die Hände tief in einem mit Farbklecksen übersäten Overall vergraben. Dieser »Freund« mit dem kahl geschorenen Schädel und den tätowierten Armen. Vor Wut gezittert hatte sie, nachdem die beiden verschwunden waren. Sie versuchte es mit Weinen und schluchzte ein paarmal, doch es klang eher zornig und atemlos. Wut, Frustration, ja. Aber sonderlich viel Trauer verbindet sie, um ehrlich zu sein, mit dieser Entwicklung nicht, obwohl sie allein diese Erkenntnis schon ein wenig betrübt. Als Zwanzigjährige hatte sie sich geschworen, keine Abstriche an ihren Ansprüchen zu machen, wenn sie älter würde, kein resignierendes Akzeptieren, kein bloßes Sichabfinden, das auf den Schultern federleicht wie ein Seufzer liegen mag, aber trotzdem alles mit sich nach unten zieht.

Statt zu weinen, setzte sie sich zum Frühstücken an den

Küchentisch. Sie aß Toast mit Marmelade und leckte den Löffel ab – was César hasste. Sie trank ihre gewohnte Tasse Milchkaffee und blätterte dazu gewollt flüchtig und lustlos in der Zeitung vom Vortag.

»Leck mich, César«, sagte sie schließlich laut und fuhr schwungvoll mit dem Kajal an den Wimpern entlang. »Duuu…«, sie spitzte den Mund, um den kirschroten Lippenstift aufzutragen, »…kannst mich mal.«

Sie sprühte ein wenig Parfüm auf, zupfte an ihrem Kleid, damit der Ausschnitt richtig saß, und klopfte den Stoß frisch gedruckter Einladungen ordentlich zusammen. Wenn César dachte, er könnte ihr die Party versauen, hatte er sich aber geschnitten. Seine eigene verfluchte Party.

Und daher wird sie heute zur Bank gehen und ihren freien Tag dazu nutzen, die kalligrafischen Meisterwerke eigenhändig zuzustellen. Das gummigesicherte Bündel Einladungen hält sie jetzt in der Hand, als sie im Hof mitten in den Aufruhr gerät.

Dort steht der neue Bewohner vom dritten Stock, eine Hand in die Hüfte gestemmt, mit der anderen fährt er sich durch die dunklen Haare. Neben ihm flattert Madame Marin in einem neuen schmetterlingsbunten Kimono herum und führt mit ihren schwingengleichen Armen ein paar beschwichtigende Gesten aus.

»Monsieur, ich bitte Sie, es tut mir wirklich sehr leid…«

»Unsere eigene Tür! Unser Zuhause!«, schreit der Mann, und seine Stimme bebt vor Zorn. Beim Anblick von Chantal findet seine Wut ein neues Ziel.

»Sie!«, ruft er aus und stochert anklagend mit dem Finger über den Hof. »Ihr Mann ist doch der Vorsitzende der

Eigentümergemeinschaft, richtig? Ich will ihn sprechen. Ich will ihn auf der Stelle sprechen.«

»Tut mir leid, aber César ist heute … nicht da«, antwortet Chantal und wendet sich an Madame Marin, deren nachgezogene Brauen sich immer stärker runzeln. »Was ist …«

»Damit gebe ich mich nicht zufrieden! Auf uns wurde ein Anschlag verübt! Ein brutaler, hasserfüllter Anschlag, und Ihr Mann muss etwas dagegen unternehmen! Jetzt sofort!«

»Da wurde ein Graffiti …«, versucht Madame Marin zu erklären.

»Graffiti? Das ist doch kein harmloses Graffiti! ›Geht zurück‹, steht da, direkt auf unsere Tür gesprüht. Irgendjemand, *jemand aus diesem Haus* ist hingegangen und hat das heute Nacht geschrieben.« Er schreit diese Worte die beiden Fensterfronten hoch, die sich vor ihnen in die Höhe recken, als ob der Übeltäter irgendwo hinter dem Vorhang sitzen und die Szene verfolgen würde. »Wer? Wer ist es gewesen? Was haben wir Ihnen denn jemals getan?«

»Monsieur Laribi, ich bitte Sie …«, versucht Madame Marin ihn zu beruhigen, und tatsächlich senkt er die Stimme.

»Unsere erste eigene Wohnung, wir sind gerade erst eingezogen, und meine Frau ist *schwanger* …«, erklärt er und schlägt die Hände vors Gesicht. In diesem Augenblick tritt Monsieur Marin, wie immer ganz in Beige, mit Eimer und Schwamm aus dem Quergebäude.

»Kommen Sie, Monsieur Laribi«, sagt Madame Marin und ergreift seinen Arm freundlich, aber bestimmt. »Entfernen wir zusammen diesen Dreck.«

Wortlos lässt er sich dirigieren, und die drei schreiten mit ernsten Mienen ins Vorderhaus.

Einen Moment lang bleibt Chantal wie betäubt allein im blendend hellen Morgenlicht zurück. Die Sonne brennt bereits heiß vom Himmel, ihre Adern jedoch durchströmt es eisig. *Sollte César etwa…?* Die Vorstellung ist zu schrecklich, um darüber nachzudenken, und dennoch will ihr der Tag der letzten Eigentümerversammlung nicht aus dem Kopf, Césars rasende Wut, die Aggressivität, mit der er seine Worte ausstieß, sobald die Nachbarn gegangen waren. Am ganzen Körper hatte er gezittert, als könnte er den Zorn in seinem Innern kaum bändigen. Was, wenn er auch seine Hände mittlerweile nicht mehr unter Kontrolle hat? Wenn er so tief gesunken ist, dass er Nachbarn in seinem eigenen Haus terrorisiert, Menschen, die er gar nicht erst zu Nachbarn haben wollte?

Bestimmt nicht, bestimmt nicht, bestimmt nicht, beschwichtigt sie sich im steten Rhythmus der U-Bahn. Trotzdem pocht ihr Herz mit der gleichen Beharrlichkeit gegen den Brustkorb wie das *Ratatatt-Tatt, Ratatatt-Tatt* unter ihr. Sie wird das Gefühl nicht los, dass ihr Mann, ihre bessere Hälfte, bei dieser Sache seine Finger im Spiel haben könnte. Ihr Hände wollen nicht aufhören zu zittern, ständig steht ihr die verzweifelte Miene des Nachbarn vor Augen, wie er sich die Haare rauft und mit gedämpfter Stimme die Schwangerschaft seiner Frau erwähnt. Sie stellt sich vor, wie die Frau sich allein und verängstigt hinter der beschmierten Tür verkriecht. Chantals eigene zittrige Hand streicht flüchtig über ihren Bauch, und sie fragt sich, ob dieses winzige Etwas womöglich schon Angst spüren kann, ob die Tränen der Mutter auch auf seinen noch formlosen Zügen brennen.

An der Station Opéra steigt sie aus. Der schuhlose Obdachlose, an dem man hier auf dem Weg zum Ausgang immer vorbeikommt, war ihr ganz entfallen. Leise vor sich hin singend, breitet der Mann mit der Sorgfalt eines Sammlers die vergammelten Essensreste aus, die er an diesem Tag ergattern konnte. Das Knochengerüst eines gebratenen Hühnchens und zerfallende Salatblätter, ein halber Kebab vom Vortag und andere Dinge, die weniger eindeutig zu identifizieren sind, dafür aber markanter riechen, alles akkurat auf einem schmutzigen Bettlaken angerichtet. Selbst hier unten umschwirren ihn die Fliegen. Chantal treibt es die Tränen in die Augen. Sie hält den Atem an gegen den Gestank.

Oben ist die Welt eine andere. Goldglitzernd und prachtvoll ragt hier die Oper auf. Touristen wimmeln in alle Richtungen. Auf den Bürgersteigen betteln Roma. Dynamische Geschäftsleute eilen mit ihren iPhones am Ohr vorbei. Pärchen bewundern mit gierigen Blicken den Schmuck in den Schaufenstern auf der Rue de la Paix. Chantal nimmt die Abkürzung durch eine Nebenstraße. Die Zentrale der Bank liegt ein wenig zurückversetzt, ein moderner Glasbau inmitten der eleganten Altbaufassaden des zweiten Arrondissements. Seine geschwungene Form erinnert Chantal immer an ein Walmaul, und beim Eintritt in das stets in Dunkelheit gehüllte Atrium ist es jedes Mal, als würde man verschlungen. Vor dem Haupteingang trifft sie auf eine Gruppe qualmender Banker in Nadelstreifenanzügen. *Plus ça change*, denkt sie.

»Guten Morgen, Giuseppe«, sagt sie lächelnd zu dem Wachmann, der hier schon so lange am Empfang sitzt wie César an seinem Schreibtisch.

»Guten Morgen, Madame.« Er erwidert ihr Lächeln. Aber

bildet sie es sich nur ein, oder blitzt da hinter den vertrauten viereckigen Brillengläsern noch etwas anderes auf?

»Ist Guillaume im Haus, Giuseppe? Ich wollte ihm nur rasch etwas geben. Vielleicht kann er ja kurz herunterkommen. Ich möchte nämlich nicht, dass César mich sieht. Hier…« Sie blättert schnell durch den Stapel Karten in ihrer Hand. »Hier ist auch eine für Sie.«

Schwerfällig erhebt sich Giuseppe von seinem Stuhl, um den Umschlag entgegenzunehmen. Sein Blick ist weiter auf sie gerichtet, und irgendetwas überaus Merkwürdiges liegt darin, etwas, das ihr einen Schauer über den Rücken jagt.

»Alles in Ordnung, Giuseppe?«, erkundigt sich Chantal mit strahlendem Lächeln. Ihr fällt selbst auf, dass sie ein wenig zu laut spricht. »Wie geht's Ihrer Frau?«

Ohne die Augen von ihr zu nehmen, greift Giuseppe nach seinem Telefon, drückt einige Nummern und brummelt ein paar unverständliche Worte.

»Danke der Nachfrage, ihr geht es gut, Madame Vincent«, sagt er dann und legt den Hörer auf.

»Ach Giuseppe, ich bitte Sie, nennen Sie mich doch Chantal.«

Er nickt knapp.

»Meine Güte, wie lange ist es jetzt her, dass Sie und César hier angefangen haben, Giuseppe? Dreiundzwanzig Jahre? Vierundzwanzig?«

»Weihnachten werden es fünfundzwanzig.«

»Fünfundzwanzig! Wahnsinn!«

Sie fährt mit dem Finger über die Kante des Tresens, als würde sie die Platte auf Staub prüfen. Ein nervöser Tick von ihr. Giuseppe sieht sie unverwandt an, und eine ganze Weile stehen sie einander in unbehaglichem Schweigen gegenüber, bevor Giuseppe sich beim Eintreffen von Guillaume abrupt setzt und von nun an jeglichen Blickkontakt meidet.

»Guillaume, guten Morgen«, ruft Chantal lächelnd aus.

»Madame Vincent. Was verschafft uns das Vergnügen?«

Guillaume erscheint ihr immer absurd groß. Er ist dünn wie eine Bohnenstange, und sein Pferdegesicht mit der langen Nase wackelt gut dreißig Zentimeter über ihr, sodass sie sich den Hals verrenken muss, um mit ihm zu sprechen.

»Nun, Guillaume, César hat ja demnächst Geburtstag. Ich organisiere eine Feier und habe hier ein paar Einladungen für Sie und die Kollegen – alles streng geheim natürlich. Deshalb wollte ich auch nicht ins Büro hochkommen.« Sie lacht verschwörerisch.

»Wie meinen Sie das?«, erwidert Guillaume verständnislos.

»Na, genau so. Ich wollte lieber nicht hochkommen, um nicht von César entdeckt zu werden. Daher auf diesem Weg, hier bitte.« Sie hält ihm den Stapel Einladungen hin, ihre wunderschön gestalteten Einladungen, aber Guillaume hat überhaupt kein Auge dafür und macht keine Anstalten, sie zu nehmen. Stattdessen fasst seine Hand ihren Arm und führt sie fort vom Empfangstresen, fort von dem angestrengt wegsehenden Giuseppe.

»Madame Vincent …«, beginnt Guillaume und schaut dabei auf seine Schuhe, was Chantal albern vorkommt, da seine Augen so weit vom Boden entfernt sind, dass sie auf diese Distanz überhaupt keinen Schmutz oder ähnliche Kleinigkeiten ausmachen können. »Warum sollte César im Büro sein?«

»Ich … verstehe nicht«, bringt sie nur heraus.

»Chantal«, sagt er und sieht ihr jetzt direkt in die Augen, »César hat die Bank vor knapp acht Monaten verlassen.«

Der Schock ist so groß, dass Chantal ins Taumeln gerät, dass sie buchstäblich rückwärtstaumelt. Guillaume fängt sie linkisch am Arm auf, doch sie wehrt die fremde Hilfe so heftig ab, als hätte er ihr einen Faustschlag verpasst.

»Was?«, keucht sie. »Was meinen Sie damit?«

»Es tut mir furchtbar leid, Chantal«, erklärt er betont ruhig. »Letztes Jahr erfolgte eine Fusion mit einem anderen Institut. Es gab monatelang diverse Umstrukturierungen, und im Januar … im Januar mussten wir uns auch von César trennen.«

»Januar? Haben Sie gerade *Januar* gesagt?«

Sie kann nichts mehr hören. Weißes Rauschen übertönt alles. Was an trotzigem Mut noch die Fassade aufrechterhielt, stürzt in sich zusammen. Wie bei einem Erdrutsch zieht es ihr den Boden unter den Füßen weg.

»Ja, ich …«, stammelt Guillaume jetzt hilflos. »Ich weiß nicht, was ich sagen soll. Ich begreife gar nicht, warum er nichts … Kommen Sie, wir setzen uns kurz hin.«

Er führt sie zu einer Sesselgarnitur in der Lobby, wo sie erschlafft aufs Polster sackt. Ein paar Umschläge rutschen ihr aus den Händen.

»Kann ich Ihnen ein Glas Wasser bringen?«

»Ja, bitte. Ja.«

Er bringt ihr einen Becher, den sie jedoch kaum halten kann. Ihre Finger zucken so unkontrollierbar, dass dicke Wassertropfen über den Plastikrand schwappen und wie fette Tränen auf die verbliebenen Kuverts klatschen.

»Es tut mir schrecklich leid«, sagt Guillaume und sinkt neben ihr in die Hocke. »Kann ich irgendetwas für Sie tun? Jemanden anrufen vielleicht?«

Sie wehrt ihn mit einem Handwedeln ab wie eine lästige Fliege. Als wäre dies alles nur ein banales Ärgernis, nichts von Bedeutung.

»Nein, schon gut«, antwortet sie. Ihre Augen meiden seinen Blick. »Geht gleich wieder. Herrgott, ist das peinlich.«

»Wie gesagt, es tut mir schrecklich leid.«

Guillaume richtet sich auf und verschränkt die Finger in einer Geste absoluter Verlegenheit vor dem Bauch. Ein, zwei Minuten quälendes Schweigen steht er so durch, dann erklärt er: »Tja, Madame Vincent, jetzt sollte ich wohl besser wieder zurück …«

»Ja, ja«, ruft sie erschrocken aus. »Vielen Dank, Guillaume, dass Sie mich darüber informiert haben. Selbstverständlich gelten die … die Einladungen weiter.« Sie kramt in dem Restbündel, versucht, mit wässrigen Augen Namen zu entziffern, und auf einmal wird ihr mit schockierender Klarheit bewusst, wie idiotisch verschnörkelt die Karten sind, wie unleserlich, wie sinnlos.

Er legt ihr eine Hand auf den Unterarm, tippt auf seine Brusttasche, aus dessen Nadelstreifenstoff ein kleiner Pack Einladungen ragt, und sagt: »Vielen Dank. Kommen Sie auch ganz sicher zurecht?«

»Ja, ja, ich schaffe das schon«, antwortet sie mit breitem Lächeln. »Ich muss nur noch eben meine Sachen neu ordnen.«

Er kehrt ins Büro zurück, und als sie wenig später ebenfalls das Foyer verlässt, dreht sie sich nicht zu Giuseppe um, obwohl sie spürt, wie er ihr durch dieselbe verschmierte Brille nachsieht, die er seit fünfundzwanzig Jahren trägt. Sie stolpert aus dem riesigen gläsernen Rachen, platzt hinaus ins Tageslicht und rennt den Bürgersteig entlang, wobei sie entgegenkommende Passanten absichtlich so hart anrempelt, dass es ihr den letzten Rest Atem verschlägt. Sie darf nicht weinen. Sie wird nicht in aller Öffentlichkeit weinen, nicht hier, wo jemand sie sehen könnte. Bestimmt beobachtet Guillaume sie gerade aus den oberen Stockwerken, und vermutlich könnte sie seine Bohnenstangenfigur sogar hinter der blau getönten Scheibe erkennen, wenn sie sich umdrehen würde.

Sie stürmt weiter zur Metrostation und knallt dort gegen die Sperre, da der Zugangsautomat ihr Ticket beim ersten Versuch nicht akzeptiert.

»Scheißding!«, schreit sie, lässt die restlichen Einladungen fallen und rammt den bedauernswerten Papierstreifen mit solcher Gewalt in den Schlitz, dass er bis zur Unbrauchbarkeit zerknittert. »Was glotzen Sie denn so?«, schnauzt sie ein verdutztes Pärchen an, das ihr anschließend in die Quere kommt. An der hintersten Sperre lässt ein Kontrolleur sie mit erschrockener Miene passieren, und erst als sie die erste Treppe hinabläuft, bricht es endlich aus ihr heraus. Sie senkt vor Schmerz, Scham und Wut den Kopf und brüllt dann so laut, dass selbst der schuhlose Obdachlose aus seiner ganz eigenen Welt gerissen wird und eilig sein kostbares Abfallmenü zusammenrafft, bevor sie sich womöglich an ihm abreagiert.

35

Im Vorderhaus erwacht Edward allein im Bett. Das Kissen zeigt noch ihren Kopfabdruck, das zerknüllte Laken die Stelle, an der sie neben ihm gelegen hat. Die Sonnenstrahlen, die durch die Musselinvorhänge dringen, tauchen den Raum in silbriges Licht, verleihen dem großen Kleiderschrank einen metallischen Glanz und dem Spiegel einen perlenartigen Schimmer. Die weißen Laken ragen um ihn herum auf wie wilde Brandung oder schneebedeckte Berggipfel, und obwohl sie an der Haut kleben und zerren, strampelt er sich nicht frei, da sie nach ihr riechen, nach frisch gemähtem Gras und kühlem Gin, und diesen Duft will er unbedingt weiter auskosten.

Frédérique erscheint als Schatten in der Tür. Sie ist heute ungewöhnlich spät aufgestanden. Erst, als das laute Maunzen der Katze sich nicht länger ignorieren ließ. Sie hat weder die Läden geöffnet noch Kaffee aufgesetzt.

»Guten Morgen.«

»Morgen.«

Sie durchquert den Raum und streckt den Arm aus, um den Vorhang aufzuziehen.

»Nein«, sagt Edward, schlingt den Arm um ihre Hüfte und zieht sie zu sich. Einmal mehr ist er überrascht von der Kühle ihrer Haut. »Heute möchte ich gar nichts sehen von der Außenwelt.«

»Als ich klein war, gab es bei uns draußen vor dem Dorf ein Spukhaus«, erzählt Edward leise. »Ein imposanter viktorianischer Bau mit großflächigen Erkerfenstern rechts und links der knallroten Eingangstür. In der Schule haben wir ständig darüber geredet. Angeblich war die Frau des Hauses in einem dieser großen Erkerräume gestorben, und ihr Geist spukte weiter darin herum. Katzen fauchten in seiner Nähe, Babys brachen in Weinen aus, und Hunde weigerten sich, die Schwelle zu überqueren. In kalten Nächten konnte man hören, wie ihr Geist mit klagendem Heulen vor dem Fenster auf und ab schritt. Also teilte ihr Mann das Haus kurzerhand in der Mitte und schnitt die Seite mit dem betreffenden Erkerraum und dem Zimmer darüber ab wie ein Tortenstück.

Als Kinder haben wir uns immer gegenseitig herausgefordert, zu dem halbierten Haus zu gehen und uns in den Spalt zwischen die Hälften zu stellen. Dem Geist zu trotzen. Getan haben wir es aber nie, weil wir genau wussten – wie Kinder eben so was einfach *wissen* –, dass jeder, der zwischen diesen Gebäuden steht, sterben wird. Es war unsere ganz eigene Legende.

Und dann irgendwann im Herbst, wir waren vielleicht zehn und elf, packte meine Schwester mich auf dem Heimweg an der Hand und zog mich den Hang zu dem Haus hinauf. Das Laub knirschte unter unseren Füßen, die Dämmerung setzte bereits ein, und wir konnten den Atem vor unseren Gesichtern sehen. Hannah rannte einfach den Hang hinauf, sprang furchtlos in der Spalte zwischen den Häusern herum, tanzte und johlte dabei. Ich war starr vor Schreck.«

Noch heute kann er die Mauer spüren und wie der Putz

unter den Fingernägeln abblättert. »Ich war derjenige, der zuerst weglief.«

Frédérique nimmt seine Hand, verschränkt ihre Finger mit seinen. Jetzt ist da kein Putz. Nur seine letzten Worte schweben in der reglosen Luft zwischen ihnen wie zerfallende Staubpartikel.

»Und heute?«, fragt sie.

»Heute überlege ich, ob ich nicht hätte vorangehen sollen. Ob dann alles anders gekommen wäre.«

Sie legt ihm eine Hand auf die Wange.

»Ich glaube schon, dass es magische Orte gibt«, flüstert sie. »Aber ich glaube nicht, dass sich der Lauf der Dinge mit deren magischen Kräften beeinflussen lässt.«

Im Hof knallt eine Tür zu.

»Glaubst du an Geister?«, fragt Edward leise.

»O ja.«

Frédérique dehnt sich unter dem weißen Laken. Ihre lange, hagere Gestalt hat im Zwielicht ihrer abgeschotteten Welt selbst etwas Geisterhaftes. Eine plötzliche Windböe bläht die hellen Vorhänge in den Raum. Sie sehen einander an, und Frédérique sagt: »O ja, die Geister sind stets um uns.«

Später erzählt sie ihm von einer Stadt voll verlassener Tempel.

»Irgendwo mitten in Indien, fernab von allem, und so weit das Auge reicht, Tempel und Gedenkstätten in jedem nur denkbaren Stadion des Verfalls. Sagt man das so?«

»Stadium des Verfalls.«

»Genau. Gott, war das heiß. Dagegen wirkt das hier«, sie deutet auf die strahlende Sonne, die durch die Vorhänge brennt, »eher wie ein lauer Frühlingsnachmittag. Ich war damals mit einer Freundin unterwegs, und wir waren bereits ein paar Tage dort, aber sie wollte sich noch unbedingt einen bestimmten Tempel ansehen, der weit draußen vor dem Ort lag. Irgendein ganz besonderer Tempel.

Also sind wir hin, und zwar mit dem Fahrrad. Hitze und Staub, Hitze und Staub, sonst nichts. Die Räder taugten nichts, waren tonnenschwer und zerkratzten uns die Beine. Als wir ankamen, hatten wir überall blaue Flecken und blutende Schrammen und waren von Kopf bis Fuß mit Staub überzogen. Mit dem ockerfarbenen Zeug im Gesicht sahen wir aus wie für eine absurde Theaterposse geschminkt. Natürlich war außer uns kein Mensch da. Der Ort war wunderschön, vielleicht das schönste Fleckchen Erde, das ich je gesehen habe. Eine felsige Landschaft, extrem karg. Keine Bäume, kein Schatten. Und aus den Felsen waren diese außergewöhnlichen Steine gehauen. Streitwagen, deren Steinräder sich angeblich bewegen konnten. Säulen, in die Früchte und Blumen gemeißelt waren, Affen und Gottheiten. Alles war still und menschenleer und von magischer Schönheit.

Aber dann, als wir schon aufbrechen wollten und gerade versuchten, unsere elend schweren Fahrräder wieder in Bewegung zu setzen, tauchte doch noch ein Mann auf. Er war weder aggressiv noch bösartig, trat bloß wie aus dem Nichts direkt auf mich zu, nahm meine Hand und studierte die Linien darin.«

Frédérique hält die Hand vor sich, und nun ist es Edward, der ihre Kurven und Falten nachzeichnet. »Er sah sich diese Linien hier an«, fährt sie fort. »Hier am kleinen Finger. Und dann erklärte er im nüchternsten Ton: ›Nur ein Baby. Achte gut darauf.‹«

Sie schließt die Augen und schweigt einen Moment. Ihr Atem geht jetzt mühevoll. Edward kann spüren, wie sich ihre Brust hebt und senkt. Aber dann öffnet sie die Augen wieder und erzählt weiter: »›Nur ein Baby. Achte gut darauf.‹ Tja, meiner Freundin hat das einen Riesenschreck eingejagt. Sie wollte so schnell wie möglich dort weg.«

»Und du?«

»Ich hatte keine Angst. Es war merkwürdig. Aber wir wandten uns zum Gehen, und da verlangte er Geld. Er wollte bezahlt werden fürs Handlesen und hielt nun seinerseits die Hand auf. Aber wir hatten ihn ja gar nicht darum gebeten und hatten auch nicht viel dabei. Meine Freundin geriet immer mehr in Panik und wollte unbedingt weg, und da sind wir einfach los. Wir haben ihn nicht bezahlt. Und genau wie du habe ich mich oft gefragt: Wäre es anders gelaufen, wenn wir ihm ein paar Rupien gegeben hätten? Hätte das den Lauf der Dinge geändert?«

»Was hast du zu mir gesagt?«, fragt Edward und tippt ihr sanft auf die Schläfe. »Vom Verstand her ist dir doch klar, dass es nicht so ist.«

Sie nimmt seine Hand. »Ach, und was hast du zu mir gesagt? Es gibt das da, und dann gibt es das hier.« Sie legt seine Hand auf ihr Herz, und er spürt den Muskel, der unter der Haut arbeitet.

»Touché.«

»Ganz recht, touché«, antwortet sie und fügt seufzend hinzu: »Ach, Edward, was für Mythen wir uns doch zurechtbiegen.«

Sie klammern sich am Bett fest wie an einer Rettungsinsel. Das Rascheln der schleifenden Vorhänge gleicht dem Rauschen eines Meeres, das sie mit seinen Dielenwogen zu verschlingen droht. Kurze Ausbrüche Richtung Küche werden gewagt auf nackten Füßen, deren Zehen beim Lauf durch die Zimmer kaum den Boden berühren, bis sie beide atemlos am Küchentisch lehnen und sich küssen. Beeren werden behutsam in den Mund gelegt und färben die Lippen rot. Erst gibt es Wasser mit Gurke, später dann mit Gin. Dazu *Tartines*, deren piksende Krümel sich überall im Bett verbreiten, aus den Laken geklaubt und von der Haut gepickt werden wollen.

Frédérique kommt es ohnehin nicht in den Sinn, verlegen zu sein, und auch der jüngere, sonst so befangene Edward ist überrascht, wie unbeschwert und sorglos die Welt an diesem Tag wirkt. Dieser Kokon aus fahlem Licht scheint ihn sicher zu umfangen, aber zugleich auch von allen Hüllen zu befreien. Einerseits ist er geschützt vor der Außenwelt, andererseits nackt und entblößt wie nie zuvor in seinem Leben. Und das alles hat nichts Gekünsteltes, nichts Vorgetäuschtes an sich. Sie liegen verschlungen in den Laken und verschlungen ineinander, als hätten sie es nie anders gekannt. Er beugt sich zu ihr, um das silberblonde Haar zu küssen, die feuchte Stirn, und sie fährt mit den Fingern über die Sommersprossen auf seinen Unterarmen. Sie reden über alles Mögliche, liegen meist aber einfach nur schweigend zusammen, aalen sich im Bett, treiben durch den Tag, finden einander. Forschende Fingerspitzen kriechen über erhitzte Haut, während draußen die Sonne an dem für die beiden unsichtbaren Himmel immer höher steigt, ihren sengenden Scheitelpunkt erreicht und anschließend langsam zu sinken beginnt.

36

Draußen auf der Straße ist Anaïs geblendet von der gleißenden Sonne, benommen von der Macht, mit der dieser einzigartige Himmel auf sie niederdrückt.

Nach Sophies Verschwinden war sie erst eine Weile durch die Wohnung gestreift, als würde sie alles neu entdecken. Im Kinderzimmer schlug ein Fenster. Merkwürdig, dass sie es in der Nacht nicht gehört hatte, sondern erst jetzt, wo doch überhaupt kein Wind wehte. Als ob irgendein milchiger Schleier von ihren Augen gefallen wäre, registrierte sie auf einmal wieder die niedlichen Kinderkleider, die geliebten Spielsachen, die abgenutzten Spannbetttücher, die sie seit Monaten auswechseln wollte, und die Schuhe, die Florence längst nicht mehr passten. Ihr eigenes Aussehen nahm sie im Spiegel wahr, als sie einen Lieblingsteddy vom Boden aufhob und an ihre Brust presste. Ausgemergelte Züge, strähniges Haar und dunkle Ringe unter den Augen. Sie würde einen Neuanfang versuchen, beschloss sie. Würde sich duschen, anziehen und ihre kleine Ecke der Welt wieder in Ordnung bringen.

Wenig später zieht sie leicht schwindlig vor Euphorie los, um ihrer Tochter ein paar Blumen zu kaufen. Florence liebt Blumen, hat schon als kleines Kind dafür geschwärmt. Früher ist Anaïs mit ihr immer über den Blumenmarkt geschlendert. Derart fixiert ist sie auf ihre neue Aufgabe, dass sie gar nicht bemerkt, wie still die Straßen sind, wie leer die Bürgersteige. Erst als sie auf ihrem gewohnten Weg über die Île de la Cité kurz davor ist, Notre-Dame zu erreichen, stößt sie auf weiträumige Absperrungen. Flatterband und Polizisten auf Motorrädern verhindern jedes Weiterkommen. Sirenen heulen heute nicht, aber überall dreht sich noch Blaulicht, dessen hektisches Flackern in sonderbarem Kontrast steht zu den gelangweilten Mienen der Beamten, die hier schwitzend und Kaugummi kauend stehen, um enttäuschte Touristen zum Umkehren aufzufordern.

»Was ist denn los?«, fragt Anaïs einen von ihnen. Er sieht sie an, als hätte sie den Verstand verloren, und zieht verächtlich die Mundwinkel nach oben.

»Der Anschlag, Madame«, erwidert er knapp.

»Ein Anschlag?«

»Herrgott, sehen Sie denn keine Nachrichten? Es gab Todesopfer. Ein bisschen wird es eben noch dauern, bis die Straßen wieder offen sind. *Wir bitten vielmals um Entschuldigung.*«

Anaïs eilt davon und hört hinter sich das Lachen der Beamten (»putain de merde, ces femmes«). Schuldbewusst mustert sie jeden geschlossenen Zeitungskiosk, jede weggeworfene Zeitung. So lange ist sie in ihrer eigenen kleinen Welt gefangen gewesen, dass sie gar nicht mehr weiß, wann sie zuletzt der darüber hinausgehenden irgendwelche Beachtung geschenkt hat.

Sie überquert den Fluss und schnappt sich schließlich in der Nähe des Tour Saint-Jacques von einer Bank eine alte Zeitung. Es ist ein billiges Massenblatt mit vielen Fotos, und Anaïs studiert gebannt die Schreckenstat. Bilder von schreienden Touristen, weinenden Menschen, von Polizeibeamten mit finster entschlossenen Mienen, von der Panik beim neuerlichen Krachen von Gewehrsalven.

»Ein Kind, da ist ein Kind gewesen…«

Sie murmelt die Worte vor sich hin und schaukelt mit dem Oberkörper, während sie durch die Seiten blättert und kurz bei den verschiedenen Berichten über die Gewalttaten des gestrigen Abends verharrt. Die Tauben zu ihren Füßen entfernen sich trippelnd, um sich ein ruhigeres Plätzchen zu suchen. Sie ist die Einzige im Park, die sitzt. Auf allen anderen Bänken liegen schlafende Menschen. Obdachlose, wie sie vermutet, die zahllose Kleiderschichten tragen und lang ausgestreckt mitten in der größten Hitze schmoren. Der erdige Boden vor Anaïs ist voller Risse, an den dürren Bäumen um sie herum welken die Blätter. Auf dem Bürgersteig vor dem Park scheint heute weniger Gedränge zu herrschen. Aber vielleicht wirken die Passanten mit ihren sorgenvoll verkniffenen Gesichtern, den umherhuschenden Seitenblicken und den ängstlich zusammengezogenen Schultern heute auf sie auch nur extrem schmal.

Anaïs lässt die Zeitung auf der Bank zurück und läuft ins nächstbeste Kaufhaus. Die klimatisierte Luft ist eisig, der Kundenandrang gering, und sie stöbert verzückt in den winzigen Kindersachen, den süß bedruckten Oberteilen. Blaurot gestreift für die Jungs, mit Blümchen für Florence. Anaïs will die Kinder unbedingt glücklich machen, will Paul zeigen, dass sie sich sehr wohl um sie kümmert, dass sie sehr wohl ein Herz hat. Ihre Arme können nur mit Mühe die schwere Last tragen, doch dieser Schmerz hat etwas Erlösendes an sich. Er erinnert sie an ihre erste Schwangerschaft, lange bevor sie so ausgelaugt war und ihr alles wehtat. Jeden Abend hatte sie Paul ihre neuesten Einkäufe gezeigt, und sie hatten hingerissen die niedlichen Babysachen bestaunt, den Duft von neuem Stoff genossen und die wunderbare Aussicht auf das demnächst Kommende. Die Einkäufe heute sind eine Wiederbelebung dieser Tage, ein erneuter Griff nach dem, was gerade am seidenen Faden hängt.

»Meine Kinder sind fort gewesen«, erzählt sie der Kassiererin, die mit erstauntem Gesichtsausdruck die Unmenge an Kleidung und Spielzeug betrachtet, die sie einzuscannen hat. »Jetzt kommen sie bald nach Hause, und damit will ich sie so richtig begrüßen.«

Anaïs erhält keinerlei Reaktion und tritt wenig später schwer bepackt wieder in die Hitze hinaus. Die Straße zählt zu den belebtesten der Stadt, doch heute ist sie wie tot. Anaïs schaut sich verstört um. Der verlassene Bürgersteig, der fehlende Verkehr, das Hallen ihrer Schritte in dieser ausgedörrten, verwaisten Welt, alles wirkt mit einem Mal so unheimlich. Vorsichtig macht sie einen Schritt auf die Straße, da schlittert ein Polizeiauto mit heulendem Martinshorn um die Ecke und jagt an ihr vorbei. Kaum ist es außer Sicht, da tauchen aus der Straße hinter ihr drei groß gewachsene Männer auf. Sie sind ganz in Schwarz gekleidet, und als sie sich rüde an ihr vorbeidrängen, zieht einer von ihnen eine Sturmhaube aus der Tasche und streift sie sich über sein bleiches Gesicht.

»Gehen Sie besser nach Hause, junge Frau.«

»Genau«, ruft einer seiner Begleiter über die Schulter, »bleiben Sie lieber drinnen.«

Sie verschwinden im Eingang zur Metro. Anaïs zögert, blickt sich um, ob sonst noch jemand das Trio gesehen hat, aber da ist niemand. Sie geht ein paar Schritte auf die Metrostation zu, doch an der obersten Treppenstufe schwillt das bedrückende Gefühl, die dunkle Vorahnung, derart an, dass sie aller Mut verlässt. Sie macht auf dem Absatz kehrt und läuft stattdessen lieber durch die stille Straße zurück in Richtung Fluss.

37

An zentralen Stellen der Stadt sammeln sich die Demonstranten. Hitze und animalische Erregtheit. »Ein Tag der Wut!«, brüllen sie. »Wut, Wut, Wut!«

An den großen Bahnhöfen treffen vollgestopfte Züge aus der Provinz ein und spucken weitere vor Zorn schäumende Unterstützer aus. Einige haben Flaggen und Transparente dabei. Andere Waffen. Das Stampfen schwerer Stiefel dröhnt durch die Straßen, bedrohliche Kolonnen aus kahl geschorenen Schädeln füllen die Boulevards. Und während der Tag sich langsam der Nacht zuneigt, elektrisiert die Aussicht auf Gewalt immer stärker die Luft. Nur ein Funken fehlt, um die aufgestaute Energie zu entzünden.

César hat den Tag mit Sylvain verbracht, hat wie betäubt in den heruntergekommensten Gegenden der Stadt vor Cafés und Wohnblocks gewartet und verfolgt, wie Kartons übergeben wurden, begleitet von enthusiastischem Händeschütteln und Schulterklopfen. Obwohl er selbst stumm bleibt, erfährt er stückchenweise, was für den Abend geplant ist. Ein offizieller Demonstrationszug soll über den Boulevard Montparnasse Richtung Assemblée Nationale marschieren, dazu an anderen Stellen noch ein paar inoffizielle. Da die Bereitschaftspolizei entlang all der Demorouten Spalier stehen wird, lassen sich woanders gezielte Einzelaktionen gegen Moscheen, Synagogen, Kebabbuden und koschere Lebensmittelläden durchführen, ohne von irgendwelchen Absperrungen daran gehindert zu werden.

»Na, dann wollen wir diesem schwarzen Pack mal einen anständigen Schrecken einjagen«, hört César einen Mann tönen, der dabei die Arme prahlerisch über dem mächtigen Bauch verschränkt. Wäre seine eigene Zunge nicht so bleischwer und würde er nicht vor Angst schlottern bei der Vorstellung, selbst Bekanntschaft mit Sylvains Waffen zu machen, gewiss hätte César darauf hingewiesen, dass die meisten Juden der Stadt hellhäutig sind, ebenso übrigens wie eine Vielzahl der Muslime.

Später wird César ausgiebig über diesen paradox anmutenden Tag nachgrübeln. Doch im Rückblick rasen all die endlosen, drückend heißen Stunden nach dem frühmorgendlichen Startschuss stets dahin wie die kreiselnden Uhrzeiger in einem Zeichentrickfilm. Ganz egal, wie viel Zeit er sich beim Zurückdenken nimmt, wie genau er sich die zähen Minuten in Erinnerung ruft, die er draußen in der Glutofenhitze auf Sylvain warten musste, er bekommt den Tag einfach nicht zu fassen. Ständig entschlüpft er seinem Zugriff, und alles, was ihm dazu einfällt, ist Chantal, Chantal, Chantal.

Die schlimmste Frage – die Chantal allerdings nie stellen wird –, ist die nach dem *Wie*. Die Warums und Weshalbs werden sie ausführlich bereden, das weiß er sogar schon in diesem Moment, da er sich in den verdreckten, stinkenden Sitz in Sylvains Auto zurücklehnt und so tut, als würde er diesen Tag gar nicht erleben. Aber sie wird ihn nicht fragen, *wie* er sich an diesen Dingen beteiligen konnte. Die Frage wird unausgesprochen zwischen ihnen stehen und in jeder kalten Schulter, in jedem langen, enttäuschten Seufzer zum Ausdruck kommen. Es wird die Frage sein, die César nachts in dunklen Stunden in die Küche treibt, um mit einem Glas Wasser einen Durst zu löschen, der sich nicht stillen lässt. Er weiß sein eigenes Ich einfach nicht zu erklären. Und selbst als sie Sylvains Schrotthaufen vor irgendwelchen verrammelten Häusern im fünfzehnten Arrondissement abstellen und losziehen, um sich der Aktion anzuschließen, ist César bereits klar, dass jeder Schritt einer weiteren Anklage gegen ihn gleichkommt.

Am Montparnasse stoßen sie zu der brodelnden Menge. Einige sind von der Station Denfert-Rochereau hergelaufen, andere strömen aus dem Betonwirrwarr des Bahnhofs auf die Straße, stoßen grimmig die Fäuste in die Luft und schließen sich brüllend dem Getümmel an. »Wut, Wut, Wut!« Unter den Pfeilern des Einkaufszentrums warten im größten Gedränge einige von Sylvains Bekannten. César glaubt, ein paar von ihnen aus einer Kneipe oder vielleicht von dem geheimen Treffen wiederzuerkennen. Sylvain knurrt etwas, woraufhin sich sofort alle geschlossen wie eine vielbeinige Bestie dem Demonstrationszug anschließen.

Jeder um ihn herum trägt Schwarz. César mit seinem hellen Sportsakko fällt völlig aus dem Rahmen, vor allem als die anderen auch noch beginnen, sich Tücher vor die Gesichter zu binden. Dicht gedrängte Männerkörper, Testosteron und schweißtriefende Erregung beherrschen die Masse, und inmitten all der zusammengepressten Leiber fehlt es an Platz zu gehen, zu atmen. César stolpert, aber in dem wild schiebenden Pulk ist überhaupt kein Raum, um zu stürzen.

Als irgendwo hinter ihnen ein Böller explodiert, sieht César auch die ersten in die Luft gereckten Waffen, hört, wie die ersten Nazigesänge angestimmt werden. Jemand hat eine Rauchbombe gezündet, und ein orangefarbener Nebel breitet sich aus, der wie eine hässliche Imitation jenes goldenen Scheins wirkt, in den die tief stehende Abendsonne zur gleichen Zeit die marode McDonald's-Filiale taucht. Geistesabwesend nimmt César aus dem Augenwinkel eine Gruppe Halbwüchsiger wahr, die sich lachend an ihnen vorbeidrängt. Einer von ihnen hat eine geometrische Figur in die Wange gestochen.

Die Bereitschaftspolizisten schnallen die Helme um, stürmen aus ihren Mannschaftswagen und riegeln die Seitenstraßen mit entschlossenen Machtgesten ab, aber die wahren gewalttätigen Ausschreitungen finden derweil außerhalb der Absperrung statt. Die wachsende Menge, in der César mitläuft, brüllt: »Eins, zwei, drei, Frankreich judenfrei!« und »Geht heim zu Allah!« Und jenseits der Grenzen dieses Aufmarschs an Schwarzstiefeln werden im Marais zur selben Zeit Feuer gelegt, vor Geschäften von Muslims Autos abgefackelt und Brandflaschen durch sorgfältig ausgewählte Scheiben geworfen. Häuser, die bei konspirativen Treffen auf Stadtplänen mit roten Kreuzen markiert wurden, sind jetzt mit Blut beschmiert und mit Scherben übersät. Die Schlagstöcke, die Sylvain so planvoll verteilt hat, brechen Kniescheiben und Nasen. Während die ersten Tränengasschwaden César in den Augen brennen, rammen die Schlagringe, die er am Morgen noch ausliefern half, in argloses, wehrloses Fleisch. Eltern und Kinder ducken sich schreiend.

Die Brutalität ist enorm. In den Vorstädten hat die Polizei noch damit gerechnet, die Ausschreitungen im Stadtzentrum indes erwischen sie kalt. Entsetzt registrieren die Ordnungshüter die Hakenkreuze, die auf das Hôtel des Invalides gesprüht wurden, erleben, wie an öffentlichen Gebäuden die Scheiben eingeschmissen werden. Und dennoch bekommen einige Viertel von alledem nichts mit. So döst das sechzehnte Arrondissement weiter in seiner makellos goldenen Pracht, posieren die Touristen oben auf dem Montmartre wie eh und je vor Sacré-Cœur, um anschließend auf den Kirchenstufen prompt auf die Uralttricks der Taschendiebe hereinzufallen. Alles ist beim Alten und nichts wie zuvor, denn als den verantwortlichen Stellen endlich das Ausmaß der Gewalt klar wird, liegen Obdachlose bereits bewusstlos in Blutlachen. Nordafrikaner hat man auf die Straße gezerrt und die Zähne ausgeschlagen. Rabbis haben sich in ihren Synagogen verbarrikadieren müssen. Scherben und Qualm überziehen ganze Stadtviertel. Und kaum macht die Nachricht von den Krawallen die Runde, kommen die ersten Leute aus ihren Häusern geschlichen, die einen aus Neugier, die anderen, um mitzumachen. Und die Notfalldurchsagen der Behörden, aus Sicherheitsgründen die Wohnungen nicht zu verlassen, stoßen auf taube, panische oder berauschte Ohren.

38

Eine Explosion erschüttert die Fensterrahmen von Nummer 37.

»Was um alles in der Welt war das?«

Frédérique und Edward haben die üppige Behaglichkeit des Betts schließlich doch gegen den *Salon* eingetauscht. Während Edward ihnen gerade etwas zu trinken mixt, ruht Frédérique in einem kurzen austernfarbenen Slip-Dress katzengleich ausgestreckt auf der Chaiselongue und flicht sich Zöpfe ins Haar. Er hat sich nur ein blütenweißes Handtuch um die Hüfte gebunden. Sie haben gemeinsam geduscht und dem heißen, ein wenig dösig gewordenen Tagesausklang mit kaltem Wasser neues Leben eingehaucht.

Frédérique steht auf und späht durch einen Spalt im Vorhang. Edward tritt neben sie, aber sie können nichts erkennen, nur die Straße in menschenleerer Dunkelheit. Erneut knallt eine Explosion, diesmal in größerer Entfernung. Dennoch ergreifen sie sofort die Hand des anderen. Ein schwacher Brandgeruch durchzieht die abendliche Luft.

»O Gott, o Gott.«

Frédérique lässt seine Hand los und läuft zum Radio hinüber. Abgehackt rauschen Fetzen von klassischer Musik, diversen Werbespots und französischen Popsongs vorbei, bis die sonore Stimme eines Nachrichtensprechers zu hören ist.

»In Paris kam es am heutigen Abend zu schweren Ausschreitungen. Einige Teilnehmer am sogenannten ›Tag der Wut‹ entfernten sich vom eigentlichen Demonstrationszug. Über das gesamte Stadtgebiet verteilt wurden Feuer gelegt, Autos und Geschäfte in Brand gesetzt. Wie der Bürgermeister von Paris noch einmal versicherte, ist die Bereitschaftspolizei bereits im Einsatz, dennoch wird der Bevölkerung dringend empfohlen, zu Hause zu bleiben. Ich wiederhole, die Behörden raten den Einwohnern dringend davon ab, die Häuser zu verlassen.«

Edward und Frédérique sehen einander erschüttert an. Tatsächlich kann man jetzt das Heulen von Sirenen hören und das Knattern eines Hubschraubers über ihnen.

»Verfluchte Scheiße«, flüstert Edward.

»Beängstigend.«

»Was soll das überhaupt heißen: ›Tag der Wut‹?«

»Keine Ahnung«, sagt Frédérique und dreht das Radio aus. »Faschisten, Extremisten. Leute, die wollen, dass Frankreich wieder wird wie früher.«

»Oje.«

»Ich mach mir Sorgen um Josef«, erklärt Frédérique und kehrt zum Fenster zurück. »Seine Augen sind das Problem. Er sieht nicht mehr gut, musst du wissen. Womöglich geht er ihnen nicht rasch genug aus dem Weg.«

»Aber zurechtkommen wird er trotzdem, oder?«, sagt Edward, schlingt seine Arme um sie und legt ihr das Kinn auf die Schulter. »Er hat doch sein Radio.« Es ist albern, aber in diesem Moment, nach diesem Tag und nach dieser Nacht hat er keine Lust, über irgendjemand sonst zu reden. Sie beide in dieser Wohnung gegen den Rest der Welt da draußen. Darauf läuft es hinaus. Die Welt möchte er gar nicht mehr hereinlassen.

Frédérique dreht den Kopf, um ihm zu antworten, da schlägt plötzlich etwas gegen die Wohnungstür. Sie schrecken zusammen, und noch bevor Edward über »Verflucht, was…« hinauskommen kann, schwingt die Tür mit lautem Poltern auf, und Emilie tritt ein.

Ihr Blick wandert von einem zum anderen, von der überaus leichten Bekleidung zu Edwards Arm, der um Frédériques Schulter liegt, und zu ihrer Hand auf seiner Brust.

»Was ist denn…« Auch ihr Satz bleibt unvollendet. Die Taschen rutschen ihr aus den Händen, und sie bleibt mit offenem Mund in der Tür stehen.

»Na, so was, mein Schatz«, sagt Frédérique und eilt zu ihr. »Was machst du denn hier? Ich wusste ja gar nicht, dass du kommst!«

Aber Emilies Blick ist starr auf Edward gerichtet. Er kann den Ausdruck in ihren Augen nicht deuten. Ist es Empörung? Das Gefühl, verraten worden zu sein? Muss sie an jene eine Nacht denken, die sie einst zusammen verbrachten? Die Erkenntnis, ihn jetzt in der gleichen Situation mit ihrer Tante anzutreffen, macht ihr jedenfalls sichtlich zu schaffen. Halt suchend lehnt sie sich gegen die Kommode.

»Ich wusste gar nicht, dass du kommst«, wiederholt Frédérique, und endlich reagiert Emilie auf das Stichwort, fährt sich mit einer vielfach bereiften Hand durch die blonden Haare und reißt ihren Blick von Edward los.

»Nein, offensichtlich nicht. Scheiße, Freddie, hörst du denn nie deine dämlichen Nachrichten ab?«

Alle drei Augenpaare richten sich auf den Anrufbeantworter. Edward und Frédérique betrachten schuldbewusst das rote Blinklicht, und Edward meint nun auch, sich ganz schwach an ein Telefonklingeln zu erinnern und an die stillschweigende Übereinkunft, nicht darauf zu reagieren.

»Mein Schatz …«

Frédérique geht auf Emilie zu, aber die weicht zur Seite aus. Noch immer steht sie mehr oder weniger im Wohnungseingang, die weit geöffnete Tür direkt im Rücken. Ihre Füße scharren unentschlossen zwischen Bleiben und Gehen. Über ihnen kreist jetzt wieder der Hubschrauber, und das Sirenengeheul kommt näher.

Einen Moment lang bewegt sich keiner, dann schnellt Frédérique plötzlich zur Tür und wirft sie ins Schloss, damit dieses Familiendrama nicht im gesamten Treppenhaus mitverfolgt werden kann. Edward verschwindet im Schlafzimmer und hält dabei krampfhaft das Handtuch fest, aus Angst, es könnte rutschen. Seine Kleider riechen nach Schweiß. Er zieht sie trotzdem an. Dann unternimmt er einen halbherzigen Versuch, die Bettlaken zu spannen. Im *Salon* sind erregte Stimmen zu hören, allerdings kann er nicht verstehen, was sie sagen. Allein und unbeobachtet setzt er sich in Frédériques Schlafzimmer aufs Bett und schlägt sich die Hand vor den Mund, um sein Lachen zu dämpfen. Auch wenn das Herz ihm vor Aufregung bis in den Hals hämmert und ihm die Beine zittern, irgendetwas ist schrecklich komisch daran, dass Emilie sie so erwischt hat.

Mit gespitzten Ohren wartet er ein paar Minuten, bis das Geschrei sich gelegt hat, dann kehrt er zurück. Erst bei den ersten vorsichtigen Schritten ins Zimmer wird ihm klar, dass er keinen Schimmer hat, was er sagen soll.

Emilie zischt gerade: »Ausgerechnet mit *meinem* bescheuerten Freund, Freddie!«

»Aber so ist es doch gar nicht gewesen, Liebes.«

Inzwischen haben sie auf dem Sofa Platz genommen. Selbst im Streit stecken sie die Köpfe vertraulich nahe zusammen. Der eine silbern, der andere golden. Edward bleibt verlegen an der Wand neben der Tür stehen. Frédérique hält Emilie im Arm, wie sie eben noch ihn gehalten hat, und streicht ihr über die Haare. Er will diesen ganz persönlichen Moment nicht stören, doch eine knarzende Diele verrät ihn, und die besinnliche Atmosphäre ist zerstört.

»Und du! Du wolltest Zeit zum Trauern! Der Ortswechsel sollte dir helfen, Abstand zu finden, nicht meine Tante ins Bett zu kriegen.«

Emilie ist aufgesprungen und an den Kamin getreten. Ihre Körperhaltung wirkt angespannt und wütend.

Edward räuspert sich. »Vielleicht geh ich jetzt besser.«

»Ja, das wäre vielleicht besser.«

»Nein, nun sei doch nicht albern.«

Die beiden Antworten erfolgen so komödienhaft synchron, dass sie selbst mitten in dieser Auseinandersetzung alle lachen müssen. Emilie lehnt die Stirn gegen den kühlen Marmor der Kamineinfassung und stöhnt laut auf.

»Ich wollte doch nur herkommen und euch besuchen.«

»Und hier sind wir, mein Schatz.«

»Bloß … mit so etwas hätte ich nie gerechnet. Und dafür hab ich jetzt stundenlang meine Taschen quer durch die Stadt geschleppt …«

Ihre Schultern sacken herab. Sie schlurft zurück zum Sofa, lässt sich darauf fallen und kippt den Kopf nach hinten.

»Ach ja, erzähl doch mal«, greift Frédérique die Vorlage zum Themenwechsel sofort auf und wirft Edward einen vielsagenden Seitenblick zu. »Was um alles in der Welt ist denn da draußen los? Im Radio haben sie von Bränden und Ausschreitungen gesprochen.«

Emilie hatte die Hände vors Gesicht geschlagen, aber jetzt hebt sie den Kopf und mustert die beiden erstaunt.

»Willst du damit sagen, ihr wisst nicht, was los ist?«

»Nein, tun wir nicht.«

»Draußen herrscht das absolute Chaos! Ein einziges Durcheinander. Ich musste fast den ganzen blöden Weg vom Gare du Nord *laufen*. Die meisten U-Bahn-Linien fahren nicht mehr. Es ist offenbar zu Bränden und Plünderungen gekommen. Der Hauptprotestzug wurde aufgelöst, und jetzt scheint kein Halten mehr.«

»Aber wer? Und gegen wen?«

»Keine Ahnung, aber eine Gruppe Polizisten hat mich angesprochen und mir gesagt, ich soll schleunigst aus dem Marais verschwinden. Ich glaube, in der Nähe von Strasbourg-Saint Denis sieht's ebenfalls übel aus. Den Sébastopol kam ich gar nicht runter, überall Brände und Absperrungen – wer weiß, was da los war. Es ist vollkommen irre da draußen!«

»Der Front National?«

»Denke schon. Die Typen, denen ich begegnet bin, sahen jedenfalls verflucht bedrohlich aus.«

Frédérique steht auf. »Vielleicht schalte ich besser wieder das Radio ein.«

»Ich weiß nicht, ob im Moment irgendjemand davon berichten kann. Die halbe Stadt ist abgeriegelt. Ich hab gesehen, wie ein Fernsehteam zum Hôtel de Ville wollte, und die Polizei hat sie einfach nicht weiterfahren lassen.«

»Trotzdem.«

Sie will gerade den Knopf drehen, da zerreißt ein wildes Hämmern an der Tür die Luft. Die drei tauschen verwunderte Blicke aus. Noch eine Störung an diesem störungsreichen Abend? Erneut hämmert eine Faust gegen das Türblatt, und Frédérique eilt in den Flur.

Es ist Anaïs, deren Hände und Oberteil blutverschmiert sind. Sie steht keuchend vornübergebeugt und kann vor Atemnot kaum sprechen.

»Bitte, da ist ... ein Mann. Verletzt. Sie müssen kommen.« Ihre Hand greift nach Frédérique, und zum ersten Mal begegnen sich ihre Blicke wirklich, aber es bleibt keine Zeit für all die Dinge, die sie nie ausgesprochen haben. »Er fragt nach Ihnen, fragt ... nach Frédérique.«

Für ein paar Sekunden steht die Zeit still. Alle erstarren zu einem Tableau aus Angst und Entsetzen. Nur Anaïs ist zu hören, die röchelnd um Atem ringt. Jede Farbe ist aus Frédériques Gesicht gewichen. Edward und Emilie blicken erst sie, dann einander an, hilflos angesichts dieser Nachricht und all dessen, was damit verbunden ist. Dann gerät alles in hektische Bewegung. Frédérique reißt eine Strickjacke von der Garderobe und rammt ihre Füße in ein Paar Sandalen. Edward und Emilie stürzen zur Tür und packen Anaïs rechts und links am Arm.

»Alles in Ordnung, Madame? Sind Sie verletzt?«

Sie schüttelt den Kopf. »Nein, nein. Mir geht's gut, es ist nur ... da war so viel Blut. Und wir mussten ihn tragen.«

Im nächsten Moment rasen sie die Stufen hinunter zum

Hauseingang, wo hinter der türkisfarbenen Tür eine kleine Menschenmenge versammelt ist. Monsieur und Madame Marin haben hastig ihr Häuschen im Hof verlassen, um nachzusehen, was denn los ist, und obwohl es nicht jeder sofort bemerkt, ist es für alle im Haus das erste Mal, dass sie Madame Marin ungeschminkt erleben. Klein und bleich wirkt sie, wie eine Tänzerin, die aus dem Rampenlicht herausgetreten ist. Die orangefarbenen Haare sind verschwunden – offenkundig nur eine Perücke – und haben einer zartblonden Stoppelfrisur Platz gemacht.

In einigem Abstand hinter den Marins steht Isabelle Duval. Kalt und hochmütig wie immer rümpft sie unverhohlen ihre lange Nase über den Anblick, der sich ihr bietet. Die Hände verbirgt sie tief in den Taschen ihres Hausmantels, schließlich hat sie erst zwanzig Minuten zuvor ihren lang gehegten Plan in die Tat umgesetzt. Eine Dose rote Farbe direkt auf die Ladenfront des Gemüsehändlers, denn heute Abend gab es niemanden, der sie aufhalten konnte. Und wäre sie dabei beobachtet worden, dann allenfalls von Menschen, die ihre Aktion beklatscht hätten. Noch jetzt klebt Farbe an ihren Händen, und ihr Herz schlägt wild vor Erregung.

An der Tür kauert Chantal Vincent. Auch sie ist blutverschmiert. Ein Streifen zieht sich dramatisch quer über ihre Wange, wo sie sich die Haare aus dem Gesicht gewischt hat. Im Schein der nackten Glühbirne über dem Eingang schimmert das Blut schwarz und unheilvoll. Daneben glänzen ihre Augen, weiß, feucht und voller Panik. In ihren Armen liegt der schlaffe Körper von Josef.

»Josef!«, schreit Frédérique und wirft sich vor ihm auf den Boden. »Was ist passiert? Bist du okay? Bist du okay?«

Sie legt die Hände um sein Gesicht, und jetzt erkennt er sie. Alle sehen, wie seine Augen sich öffnen und seine Lippen eine geheime Botschaft murmeln. Denn inzwischen hat sie ihren Kopf gesenkt, ruht Wange an Wange mit ihm und hält dabei seinen hageren Körper umfangen, wie sie es wohl bei einem kranken Kind tun würde.

»Wo haben Sie ihn gefunden?«, fragt sie Chantal, die sich zitternd erhoben hat.

»In der Nähe vom Denfert-Rochereau. Ich hab ihn an seinem Einkaufswagen erkannt, Sie wissen schon.« Chantal dreht sich gestikulierend um, als müsste der Wagen hier irgendwo stehen. »Wer es getan hat, weiß ich nicht, aber er ist jedenfalls schwer verletzt.«

Edward mischt sich ein: »Hat jemand einen Krankenwagen gerufen?«

»Ja, Monsieur«, erklärt Madame Marin nickend. »Aber bei den Zuständen in der Stadt kann keiner sagen, wie lange es dauert.«

Schweigen legt sich über die Gruppe, während über ihnen der Hubschrauber kreist und den Hof für einen kurzen Augenblick mit seinem Suchscheinwerfer in kaltes Weiß taucht. Die Glühbirne an der Decke schwingt leicht im Durchzug, und Edward muss an die mittelalterlichen Gemälde denken, die er in Frédériques Laden so häufig betrachtet hat. Es ist *Pietà* und Christi Geburt in einem. Frédérique erlöst Josef flüsternd von seinem Schmerz, während sie alle hilflos danebenstehen. Der obdachlose Mann ist der Gekreuzigte und zugleich das Neugeborene, und sie bloße Zuschauer, die ursprünglich helfen wollten, die aber diese innige Umarmung nicht zu durchdringen vermögen. Edward sieht, wie Chantal den zittrigen, blutverschmierten Arm um Anaïs legt und ihr Halt zu geben sucht. Er sieht, wie die Marins, die sonst stets auf Distanz achten, ganz dicht zusammenrücken. Und er spürt Emilies Hand unmittelbar neben seiner, greift danach und fühlt, wie sie seinen Druck erwidert.

In dieser Haltung warten sie schweigend, bis sich draußen endlich das Motorengeräusch eines schweren Wagens nähert und das Blaulicht eines Krankenwagens unter der türkisfarbenen Tür aufzublitzen beginnt.

39

Als Anaïs schließlich in ihre Wohnung stolpert, registriert sie nicht einmal, dass die Tür unverriegelt ist. Ihre Muskeln schmerzen unerträglich, das Adrenalinhoch ist verpufft und hat in Kopf und Herz nur abgrundtiefe Erschöpfung hinterlassen. Dann schaut sie auf, sieht Paul im Flur stehen und weiß im ersten Moment gar nicht, was seine Rückkehr zu bedeuten hat.

»Du … du hier?«

»Wo bist du …?«, hebt er an, bricht aber sofort erschrocken ab. »Mein Gott, Ana, was ist passiert? Bist du verletzt?«

»Ich, ich …«, beginnt sie stotternd, ist aber noch zu überwältigt, um in Worte fassen zu können, was die letzten Stunden alles verändert haben. Noch kreisen all ihre Gedanken um die zu engen Schuhe von Florence, um die Sachen, die sie heute gekauft hat, bevor … Sie lehnt den Kopf gegen die Wand und haucht: »Ich hab meine ganzen Einkäufe verloren.«

»Du warst einkaufen? Was redest du da? Bist du verletzt? Du bist ja voller Blut!«

»Mir geht's gut, mir geht's gut.«

Er führt sie zu einem Stuhl in der Küche. Seine Hände fühlen sich auf den Schultern so warm und gut an, dass sie hätte weinen können. Trotz der Hitze zittert sie am ganzen Körper.

»Hier.« Er legt ihr eine Decke um.

»Danke.« Sie sieht ihn an. »Du bist wieder da.«

Er zögert. »Ja, Ana.« Leise, aber eindringlich fügt er hinzu: »Was ist passiert?«

»Eigentlich hatte ich einen guten Tag. Ich bin einkaufen gegangen. Hab die Sachen besorgt, die Florence braucht, ein paar neue Spannbetttücher für die Jungs und neue Schuhe, aber dann …« Sie presst ihr Augen zusammen. »Es war so schrecklich, Paul.«

»Komm, erzähl hier drin weiter.«

Er bringt sie ins Badezimmer und lässt Wasser in die Wanne laufen. Sie wendet sich ihm ängstlich zu und fragt: »Die Kinder …?«

»Sind auch hier, Ana. Alle in Sicherheit. Schlafen tief und fest, nachdem sie den ganzen Tag an der frischen Luft herumgerannt sind. Komm, waschen wir das fort.«

Zum ersten Mal betrachtet sie sich im Spiegel. Von den Fingern bis zu den Ellbogen ist sie blutverkrustet. Dunkle Flecken prangen auf ihrem Oberteil. Das Gesicht ist mit dem grauen Staub der sommerlichen Großstadtluft überzogen, der auch stumpf in ihrem Haar klebt.

Behutsam entkleidet Paul sie. Ihr fehlen Kraft und Wille, sich zu widersetzen. Sie erinnert sich noch an das erste Mal, als er sie auszog, an das erregende Prickeln damals. Und jetzt diese völlige Erschöpfung. Das warme Wasser ist eine Wohltat. Sie schließt die Augen und hat das Gefühl, langsam davonzutreiben.

»Was ist passiert?«, wiederholt Paul leise und holt sie mit seiner Frage in die Gegenwart zurück.

»Ich … bin einkaufen gegangen. Ich wollte dir beweisen,

dass ich mich um die Kinder kümmere. Dass ich eine gute Mutter bin. Ich wollte Sachen für die Kinder kaufen, weil ich keineswegs herzlos bin, Paul. Das bin ich nicht.«

Er legt seine Hand auf die knochigen Finger, mit denen sie den Rand der Badewanne umfasst. »Ich weiß, dass du das nicht bist.«

»Und wie ich mich wieder auf den Heimweg mache, kommen diese Männer an mir vorbei und verschwinden in der Metro, um irgendwo zu protestieren.«

»Haben sie dich angegriffen?«

»Nein, nein, aber danach wollte ich die Metro lieber nicht benutzen, also bin ich gelaufen. Und dann haben die Krawalle angefangen. Bis kurz vor Montparnasse war alles noch ganz okay, aber auf einmal waren da überall Männer mit Sturmhauben, Feuerwerksböller krachten oder irgendwelche anderen Explosionen, und sie haben versucht, Wagen umzuwerfen. Du weißt schon, sie so lange seitwärts schaukeln, bis sie kippen. Es war zum Fürchten. Ich bin dann Richtung Denfert-Rochereau, und zuerst wurde es ein wenig ruhiger, aber in der Nähe der Metrostation herrschte der blanke Irrsinn. Leute schrien, kreischten, warfen mit allem, was sie zu fassen bekamen, und auch die Polizei drehte völlig durch. Zufällig hab ich Madame Vincent dort gesehen, du weißt schon, von unten. Sie war wie ich ganz allein, also bin ich zu ihr rüber und hab ihr vorgeschlagen, wir sollten gemeinsam nach Hause gehen. Und ich sag dir, so etwas Seltsames habe ich noch nie erlebt. Sie stand einfach mitten auf der Straße und starrte die Krawallmacher an. Stand nur da wie gelähmt, und um sie herum rannten die Vermummten, schleuderten irgendwelche Gegenstände und brüllten. Sie rührte sich nicht vom Fleck. Ich rief und rief: ›Madame Vincent, Madame Vincent, kommen Sie! Nichts wie weg hier!‹ Und irgendwann ist sie endlich aus ihrer Trance erwacht, und wir konnten aus dem schlimmsten Tumult flüchten. Dann begegneten wir allerdings vier Kerlen, die auf einen Mann einschlugen. Ich will schon wegrennen, aber Madame Vincent ist plötzlich nicht mehr zu halten. Sie sagt, sie kennt den Mann, der dort zusammengeschlagen wird, dass er in unserer Straße lebt und sie ihm manchmal etwas Geld gibt.«

Anaïs schnappt so gierig nach Luft, als käme sie nach einem Tiefseetauchgang an die Oberfläche.

»Also stürmt sie wie verrückt schreiend auf die Kerle zu, und denen jagt der Anblick dieser kreischenden Frau einen solchen Schrecken ein, dass sie sich aus dem Staub machen. Und damit blieben wir allein mit diesem Mann zurück, diesem Obdachlosen. Er konnte nicht laufen, und überall war Blut. Sein Gesicht ... Paul, es sah überhaupt nicht mehr aus wie ein Gesicht. Aber er hat uns erkannt, zumindest sie, und er sagte immer wieder: ›Frédérique, ich muss Frédérique sprechen.‹ Du weißt schon, Madame Aubry aus dem Vorderhaus. Meine Tüten habe ich offenbar alle dort stehen lassen, denn wir beide schleppten ihn anschließend bis hier zum Haus. Er war kaum noch bei Bewusstsein, hing schwer wie ein Sack Kartoffeln zwischen uns, und wir sind nun beide nicht ... ich meine, eigentlich ist keine von uns besonders kräftig. Aber am Ende haben wir es geschafft.«

»Und wo ist er jetzt?«

»Im Krankenhaus. Es hat ewig gedauert, bis der Krankenwagen eintraf. Hast du uns denn nicht unten im Hof gehört?«

»Nein. Ich war hier oben und hab an dich gedacht, nicht aus dem Fenster gesehen.«

Sie senkt den Blick in das inzwischen trübe Wasser.

»Wirst du wieder gehen?«

»Nein.«

Es wird still. Auch das um ihre Beine schwappende Wasser kommt zur Ruhe, und schließlich hält sie sogar die Luft an, damit nichts diesen fragilen Moment gefährdet.

Paul räuspert sich zuerst. Unsicher beginnt er: »Ich … ich hätte nicht gehen sollen. In guten wie in schlechten Zeiten, haben wir gesagt.«

»Ich möchte, dass die Zeiten wieder besser werden, Paul.«

Er nickt. »Ich weiß. Aber dafür muss sich einiges ändern, Ana. Keineswegs nur du, ich meine damit uns beide. Ich weiß, ich bin nicht immer der beste Ehemann …«

»Doch, das bist du.«

»Nein.«

»Doch. Ich habe mich in den letzten Monaten bloß so einsam gefühlt. Und so müde. Manchmal glaube ich, dass ich gar nicht wirklich … existiere. Dann komme ich mir nicht wie ein richtiger Mensch vor, sondern einfach nur wie etwas ungeheuer Zerbrechliches, das jeden Moment zerspringen kann.«

»Und dennoch hast du diese drei bezaubernden Kinder zur Welt gebracht. Dennoch hast du einen Mann durch halb Paris geschleppt. Du bist stark, Anaïs.«

Sie senkt den Kopf, schließt die Augen, um die Tränen zurückzuhalten.

»Aber ich kann mehr helfen«, fährt er fort. »Ich kann weniger Stunden im Büro verbringen, weniger Stunden in der

Kirche. Und wenn das für den Job nicht reicht, scheiß drauf, dann gehen wir eben in die Auvergne zurück oder ziehen raus aufs Land zu Tante Marie.«

Sie öffnet die Augen. »Ich könnte Hühner halten.«

»Genau.«

»Und in meiner Freizeit übe ich Lasso werfen und Kälber fangen.«

Sie lächeln zaghaft. Sie wissen beide, dass dies nur Fantastereien sind, dass es niemals dazu kommen wird. Aber während ihre Hände hier in diesem dunstigen Badezimmer zum ersten Mal seit Monaten ineinander ruhen, fragt sie sich, ob das nicht vielleicht genügt. Ob es nicht ausreicht, die Absicht zu haben. Den gleichen Tagträumen nachzuhängen. Einander in die Augen zu sehen und wieder zu wissen, warum man überhaupt zusammen ist.

Paul drückt ihre Hand ein wenig fester. Ja, vielleicht schon, denkt sie.

40

Das Krankenhaus am anderen Ende des Arrondissements bietet den Anblick eines Kriegslazaretts. Ein von Leuchtröhren in kaltes Licht getauchtes Niemandsland, in dem Verwundete auf Plastiksitzen zusammengesackt sind oder – manche reglos, manche jammernd – auf jeder verfügbaren Bahre liegen. Ärzte und Pflegekräfte hasten über die Flure und rufen einander im Vorbeilaufen Aufträge zu. Ihre Augen haben einen wilden Ausdruck angenommen. Es ist eine rohe, grausame Nacht.

Frédérique hatte Josef wie selbstverständlich im Krankenwagen begleitet. Edward und Emilie rannten dem Wagen noch eine Weile hinterher, gerieten aber rasch außer Atem und blieben keuchend stehen. Ohne Hast bewältigten sie den Rest der Strecke. In den Straßen, durch die sie kamen, herrschte meist Ruhe, allerdings waren die Wunden der Nacht unübersehbar. Eingeschlagene Autoscheiben, mit Farbbeuteln beworfene Schaufenster, hasserfüllte Graffitisprüche. Auf eine Ladenscheibe war eingedroschen worden, bis das Sicherheitsglas nachgab und kaleidoskopartig zersprang, eingedellt jedoch gerade noch so zusammenhielt.

»Sein Name ist Josef Bobek«, brüllt Emilie jetzt über den Krach hinweg, den zwei Betrunkene in der Eingangshalle veranstalten. »Josef Bobek!«

»Woher kennst du seinen Nachnamen?«, fragt Edward,

während die angebrüllte Frau am Empfang nur die Augen verdreht und es mit einer anderen Telefonnummer versucht.

Emilie schaut ihn verwundert an. »Warum sollte ich den nicht kennen?«

Für eine Antwort bleibt keine Zeit, da eine Gruppe von Männern durch die Tür gewankt kommt. Zwei umklammern ihre Unterarme, an deren Händen gebrochene Finger abstehen. Ein dritter, der sich den Bauch hält, klappt vornüber und sinkt auf die Knie. Der vierte stürzt auf den Empfangstresen zu, wo er sich über seine Schuhe erbricht. Edward und Emilie fahren zurück. Die Frau hinter der Theke verdreht erneut die Augen, gibt ihnen »Nordgebäude, vierter Stock« zur Auskunft und ruft nach einem Pfleger.

In den oberen Etagen des Krankenhauses wird es ruhiger, hier durchdringt oft nur das elektronische Piepen aus unsichtbaren Räumen die Stille. Überall mischt sich die heiße, süßliche Krankenhausluft mit dem widerlichen Dunst von Kantinenessen und stechend scharfem Desinfektionsmittel.

Sie entdecken Frédérique zusammengesunken auf einem Stuhl in einem ansonsten menschenleeren Flur. Als sie Emilie und Edward bemerkt, schlingt sie schnell die braune Strickjacke fester um sich. Das strenge Deckenlicht verleiht ihrer Haut einen perlfarbenen Ton, der so hell ist wie das kurze Slip-Dress, das sie noch immer trägt.

»Was haben sie gesagt?«, fragt Emilie und lässt sich auf den Sitz neben ihr fallen.

Frédérique schüttelt langsam den Kopf. »Sie untersuchen ihn noch, aber es sieht nicht gut aus.«

»Was ist passiert?«

»Er ist zusammengeschlagen worden, mit enormer Brutalität. Ich hab gesehen, wie sie ihn ausgezogen haben. Abdrücke von Fußtritten den ganzen Rücken rauf, die Haut grün und blau.« Sie schüttelt den Kopf, als würde sie versuchen, die schrecklichen Bilder vor ihrem inneren Auge zu vertreiben.

»Es tut mir so leid, Freddie.«

»Ich hab's geahnt, weißt du noch?«, sagt Frédérique und blickt jetzt zu Edward. »Ich habe gesagt, er wird nicht schnell genug aus dem Weg gehen können, wird keinen sicheren Unterschlupf wissen.«

»Es gibt nichts, was du hättest tun können, Frédérique.«

Sie schnaubt höhnisch. »Ach, Edward, wie oft hast du dir diesen Satz anhören müssen?«

»Entschuldige.«

Sie lässt den Kopf hängen. »Nein, ich muss mich entschuldigen. Ich hätte bloß … Irgendwas hätte ich tun sollen.«

Sie versinken in Schweigen und warten. Emilie streichelt Frédériques Arm. Edward lehnt an der Wand und starrt auf seine Schuhe. Irgendwo ist eine Uhr, vielleicht in einem der Stationszimmer, die behäbig und alles übertönend die Sekunden wegtickt.

Endlich erscheint ein Arzt. Weiße Haare, weißer Kittel und ein Gesicht, das bleich ist vom Kunstlicht, von der späten Uhrzeit und von der Nacht, die hinter ihm liegt.

»Madame Aubry«, sagt er und streckt ihr seine steif gespannte Hand entgegen, während Frédérique und Emilie sich hastig aufrappeln. »Ich bin Dr. Ghesquière. Unser Team führt noch weitere Untersuchungen durch bei …« Er hält kurz inne, um die Papiere in seiner Hand zurate zu ziehen. »Bei Josef. Aber ich muss Ihnen leider mitteilen, dass die Prognosen nicht gut sind. Schäden an der Wirbelsäule, an den zentralen Nervenbahnen. Es tut mir sehr leid, Madame Aubry, aber es besteht die Gefahr, dass Ihr Mann nie wieder laufen kann.«

»Dein *Mann*?« Die Worte platzen aus Edwards Mund, bevor er es verhindern kann. Dr. Ghesquière schaut verdutzt, und Frédérique wendet sich seufzend um. Während dieser Bewegung und dem kurzen Zögern, das folgt, scheint für Edward die Zeit eine quälende Ewigkeit lang stillzustehen, bevor sie endlich sagt: »Ja, Edward. Mein Mann.«

»Du hast das gar nicht gewusst?«

Es sind die ersten Worte, die Emilie seit ihrem Aufbruch vom Krankenhaus spricht. Dr. Ghesquière hatte Frédérique zu Josef ans Bett gebracht und versprochen, dafür zu sorgen, dass sie dort halbwegs bequem übernachten kann. Emilie und Edward ließen sich daraufhin überreden, nach Hause zu gehen und am nächsten Morgen mit frischer Wäsche und allem, was die beiden womöglich sonst noch brauchen, zurückzukommen. Reagiert hatte im Grunde jedoch nur Emilie, da Edward selbst zu dem Zeitpunkt noch völlig abwesend wirkte und die schweißnasse Handfläche gegen die Wand aus Leichtbetonsteinen presste, als könnte der künstliche geologische Stoff ihn in diesem Moment der Verwirrung irgendwie erden.

»Nein«, antwortet er jetzt und bleibt verlegen in der Tür stehen, während Emilie sich im Zimmer auf die Couch wirft. »Nein, habe ich nicht.«

»Du kannst genauso gut reinkommen«, sagt sie und schleudert die Schuhe von den Füßen.

Er schließt die Tür, geht langsam zur Chaiselongue und streckt die schmerzenden Knochen vorsichtig darauf aus. Mittlerweile ist es nach vier, und das erste Morgenlicht beginnt durch die Vorhänge zu schimmern. Die Sonne kehrt zurück, um die nächtlichen Schäden zu begutachten.

Emilie wendet sich auf dem blauen Sofa ihm zu. »Nach dem Brand haben die beiden sich getrennt. Nach dem Tod von Daniel. Sie hielt es dort in der Provence nicht länger aus, und Onkel Jo ...«

»Onkel Jo!«

»Ja, so habe ich ihn immer genannt. Onkel Jo ertrug keine geschlossenen Räume. Hielt es darin einfach nicht aus. Eine Weile ist er in der Provence rumgezogen, aber die beiden waren eben eine Ewigkeit zusammen. Sie konnten weder zusammen leben noch getrennt, schätze ich.«

Und nun fällt Edward auch wieder ein, wie Frédérique so mysteriös von Josef als ihrem »Partner« gesprochen hatte. Wie sie ihn an jenem Abend angesehen und »Du kannst mich fragen, was immer du willst« gesagt hatte, als wünschte sie geradezu, dass er nachbohrt. Wie ihr ein »Wir hängen eben aneinander« herausrutschte, was ihm bis zu diesem Augenblick im Krankenhaus vollkommen entfallen war, da ihre Beziehung allein der Gegenwart angehören und sie nur für ihn existieren sollte. Oder vielleicht – und er schämt sich, dies einzugestehen – waren sie ja beide so sehr in den eigenen Mühen des Vergessens gefangen, beide so tief in der eigenen Trauer vergraben, dass diese anderen Geschichten, diese Geschichten der anderen bei ihnen auf taube Ohren stießen.

Emilie stemmt sich mit vorwurfsvoller Miene auf den Ellbogen hoch und sagt: »Du musst es gewusst haben. Dir muss doch aufgefallen sein, wie häufig sie sich unterhielten, wie sonderbar exakt sie den Tagesablauf des anderen kannten.«

Wenn er ihr jetzt in die Augen schaut, werden ihm die Tränen kommen, das spürt Edward genau. Ja, es stimmt, er fühlt sich verletzt und wie ein Idiot, aber nun, nachdem er Bescheid weiß, wiegt Frédériques Verlust so viel schwerer, ist so viel realer. Zum ersten Mal seit Monaten tut es ihm für jemand anderen leid. Hier ist Schmerz nicht geteilt, sondern verdoppelt. Zwei Menschen, die davon völlig aus der Bahn geworfen wurden. Verschwommen tritt ihm das Bild seiner eigenen Eltern vor Augen, und die Trauer ist so gewaltig, dass ihm schwindlig wird.

Aber darüber kann er nicht sprechen, daher hält er den Blick starr auf die Zimmerdecke gerichtet und zuckt nur in gespielter Gleichgültigkeit mit den Schultern. »Sonderbar ist hier so vieles.«

»Wie wahr.«

Kurz rascheln die Kissen, in die Emilie sich schmiegt, dann tritt Stille ein.

»Ich wollte dich nicht verletzen, Em.«

»Was?«

»Heute Abend …«

»Ich war nicht verletzt. Nur … schockiert. Ich kam her, um euch mit einem Spontanbesuch zu überraschen, und hätte im Traum nicht damit gerechnet …«

Edward überlegt, ob er ihr erzählen soll, wie frisch diese Entwicklung noch ist. Dass sie nur vierundzwanzig Stunden früher hätte eintreffen müssen, und sie hätte es verhindert. Hätte sie aufgehalten. Aber hier im dämmrigen Licht des anbrechenden Tages, mit dem Druck der Chaiselongue im Rücken und den dunklen Schatten der Möbel, die sich im Salon vage abzeichnen, beschließt er, egoistisch zu sein und sein Geheimnis nicht preiszugeben. Etwas davon möchte er ganz für sich behalten.

»Also, überrascht hast du uns zweifellos«, versucht er es stattdessen mit Ironie.

»Ja«, antwortet sie gähnend.

Wenig später sind sie beide in einen unruhigen Schlaf gefallen, der ihnen ein paar Stunden Pause schenkt von aller bewussten Wahrnehmung und damit von all dem Schmerz, all den Fragen. Ihre Köpfe kippen zur Seite, jeder lässt einen Arm von seiner Schlafstätte baumeln, und in dieser Haltung werden sie beide unter den aufmerksamen Blicken der Katze Mischa reglos verharren, bis ihnen das Genick wehtut und das Sonnenlicht zu grell wird.

41

In ihrem gemeinsamen Eheleben hat César nur zweimal geweint. Einmal, als sich herausstellte, dass sie keine Kinder haben würden. Das zweite Mal über zwei Jahrzehnte später, als seine Mutter starb. Bei beiden Gelegenheiten legte er den Kopf in Chantals Schoß, und sie strich ihm durch die Haare und wickelte sich dabei seine Nackenlocken um die Finger. Sie raunte ihm tröstende Worte zu und küsste anschließend die tränennassen Wangen.

Heute tut sie nichts dergleichen. Heute bricht ein tief beschämtes Schluchzen in mächtigen Wellen aus ihm heraus, samt Rotz und Speichel. Heute muss er ganz allein im Sessel sitzen, und sie steht daneben und beobachtet, wie er heult.

Während Anaïs zu ihrem Ehemann heimkehrte, von ihm gebadet wurde und zu ihm zurückfand, traf Chantal niemanden in ihrer Wohnung an. Nach dem Verlassen der Bank (was eine Ewigkeit her zu sein scheint), hatte sie keine Lust verspürt, direkt den Heimweg anzutreten. Nachdem sie sich im Zugang zur Metrostation ausgeweint, die Nase geputzt und frisch geschminkt hatte, fuhr sie mit der Bahn bis Saint-Germain. Sie kaufte sich ein Päckchen Zigaretten, nahm an einem Tisch vor dem Deux Magots Platz und rauchte gelassen und mit ausdrucksloser Miene das gesamte Päckchen, eine Zigarette nach der anderen. Da sie nichts aß, sondern ausschließlich diverse Tassen Milchkaffee trank, zitterten ihr am späten Nachmittag unkontrollierbar die Finger.

Chantal hatte seit Jahren nicht mehr geraucht, doch heute brauchte sie dieses glitschige Ziehen, den beißenden Nikotingeschmack in Nase und Rachen. Sie blieb den ganzen Tag an ihrem Tisch sitzen, bis der Kellner wegen des anbrechenden Abendbetriebs so nervös wurde, dass er sie geradeheraus fragte, ob sie etwa plane, hier zu essen. Sie fertigte ihn lächelnd mit einem eisigen Blick ab. An höflicher Unhöflichkeit übertrifft bekanntlich niemand in Paris die Kellner der Cafés von Saint-Germain.

Als sie schließlich aufbrach, war klar, dass oben in Montparnasse irgendetwas los sein musste. Sie schlug die entsprechende Richtung ein und bekam angesichts des in Massen aufmarschierenden Front National ein äußerst mulmiges Gefühl im Magen. Männer mit kahl geschorenen Köpfen und stark tätowierten Armen dominierten die Straße, genau wie der, der am Morgen den Hof in ihrem Haus durchquert hatte. Sie kämpfte, so gut es ging, gegen den Sog des stetig anschwellenden Stroms an und suchte lange vergeblich unter den Tausenden nach dem Gesicht von César.

Sie entdeckte ihn im selben Moment, da Anaïs sie entdeckte. Am Place Denfert-Rochereau, unmittelbar hinter dem Eingang zu den Katakomben, in denen seit dem neunzehnten Jahrhundert die Überreste von etwa sechs Millionen Einwohnern in einem Beinhaus zu makabren Knochen- und Schädelwänden aufgeschichtet ruhen. Die schöngeistige Poetin in Chantal hatte ebenfalls das Gefühl, sterben zu müssen, als sie César über den dunklen Platz hinweg sah. Sie konnte sich nicht bewegen, aber hätte sie es vermocht, wäre sie gerne aus der stickigen Sommerhitze hinabgestiegen in die tiefen Stollen, um sich zu den kühlen, feuchten Gebeinen zu legen und dort zu bleiben, ungestört. Gleichzeitig dachte ihre weniger poetisch veranlagte Seite beim Anblick des korpulenten, gut gekleideten Gatten dort drüben inmitten einer Gruppe von Schlägertypen, die Pflastersteine in ein Schaufenster warfen, nur: »Dieses Scheißsakko habe ich ihm gekauft!«

Danach hockte sie die ganze Nacht blutbespritzt im Wohnzimmer. All das Nikotin, Koffein und Adrenalin hielten sie hellwach. Sie saß dort und wartete, und im trüben Grau des neuen Tages, fünf schwermütige Schläge drangen eben vom Kirchturm herüber, kehrte César zurück.

Er bemerkt sie sofort, und seine Schultern werden schlaff. Sie wartet erst gar nicht ab, bis er das Sakko ausgezogen oder das Wohnzimmer betreten hat, sondern sagt direkt: »Ich bin heute in der Bank gewesen, César.«

»O Gott.«

»Acht Monate, hat Guillaume gesagt. Acht Monate ist es her, dass dir gekündigt wurde.«

César presst die Augen zusammen und wendet den gesenkten Kopf ab. »Chantal … Ich weiß nicht, wie ich es dir erklären soll.«

»Schon komisch, oder? Dabei hast du doch sonst immer gerne große Reden geschwungen. Aber in letzter Zeit scheinst du mir so manches nicht erzählt zu haben.«

Er reißt den Blick von der unverfänglichen Wand los und sieht Chantal an. Seine von panischem Schrecken erfüllten Augen brauchen einen Moment, um sich auf das Dämmerlicht einzustellen.

»Chantal«, sagt er endlich und deutet mit der Hand auf ihr Kleid. »All das Blut…«

»Nicht meins, César. Ein Obdachloser, den ein paar von deinen Schlägerfreunden halb tot geprügelt haben. Aber vielleicht hast du ja selbst den Anfang gemacht, bevor ich dazukam. Inzwischen bereitet es dir doch großes Vergnügen, einem wehrlosen Mann mal so richtig schön ins Kreuz zu treten, oder?«

»Du hältst mich jetzt bestimmt für einen Unmenschen.«

»Ja, das tu ich. Aber ich wüsste gerne, warum. Warum du mich die ganze Zeit angelogen hast. Warum du mir die Erniedrigung angetan hast, so vor den Leuten in der Bank dazustehen. Warum du deine Zeit jetzt mit Skinheads verbringst, mit denen gemeinsam du Leute verprügelst oder Eigentum verwüstest von Menschen, die dir in ihrem ganzen Leben nichts getan haben…«

»Chantal, ich hab nie…«

»Ich habe dich gesehen, César! Ich habe dich am Denfert-Rochereau gesehen! Der Einzige, der nicht schwarz gekleidet war, der Einzige in einem Sakko, der einzige fette, gutbürgerliche Biedermann mittleren Alters!«

Wieder sinkt sein Kopf herab. Er klebt so verzweifelt an der Wand, als würde die Welt um ihn herum gerade einstürzen. Was sie in gewisser Weise ja auch gerade tut.

»Das Spiel ist jedenfalls vorbei.« Chantal hat die eisige Kälte in ihrer Stimme zurückgewonnen, obwohl ihr Herz weiter wild hämmert. »Ich weiß Bescheid. Aber das *Warum* würde mich immer noch interessieren.«

Langsam, ganz langsam löst César sich von der Wand. Er krümmt den Rücken, rollt sich so klein wie möglich zusammen, alles im vergeblichen Bemühen, der Schande zu entgehen, und lässt sich in den harten Sessel fallen, den er so hasst. Mit seinem festen Polster und seinen scharfen Kanten ist das Möbel eine wahre Folter für müde, von Schamgefühl geplagte Knochen.

»Ich weiß auch nicht, wie ich das erklären soll«, beginnt er stammelnd. Er schaut auf in der Hoffnung, sie würde etwas sagen. Als jede Reaktion ausbleibt, fährt er fort: »Ich kam mir so wertlos vor. Als hätte man mir alles, für das ich gearbeitet habe, alles, was meine Stellung ausmacht, einfach weggenommen. Sie haben behauptet, es läge nur an der Fusion, aber ich hab doch diese superschlauen Jungspunde gesehen, die stattdessen eingestellt wurden. Grünschnäbel, die nicht die geringste Ahnung von der Bank haben! Ich habe dort schon gearbeitet, da waren die vermutlich noch nicht einmal geboren! Und *hier* geboren sowieso nicht.« Er bemüht sich, ruhig zu bleiben, legt die Hände auf die Armlehnen und atmet hörbar durch. »Natürlich, ich hätte es dir sagen sollen. Das ist mir inzwischen klar. Eigentlich wusste ich es damals schon, aber … es gab einfach nie den richtigen Zeitpunkt, und je länger ich die Lüge aufrechterhielt, desto besser wurde ich darin und desto schwerer erschien mir die Umkehr. Du hast nie was gemerkt, und ich hab einfach nie den Mut aufgebracht. Dafür bin ich zu feige.«

»Und der Front National?«

»Ich fing an, draußen in der Nähe der Porte de Vincennes in so ein Café zu gehen. Irgendwo musste ich ja hin. Irgendwo, wo mich niemand sehen würde, der mich kennt. Dann hat mich da dieser Mann angesprochen, Sylvain. Er hat eine Menge Freunde, die auch ihren Job verloren haben, hauptsächlich weil Immigranten sie ihnen weggenommen …«

Chantal schnaubt verächtlich, aber César sucht nach so vielen Monaten der Lüge sein Heil in der Wahrheit und erzählt unbeirrt weiter: »Zuerst war alles völlig gewaltfrei. Nur ein paar Zusammenkünfte, Leute, mit denen man sich getroffen hat. Ich habe mich so einsam gefühlt, Chantal, und diese Menschen schienen mich zu verstehen.«

»*Ich* hätte dich verstanden.«

»Ich weiß«, flüstert er. »Aber das waren Fremde, die in derselben Situation steckten, und es war irgendwie … einfacher. Ihnen gegenüber musste ich mich nicht rechtfertigen. Ich habe das Ganze im Wesentlichen für Gerede gehalten. Etwas, mit dem sie sich die Zeit vertreiben, nicht etwas, das sie wirklich vorhaben, in die Tat umzusetzen. Aber dann nach dem Anschlag heizte sich alles so auf, eins führte zum anderen, und plötzlich war ich dabei, in der ganzen Stadt Waffen zu verteilen, und … Herrgott, Chantal, ich wünschte, ich hätte den Mut gehabt aufzuhören, aber ich hatte mich verrannt. Total verrannt!«

Er liegt jetzt weinend vor ihr auf den Knien. Sie erträgt seinen Anblick nicht und hält den Blick fest aus dem Fenster gerichtet, wo der graue Himmel sich langsam aufhellt.

»Bitte, ich flehe dich an, du musst mir das glauben. Ich bin kein schlechter Mensch. Ich habe niemanden verletzt, habe niemanden zusammengeschlagen. Ich würde doch nie auf jemanden eintreten, wie du gesagt hast. Das musst du mir glauben. Ich bin ein Schwachkopf, ja, ein verfluchter Vollidiot, der da in was reingeschlittert ist, aber ich bin kein schlechter Mensch, Liebling.«

»Komm mir nicht nahe, César.«

Niedergeschlagen schleppt er sich in seinen Sessel zurück. Während er weiter vor sich hin schluchzt und heult, starrt sie in das Morgenlicht hinaus. Es hat zu regnen begonnen. Diesmal ganz ohne Donner, nur warme Luft, die auf feuchte Wolkenschichten trifft, sinkender Druck, der den Himmel auswringt. Nirgends ein Gewitter, nirgends ein Sturm, nur träge, dicke Tropfen, die geräuschvoll auf Dächer und Fensterbänke klatschen oder wie pathetische Filmtränen an den Scheiben zerplatzen.

Chantal empfindet nichts. Ihr Herz, ihr Kopf, alles ist vollkommen leer. Die Tafel wurde blank gewischt und nichts – weder Trauer noch Zorn noch Enttäuschung – bleibt noch daran haften. Sie spürt weder Kraft noch Erschöpfung, nur eine große Leere, ein Nichtsein.

»Du schläfst auf der Couch«, hört sie sich selbst sagen, als sie aufsteht und Richtung Schlafzimmer geht. Leise schließt sie hinter sich die Tür. Es gibt keinen Grund zum Türenschlagen oder Herumschreien, keinen Grund, die betrogene Ehefrau zu spielen, das Opfer, den Esel. Das würde bedeuten, noch etwas von ihm zu wollen, aber da gibt es nichts, was sie noch interessiert.

Sie geht unter die Dusche, ohne sich auszuziehen. Das Gewicht der nassen Kleidung zerrt an ihr, dunkelbraune Blutflecken sammeln sich auf den Fliesen zu ihren Füßen. Ihr Kleid und ihre Unterwäsche bleiben als durchtränkter Haufen auf dem Badezimmerboden zurück. Morgen werden sie diesen schwachen Geruch nach morastigem Tümpel an sich haben, der sie an Ferientage als Kind in der Normandie erinnert, an Badeanzüge und Handtücher, die zwischen den täglichen Ausflügen ins kalte Kanalwasser nie richtig trocken wurden.

Sie kriecht ins Bett und weigert sich, den leeren Platz neben ihr zur Kenntnis zu nehmen. Um das aus dem Wohnzimmer dringende Schluchzen von César zu dämpfen, nimmt sie seine Kissen und türmt sie in ihrem Rücken zu einer wulstigen Mauer. Sie legt sich wieder hin, klettert aber noch einmal von der Matratze, um die Vorhänge aufzuziehen. Draußen regnet es jetzt stärker. Wie hypnotisiert betrachtet sie vom Bett aus die stetig fallenden Tropfen, bis der Schlaf sie erlöst.

42

Paris erwacht zu einer beklommenen Stille. Vorsichtig strecken die Bewohner die Köpfe aus den Fenstern, treten nervös auf die Straßen, um die Schäden zu begutachten.

Nummer 37 bildet keine Ausnahme. Der Regen trommelt mittlerweile in einem trägen, gleichmäßigen Rhythmus auf Pflastersteine und unbedeckte Köpfe. Im Hof ist Monsieur Marin schon frühmorgens mit Putzlappen und Eimer dabei, Josefs Blut vom Eingangsboden zu wischen. Im obersten Stock öffnet Monsieur Lalande die Fensterläden erst gar nicht. Er hat das alles schon viel zu häufig erlebt und wird heute die Wohnung nicht verlassen.

Nur Isabelle Duval scheint bester Laune. Triumphierend stolziert sie zum *Tabac* und zum Bäcker. Vor dem Gemüsehändler hat sich eine kleine Menschengruppe versammelt. Der Händler selbst sitzt neben Frau und Tochter auf der Stufe und hat den Kopf in die Hände gestützt. Isabelle klimpert im Vorbeigehen vernehmlich mit ihrem Kleingeld. Sie wird sich durch so ein Bild des Mitgefühls nicht den Tag vermiesen lassen. Allerdings wurmt es sie schon, vor allem als sie auf dem Rückweg sieht, wie Nachbarn – noch dazu nicht einmal Araber! – mit Eimern und Lappen kommen, um ihr nächtliches Werk zu beseitigen. Sie beißt die Zähne zusammen, doch es nagt an ihr, als würde ein winziges Steinchen tief in ihrem Herzen bei jedem Blutstoß an der Kammerwand scheuern.

»Das gibt doch wohl hoffentlich keine bleibenden Flecken«, faucht sie Monsieur Marin an, der noch immer auf allen vieren im Eingang putzt, als sie zurückkehrt.

In der Wohnung der Laribis verbannt Amina sämtliche Computer und Handys in ein Küchenregal.

»Sich das ständig anzusehen bringt auch nichts, Liebling.«

Die ganze Nacht hatten sie die Nachrichten verfolgt, Fernsehberichte von Ausschreitungen, Bilder von zertrümmerten Schaufenstern und schwer bewaffneter Polizei, alles nur unterbrochen von den Anrufen eines schier endlosen Kreises an besorgten Verwandten und Freunden und dem immer gleichen Dialog: »Alles okay bei euch?« »Uns geht's gut. Und euch?«

»Na, los jetzt«, erklärt Amina bestimmt.

Ahmed schaut auf und sieht mit Schrecken, wie seine Frau sich die Schuhe anzieht.

»Du willst doch jetzt nicht rausgehen?«

»Und ob. Das ist unsere Stadt, Ahmed. Unser Zuhause. Ich will Farbe für die Tür kaufen und Farbe fürs Kinderzimmer.«

»*Heute*?«, erwidert er ungläubig.

»Ja, heute. Erst recht heute.«

»Das ist Irrsinn«, brummelt Ahmed, als sie auf die Straße treten. Aber es ist auch beruhigend, andere Menschen draußen zu sehen, Menschen, denen der Schock ins Gesicht geschrieben steht, die von anderen getröstet werden, oder auch die Gruppe von Nachbarn, die beim Gemüsehändler gemeinsam die Fassade sauberschrubbt.

Und später hat es ebenfalls etwas Beruhigendes, die eigene Wohnungstür frisch zu lackieren und – mit noch mehr Vergnügen – das künftige Kinderzimmer blau zu streichen.

»Bist du sicher, dass das die richtige Farbe ist?«, fragt er zum hundertsten Mal. »Woher willst du das wissen?«

»Ich weiß es einfach«, antwortet Amina und legt eine Hand auf ihren Bauch.

In Bâtiment B hört Anaïs, wie Paul ihr beim Aufwachen zuraunt, dass er sich heute krankmeldet. Plötzlich ist Gelegenheit für einen romantischen Moment, für ganze Minuten vor dem ersten Kinderschreien, die auf wundersame Weise ihnen allein gehören. Hunderte von Sekunden, in denen man einander in die Augen sehen kann, in denen zärtliche Küsse auf Wangen und Lippen gehaucht werden können.

Ein Stockwerk tiefer bei den Vincents ist für derlei Zärtlichkeiten kein Raum. César schreckt aus dem Schlaf, nur um sofort wieder entmutigt zusammenzusacken. Er fühlt sich steif und verschwitzt. Der Stoff der Couch klebt eklig an seiner Haut.

Da er als Einzelkind aufgewachsen ist, hatte César es lange nicht nötig, sich richtig entschuldigen zu lernen. In seinem dunklen Elternhaus in Belgien gab es keine Spielsachen von anderen, die sich stehlen ließen, keine Haare, an denen man ziehen konnte. In Gegenwart seines kaltherzigen, mürrischen Vaters benahm César sich steif und korrekt, und von seiner Mutter wurde er verwöhnt, daher war »Entschuldigung« ein Wort, das er nur selten benutzte. Und später, wenn er es mitunter brauchte, um seinem Vater gegenüber dürftige Zeugnisse oder besonders schlechte Einzelnoten zu rechtfertigen, schwang darin immer der Vorbehalt von Ungerechtigkeit mit, und die Reue wirkte aufgesetzt. Selbst heute tut César sich daher noch schwer, eine Entschuldigung glaubwürdig vorzubringen, was ihn in einer ernsten Situation wie der jetzigen hilflos herumirren lässt.

Zaghaft öffnet er die Tür zum Schlafzimmer. Chantal ist unter den Bergen an Bettzeug nicht zu entdecken. Der Anblick seiner unberührten Betthälfte und der Kissen, die zu einem Abwehrwall aufgestapelt sind, der nur ihm gelten kann, versetzen ihm einen Stich ins Herz.

»Kann ich dir etwas bringen, mein Schatz?«

Seine Worte bleiben unbeantwortet, und das Schweigen ist schlimmer als alles, was sie hätte sagen können. Schwer wie Blei lastet es zwischen ihnen, drückt seinen Rücken nieder. Leise schließt er die Tür.

In der Küche fängt er an, Geschirr zu spülen, obwohl ihm selbst klar ist, wie albern die Vorstellung ist, eine derart banale Geste würde irgendetwas ändern. Vor langer Zeit, als sie selbst vielleicht fünf Jahre verheiratet waren, hatte sich eine enge Freundin von Chantal verlobt. Damals erklärte das frisch verliebte Pärchen ihnen allen Ernstes, dass sie Ehevorbereitungskurse bei der katholischen Kirche besuchten, und Chantal und César hatten nur mit Mühe an sich halten können. Kaum standen sie allein vor dem Restaurant, waren sie in hochmütiges Lachen ausgebrochen und hatten sich über die Idee lustig gemacht. Die Ehe war doch nicht etwas, das sich in Kursen erlernen ließ. Sie folgte keinem Lehrbuch.

An diesem regnerischen Morgen so viele Jahre später aber wünscht César sich sehnlichst, eine Fibel zu haben, die er zurate ziehen könnte. Wie wende ich in letzter Sekunde eine

Katastrophe ab? Wie überbrücke ich einen Riesengraben? Er selbst fühlt sich heute nur alt und fantasielos. Ihm fällt nichts anderes ein, als weiterzumachen. Die Wohnung putzen, einkaufen gehen und tun, was er nur kann, um Zeit zu gewinnen und abzuwarten, ob sie ihm eines Tages verzeihen kann.

Auch Edward versucht sich in Wiedergutmachung. Frühmorgens schon geht er zum Bäcker und kauft Croissants, Pains au chocolat sowie ein frisches Baguette, um sich mit Backwaren für die Unannehmlichkeiten des Vorabends zu entschuldigen. Emilie macht Kaffee, der ihr zu bitter gerät, und füttert die Katze, die darüber murrt, nicht ihr Lieblingsessen zu bekommen. Gemeinsam packen sie eine Tasche mit Kleidung, Zahnpasta und Zahnbürste für Frédérique.

»Was sollen wir für Josef mitnehmen?«, fragt Emilie, aber Edward weiß es auch nicht.

Im Regen laufen sie zum Krankenhaus, ohne viel zu reden, und folgen dabei dem gleichen Weg, den sie gestern im Dunkeln genommen haben. Sie begegnen vereinzelt ein paar Menschen, die Scherben zusammenkehren oder mit großen Augen die Schäden bestaunen. Am Morgen hat der Präsident sich in Radio und Fernsehen zu Wort gemeldet und die Bevölkerung ermahnt, zu Hause zu bleiben. Die meisten kommen diesem Rat offenbar nur allzu gerne nach. Im Krankenhaus hat sich der Betrieb beruhigt. Die Ordnung ist wiederhergestellt, die normalen Abläufe und Prozedere sind wieder in Kraft.

Emilie und Edward fahren mit dem Aufzug in den vierten Stock, wo Josef nachts in ein Einzelzimmer verlegt worden ist. Frédérique schläft vornübergebeugt mit dem Kopf auf dem Fußende von Josefs Bett. Trotz des andauernden Piepens und Surrens der diversen Maschinen, an die Josef angeschlossen ist, erwacht Frédérique bei ihren Schritten.

»Hallo, Freddie.«

»Hallo, ihr Lieben.«

»Gibt es was Neues? Irgendwelche Fortschritte?«

Frédérique schüttelt den Kopf. »Nicht wirklich. Mal ist er bei Bewusstsein, dann wird er wieder ohnmächtig.«

»Hier«, sagt Emilie und reicht ihr die Tasche. »Wir haben dir frische Sachen mitgebracht.« Ein wenig befangener fügt sie hinzu: »Ich kann bei ihm bleiben, wenn ihr beide euch unterhalten wollt.«

Langsam und steif erhebt sich Frédérique. »Na komm, Edward.« Sie hakt sich im Vorbeigehen bei ihm unter. Kurz bevor die Tür zuschwingt, sieht Edward, wie Emilie nach Josefs Hand greift, und hört sie sagen: »Hallo, Onkel Jo.«

Edward und Frédérique gehen den kahlen, eintönigen Flur hinunter bis zu dem bodentiefen Fenster an seinem Ende. Sie begegnen niemandem, vernehmen nicht den kleinsten Laut aus den Zimmern jenseits der einheitlich blauen Türen. Der Regen überzieht die Scheibe mit einer Mischung aus Tropfen und kleinen Rinnsalen, die im Zeitlupentempo ineinanderlaufen, sich an einer Stelle sammeln und für einen Moment zu etwas Größerem anwachsen, bis sie weiterkriechen oder unvermittelt in die Tiefe sausen.

»Ich hätte es dir sagen sollen«, beginnt Frédérique. Ihr Blick ist fest auf das trostlose Stadtbild vor ihnen gerichtet. Aschgraue Gebäude vor einem farblosen Himmel. Ihre Finger fahren den Lauf der Regentropfen auf der anderen Seite der Scheibe nach. »Ich habe dir so vieles erzählt, es wäre nur fair gewesen, dich auch das wissen zu lassen.«

»Schon okay«, sagt Edward in diesem halben Flüsterton, der für Krankenhäuser und Kirchen reserviert ist. Und zu seiner eigenen Überraschung wird ihm bewusst, dass dies keine bloße Phrase ist. Er empfindet es tatsächlich so, und diese grundlegende Erkenntnis bringt eine große Ruhe über ihn, umschmiegt ihn sanft und federleicht.

»Nein, ich hätte es dir sagen sollen«, beharrt Frédérique. Sie schließt die Augen und presst die Stirn gegen das Glas. »Ach, Edward, Edward. Ich bin die ganze Zeit weggelaufen, indem ich mich nicht von der Stelle rührte, hab versucht zu flüchten, indem ich mich nicht fortwagte.«

Er glaubt, sie zu verstehen. Er muss an zu Hause denken. An den Bauernhof, seine Eltern, den Hund, das Zimmer von Hannah, in dem noch immer alle Sachen genauso liegen wie an dem Tag, als sie ging und nie wiederkehrte.

»Ich fahre nach Hause.«

Die Worte rutschen ihm heraus, bevor er sie gedacht hat. Sie hängen zäh in der stickigen, nach künstlichem Zitrusaroma riechenden Flurluft. Aber sie fühlen sich richtig an.

Frédérique nickt bedächtig. »Das ist gut. Josef wird nach seiner Entlassung bei mir einziehen müssen.«

»Wird er wieder laufen können?«

Sie schüttelt den Kopf. »Sie glauben nicht. Natürlich bleibt immer die Hoffnung auf ein Wunder, aber nein, sie denken nicht. Unfassbar, was? Zehn Jahre versuchen wir, getrennt zu leben, und es gelingt uns nicht. Und jetzt müssen wir es gezwungenermaßen wieder zusammen probieren. Nichts bleibt, wie es ist, Edward.«

»Eine neue Form von Ganzheit. Das hast du mal zu mir gesagt. Wie es trotz allem einfach immer weitergeht.«

Sie lächelt. Es ist ein müdes, trauriges Lächeln. Ihre Hand wandert wie von selbst zu seiner unrasierten Wange, und er legt seine Hand darüber.

»Komm her, wann immer du willst«, sagt sie. »Ganz ehrlich. Du bist hier jederzeit willkommen, gehörst jetzt quasi zur Familie.« Sie stößt ein halbherziges Lachen aus. »Was für eine schräge Familie das auch immer sein mag.«

»Ich bin mir nicht sicher, ob Emilie das gefiele.«

»O doch. Sie mag dich, das weißt du.« Frédérique stockt bei ihren Worten, erinnert sich daran, in welcher Situation sie am Vorabend überrascht wurden. »Ich werde meine Zunge hüten. Aber versprich, dass du wiederkommst.«

Er nickt. Sie umarmen einander, und jetzt strömen ihnen beiden die Tränen die Wangen hinab. Sie fließen noch heftiger als die Regenperlen an der Scheibe. Als sie sich schließlich von ihm losreißt, tut sie es mit einem tiefen Seufzer, der sie auf dem Rückweg durch den endlosen Flur noch lange verfolgt und der auch Edward weiter in den Ohren hallt wie das Rauschen des Bluts in einer Muschel, die das ganze Meer einzufangen scheint.

43

Tropfen. Tropfen von den Zinnenspitzen dreier verschiedener Bahnhöfe. Edward weiß, dass es Menschen gibt, die nahtlose Zugverbindungen zusammenstellen können, ganz ohne zermürbende stundenlange Wartezeiten dazwischen, aber zu diesen Menschen hat er nie gehört. Drei triefend nasse Bahnhöfe, drei Züge, drei verschmierte Fenster, aus denen sich in das schmuddelige Spätsommerwetter starren lässt. Erst werden die roten Backsteinhäuser weniger, dann verliert sich London nach und nach, bis nur noch das feuchte Grün der Wiesen zu sehen ist, das Liniengewirr der Hecken und matschige Wege.

Der Abschied verlief sonderbar gestelzt, irgendwie zu hektisch und gleichzeitig zu schwerfällig, mit vielen Worten, zwischen denen die wichtigsten Dinge unausgesprochen blieben. Draußen beim Rauchen auf dem Dach versöhnte er sich mit Emilie. Er erzählte ihr nicht, dass er schon mit Frédérique dort oben gewesen war, selbst als sie sich zum Fenster hinauslehnte und in derselben Stimme wie ihre Tante sagte: »Da ist ein Absatz, genau … da.« Es war kühl und feucht, der Zauber des Sommers verflogen, und sie zitterten eine Zigarette lang in ihren T-Shirts. Diesmal konnte er den Eiffelturm sehen, wie er in der Ferne blinkte. Erst da fiel ihm auf, dass er ihn in den drei Monaten, die er in Paris verbrachte, nie besucht hat.

»Ich bin froh, dass du hier gewesen bist«, waren die wohlwollendsten Worte, zu denen Emilie sich durchringen konnte. »Für sie, meine ich«, fügte sie rasch hinzu. »Sie wirkt glücklich. Du hast ihr gutgetan.«

Er hielt sich diskret zurück. »Es hat auch mir gutgetan.«

»Wie wird's zu Hause sein?«, fragte sie.

»Ich habe ganz ehrlich nicht die geringste Ahnung.«

»Warum dann gehen?«

»Warum bleiben?«

Sie machte eine ausladende Handbewegung, die alles einbezog: das Haus, sie selbst, Frédérique, Josef, diese ganze merkwürdige Welt und das Beziehungsgeflecht ihrer Bewohner. Er ließ sie gar nicht erst weiterreden.

»Mein Platz ist jetzt einfach dort. Das ist mir hier bewusst geworden. Man kann nicht ewig vor den Dingen davonlaufen.«

Inzwischen jedoch, in diesem fast menschenleeren Zug auf dem letzten Abschnitt seiner Reise, wünscht er sich, dass genau das möglich wäre. Noch das kleinste Detail hat er sich einzuprägen versucht. In der Dachkammer, dem Treppenhaus, Frédériques Wohnung. Jedes Buch im Laden, jedes Gemälde im *Salon*, jeder so vertraut gewordene Kratzer oder Schmierfleck auf den Wänden. Aber die Bilder beginnen bereits zu verblassen, entgleiten ihm mehr und mehr mit jeder Meile, die seine Reise ihn fortträgt. Spöttisch tanzen sie noch eine Weile unmittelbar jenseits seiner Reichweite.

Von Frédérique verabschiedete er sich im Krankenhaus. Vielleicht war es auf diese Weise sogar leichter, klarer, als wenn sie bei ihr zu Hause gesprochen hätten. Sie war gerade mit dem Pflegepersonal in ein Gespräch vertieft, bei dem es um die nötigen Arrangements für Josefs häusliche Betreuung ging. Er würde zwei verschiedene Rollstühle benötigen. Und sie würde Monsieur Vincent und die Eigentümergemeinschaft dazu bewegen müssen, einen Aufzug einzubauen. Bei seinem Eintreten schloss sie Edward mit strahlenden Augen in die Arme. Der Mund, der ihm eine sichere und glückliche Reise wünschte, lächelte ein wenig gezwungen, und eine winzige Sekunde lang verkrampfte sich der Griff um seine Handgelenke. Traurigkeit zuckte über ihr Gesicht. Aber sofort war der Moment wieder vorbei. Und lag da nicht tatsächlich ein Hauch Triumph in Josefs Blick, als Edward ihm hölzern die Hand schüttelte und eine rasche Genesung wünschte? Oder war es absurd, sich so etwas bei einem gerade zum Pflegefall gewordenen Mann einzubilden?

Emilie begleitete ihn zum Gare du Nord. Frédérique hatte darauf bestanden, ihm ein Bahnticket zu bezahlen, damit er nicht die billigere, anstrengendere Busfahrt auf sich nehmen musste. Am Bahnhof herrschte ein einziges Chaos. Reisende, die sich gegenseitig anbrüllten, Trupps von Jugendlichen, die mit verschlagenen Mienen herumstromerten, Polizisten, die an allen Ecken mit den Fingern am Abzug standen, verstörte und orientierungslose Touristen, schreiende Kinder mit Müttern, die zurückschrien, überall Tauben und Müll … Und dann umarmte ihn Emilie zum Abschied und winkte ihm nach, während er den Aufzug zum Terminal für Eurostar-Reisende nahm, und als er schließlich mit eiligen Schritten vom allgemeinen Getöse in die sterile Atmosphäre des britischen Abfertigungsbereichs trat, wurde Edward das Gefühl nicht los, dass die Stadt ihm heute ein noch weit größeres Rätsel war als bei seiner Ankunft.

Ruckelnd und quietschend fährt der Zug in den wohlbekannten Bahnhof ein. Hier drängeln keine Menschenmengen, herrscht kein Lärm, hier gibt es nur abbröckelnde Farbe und schiefergraue Pfützen, die sich auf dem Bahnsteig unter der löchrigen Überdachung sammeln. Vor dem Bahnhof steht mit gebeugten Schultern und gegen den Regen hochgeschlagenem Kragen sein Vater und wirkt ebenso grau wie die Umgebung. Edward erfasst eine Woge der Zärtlichkeit. Ihm ist gar nicht bewusst gewesen, wie klein sein Dad ist. Wie verletzlich.

»Hallo, Dad.«

»Hallo, mein Sohn.«

Schultern werden geklopft, Hände geschüttelt, gefolgt von den unvermeidlichen Minuten, die sein Dad braucht, um den Kofferraum des Wagens umzuräumen. Die Windschutzscheibe und die Seitenfenster beschlagen bei Regen, und Edward wischt sie mit demselben Lappen trocken, der seit Jahren dafür im Auto liegt. Nichts ändert sich hier.

Sie unterhalten sich in kurzen, stockenden Sätzen, sind unsicher, was sie selbst und was den anderen betrifft.

»Hab die Schießerei im Fernsehen gesehen. Schreckliche Sache.«

»Das stimmt«, bestätigt Edward, bringt jedoch den Rest nicht über die Lippen. Die beschädigten Geschäfte, angezündeten Autos, zusammengeschlagenen Menschen. Er fragt sich, ob die Nachrichtensendungen auch darüber berichtet haben, aber sein Vater erwähnt es nicht. Wahrscheinlich ist eine Story nicht ganz so attraktiv, wenn darin gewalttätige Weiße zu sehen sind. Besser für die Quote, wenn sie die Opfer sind.

Sie halten unterwegs, um in der Stadt rasch noch »some bits and bobs« einzukaufen, eine Redewendung, die Edward vermisst hat, ebenso wie die vergnügte Art seines Dads, zwischen den Zähnen zu pfeifen, wenn er das Kleingeld für den Parkautomaten abzählt.

Der Supermarkt ist noch genau wie früher. Kaum hat er das gedacht, fragt er sich schon, warum sich daran in den wenigen Monaten auch etwas hätte ändern sollen. Dasselbe gelangweilte Mädchen hinter der Theke, die gleiche fade Musik, die aus den Lautsprechern piepst. Verglichen mit dem ausgelassenen Markttreiben in Paris, wo die Waren sich ungeschützt von allem Dreck zu Bergen türmen und der Saft der reifen Früchte von den Tischen tropft, wirkt hier alles öde und keimfrei. Sein Dad kauft wie erwartet ein Weißbrot (geschnitten), ein Päckchen Butter (gesalzen) und eine Tüte Milch (teilentrahmt). »Nur, um was auf Vorrat zu haben.« Edwards Augen genießen den Anblick all der Packungen, deren Aufdrucke sie problemlos entziffern können, seine Ohren lauschen fasziniert jedem Wortwechsel. Er eilt hinzu, um seinem Vater den Einkaufsbeutel abzunehmen, und selbst die Plastikgriffe fühlen sich fremd an nach den französischen Papiertaschen.

Die Sonne geht zwar erst in einigen Stunden unter, doch die rasch dahinjagenden Wolken verleihen dem Nachmittag schon eine abendliche Stimmung, als würde der Himmel sich zu Edwards Begrüßung verdüstern. Der Rest der Heimfahrt verläuft schweigend. Als er merkt, dass sein Vater den längeren Weg nimmt, um die Stelle zu vermeiden, an der der Unfall geschah, bildet sich ein Kloß in Edwards Hals. Er schließt die Augen. Nach einer ganzen Weile löst sich das Gefühl endlich. Inzwischen sind sie auf der vertrauten Straße, die zum Hof hinausführt.

Als sie kurz vor dem Haus langsamer werden, spürt Edward sein Herz plötzlich schneller schlagen. Es regnet noch immer, und der Plattenweg durch den Garten ist bei Nässe tückisch. Kalt rinnt ihm das Wasser in den Nacken, aber in Edwards Vorstellung herrscht Sommer, und er läuft draußen durch die Felder, am letzten Tag, den er hier verbrachte. Damals hieß es Abschiednehmen, heute ist es Wiederkehr. Schon tritt er über die uralte Türschwelle, wird zur Begrüßung vom Hund freudig abgeschleckt und erinnert sich rechtzeitig daran, den Kopf in der Küchentür zu ducken.

Seine Mutter steht still am Spülbecken und blickt über die Felder hinter dem Haus. Sie wirkt winzig, und Edward fragt sich, wie er nur von solch klein gewachsenen Eltern abstammen kann. Sie hat sein Eintreten nicht bemerkt, daher berührt er ihren Arm, berührt ihre Strickjacke, an der er jede Masche kennt. Sie wendet sich um und betrachtet ihn mit freudiger Überraschung. Dann drückt sie den Kopf an seine Brust, und ihr wirres Haar kitzelt ihn in der Nase. Es duftet nach frisch gewaschener Wäsche. Wie immer. Es ist, als wäre er nie fort gewesen.

»Edward.«

Sie sagt es bekräftigend, nicht fragend. Freude klingt durch, nicht Enttäuschung. Sein Dad, der verlegen in der Tür stehen geblieben ist, tritt nun ein und klopft ihm im Vorbeigehen auf die Schulter.

»Schön, dass du wieder da bist, mein Sohn.«

Nachwort: Das Haus

Ganz hinten auf der Rive Gauche, dem linken Seine-Ufer, gibt es ein verborgenes Viertel, das aus einem Gewirr ruhiger Nebenstraßen besteht, eingezwängt zwischen Boulevards. Durchgangsverkehr verirrt sich hierhin nicht.

Immer stärker löst der Herbst den Sommer ab, und die Bewohner von Nummer 37 fangen an, abends ihre Fenster zu schließen. Mit den kürzer werdenden Tagen gehen die Lichter früher an und strahlen in den Hof hinaus. Scharf begrenzte Rechtecke aus gelbem Licht leuchten in die schwarze Nacht.

Für einige geht das Leben im Grunde so weiter wie zuvor. Madame Marin trippelt auf immer gefährlicheren Stilettos von ihrem Haus ins Friseurgeschäft. Ihr Mann spritzt seine Mülltonnen ab und stellt sich blind, wenn sie nachts davonstakst (und frühmorgens wieder zurückkommt). Isabelle Duval setzt ihre wahllose Hetze fort und nörgelt über alles und jeden – Junge, Alte, Männer, Frauen, Schwarze, Weiße und alles dazwischen. Die Falten auf ihrer Stirn vertiefen sich immer stärker, und mit jedem Tag entfernt sie sich weiter von dem Menschen, der sie einst hatte sein wollen.

Die Laribis lässt sie weitgehend in Ruhe, obwohl sie Aminas anschwellender Bauch gehörig ärgert. Die Laribis selbst haben sich in ihrem neuen Heim eingelebt. Die Wohnungstür ist frisch gestrichen, und wären da nicht ein paar rote

Farbkleckse ins Dielenholz eingezogen, die sich allerdings nur bei einem ganz bestimmten Lichteinfall und einem ganz bestimmten Blickwinkel erkennen lassen, nichts würde daran erinnern, dass dort einmal jemand etwas Ungehöriges hingesprüht hatte. Die beiden sind glücklich, und wenn Ahmed manchmal nachts besorgt aufschreckt – weil er weitere Anschläge, wachsende Ängste, mehr Islamophobie fürchtet –, beruhigt ihn stets der Anblick von Amina, die tief und fest neben ihm schläft.

Auf der anderen Seite des Hofs hat Anaïs inzwischen keine Angst mehr davor zu zerbrechen. Ihre Tage mögen weiter anstrengend, chaotisch und nervenaufreibend sein, aber sie behält die Kontrolle. Sie hat eine gewisse Fröhlichkeit zurückgewonnen, erwischt sich jedoch gelegentlich noch dabei, wie sie im Treppenhaus lauscht, ob sie irgendwo die sanfte, betörende Stimme von Sophie hören kann. Oder sie spürt in der staubigen Flurluft der Anwesenheit ihrer geheimnisvollen Freundin nach.

Im ersten Stock darf César Vincent den Herbst von seiner eigenen Bettseite aus begrüßen. Er hätte es natürlich lieber, wenn Vergebung der Auslöser für seine Rückkehr ins Ehebett wäre, doch eigentliche Ursache dafür sind bloß die Schmerzen an seinem ohnehin gereizten Ischias. Körperliche Leiden wollte Chantal ihm nicht zufügen, eher etwas, das César als eine Art emotionale Vergeltung zu begreifen begonnen hat. Und so arbeitet er sich inzwischen Zentimeter für Zentimeter über das Bett hinweg zurück. Chantal ist sich dessen bewusst, und in ihrem tiefsten Innern hat sie auch nichts dagegen. Im ersten Moment konnte sie sich nicht vorstellen, wie nach diesem Vertrauensbruch ein weiteres Zusammenleben möglich sein sollte. Später jedoch wurde ihr in stillen Momenten schmerzhaft klar, dass sie sich ein Leben ohne ihn ebenso wenig vorstellen kann. Zeit ist seitdem ihr Heilmittel, ihre Arznei, das Medikament ihrer Wahl geworden. Und je näher der Winter kommt, desto mächtiger wächst in ihr die Ahnung, dass sie irgendwie lernen wird, mit dem, was geschehen ist, zu leben.

Ende Oktober kehrt Josef in die Wohnung zurück, die er nie als seine betrachtet hatte. Den Einbau eines Aufzugs für Bâtiment A hat Frédérique tatsächlich durchsetzen können. Nun schiebt sie Josef jeden Nachmittag die Boulevards entlang und rast mit ihm bisweilen im Zickzackkurs über die Bürgersteige, in der Hoffnung, es könnte ihm gelingen, mit seiner blassen Hand eins der bunten Blätter zu fangen, die von den Bäumen fallen.

»Das bringt Glück!«, erklärt sie jedes Mal, und jedes Mal lächelt er zurück und sagt: »Was bin ich doch für ein Glückspilz.«

Manchmal blickt sie über den Hof hinweg und denkt zurück an den sanftmütigen jungen Mann, der an jenem Junitag in ihr Leben geriet. Ab und an hört sie zwar noch etwas von Edward, schicken sie einander Postkarten, aber in ihren reiferen, weiseren Momenten, wenn Josef abends im Bett liegt und sie den *Salon* für sich allein hat, spürt sie, dass ihre gemeinsame Zeit genau so war, wie sie sein sollte. Zusammen haben sie ihre Lektion gelernt, so ungeheuer kurz sich auch alles anfühlen mag.

Der Buchladen allerdings bleibt ohne Edwards Hilfe verwaist. Niemand kümmert sich mehr darum. Spinnweben ziehen sich über die bunten, glänzenden Einbände, und selbst

Gilles hat es längst aufgegeben, den Kopf durch die türkisfarbene Tür zu stecken, um nachzusehen, ob der Laden wieder geöffnet ist. Doch während die Bücher sich allein überlassen bleiben, mangelt es ansonsten nicht an Fürsorge und Mitgefühl für die neue Lage. Ständig kommen Hausbewohner vorbei, um Josef zu besuchen und ihm alles Gute zu wünschen. Besonders gerne unterhält er sich mit den Kindern von Anaïs, denen es ihrerseits viel Spaß macht, auf seinen Rollstuhl zu klettern und damit in der Wohnung herumzukurven. Mit Chantal spricht er häufig über die in der Bücherei geplanten Projekte. Und wenn der kleine Monsieur Lalande mit Schachspiel und Leckerlis für die Katze herunterkommt, stecken sie meist schon bald glucksend die Köpfe zusammen.

Wobei die langen gemeinsamen Nachmittage mit Josef für Henri Lalande in Wahrheit selbst einen großen Trost bedeuten. Seine Spatzen brechen jetzt langsam zu ihren Winterquartieren auf. Trotz aller Betrübnis wünscht er ihnen eine gute Reise und winkt ihnen nach, wenn sie in den hohen, eisigen Himmel aufsteigen. Er weiß, irgendwann werden sie zurückkehren. Jeder kehrt irgendwann zurück.

Danksagung

Mag sein, dass manche Bücher ohne Zuspruch Dritter geschrieben werden. Dieses ganz sicher nicht. Eine Menge verdanke ich The WoMentoring Project und insbesondere der wunderbaren Lisa O'Donnell; sie hat mir als Erste eingeredet, dass ich tatsächlich einen Roman schreiben könnte. Ich hatte die glückliche Gelegenheit, viele der frühen Szenen aus Nummer 37 bei Spoken Word Paris zu lesen, und bin dankbar für die Rückmeldungen, die ich dort bekommen habe. Rob James-Robbins, Rob MacFarlane und Fabienne Bonnet sind drei großartige Lehrer und inzwischen Freunde, die mich früh unterstützt haben. Zahlreiche weitere Freunde haben mich unterwegs angefeuert: Greer Dale-Foulkes, Katie Dickson, Léon Digard und Rajvi Shah und ganz besonders meine frühe Leserin und Workshop-Kollegin Anna Plonoyi. Wenn Liz und Bernard Carnell weniger großzügige Menschen wären, wäre ich gar nicht erst in Paris gelandet.

Ein dickes Dankeschön geht an das ganze Team von Curtis Brown, insbesondere an meine wunderbare Agentin Lucy Morris, und an die fabelhaften Leute bei Hodder. Ich danke dem Schicksal, dass ich Emma Herdman treffen durfte, die sich von der ersten Rohfassung bis zur Veröffentlichung um mein Buch gekümmert und unermüdlich dafür getrommelt hat.

Zu guter Letzt meine Familie. Mum, Dad, Jess – eure Unterstützung bedeutet mir unsagbar viel. Ohne euch hätte ich dieses Buch nicht schreiben können. Und auch nicht ohne Alex Manthei; mein großer Fürsprecher und meine große Liebe.